Terri Blackstock

Was im Verborgenen liegt

Terri Blackstock

# Was im Verborgenen liegt

Kriminalroman

Deutsch von Wolfgang Schrödter

ONCKEN VERLAG WUPPERTAL UND KASSEL

ABCteam-Bücher erscheinen in folgenden Verlagen:

Aussaat Verlag Neukirchen-Vluyn
R. Brockhaus Verlag Wuppertal
Brunnen Verlag Gießen und Basel
Christliches Verlagshaus Stuttgart
Oncken Verlag Wuppertal und Kassel

Die amerikanische Originalausgabe erschien unter dem Titel:
ULTERIOR MOTIVES

Grand Rapids, Michigan


Umschlag: Dietmar Reichert, Dormagen
Gesamtherstellung: Breklumer Druckerei Manfred Siegel KG
ISBN 3-7893-1151-0
Bestell-Nr. 111 151

# 1

Es war das erste Mal, dass er getötet hatte. Die Sache war weniger schwierig gewesen, als er gedacht hatte. Eigentlich sogar eher leicht. Durch das Überraschungsmoment, vereint mit der richtigen Waffe und dem Adrenalin, das in unglaublichen Stößen durch seinen Körper schoss, war alles ziemlich schnell gegangen. Es hatte keinen Lärm gegeben, keinerlei verzweifeltes Um-Gnade-Flehen. Er hatte seinem Freund beim Abdrücken nicht einmal in die Augen blicken müssen.

Er trat über die Leiche, bückte sich und durchsuchte mit behandschuhten Händen die Taschen seines Opfers. Kleingeld fiel heraus, zusammen mit einem Schlüsselbund. Er nahm die Schlüssel und ließ den Leichnam dort liegen, wo er zu Boden gesunken war.

Eilig lief er die Stufen der schicken Kunstgalerie hinauf, an deren Wänden verstreut Bilder von bekannten und unbekannten Malern hingen, und gelangte zum Büro. Die Tür war verschlossen. Er suchte den passenden Schlüssel heraus und öffnete sie. In dem kleinen Atelier hing ein durchdringender Geruch aus Farbe und Petroleum. An der Wand lehnten Leinwände mit mehr oder minder fertigen Bildern, in der hinteren Ecke stand eine Reihe von gerahmten Gemälden, die darauf warteten, in der unteren Etage ausgestellt und möglichst verkauft zu werden. In Keilrahmen gespannt harrten einige alte rissige und beschädigte Bilder der Restaurierung, damit sie anschließend auf europäischen Auktionen für zigtausend Dollar versteigert werden konnten.

Doch nichts von alldem interessierte ihn.

An der Rückwand des Ateliers befand sich eine zweite Tür. Er schloss sie auf und trat in das dahinter liegende Zimmer. Es war das Büro, von dem aus Dubose, der nun tot auf dem Fußboden der Galerie lag, seine Geschäfte mit wichtigen Kunden abgewickelt hatte, und wie immer war es tadellos aufgeräumt und stilvoll, mit antiken Chippendalestühlen in den Ecken und einem Louis-seize-Schreibtisch in der Zimmermitte samt thronähnlichem Ledersessel dahinter. Auf der glänzenden Tischplatte befanden sich eine kleine Bankierslampe, ein Terminkalender, ein Rolodex und ein Tischrechner. Auf dem protzigen Sideboard dahinter stand eine achtbändige Ausgabe des *Lexikons der Maler und Bildhauer*, in Kunstkreisen weithin bekannt als *das* Nachschlagewerk für gestohlene und verschollene Kunst aus aller Welt.

Er zog am Schalter der Lampe und schlug den Terminkalender bei den Seiten der laufenden Woche auf. Da stand es, unter dem morgigen Tag eingetragen - Name und Telefonnummer des Mannes, die Dubose so geheim gehalten hatte. Der Mann, mit dem der Kunsthändler sich morgen hätte treffen sollen. Er riss die Seite heraus, faltete sie säuberlich zusammen und steckte sie in die Innentasche seines Jacketts. Morgen würde er sich mit dem Mann in Verbindung setzen und das Geschäft selbst in die Hand nehmen. Dazu brauchte er nur noch eines, und wo er das finden konnte, wusste er ganz genau.

Er schloss die niedrige Tür an der Rückwand des Büros auf, hinter der die Treppe zur Dachkammer lag, schaltete die gelben Lampen, die das oberste Geschoss des Hauses erhellten, an und stieg dann langsam und vorsichtig die Stufen hinauf.

Es roch nach Staub unter dem Dach und der Boden knarrte unter seinen Füßen, als er sich einen Weg über Kisten, Stapel antiker Rahmen und alte, ausrangierte Plastiken und Gemälde bahnte. Was er suchte, befand sich in einer Ecke des Dachbodens - in einem lang gestreckten Holzkasten, der in den oberen Dachwinkel hineingebaut worden war und wo Dubose die Früchte ihrer langjährigen gemeinsamen Arbeit aufbewahrt hatte. Er öffnete ihn und griff hinein.

Leer.

Sein Herz begann zu rasen und auf seiner Haut spürte er kalten Angstschweiß. Er zog sich eine Kiste heran und stieg hinauf. Das Fach war leer.

Wutentbrannt fuhr er herum und ließ seinen Blick über den Inhalt der Dachkammer gleiten. Wo konnte es sein?

Er ließ sich auf die staubigen Bodendielen sinken und fuhr sich mit den behandschuhten Händen durchs Haar. Irgendwer hatte es herausgenommen. Aber wer? Hatte Dubose gemerkt, dass sein Partner ihn übers Ohr hauen wollte? Ganz sicher nicht. Dafür war er zu vorsichtig gewesen. Dubose hatte keine Ahnung gehabt, was ihm bevorstand.

Als er sich erhob, merkte er, wie ihm vor Wut schwindelig wurde. Sich am Geländer festhaltend stieg er wieder ins Büro hinab, durchquerte dann das Atelier und ging wieder hinunter in die Galerie. Der leblose Körper lag noch immer bäuchlings in einer Blutlache. Er hatte voreilig gehandelt, dachte er. Vor dem Abdrücken hätte er erst dafür sorgen sollen, dass er das Gesuchte in Händen hielt. Jetzt konnte Dubose ihm nicht mehr verraten, wo es sich befand.

Er würde es selbst herausbekommen müssen.

Er hatte bereits eine Idee, und er würde es finden, koste es, was es wolle. Es gehörte ihm und er hatte es verdient. Niemand sonst würde die Früchte seiner Arbeit ernten.

Es war ihm völlig egal, wer noch dafür sterben musste.

## 2

Christy Robinson streckte sich so weit, wie der Körper einer Sechsjährigen es zuließ, und langte nach dem unteren Ast ihres Lieblingsbaums. Sie kam gerade mit den Fingerspitzen heran, doch das reichte nicht um sich hochzuziehen.

»Nimm doch die Leiter«, rief ihre Mutter von der halb offenen Veranda des Hauses. »Dafür hab ich sie schließlich bauen lassen.«

Christy trat ein paar Schritte vom Baum zurück und beäugte die Leiter, die am Stamm hoch in das sich zwischen die Äste schmiegende Baumhaus führte. »Nein, Leitern sind was für Memmen«, rief sie ihrer Mutter zu. »Pass mal auf, Mama! Siehst du mir auch zu?«

Sharon trat auf die Veranda und lehnte sich mit dem Rücken an den aprikosenfarbenen Putz ihres geräumigen Hauses. Sie trug ein blaues Straßenkostüm und hochhackige Schuhe. Der Wind, der selbst für einen Februartag in St. Clair, Florida, ein wenig zu kühl war, fuhr durch ihr kurzes kastanienbraunes Haar.

Nachdem sie sich davon überzeugt hatte, die volle Aufmerksamkeit ihrer Mutter zu haben, nahm das kleine Mädchen Anlauf, sprang hoch und klammerte sich an den Ast.

Einen kurzen Moment lang ließ sie sich schaukeln, dann warf sie die Beine hoch, streckte sie zwischen ihren Armen hindurch und legte sie über den Ast. Kopfüber herunterhängend sah sie zu ihrer Mutter hinüber, wobei ihr Gesicht langsam dunkelrot anlief und ihr baumwollblondes, langes Haar hin- und herschwang. »Siehst du? Ich hab doch gesagt, ich schaff's.«

»Wenn du dir wehtust, dann setzt es was!«, sagte Sharon und ging näher heran, um sie notfalls aufzufangen. Das Kind aber richtete sich auf und begann weiter hochzuklettern. »Ich wusste, dass Jake das Baumhaus zu weit oben gebaut hat.«

»Nein, Mami«, sagte Christy, während sie sich vorsichtig weiter hocharbeitete. »Es ist perfekt so. Genau richtig. Mr. Jake hat gesagt, ich müsste mich an große Höhen gewöhnen, wenn ich aus Flugzeugen springen will, wenn ich groß bin.«

»Nur über meine Leiche!«, erwiderte Sharon. »Ich glaube, ich muss mal ein ernstes Wörtchen mit Jake reden, damit er dich nicht auf so dumme Ideen bringt.«

»Das war meine eigene Idee!«, protestierte Christy. »Ich hab *ihn* drauf gebracht.«

Sharon gab sich alle Mühe nicht nervös zu sein, während ihre Tochter – die winzig aussah, so hoch da oben – das Baumhaus erreichte und den Fuß auf die oberste Sprosse der Leiter setzte, die in die Öffnung in der Mitte seines Bodens hineinragte. Christy hatte auf einer Bodenluke anstelle einer Seitentür bestanden und Jake hatte sie exakt nach ihren Angaben gebaut.

»Die Kleine weiß aber ganz genau, was sie will«, hatte er zu Sharon gemeint. »Da bau ich's lieber so, wie *sie's* haben will. Ist ja schließlich auch ihr Haus.«

Nachdem sie sich davon überzeugt hatte, dass Christy heil in der Hütte angekommen war, rief Sharon hinauf: »Ich muss jetzt wieder reingehen, um noch ein paar Schreibarbeiten zu erledigen, Schatz! Kletter nicht herunter, bevor ich wieder hier bin. Ich lass das Fenster offen, dann kann ich dich hören.«

Christy streckte den Kopf durch die quadratische Öffnung. »Okay, Mama. Ich ruf dich, wenn ich meine Gitarre fertig habe.«

Gitarre?, dachte Sharon lächelnd. Schwer zu sagen, was das nun wieder geben würde. Christy hatte die letzte Woche mit dem Sammeln von Kleenexschachteln, Getränkedosen, Milchkartons, Papprollen vom Küchenpapier, Gummibändern und weiß der Himmel, was noch allem, zugebracht. Anschließend hatte sie alles in ihrem Rucksack hinaufgetragen und wie kleine Schätze innerhalb des Baumhauses verstaut.

Immer noch lächelnd kehrte Sharon in das große Haus zurück und hielt zur Straßenseite hin Ausschau nach ihrer anderen Tochter, der sechzehnjährigen Jenny. Sharon hatte ihr gesagt, sie solle von der Schule direkt nach Hause kommen, um auf Christy aufzupassen, damit sie rechtzeitig in der Lewis Street sein konnte, wo sie einen Geschäftstermin hatte. Sie war zwar nur ein paar Minuten zu spät, aber es beunruhigte sie trotzdem.

Sie ging in ihr Arbeitszimmer und sah noch einmal ihre Unterlagen durch, wobei sie von Zeit zu Zeit aus dem geöffneten Fenster blickte, um Christy im Auge zu behalten. Dann packte sie die Papiere in ihre Aktentasche, brachte diese in den Flur und stellte sie auf einem Stuhl neben einem Queen-Anne-Tischchen ab, das mit gerahmten Fotos in allen möglichen Größen und Formen vollgestellt war. Die Fotos erzählten einen Teil ihrer Familiengeschichte. Sharon und ihre beiden Töchter schmückten den Tisch in geschmackvollen alten Rahmen, ihre Gesichter repräsentierten verschiedene Altersstufen und Abschnitte ihres Lebens. Der Vater der Mädchen war auf diesen Bildern auffällig abwesend. Aber oben, im privaten Reich der Kinder, ließ sich die ganze Geschichte finden. Sharon, die beiden Mädchen – Jenny und Christy –, deren Vater, dessen zweite Frau Anne und die zwei kleinen Kinder, die diese neue Familie hervorgebracht hatte, die Halbgeschwister von Jenny und Christy.

Sie war ein kompliziertes Gebilde, diese moderne Familie mit all ihren Verzweigungen und Erweiterungen, und sie hätte Himmel und Hölle in Bewegung gesetzt, um das zu verhindern. Doch die Entscheidung war ihr aus der Hand genommen worden. Die Ehe war ihr heilig und Scheidung für sie nie in Frage gekommen. Doch ihr Mann hatte da andere Ansichten gehabt.

Sie hörte einen Wagen in der Einfahrt und lief in die Küche, um aus dem Fenster zu sehen.

Die sechzehnjährige Jenny, die ihr hübsches Aussehen mit Unsicherheit zur Schau trug, stieg aus ihrem kleinen Wagen und eilte zur Tür. Obwohl ihr blondes Haar frisch gekämmt und ihr Make-up makellos war – zweifellos hatte sie es zwischendurch in der Schule aufgefrischt –, konnte Sharon an ihrem Gesichtsausdruck erkennen, dass irgendetwas nicht stimmte.

Sharon öffnete ihr die Tür. »Hi, Schatz.«

»Hi.«

Sharon bemerkte die Verzweiflung in ihrer Stimme – und musste daran denken, dass ihre Launen zuweilen echt, zuweilen aber auch geschauspielert waren. Man wusste nie, ob Jennys Krisen wirkliche Krisen waren oder nur Teil des alltäglichen Dramas, aus dem das Leben eines Teenagers nun einmal bestand.

»Entschuldige, dass ich zu spät bin«, sagte sie. »Ich hatte an der Windschutzscheibe einen Zettel von einem Freund, der Probleme hat, und ich musste hin, um ihm zu helfen.«

»Schon okay. Noch komme ich pünktlich.« Sharon lief in die Diele, schnappte sich ihren Aktenkoffer und ging wieder in die Küche. Entgegen ihrer Angewohnheit hatte ihre Tochter noch nicht die Schuhe weggeschleudert und war auch noch nicht an den Kühlschrank gegangen – was bedeutete, dass sie etwas auf dem Herzen hatte. »Irgendwas nicht in Ordnung, Schatz?«

Jenny ließ sich auf einen Stuhl plumpsen. Das lange blonde Haar fiel ihr ins Gesicht, als sie dieses theatralisch in den Händen vergrub. »Ach, Mama, es ist einfach schrecklich! Dieser Freund von mir – jemand, den ich sehr gern hab – steckt in Schwierigkeiten und ich hab versucht, ihm zu helfen. Ich muss unbedingt wieder zu ihm hin. Ich kann Christy ja mitnehmen. Es ist nur . . . ich muss da hin. Mama, die stecken total in der Klemme!«

Die Tränen waren echt, stellte Sharon überrascht fest. Sie setzte ihre Aktentasche ab, ging zu Jenny hin und zog sie an sich. »Erzähl, Schatz. Wer braucht dich denn?«

Die Worte kamen förmlich aus ihr herausgesprudelt. »Mama, diese Freunde von mir, die sind verheiratet und haben diese süßen Kinder, und gestern ist er total ohne Grund gefeuert worden. Und was alles noch schlimmer macht: Sie sind auch aus ihrem Haus rausgeworfen worden und haben die letzte Nacht im Auto geschlafen – die *ganze* Familie. Sie hatten kein Geld und deshalb haben sie das gegessen, was andere hinter einem Fastfood-Restaurant weggeworfen haben.«

»Wie schrecklich. Wer ist denn das? Jemand, den du aus der Gemeinde kennst?«

»Nein. Nicht aus der Gemeinde. Freunde aus Westhaven.«

Westhaven war eine Künstlergegend im Westen von St. Clair. Es war die Gegend, wo auch Ben wohnte – Sharons Ex-Mann, der Vater von Jenny und Christy. Da die Kinder jedes zweite Wochenende bei ihrem Vater in Westhaven verbrachten und Sharon nur wenig über das, was sie dort machten, wusste, überraschte sie die Erklärung nicht.

»Mama, kannst du dir vorstellen, wie die kleinen Kinder hinten in ihrem Wagen schlafen?«, rief Jenny. »Das ist doch unfair!«

Auch Sharon traten jetzt Tränen in die Augen. »Das stimmt. Wo sind sie denn jetzt? Kannst du dich mit ihnen in Verbindung setzen?«

Jenny schniefte und blickte zu ihr hoch. »Ja, ich weiß, wo sie sind.«

»Dann geh und hol sie her. Wir können ihnen zumindest ein Dach überm Kopf und was zu essen geben, bis sie wieder auf die Füße kommen. Platz haben wir hier schließlich genug.«

Jenny zögerte, doch in ihren tränenfeuchten Augen spiegelte sich Hoffnung. »Sicher, Mama?«

»Natürlich. Als ich dieses Haus kaufte, habe ich mir geschworen, dass ich nie jemanden abweisen werde, der sich in einer Notlage befindet. Ich würde niemals vorsätzlich irgendeine Familie auf der Straße nächtigen lassen, wo wir hier fünf Schlafzimmer haben. Und davon abgesehen wäre es auch nicht das erste Mal, dass wir jemanden bei uns aufnehmen.«

»Aber du weißt doch nicht mal, wer sie sind.«

»Es ist ganz egal, wer sie sind. Sie sind hier willkommen.«

Ein zaghaftes Lächeln kam unter Jennys Tränen zum Vorschein.

»Worauf wartest du denn noch?« Sharon stand auf und ging zum Kühlschrank, um nachzusehen, ob sie noch einkaufen musste, bevor ihre Gäste eintrafen. »Hol sie. Mein Termin dauert nicht lange. Ich fahr anschließend schnell nach Hause, bezieh die Betten in den Gästezimmern und koch uns anschließend was Nettes zu Abend. Und wegen Christy mach dir keine Sorgen. Ich nehm sie einfach mit.«

Doch Jenny blieb mit starrem Blick auf ihrem Stuhl sitzen, als wollte sie noch etwas sagen, wüsste aber nicht so recht, wie. »Mama?«

Sharon kontrollierte abwesend die Speisekammer. »Hmm?«

»Du solltest noch etwas wissen.«

»Okay«, sagte Sharon. »Schieß los.«

»Diese Familie . . . das sind Papa und Anne und die Kleinen.«

Sharon spürte, wie das Blut aus ihrem Gesicht wich. Langsam drehte sie sich nach ihrer Tochter um. »Soll das ein Witz sein, Jenny?«

Aus Jennys Gesichtsausdruck zu schließen, war es keiner. »Das ist kein Witz, Mama. Mr Dubose hat Papa gestern gefeuert, einfach so aus heiterem Himmel, und hat ihm sämtliche Kreditkarten weggenommen, die er von der Galerie gekriegt hat. Papa hat in der Wohnung gewohnt, die ihm die Galerie zur Verfügung gestellt hat, und Mr Dubose hat ihn gestern rausgeworfen. Sie konnten nirgendwo hin und Mr Dubose hat sich geweigert, ihm seinen letzten Scheck zu geben und die Bilder, die noch bei ihm im Atelier standen.«

»Und dein Vater hat keinerlei Ersparnisse? Nicht einmal Geld im Portemonnaie?«

Jenny schloss die Augen. »Mama, du weißt, dass Papa noch nie mit Geld umgehen konnte. Er ist Künstler und nicht Banker. Die Galerie hat sich für ihn um alles gekümmert, damit er malen konnte.«

»Und was hat er angestellt, dass er gefeuert worden ist?«, schnaubte Sharon.

»Nichts!«, schrie Jenny zurück. »Er hat keine Ahnung, was passiert ist.«

»Natürlich!« Sharons Stimme war voller Sarkasmus. »Genauso wie er keine Ahnung hatte, wie Anne schwanger werden konnte, wo er noch mit mir verheiratet war. Für deinen Vater ist das Leben ein großes Rätsel.«

»Mama!«, rief Jenny.

Sharon beugte sich über das Büfett, wütend auf sich selbst, weil sie gegen ihren Grundsatz verstoßen hatte, Ben niemals in Gegenwart seiner Kinder schlecht zu machen. Sie stieß einen Seufzer aus. »Entschuldige. Das hätte ich nicht sagen sollen.«

Jenny ließ sich auf einen Stuhl sinken. »Mama, du hast angeboten, sie hier wohnen zu lassen. Du hast gesagt, es sei egal, wer sie sind.«

Sharon fuhr herum. »Das war, bevor ich wusste, um wen es hier geht! Du hast mich angelogen, Jenny! Mich reingelegt!«

»Ich hab nicht gelogen! Ich hab dir bloß nicht gesagt, wer es ist! Ich wusste, dass du dich sonst weigern würdest zu helfen, und ich wollte, dass du siehst, was für eine Heuchelei das ist!«

»Dein Vater hat seinen Job und seine Wohnung verloren und jetzt soll *ich* eine Heuchlerin sein? Wie meinst du das?«

»Weil du jedem anderen helfen würdest! Die goldene Regel gilt für alle, nur nicht für Papi, nicht wahr? ›Für den geringsten meiner Brüder tun‹ - alles klasse, solange dieser Bruder nicht Papa ist.«

»Das ist doch wohl nicht dein Ernst, Jenny! Du spinnst doch, wenn du glaubst, dass ich - ausgerechnet *ich* - ihn bei mir aufnehme, zusammen mit dieser Frau, die meine Familie kaputtgemacht hat, und mit diesen Kindern, die sie mir mit Begeisterung unter die Nase zu reiben pflegt!«

»Mama, ich weiß doch, dass du ganze Wochenenden in Obdachlosenheimen gearbeitet hast, bei Säufern und Ausreißern. Ich weiß, dass du in Gefängnisse gegangen bist und mit Häftlingen Bibelstunden gemacht hast. Wenn für die, warum dann nicht für meinen Vater?«

»Aus einem einzigen Grund«, sagte Sharon kalt. »Weil er das alles nur sich selbst zuzuschreiben hat. Er ist verantwortungslos und davon wird er jetzt eingeholt!«

»Aber Emily und Bobby sind meine Geschwister! Sie haben es nicht verdient, aus einer Mülltonne zu essen oder im Auto zu schlafen.«

»Sie sind deine *Halb*geschwister. Das ist ein großer Unterschied.«

»Sie sind meine *Schwester* und mein *Bruder*, Mama, ob dir das passt oder nicht. Und wenn sie in der gleichen Zwangslage wären und nicht zu Papa gehören würden, dann wärst du eine der Ersten, die ihnen helfen würde.« Sie neigte flehend den Kopf. »Bitte, Mami. Nur für ein paar Tage. Wir haben so viel Platz und sie haben nichts!«

Der Gedanke, den Mann, der sie belogen und betrogen hatte, in ihrem Haus wohnen zu lassen - ganz zu schweigen von der Frau, die ihre Ehe kaputtgemacht hatte -, war abstoßend und widerwärtig. Fünf Jahre hatte Sharon gebraucht, um den Schmerz loszuwerden, zu lernen sich nicht jedes Mal zu grämen, wenn die Kinder alle vierzehn Tage über das Wochenende zu ihrem Vater fuhren. Wenn sie Anne sah, kochte sie nicht mehr länger vor Hass auf diese Frau, die ihren Mann verführt und dann begeistert verkündet hatte, dass sie ein Kind von ihm erwartete. Ja, sie hatte den Schmerz überwunden. Aber das hier . . .

»Sie *können* nicht hier wohnen«, sagte Sharon und stemmte die Arme in die Hüften. »Du kannst ruhig versuchen, mir Schuldgefühle zu machen, und dir einreden, dass alles meine Schuld ist, aber ich kann diesen Mann und diese Frau nicht bei mir zu Hause aufnehmen. Ich *kann* es nicht! Das ist einfach zu viel verlangt.«

Sie kam sich knapp fünf Zentimeter groß vor, als sie Jennys fürchterlich enttäuschtes Gesicht sah, und sie merkte, wie sie sich immer mehr über den Kummer ihrer Tochter ärgerte.

»Was sollen sie denn sonst machen, Mama? Das ist mein Vater, meine Familie, und ich liebe sie! Bobby wird gerade krank und sie sitzen im Wagen. Und es ist kalt draußen . . .«

»Bobby ist krank? Was hat er denn?« Christy stand in der Tür, in der Hand eine behelfsmäßige Gitarre aus einer Kleenexschachtel mit Gummibändern als Saiten und einer Papprolle als Hals. Das ganze Gerät glänzte von Tesafilm.

»Christy, ich hab dir doch gesagt, du sollst nicht ohne mich runterklettern!«

Christy machte ein zerknirschtes Gesicht. »Ich wollte euch mit meiner Gitarre überraschen.« Sie klimperte darauf herum – es gab ein dissonantes Geräusch – und tanzte ein wenig dazu. Normalerweise hätten Sharon und Jenny darüber gelacht, aber momentan war beiden nicht danach zumute.

Christy hörte auf zu tanzen und blickte zu dem geröteten, verweinten Gesicht ihrer Schwester hoch. »Was ist denn los, Jenny? Was hast du gerade gemeint: Dass Bobby krank ist?«

Jenny ergriff die Gelegenheit, den Einfluss, den ihre kleine Schwester hatte, auszunutzen. »Er hat keine Wohnung mehr! Und Papa, Anne und Emily auch nicht«, stieß sie hervor. »Und wir haben so ein großes Haus, aber Mama will nicht, dass sie hier wohnen.«

»Oh, um Himmels willen . . .«

Das kleine, blonde Mädchen kam in die Küche herein, die großen Augen voller Sorge. »Warum können sie denn nicht hier wohnen, Mama?«

»Deshalb!« Sharon funkelte Jenny wütend an, weil sie das Kind mit in die Sache hineingezogen hatte. »Jenny, du spielst nicht fair.«

»Du aber auch nicht!« Jenny wurde immer röter, ihre Tränen flossen heftiger, und obwohl Sharon wusste, dass sie eingewickelt werden sollte, wusste sie doch auch, dass es kein Theater war. Jenny war von der Misere ihres Vaters wirklich aufgewühlt.

»Mama, wie würdest du dich fühlen, wenn dein Vater auf der Straße säße? Ich weiß ja, dass du Papa und Anne hasst, aber denk doch an die Kleinen. Christy und Emily hängen aneinander, Mama – und inzwischen hat Emily sich schon zwei Tage lang nicht mehr waschen können, nicht mehr in einem Bett geschlafen, keine richtige Mahlzeit mehr gehabt. Sie ist gerade mal fünf, Mama! Mit so was sollte sie sich nicht auseinander setzen müssen. Und das Baby schreit die ganze Zeit. Sie müssen mit ihm zum Arzt, aber sie haben kein Geld! Mama, vergiss doch einfach, was du von ihnen hältst, und tu's für *mich*. Bitte!«

Sharon sah von Jennys flehendem Blick zu den großen blauen Augen ihrer jüngsten Tochter, die sie ungläubig anstarrte, dass sie ihrem Vater nicht helfen konnte, wo er doch offensichtlich so in Not war. Sie schnappte sich ihre Handtasche und zog ihr Portemonnaie hervor. »Ich geb ihnen Geld für ein Hotel und für Essen und Trinken. Mehr kann ich nicht tun.«

»Ehrlich, Mama?«, fragte Jenny. »Würdest du das machen? Das wäre auch eine Hilfe. Wahrscheinlich fände er das auch besser.«

Sharon stieß ein heiseres Lachen aus. »Das kann ich mir denken.« Sie zog ungeduldig einige Scheine heraus und zählte sie. Als sie wieder hochblickte, sah sie den gekränkten Gesichtsausdruck ihrer Töchter.

Sie holte tief Luft, versuchte sich zu beruhigen und hasste sich für die Gefühle, die in ihr tobten. »Ganz gleich, was du denkst, Jenny, ich hasse deinen Vater nicht. Ich wollte ihn nie mittellos dastehen sehen. Ich gebe ihm so viel, wie ich kann.« Sie reichte ihrer Tochter das Bündel Scheine. »Hier sind 150 Dollar. Ich bin heute bei der Bank gewesen. Gib sie ihm.«

Unter Jennys Tränen zeigte sich ein Lächeln. »Danke, Mama. Du weißt gar nicht, wie viel mir das bedeutet.«

Sharon zog es vor, darauf nichts zu entgegnen, stattdessen beugte sie sich zu Christy hinunter und küsste sie auf die Wange. »Hol deine Schuhe. Während ich zu meinem Termin fahre, bringt ihr beide Papa das Geld.«

Christy umarmte sie heftig. »Tschüss, Mami.«

Sie fühlte, wie die Liebe zu dem kleinen Mädchen, das sie praktisch alleine aufgezogen hatte, in ihr aufstieg. »Sei schön lieb, ja? Und wenn ihr zurück seid, bitte kein Bäumeklettern. Bis ich wieder zu Hause bin, ist der Baum da draußen tabu.«

»Okay. Kann ich meine Gitarre mitnehmen und sie Vati zeigen?«

»Ja sicher. Vielleicht kannst du ihm ja was vorspielen und ihn aufheitern.«

Sie drückte Jenny an sich und spürte, wie Jenny die Geste erwiderte.

»Bis heute Abend dann, Mama.«

»Ja«, sagte Sharon, holte ihre Aktentasche und hastete zum Wagen.

# 3

Tony Danks stand vorgebeugt neben der Leiche. Eine Putzfrau hatte sie gefunden und wie von Sinnen vor Angst die Polizei verständigt. Ihr Anruf war beinah nicht zu verstehen gewesen. So wie die Sache aussah, war der Mann vermutlich schon seit gestern tot. Tony musterte die auf dem Boden verstreuten Münzen, die dem Opfer anscheinend aus der Tasche gefallen waren. Irgendetwas stimmte nicht. Kleingeld rollte doch nicht einfach so aus Taschen. Er zückte seinen Block und notierte die Möglichkeit, dass es sich um Raubmord handeln könnte, auch wenn es so schien, als wäre das Portemonnaie in der Gesäßtasche nicht angerührt worden.

Er hockte sich neben den Leichnam und griff selbst in die Taschen, doch alles, was er fand, war ein Schlüsselpaar. Wahrscheinlich von der Galerie, dachte er. Er warf die Schlüssel in einen Beweisstückbeutel, für den Fall, dass man sie später noch benötigte.

Er sah zu dem Fotografen hoch. »Hast du das Kleingeld hier schon?«

»Ja«, meinte der Polizist, »du kannst es ruhig nehmen.«

Mit gummibehandschuhten Händen begann er die blutverschmierten Münzen aufzuheben und in einen weiteren Beutel zu tun. Dabei fand er eine goldene Geldklammer mit den Initialen

BLR. »He, Jack? Wie war noch mal der Name des Opfers?«, wollte er von dem Polizisten wissen, der als Erster am Tatort gewesen war.

»Louis Dubose.«

»Hmm«, sagte er und warf die Geldklammer in den nächsten Beutel. »Hier sind die Initialen BLR drauf.«

»Vielleicht ist das ja unser Mörder«, meinte der Fotograf. »Vielleicht ist sie ihm aus der Tasche gefallen.«

Tony war da skeptisch. »Wenn, dann ist ihm aber ziemlich viel aus der Tasche gefallen.«

Er nahm einen anderen Beutel und entfernte die Haare aus den Händen des Opfers. »Andererseits hat vielleicht ein Kampf stattgefunden, bevor der Mörder ihn von hinten erschossen hat. Wer weiß . . .« Sorgfältig verstaute er die Haare, wie er es mit den anderen Beweisstücken getan hatte, und kennzeichnete sie. Sie würden noch heute ins Labor geschickt werden. Wahrscheinlich würde man damit der Identifizierung des Mörders ein großes Stück näher kommen.

Er stand wieder auf. »Was hat es denn nun mit der Wohnung hinten auf sich?«

Jack sah in seinen Notizen nach. »Laut Putzfrau hat dort bis gestern ein Künstler namens Ben Robinson gewohnt. Wie's scheint, ist er Hals über Kopf ausgezogen. Die Möbel hat er alle dagelassen, aber keine Kleidung und persönlichen Dinge.«

»Ben Robinson«, wiederholte Tony. »BLR. Ich würde sagen, den sollten wir uns als Erstes vornehmen.«

»Wenn wir ihn finden.«

»Das werden wir«, versicherte Tony ihm.

Die Vordertür ging auf, und herein kam Larry Millsaps, Tonys Partner, einen Plastikbeutel schwingend. »Du rätst nie, was ich in der Mülltonne hinter der Galerie gefunden hab.«

»Was denn?«, fragte Tony.

»Die Mordwaffe. Eine 22er.«

»Hast du schon nachsehen lassen?«

»Ja. Sie ist auf einen gewissen Ben Robinson registriert. Unter dieser Adresse hier.«

Tony ließ den Blick durch die Galerie wandern, wo andere Polizisten fotografierten, Videoaufnahmen machten, Fingerabdrücke suchten. »Was wettest du, dass unser Ben Robinson lange, blonde Haare hat?«

»Hast du welche gefunden?«

»Ja. Und auch eine Geldklammer mit seinen Initialen. Es sieht so aus, als ob er's eilig gehabt hätte, hier wegzukommen. Jedenfalls ist er nicht lange genug dageblieben um aufzuräumen.«

»Ich würde sagen, es ist Zeit, eine Verhaftung vorzunehmen.«

»Das sehe ich auch so«, nickte Tony.

## 4

Als Ben Robinson – in beiden Händen Tüten aus einem nahe gelegenen Fastfood-Restaurant – seine Familie in dem billigen Motelzimmer einquartierte, schlief Bobby tief und fest. Ben legte das sechs Monate alte Baby auf eines der Doppelbetten, deckte es zu und fühlte ihm die Stirn. »Ich glaube, sein Fieber ist runtergegangen«, sagte er zu Anne, die gerade Christy und Emily hereinbrachte. »Das Tylenol hat geholfen.«

Jenny setzte sich neben ihn, wobei sie aufpasste, dass sie das schlafende Baby nicht weckte. »Mr Dubose hätte dir zumindest das Kinderbett lassen können.«

Anne stellte die Tüte mit den Zwei-Liter-Getränkeflaschen auf den Tisch. »Er hat gesagt, die Möbel gehörten alle der Galerie«, sagte sie mit müder, ausdrucksloser Stimme.

»Sie gehören tatsächlich der Galerie«, meinte Ben mit ebenso tonloser Stimme.

»Tja, wir hätten es eigentlich wissen können«, fuhr Anne fort. »Wenn man sich auf andere verlässt, endet man auf der Straße und muss in seinem Auto schlafen.«

»Mami, kann ich jetzt was essen?«, fragte Emily.

»Klar, mein Schatz.« Der Ausdruck ihrer Stimme wurde sanfter, als sie zu der Fünfjährigen heruntersah. Das Mädchen war ein paar Zentimeter kleiner als Christy und hatte kürzere Haare, allerdings von derselben Farbe. Auch wenn sie verschiedene Mütter hatten, so war doch für jedermann ersichtlich, dass die beiden Schwestern waren. Sie langte in die Tüte, um Emilys Burger herauszuholen. »Hier ist auch einer für dich, Christy.«

Christy warf Jenny einen fragenden Blick zu.

»Ich hab euch doch gesagt, dass wir nichts brauchen«, meinte

Jenny. »Christy und ich können zu Hause essen. Ihr müsst doch sparsam mit eurem Geld umgehen.«

»Ich hab doch gesehen, dass sie Hunger hat«, sagte Anne mit einem schwachen Lächeln. »Davon abgesehen wäre es ungerecht, wenn sie uns beim Essen zusehen müsste und selbst nichts bekäme. Da, Chris. Zu trinken ist in der Schachtel.«

Christy lächelte und holte ihr Getränk.

Jenny stand auf und ging zu ihrem Vater hinüber, der mit leerem, betrübtem Blick an der Wand lehnte. Er hatte seit gestern keine Gelegenheit zum Duschen mehr gehabt, und so war sein für gewöhnlich sauberes blondes Haar strähnig. Er hatte es zu einem lockeren Pferdeschwanz zurückgebunden – eine Frisur, die ihre Mutter abscheulich fand, ihre Freundinnen aber alle für cool hielten –, er war unrasiert und sie bemerkte die Ringe unter seinen Augen. Unter normalen Umständen hätte er eher als ihr älterer Bruder durchgehen können statt als ihr vierzigjähriger Vater.

Sie schob die Arme von hinten um ihn und legte ihren Kopf an seinen Rücken. Mit seinen gut eins achtzig war er beinah einen Kopf größer als sie. »Papi, bist du okay?«

Er tat so, als käme er wieder zu sich, und lächelte. »Klar. Ich hab nur nachgedacht. Ich muss irgendwie an meine Bilder in der Galerie kommen. Schließlich sind die mein Lebensunterhalt. Wenn ich sie verkaufen oder zumindest zu einer anderen Galerie bringen könnte . . .«

»Hast du denn noch mal versucht, Mr Dubose zu erreichen?«, erkundigte sich Jenny. »Vielleicht hat er sich ja inzwischen beruhigt und lässt mit sich reden.«

»Hab ich. Aber es geht noch immer niemand ran. Und davon abgesehen gab es überhaupt nichts, worüber er sich aufregen musste. Ich habe nichts angestellt, was ihm dazu hätte Anlass geben können.«

»Weißt du das wirklich ganz genau?«, fragte Anne wieder, wie sie es schon tausend Mal seit gestern getan hatte. »Denk nach, Ben! Man feuert doch nicht einfach jemanden und wirft ihn noch am selben Nachmittag aus seinem Haus, wenn derjenige nichts gemacht hat. Wenn du dich entschuldigen könntest, dann . . .«

Er versteifte sich. »Wie oft soll ich es dir denn *noch* sagen, Anne? Es gibt nichts, wofür ich mich entschuldigen müsste! Wann glaubst du mir das endlich?«

Sie machte eine abwehrende Handbewegung und wandte sich mit einem tiefen Seufzer wieder den Kindern zu.

»Das ist schrecklich«, sagte Jenny leise.

Ben nickte und fuhr sich mit der Hand durch das unordentlich herabhängende Haar. »Ich hätte mir nie träumen lassen, dass ich mal Geld von deiner Mutter annehmen muss, damit meine Familie nicht auf der Straße sitzt.«

»Es hat Mama nichts ausgemacht. Sie hat's gern getan.«

»Klar, wer's glaubt!« Er riss sich zusammen und murmelte: »Aber es war wirklich lieb von ihr. Niemand hätte das von ihr verlangen können.«

Jenny seufzte und blickte sich ratlos im Zimmer um. Die kleine Emily war so erschöpft, dass sie es kaum schaffte zu essen, deshalb ging Jenny zu ihr hin und nahm das Mädchen auf den Schoß. »Komm, Emily. Ich helf dir.«

Sie hielt dem Kind die Pommes Frites einzeln hin.

»Sie braucht dringend Schlaf«, sagte Anne. »Letzte Nacht hat sie ziemlich schlecht geschlafen. Bobby hat die ganze Zeit gehustet und sonderlich bequem war's im Auto auch nicht.«

»Anne, wenn das schlimmer wird mit Bobby, dann fährst du doch mit ihm ins Krankenhaus, oder?«, fragte Jenny.

Anne warf Ben einen Blick zu, der besagte, dass sie ohne Geld nicht einmal das tun konnten. »Klar. Irgendwie werden wir sie schon überreden, ihn zu behandeln. Zur Not werden Mittellose ja auf Staatskosten behandelt.«

Ben versteifte sich. Die Bemerkung war ganz klar gegen ihn gerichtet. »Wir sind nicht mittellos.«

»Stimmt«, sagte Anne sarkastisch. »Wir sind bloß obdachlos, pleite und ohne Arbeit. Immerhin müssen wir nicht unter irgendeiner Brücke nächtigen. Aber ich sollte mich vielleicht schon mal innerlich darauf vorbereiten. Kann schließlich alles noch kommen.«

Ben ging ins Bad, dem einzig möglichen Zufluchtsort, und knallte die Tür hinter sich zu.

Bobby wurde von dem Lärm wach und begann zu schreien, wodurch Ben noch elender zumute wurde. Er setzte sich auf den Deckel der Wäschetonne, rieb sich mit der Hand über die Stoppeln an seinem Kinn und versuchte seine Angst und Verzweiflung zu unterdrücken.

So weit war es also nun mit ihm gekommen.

Wie immer in Krisenzeiten spielte die alte Platte mit Sharons Stimme in seinem Kopf.

*Du bist verantwortungslos, Ben. Wann gedenkst du endlich mal erwachsen zu werden?*

*Du bist ein Egoist! Der einzige Mensch, der dich interessiert, bist du selbst. Du meinst, du wüsstest, wie der Hase läuft, und alles müsste nach deiner Pfeife tanzen - du mit deinen Kunstfreunden. Aber durch diese Farce von Ehe wird endlich jeder mitbekommen, was für ein Versager du eigentlich bist.*

Sie war wütend gewesen, als sie das gesagt hatte. Es war eine Reaktion auf seine eigene Rücksichtslosigkeit gewesen, doch tat es deswegen nicht weniger weh. Inzwischen fragte er sich, ob sie nicht doch Recht gehabt hatte.

Er wünschte bloß, er hätte nicht jeden Pfennig, den er verdient hatte, ausgegeben, im Vertrauen darauf, dass die Galerie schon jeden Monat für seine Restaurierungsarbeiten und die exklusiven Ausstellungsrechte an seinen Werken einen Scheck bereithalten würde. Er hätte sich mehr um die Finanzen kümmern sollen, so wie seine Ex-Frau es getan hatte. In gerade mal fünf Jahren hatte sie es von einer unbedeutenden Grundstücksmaklerin, die nur knapp über die Runden kam, zu einem sechsstelligen Jahreseinkommen gebracht.

Dass sie letztes Jahr das Haus gekauft hatte, sollte eine Ohrfeige für ihn sein, davon war er überzeugt gewesen - dass sie ihm damit zeigen wollte, was er hätte haben können, wenn er nicht zu grüneren Weiden weitergezogen wäre. Als er allerdings gehört hatte, dass sie ein paar schwangere unverheiratete Frauen, die während Schwangerschaft und Geburt eine Bleibe brauchten, bei sich aufgenommen hatte und dann noch eine Familie, deren Haus abgebrannt war, hatte er sich für seine Gedanken geschämt. Ihr Erfolg, das hatte er schließlich eingesehen, hatte mit ihm nicht das Geringste zu tun. Sie hatte einfach für sich und ihre Töchter hart gearbeitet. Sein Eindruck, dass sie ihm ihren Reichtum unter die Nase rieb, war sein Problem, nicht ihres. Er war derjenige, der Vergleiche anstellte. Sie hatte einfach ihr Leben weitergelebt.

Und er hatte sein Leben mit Anne. Wenngleich es auch, nachdem die erste Verliebtheit abgeklungen war und stattdessen die

Wirklichkeit eingesetzt hatte, zunehmend schwieriger geworden war, so hatte er sich doch alle Mühe gegeben, dass es klappte. Noch zwei Kindern würde er nicht durch eine unnötige Scheidung wehtun. Es war ja nicht so, als ob er das Opfer wäre. Er hatte es in der Hand, es hinzubiegen.

Im Moment aber hasste er das Gefühl der Verachtung, das Anne ihm entgegenbrachte und das dem von Sharon so ähnlich war. Tatsächlich hatte sie angefangen die gleiche Platte abzuspielen, erkannte er. Sie benutzte zwar nicht die gleichen Worte, doch schon ihre Stimme gab ihm zu verstehen, dass er dumm sei, egoistisch, verantwortungslos, ein Versager . . .

Aber er würde ihnen beweisen, dass er kein Verlierer war. Er musste sich zusammenreißen, vernünftig sein. Es gab viel zu erledigen während der nächsten Tage.

☆

Jenny trug Bobby im Zimmer umher und versuchte ihn zu beruhigen, damit Anne essen konnte, als es lautstark an der Tür klopfte.

Anne, die Essen und Trinken auf dem Schoß balancierte, sah Jenny bittend an. »Könntest du vielleicht nachsehen?«

»Na klar.« Mit dem schreienden Baby auf dem Arm stieg Jenny über Christy, die vorm Fernseher saß, hinweg und öffnete die Tür.

Draußen standen zwei Männer, der eine braunhaarig, mit Jeans und Nylonwindjacke, der andere, ein hoch gewachsener Blonder, mit Khakis und Sportsakko.

Bobby schrie noch immer, daher musste der Mann im Sportsakko laut sprechen, um sich verständlich zu machen. »Wir sind vom St. Clair Police Department«, sagte er und ließ seine Dienstmarke sehen. »Ich bin Detective Tony Danks und das ist mein Partner Larry Millsaps. Wir suchen Ben Robinson. Ist der hier?«

»Klar . . . äh . . . kleinen Augenblick bitte.« Anne begann ihr Essen abzustellen, und Jenny stieg wieder über Christy hinweg und ging zum Bad, wobei sie sich das schreiende Baby auf die Hüfte setzte. Sie klopfte an die Tür. »Papa, hier will dich jemand sprechen.«

Ben kam aus dem Bad. Er wirkte abgespannter und erschöpfter, als sie ihn je zuvor gesehen hatte.

»Hier ist jemand für dich«, wiederholte sie, wobei sie besorgt in Richtung der Kriminalbeamten blickte. »Polizei«, flüsterte sie.

Bobbys Schreien wurde lauter und er streckte die Arme nach seiner Mutter aus. Anne nahm ihn und folgte dann Ben zur Tür.

»Meine Herren«, nickte Ben, als er an der Tür war. »Was kann ich für Sie tun?«

»Ben Robinson?«, erkundigte sich einer der Männer.

»Ja.«

Der mit der Nylonwindjacke zog ein Paar Handschellen aus der Tasche. »Ich habe einen Haftbefehl gegen Sie wegen des Mordes an Louis Dubose. Sie haben das Recht, die Aussage zu verweigern . . .«

»Nein!«, schrie Anne und Jenny rannte zur Tür.

»Papa!«

»Mord?«, fragte Ben, als sie ihm die Handschellen anlegten. »Was soll das heißen – Mord?«

»Er ist vor einer Stunde tot aufgefunden worden. Sie haben das Recht auf einen Anwalt. Sollten Sie sich keinen Anwalt leisten können . . .«

»Das muss ein Irrtum sein!«, rief Anne. »Mein Mann hat niemanden getötet.«

Das Baby schrie lauter. Emily und Christy hatten ihr Essen und Trinken stehen lassen und beobachteten, sich an den Händen haltend, verängstigt die Szene.

Als die Polizisten versuchten, ihn zu ihrem Wagen zu ziehen, klammerte sich Jenny an den Arm ihres Vaters. »Papa, sag ihnen, dass du's nicht warst! Sag es ihnen!«

»Schon gut«, sagte Ben heiser. »Wir werden das schon klarstellen.«

Doch seine Familie musste verwirrt und erschrocken mit ansehen, wie er zum Streifenwagen abgeführt und auf die Rückbank gesetzt wurde – und er wirkte alles andere als selbstsicher, zitterte, hatte die Augen weit aufgerissen. Schweigend sahen sie zu, wie der Streifenwagen aus ihrem Blickfeld verschwand.

# 5

Als Sharon in ihr Haus trat, läutete gerade das Telefon. Sie hatte soeben das Geschäft mit dem Haus in der Lewis Street unter Dach und Fach gebracht und anschließend Mrs Milford, einer Kundin, von der sie befürchtete, dass sie sich nie zu irgendetwas entschließen würde, drei Häuser gezeigt. Sie stellte Hand- und Aktentasche ab und griff zum Hörer.

»Hallo?«

»Ach, Mama, Gott sei Dank, endlich bist du zu Hause. Ich versuch schon die ganze Zeit dich zu erreichen, aber du bist nicht ans Autotelefon gegangen.«

»Ich hatte ein paar Besichtigungen. Ich muss gerade in einem der Häuser gewesen sein, als du angerufen hast. Was ist denn los?«

Jenny weinte und ihre Angst war noch am hiesigen Ende der Leitung deutlich zu spüren. »Ach, Mama!« Sie schluchzte, holte tief Luft und versuchte weiterzusprechen. »Papa ist verhaftet worden! Er soll jemanden umgebracht haben!«

»Bitte, *was*?«

»Mr Dubose, der Galeriebesitzer, ist ermordet worden und die Polizei meint, dass er es war. Mama, das kann überhaupt nicht sein! Er war doch mit uns zusammen! Aber denen ist das total egal – die glauben uns nicht. Sie sagen, er sei gestern umgebracht worden. Papa war der Letzte, der ihn lebend gesehen hat, deshalb beschuldigen sie ihn. Mama, ich weiß nicht, was ich machen soll! Mein Vater *ist* kein Mörder!«

»Das weiß ich doch«, sagte Sharon. »Wo bist du denn jetzt, Jenny?«

»Auf der Polizei. Wir sind alle hier. Anne ist total mit den Nerven runter und die Kleinen sind völlig durcheinander . . . Christy und Emily verstehen nichts, außer dass ihr Papi ins Gefängnis soll! Mama, wir müssen ihn da rausholen!«

Sharon klemmte sich den Hörer zwischen Ohr und Schulter und langte nach ihrer Handtasche. »Jenny, ich komm aufs Revier. In zehn Minuten bin ich da. Hat euer Vater einen Anwalt?«

»Nein. Er kann sich doch keinen leisten.«

»Ich ruf Lynda an«, sagte Sharon. »Sie zählt zu den besten Anwälten in St. Clair.«

»Stimmt, ich hab ganz vergessen, dass sie Anwältin ist. Sag ihr bitte, sie soll sich beeilen. Sie sind jetzt gerade mit ihm drinnen. Ach, und Mama? Könntest du unterwegs noch Hustensaft kaufen? Bobby hustet sich die Lunge aus dem Hals.«

Sharon gefiel der Gedanke an einen Umweg gar nicht, doch sie murmelte: »Sicher. Mach ich.«

Sie legte auf und wählte umgehend die Nummer von Lynda Barrett. Sie waren gute Freundinnen, die sich von der Gemeinde her kannten, und sie wusste die Nummer auswendig.

»Hallo?«

»Ach, Lynda, bin ich froh, dass du zu Hause bist. Sonst hätte ich erst noch deine Büronummer raussuchen müssen.«

»Sharon, was ist denn los?«

»Ben ... mein Ex-Mann ... er braucht einen Anwalt. Er ist wegen Mordes verhaftet worden.«

»Wegen Mordes?«, wiederholte Lynda.

»Lynda, der Mann gehört zu den Leuten, die ich am allerwenigsten mag, und er bringt auch so ziemlich alles fertig, aber ein Mörder ist er nicht. Du musst ihm helfen. Wenn er's nicht kann, bezahl ich dich. Er wird gerade von der Polizei vernommen.«

»Ich bin in fünf Minuten da«, sagte Lynda.

Sharon legte auf und stieß einen Seufzer der Erleichterung aus. Dann eilte sie aus dem Haus, dabei mehr um die Gemütsverfassung ihrer Kinder besorgt als darum, dass ihr Ex-Mann einer Sache beschuldigt wurde, die er unmöglich getan haben konnte.

## 6

Ben hatte seit zwei Tagen nicht mehr geduscht, und als er jetzt in dem – zweifellos mit Absicht – überheizten Vernehmungszimmer saß und schwitzend versuchte alle ihre Fragen zu beantworten, wünschte er, er hätte vor dem Auftauchen der Polizei wenigstens noch Zeit für ein schnelles Bad gehabt. Mit seinem strähnigen Zopf, dem Zweitagebart und in den Sachen, die er nun auch schon zwei Tage anhatte, musste er wie ein Biker aussehen, der seinen Boss umlegen würde, ohne mit der Wimper zu zucken.

Hätte er seine Haare niemals so lang wachsen lassen! Doch er mochte das Bohèmehafte daran – es sollte ausdrücken, dass er keine Zeit hatte, sich um sein Aussehen zu kümmern, weil er seine Phantasie hegen und pflegen musste. Teils pflegte er diese Erscheinung um des Effekts willen, gestand er sich ein, teils aber entsprach es auch der Wirklichkeit. Oftmals ging er dermaßen in seiner Arbeit auf, dass er tatsächlich vergaß sich zu rasieren, zu duschen oder zu essen. Deshalb hatte er auch noch immer nicht den Bauch, den die meisten seiner Altersgenossen vor sich her trugen, wenn sie die Vierzig überschritten hatten. Er selbst hatte das letzten Oktober getan und bildete sich immer noch etwas darauf ein, dass er zehn Jahre jünger wirkte.

»Hören Sie, ich hab's Ihnen doch schon mal erzählt«, sagte er und versuchte ruhig zu sprechen, damit es nicht so aussah, als würde er die Geduld verlieren. »Als ich Louis Dubose das letzte Mal gesehen habe, hat er sich in sein Büro eingeschlossen.«

»Aber Sie waren wütend auf ihn, ja?«

»Ja sicher, natürlich war ich wütend auf ihn. Sie wären auch wütend, wenn Ihr Boss Sie und Ihre Familie auf die Straße setzen und Ihnen nicht mal Ihren letzten Scheck geben würde!«

Lynda Barrett, die wenige Augenblicke zuvor hereingestürmt gekommen war und verkündet hatte, dass die Familie sie mit seiner Verteidigung beauftragt habe, legte eine Hand auf seinen Arm, um ihn zum Schweigen zu bringen.

Als er begriffen hatte, dass die dynamische Brünette eine Freundin von Sharon war, hätte Ben beinah Vielen-Dank-und-auf-Wiedersehen zu ihr gesagt. Doch nachdem er gemerkt hatte, dass sie auch die beiden Polizisten gut kannte, beschloss er ihre Dienste anzunehmen. Vielleicht hatte sie ja einen guten Draht zu ihnen.

»Larry, Tony, mein Klient hat euch bereits alles gesagt, was er weiß.«

»Er hat uns noch nicht verraten, wieso wir die Tatwaffe in einer Mülltonne hinter der Galerie gefunden haben – eine Pistole, die auf seinen Namen registriert ist. Und die ganze Scheibe war voll mit seinen Fingerabdrücken«, sagte Tony.

»Nie und nimmer«, wandte Ben wieder ein. »Ich habe mein Lebtag noch nie eine Waffe besessen. Ich wüsste nicht mal, wie man damit umgeht.«

»Waren seine Fingerabdrücke auch auf der Waffe?«, erkundigte sich Lynda, während sie sich Notizen machte.

»Nein. Der Mörder hatte offensichtlich Handschuhe an.«

Lynda blickte hoch und lächelte gequält. »Larry, du hast gesagt, die Scheibe sei von seinen Fingerabdrücken übersät gewesen. Wie soll das gehen, wenn er Handschuhe angehabt hat? Entscheide dich bitte mal.«

»Natürlich sind meine Fingerabdrücke auf der Scheibe«, sagte Ben. »Wir wohnen im hinteren Teil der Galerie und am Tag, bevor ich gefeuert wurde, hat Emily, meine Tochter, von draußen Guckguck mit mir gespielt. Auch ihre Finger sind auf der Scheibe. Ich hatte eigentlich noch vorgehabt, die zu putzen.«

Tony tat so, als würde er sich eine Notiz machen. »Fingerabdrücke vom Guck-guck-Spielen.«

»Das ist ernst gemeint!«, sagte Ben.

»Es hat offensichtlich einen Kampf gegeben«, fuhr Larry fort. »Wir haben umgekippte Möbel am Tatort gefunden.«

»Was ja nicht heißt, dass ich auch da war.«

»Außerdem lag eine Geldklammer neben der Leiche. Die hat der Täter offensichtlich verloren. Auf der Geldklammer sind die Initialen BLR und Ihre Fingerabdrücke.«

Ben richtete sich weiter auf. »Meine Geldklammer? Ich weiß nicht mal, wo die war. Die hab ich schon seit Jahren nicht mehr benutzt.«

»Des Weiteren hatte Dubose Haarsträhnen zwischen den Fingern, so als ob er sie dem Täter während eines Kampfes ausgerissen hätte. Blonde Haare, ungefähr so lang wie Ihre. Zuerst haben wir gedacht, sie stammten von einer Frau, aber jetzt, wo wir Sie sehen . . .«

»Weil ich lange Haare habe, bin ich also ein Mörder, ja?«

Lynda machte sich noch immer Notizen und strich sich dabei das schulterlange Haar hinter ein Ohr. »Wo war die Einschussverletzung, Jungs?«

»Im Rücken«, sagte Tony und warf Ben einen finsteren Blick zu. »Darauf sind Sie sicher stolz. Der Mut passt zur Frisur.«

»Ich würde nie jemanden hinterrücks erschießen! Ich würde überhaupt niemanden erschießen, Punkt!«

Lynda gab Ben mit einem strengen Blick zu verstehen, dass er still sein solle. »Wenn er in den Rücken geschossen wurde, dann dürftet ihr mittlerweile herausbekommen haben, aus welcher Entfernung. Wie weit war die Waffe weg, als sie abgefeuert wurde?«

»Wir schätzen ein, zwei Meter.«

»Und wie, bitte schön, soll Dubose an ein Büschel von Bens Haaren gekommen sein, wenn er ein paar Meter weg war und ihm den Rücken zugewandt hatte?«

»Sie haben offensichtlich miteinander gekämpft, bevor er sich umgedreht hat.«

»Das ist doch lächerlich!«, rief Ben. »Ich hab mich nie im Leben mit ihm geprügelt! Ich schlage mich mit überhaupt niemandem! Das ist nicht meine Art!«

»Ben, lassen Sie uns noch mal zurückgehen«, sagte Larry, der den Guten in der Gut-Böse-Nummer spielte. »Denken Sie noch mal nach, worüber Sie zwei während Ihrer letzten Wortwechsel geredet haben. War noch jemand dabei? Irgendwer, über den Sie gesprochen haben?«

»Nein. Er war irgendwie woanders mit den Gedanken.«

»Wo genau?«

»Wenn ich das nur wüsste. Vielleicht bei seinen Plänen, mich rauszuwerfen. Gestern hat er mir dann aus heiterem Himmel eröffnet, dass ich gekündigt sei und mit meiner Familie umgehend aus der Wohnung rausmüsse. Ich konnte es überhaupt nicht fassen. Ich war völlig baff.«

»Und wütend auch, ja?«, erkundigte sich Tony.

»Natürlich war ich wütend. Ich hab gekocht.«

Lynda stieß ihn wieder mit dem Ellbogen in den Arm. »Das langt, Ben.«

»Doch nicht wütend genug, um ihn umzubringen! Es war einfach verrückt: Ich habe versucht in mein Studio raufzugehen, um meine Bilder zu holen, aber er sagte, die gehörten der Galerie – dass ich dafür bezahlt worden sei, dass ich sie male, und dass ich sie nicht mitnehmen könne. Als er sich dann geweigert hat, mir meinen letzten Scheck zu geben, ist mir der Kragen geplatzt . . .«

»Ben, als Ihre Anwältin sage ich Ihnen: Das reicht!«, wiederholte Lynda.

»Ich hab aber nichts zu verbergen! Wir haben uns lediglich gestritten, und dann ist er rauf in sein Büro und hat sich eingeschlossen. Er meinte, wenn ich nicht augenblicklich verschwinden würde, samt Frau und Kindern und allem, was mir gehört, würde er mich von der Polizei raussetzen lassen. Also bin ich in die Wohnung zurück und hab angefangen zu packen. Eine Stunde später waren wir raus. Ich hab zigmal versucht, ihn aus der Telefonzelle anzurufen, um noch mal vernünftig mit ihm zu reden, aber es war immer besetzt.«

»Wir könnten die Listen von der Telefongesellschaft kommen lassen«, sagte Lynda zu Larry und Tony.

»Die beweisen höchstens, dass jemand versucht hat, die Galerie anzurufen. Was sie nicht beweisen, ist, dass Dubose noch gelebt hat, als Ben das Haus verlassen hat.«

»Genau«, stieß Ben hervor. »Erst habe ich mich mit ihm in die Haare gekriegt und ihn erschossen, anschließend hab ich meine Pistole genau dort hingelegt, wo ihr bestimmt danach suchen würdet, und dann hab ich ihn hinterher angerufen, um ganz sicher zu sein, dass er auch wirklich tot ist.«

Die beiden Kriminalbeamten starrten ihn wenig belustigt an. Lynda schloss die Augen und massierte sich die Schläfen.

»Das war Sarkasmus!«, schrie Ben. »Warum sollte ich den Mann anrufen, wenn ich wusste, dass er tot ist? Und was die Pistole angeht, sollten Sie sich mal das Waffenregister ansehen - ich habe nämlich noch nie eine besessen! Da können Sie alle fragen. Sie werden keine finden, die auf mich zugelassen ist.«

»Haben wir aber bereits, mein Lieber.«

Ben war augenscheinlich fassungslos. »Kann nicht sein. Unmöglich. Ich bin gegen Waffenbesitz. Ich habe kleine Kinder.«

»Erzählen Sie das dem Richter«, sagte Larry und kritzelte etwas auf seinen Block.

»Es soll schon vorgekommen sein, dass Leute sich Waffen mit gefälschten Ausweispapieren besorgt haben«, bemerkte Lynda. »Er hat ein Alibi, Larry.«

»Ja, seine Frau. Wie originell!«

»Und meine Kinder. Die eine ist sechzehn und damit wohl alt genug, um sich zu erinnern, wo ich wann war.«

»Töchter sind für gewöhnlich loyal gegenüber ihren Vätern«, sagte Tony.

»Dann fragen Sie meine Ex-Frau! Die hasst mich wie die Pest

und würde mich wahrscheinlich am liebsten im Gefängnis verschimmeln sehen, aber sie wird Ihnen sagen, dass Jenny gestern den Großteil des Tages bei mir war und heute Nachmittag auch.«

»Werden wir«, sagte Larry im Aufstehen. »Aber selbst wenn sie Ihre Aussage bestätigen sollte, haben wir genug gegen Sie in der Hand.«

Ben vergrub sein Gesicht in den Händen. Er konnte einfach nicht glauben, was hier vor sich ging. Als die beiden Kriminalbeamten aus dem Zimmer waren, drehte er sich zu Lynda um. »Muss ich im Gefängnis bleiben?«

»Bis morgen wenigstens«, sagte Lynda. »Es wird schon gehen. Sie werden nicht gerade die gemütlichste Nacht Ihres Lebens verbringen, aber morgen früh kann ich den Richter wohl davon überzeugen, dass er Sie gegen Kaution rauslässt. Sie haben doch noch keine Haftstrafen verbüßt, oder?«

»Ich hab bisher noch nicht mal 'nen Strafzettel gekriegt«, sagte Ben matt.

»Das dürfte zu Ihren Gunsten sprechen. Kommen Sie mit Ihrer ganzen Familie im Schlepptau ins Gericht – mit allen vier Kindern. Vielleicht zeigt er sich dann gnädig und lässt Sie bis zum Gerichtstermin raus.«

Ben schloss die Augen. »Meine Kinder werden erfahren, dass ich im Gefängnis bin. Was für ein Image ist das für einen Vater?«

»Sie werden aber auch erfahren, dass Sie unschuldig sind.«

»Woher wissen *Sie* denn, dass ich unschuldig bin?«, fragte Ben ärgerlich. »Sie kennen mich doch nicht mal. Wenn alles, was Sie über mich wissen, aus den Erzählungen meiner Ex-Frau herrührt, dann dürften Sie mich wahrscheinlich für den letzten Abschaum halten.«

»Falsch. Sharon ist eine kluge Frau und sie war lange mit Ihnen verheiratet. Sie hätte keinen Verrückten geheiratet.«

Ben stieß ein tonloses Lachen aus. »Sie haben sich schon länger nicht mehr mit ihr unterhalten, was?«

Doch, das hatte sie. »Sie sagt, Sie seien ein guter Vater, Ben. Das verrät mir viel über Sie. Sie ist bloß der Ansicht, dass Sie ein lausiger Ehemann waren.«

Ben schüttelte den Kopf. »Aus genau dem Grund hasse ich diese Stadt hier. Man begeht einen Fehler und schon weiß es die ganze Stadt.«

Lynda lächelte schwach, als sie aufstand. »Hören Sie, ich glaube Ihnen Ihre Geschichte und ich denke, dass ich Sie morgen rausbekomme. Danach fangen wir an, uns um Ihren Fall zu kümmern.«

»Da draußen läuft ein Mörder frei herum und es wird nicht mal nach ihm gesucht. Er ist unbehelligt davongekommen.«

»Nun, vielleicht können wir ja die Köpfe zusammenstecken und herausbekommen, wer das ist.« Sie steckte das Notizbuch in ihre Aktentasche und zog sie zu. »Ben, man wird Sie für heute Nacht in eine Arrestzelle sperren. Haben Sie einfach Geduld. Wahrscheinlich werden Sie eine Zelle für sich allein haben, Ihnen kann also nichts passieren. Ich werde sehen, ob ich ein paar Hebel bewegen kann, damit man Sie in den neuen Flügel legt. Der alte ist irgendwie unheimlich. Ach, und die Vernehmung ist direkt morgen früh.« Sie griff nach dem Türknauf.

»He«, sagte er, bevor sie gehen konnte. »Sagen Sie meiner Frau, dass alles gut wird. Versuchen Sie sie aufzumuntern. Sie ist ein guter Mensch, ganz gleich, was Sharon Ihnen auch erzählt haben mag.«

»Sharon hat mir überhaupt nichts über sie erzählt«, sagte Lynda aufrichtig.

»Schön. Dann haben Sie's halt aus der berühmten Gerüchteküche von St. Clair. Von all diesen Betschwestern, die ihre ganze Freizeit damit verbringen, Tratsch als Fürbitten verkleidet weiterzugeben.«

Lynda musste grinsen. »Keine Sorge. Ich werde alles vergessen, was mir je zu Ohren gekommen sein sollte. Bis morgen dann, bei der Vernehmung.«

## 7

In den beengten Räumlichkeiten des St. Clair Police Departments wimmelte es von Polizisten, Leuten, die Beschwerden einreichten, Kriminellen, die darauf warteten, dass man ihre Personalien aufnahm, und deren Freunden und Angehörigen, die darauf warteten, sie wieder herauszuholen. Sharon, die sich von der Suppenküche angefangen bis hin zum Debütantinnenball so ziemlich überall heimisch fühlen konnte, hatte das Gefühl, mit ihrem Straßenkostüm und den hochhackigen Schuhen grotesk hervorzustechen. Sie stand unbehaglich am Eingang und blickte sich suchend nach ihren Kindern um. Schließlich erspähte sie Christy zusammen mit Emily inmitten einer Gruppe aus wutschäumenden Bandenmitgliedern. Jenny saß ein Stück weiter entfernt zwischen zwei Frauen, die verdächtig nach Prostituierten aussahen. Anne ging auf und ab und wiegte dabei das lauthals brüllende Baby auf den Armen.

Hastig durchquerte Sharon den Raum und schnappte sich Christys Hand, um sie aus der Straßenbande zu zerren. Nachdem sie ein paar freie Plätze am anderen Ende der Wartezone gefunden hatte, kam auch Emily hinterher. Als sie bei Jenny vorbeikamen, stand diese ebenfalls auf und ging mit ihnen.

»Gott sei Dank, dass du da bist, Mama«, sagte sie leise. »Anne kommt mit kritischen Situationen nicht besonders gut klar. Ich glaub, sie ist kurz vorm Durchdrehen.«

Sharon warf Anne einen finsteren Blick zu. Die Frau bemerkte es und drehte eilig den Kopf weg.

Sharon langte in ihre Handtasche und holte die Flasche mit Hustensirup heraus. »Da, Jenny. Gib ihr die. Hier ist auch einer von den kleinen Messlöffeln, die ich benutzt habe, als Christy noch kleiner war – damit kann sie ihm den Hustensaft geben.«

»Danke, Mama«, sagte Jenny und lief damit zu ihrer Stiefmutter.

Anne nahm die Medizin nur widerstrebend an. Sie wirkte eher gekränkt als dankbar. Ohne sich bei Sharon zu bedanken, lief sie zur Toilette, um sie dem Baby dort zu verabreichen.

Sharon war froh, dass sie weg war. »Wo ist denn euer Vater?«

»In dem Zimmer da drüben. Schon seit ich mit dir telefoniert hab. Anne und ich, wir beide haben Aussagen unterschrieben, dass er Mr Dubose nicht getötet haben kann, da er seit gestern immer mit einem von uns oder auch uns beiden zusammen gewesen ist. Sie sagen allerdings, dass er es getan hat, als Mr Dubose ihn gefeuert hat. Er ist der Einzige, bei dem sie beweisen können, dass er gestern dort war. Obwohl Anne, als sie aus der Wohnung raus sind, durchs Fenster gesehen hat, dass er lebte.«

Sharon blickte zu dem Zimmer hinüber. »Wie schafft euer Vater es nur, sich immer wieder in solche Sachen reinzureiten?«

»*Mama!*« Jenny hatte ziemlich nah am Wasser gebaut und Tränen schossen ihr in die Augen. »Papa hat nichts damit zu tun gehabt. Das weißt du doch auch!«

Sharon schämte sich sofort für ihre Worte. »Du hast ja Recht. Tut mir Leid. Euer Vater hebt jeden Käfer hoch und trägt ihn nach draußen, damit er ihn nicht totmachen muss.«

»Das stimmt!«, sagte Jenny mit Siegerstimme. »Sag ihnen das, Mama. Auf dich werden sie hören.«

»Das werde ich, wenn ich die Gelegenheit dazu bekomme.«

Die Tür zum Vernehmungszimmer ging auf und heraus kam Lynda Barrett. »Warte hier bei den Mädchen«, sagte Sharon zu Jenny und eilte Lynda entgegen, wobei die Absätze ihrer Schuhe stakkatohaft auf den schmutzigen Bodenfliesen klackten.

»Lynda, was ist hier los?«, fragte Sharon.

»Tja, es sieht nicht gut aus«, gab Lynda zu. »Er wird die Nacht im Gefängnis verbringen müssen. Seine Vernehmung zur Anklage ist morgen früh, und dann können wir ihn vielleicht auf Kaution freibekommen.«

»Gegen Kaution? Er wird doch nicht wirklich des Mordes beschuldigt, oder?«

»Leider ja.«

Kopfschüttelnd fasste Sharon den Arm ihrer Freundin, um ihren Worten Nachdruck zu verleihen. »Lynda, ich bin zwölf Jahre mit dem Mann verheiratet gewesen! Der ist nie und nimmer zu einem Mord fähig! Er hat es nicht mal fertig gebracht, den Kindern einen Klaps zu geben. Er ist ja so einiges, aber ein Mörder ist er nicht.«

»Sharon, die Mordwaffe läuft auf seinen Namen.«

»Und? Was hat er dazu gesagt?«

»Dass das unmöglich sei. Dass er sein Lebtag nie eine Waffe besessen habe.«

»Was wohl auch stimmt. Der wüsste nicht mal, wie man damit umgeht.«

»Wie man abdrückt, weiß jeder. Das ist alles, was das Gericht interessiert. Er muss wahrscheinlich vor Gericht, Sharon, aber wenn alles klappt, können wir ihn wenigstens bis zum Beginn des Hauptverfahrens rausholen.«

»Entschuldige mal!« Die empörte Stimme hinter Sharon gehörte Anne. Sharon drehte sich ruckartig um und erblickte vor sich die wutschäumende Anne, die noch immer ihr schreiendes Baby hielt. »Das geht die da überhaupt nichts an«, sagte Anne zu Lynda. »Wenn Sie die Anwältin meines Mannes sind, dann sollten Sie mit *mir* über meinen Mann sprechen und nicht mit ihr! Sie hat überhaupt nicht das Recht hier zu sein.«

Sharon biss die Zähne aufeinander. »Ich bin hier, damit meine Kinder nicht unbeaufsichtigt auf einem Polizeirevier sitzen, Anne.«

»*Ich* kümmere mich doch um sie.«

»Verzeih, wenn ich geglaubt habe, dass du vielleicht anderweitig in Anspruch genommen sein könntest – in Anbetracht der Tatsache, dass dein Mann gerade wegen Mordes verhaftet worden ist!« Man begann auf sie aufmerksam zu werden. Sharon senkte ihre Stimme. »Ich gehe jetzt zu meiner Tochter, dann könnt ihr euch unter vier Augen unterhalten.«

Ihr Gesicht war krebsrot, als sie bei Jenny ankam.

»Was hat sie denn gesagt?«, fragte Jenny besorgt.

»Dass mich das hier nichts angeht. Was die für Nerven hat, erstaunt mich immer wieder.«

»Das hat sie gesagt? Echt? Und ich dachte . . .«

»Und das, nachdem ich ihr Geld gegeben, die Hustenmedizin mitgebracht und eine Anwältin engagiert habe . . .«

Jenny verzog das Gesicht. »Mama, ich meinte Lynda! Was hat sie über Vati gesagt?«

»Ach so.« Sharon kam sich dumm vor und versetzte sich im Geiste einen Tritt. Woran lag es nur, dass sie Stück für Stück ihre Würde verlor, sobald Anne und Ben in ihrer Nähe waren? Sie versuchte, ihre Gedanken in eine andere Richtung zu lenken. »Lynda hat gesagt, dass er die Nacht hier verbringen muss.«

»Nein!«, rief Jenny. »Unmöglich, Mama! Da sind doch Kriminelle im Gefängnis! Er hat doch nichts gemacht!«

»Morgen ist die Vernehmung zur Anklage, Schatz.«

»Was ist denn das?«

»Da wird er gefragt, ob er sich schuldig oder nicht schuldig bekennt, und entschieden, ob eine Kaution festgesetzt wird.«

»Dann kommt er doch frei, oder? Es gibt doch keine Beweise. Er kann ihnen sagen, dass er nicht dort war, und er kann es auch beweisen!«

»Schatz, bei der Vernehmung zur Anklage geht es nicht um Beweise. Lynda ist sich allerdings sicher, dass er morgen rauskann.«

Jenny wischte sich die Augen. »Das ist alles ein Alptraum.«

»Das kann man wohl sagen«, meinte Sharon leise.

Anne wandte sich von Lynda ab, die Wangen von Tränen und Wimperntusche verschmiert, und rief nach Emily. »Komm, mein Schatz«, sagte sie zu der Fünfjährigen. Händchen haltend gingen Emily und Christy zu ihr hin. »Wir fahren wieder ins Motel zurück.«

»Und was ist mit Papa?«

»Der bleibt heute Nacht hier. Wir sehen ihn morgen früh.«

Sharon hielt sich im Hintergrund, als Jenny zu Emily und Bobby ging, um sich mit einem Kuss von ihnen zu verabschieden. »Anne«, sagte Jenny, »soll ich mitkommen und dir auf die Kinder aufpassen helfen?«

Anne warf Sharon einen finsteren Blick zu und reckte das Kinn vor, so als wolle sie jegliches Anzeichen von Verletzlichkeit verbergen. »Vielen Dank, nein. Wir kommen auch so zurecht.«

»Na schön«, sagte Jenny schwach.

»Du kommst doch morgen früh auch?«, erkundigte sich Anne.

»Auf jeden Fall. Sieh zu, dass du ein bisschen Schlaf kriegst, ja?«

Anne nickte und nahm sie kurz in den Arm, dann bückte sie sich und küsste Christy auf die Wange. Christy erwiderte den Kuss ohne zu zögern – eine Geste, die Sharon stärker ärgerte, als sie je zugegeben hätte. Als Anne mit Emily das Gebäude verließ, ging Christy aber nicht mit. »Die arme Anne«, meinte Jenny, während sie ihnen hinterherblickte. »Sie hat wahrscheinlich das Gefühl, dass gerade ihr ganzes Leben in die Brüche geht.«

»Das Gefühl kenn ich auch«, murmelte Sharon.

»Mama!«

Sharon nahm Christys Hand und wandte sich ebenfalls zum Gehen. »Kommt, Mädels. Nichts wie weg hier.«

☆

Als Christy am Abend ihren Schlafanzug anziehen wollte, fand sie in der Hosentasche die kleinen Plastiksoldaten, die in Emilys Burger-King-Tüte gewesen waren. Da Emily in ihrer Hose keine Taschen hatte, hatte sie Christy gebeten, sie für sie aufzubewahren.

Christy stellte die Männchen auf ihre Kommode und fragte sich, ob Emily sie wohl vermisste. Sie hatte sich furchtbar gefreut, als sie sie bekommen hatte, wohingegen Christy eigentlich von ihnen enttäuscht gewesen war. Allerdings besaß Emily nur wenig Spielzeug, und das wenige, das sie besaß, lag in einem Karton verpackt im Kofferraum ihres Wagens. Vorsichtig nahm sie die kleinen Plastiksoldaten wieder hoch und schloss schützend die Hand um sie. Sie würde Emily anrufen, überlegte sie, und ihr sagen, dass sie sie hatte. Dann wusste sie wenigstens, dass sie nicht verloren gegangen waren. Und vielleicht konnte sie ihr auch noch irgendetwas anderes anbieten, damit sie sich nicht mehr solche Sorgen um Vati machte.

Christy sah sich nach etwas um, das Emily gefallen könnte.

Ihre Sammlung von Porzellanpuppen saß sorgsam aufgereiht auf ihrem provenzalischen Himmelbett, doch sie war sich ziemlich sicher, dass die Emily nicht gefallen würden, weil sie so leicht kaputtgingen. In ihren Regalen befand sich eine ganze Menagerie von Plüschtieren. Auch wenn Emily noch nie in ihrem Zimmer gewesen war, so war sich Christy doch sicher, dass ihr Simba, der kleine Stofflöwe, von allen am besten gefallen würde. Sie stieg auf ihren Stuhl und griff danach.

Er war weich und ließ sich beim Schlafen gut in den Arm nehmen. Er könnte Emily Gesellschaft leisten und sie vielleicht von ihren Sorgen ablenken.

Mit dem Stofftier in der einen Hand und den Soldaten in der anderen lief Christy über den Flur zu Jennys Zimmer. Jenny war, wie üblich, am Telefonieren.

»Jenny«, flüsterte sie, so als ob ihre Schwester nicht gestört werden würde, wenn sie leise sprach. »Hast du die Nummer vom Motel?«

Jenny legte die Hand auf den Hörer. »Wofür brauchst du die denn?«

»Ich will Emily anrufen. Sie hat ihre Soldaten vergessen. Die sind echt wichtig.«

Jenny runzelte die Stirn. »Die sind doch nicht wichtig, Christy. Das kann warten.«

»Sie weint aber bestimmt, wenn sie denkt, sie hat sie verloren. Sie hat überhaupt nichts, womit sie spielen kann. Ich will ihr sagen, dass sie auch meinen Simba haben kann.«

Jenny sah sie einen Moment lang an und lächelte dann. »Das ist lieb von dir. Okay, kleinen Moment, dann seh ich nach.«

Christy wartete, während Jenny ihr Gespräch fortsetzte und

dabei gleichzeitig im Telefonbuch suchte. »Hier. Ich umkringel sie dir.«

Christy betrachtete angestrengt die eingekreiste Nummer. Dann klemmte sie sich Simba unter den Arm, nahm das Telefonbuch und machte sich auf den Weg nach unten ins Arbeitszimmer, wo ihre Mutter einen separaten Telefonanschluss hatte. Sie kletterte auf Sharons großen Schreibtischstuhl, legte das aufgeschlagene Buch auf den Tisch und stellte das Spielzeug ab. Dann zog sie sich das Telefon heran und tippte langsam die Zahlen ein, jede einzelne Ziffer mit dem Telefonbuch vergleichend.

»Holiday Inn«, sagte eine Frauenstimme.

»Könnte ich bitte mit Emily sprechen?«

»Bei uns arbeitet niemand, der Emily heißt«, sagte die Frau. »Kann vielleicht jemand anders dir helfen?«

Christy zögerte. »Nein, ich muss Emily haben.«

»Emily wer?«, fragte die Frau gereizt.

»Emily Robinson. Das ist meine Schwester.«

Die Stimme der Frau wurde wieder freundlicher. »Hör mal, mein Schatz, du hast dich verwählt.«

Tränen der Enttäuschung schossen Christy in die Augen und sie legte auf. Waren sie wieder nach Hause gefahren?, fragte sie sich. Hatten sie vergessen, ihr zu sagen, wo sie waren?

Sie wählte ihre alte Nummer. Nach dem dritten Läuten meldete sich wieder eine Frauenstimme: »Der von Ihnen gewählte Anschluss ist leider nicht zu erreichen«.

»Ich will mit Emily sprechen!«, rief sie dazwischen. Als sie merkte, dass es sich um ein Tonband handelte, knallte sie den Hörer auf die Gabel und blickte hilflos in das Telefonbuch. Wie konnte sie sich mit ihr in Verbindung setzen?

Sie hockte am großen Schreibtisch ihrer Mutter und blickte auf Simba, der sie erwartungsvoll ansah, und auf die drei angriffsbereiten Soldaten. Was war, wenn sie auch Emily ins Gefängnis gesteckt hatten?, dachte sie. Und Anne und Bobby?

Vor lauter Hilflosigkeit wegen der misslichen Lage ihres Vaters und allem anderen, das sie nicht begriff, begann sie zu weinen.

Ihre Mutter tauchte in der Tür auf. »O Christy . . .«

Sharon lief zu ihrer Tochter und nahm sie fest in die Arme. Dann setzte sie sich und zog das kleine Mädchen auf ihren Schoß.

»Ich vermiss Papa so«, schluchzte Christy. »Und Emily hat ihre Soldaten vergessen.«

»Wir bringen Emily ihre Soldaten morgen früh mit, ja?«

»Aber sie weint bestimmt, weil sie meint, sie hat sie verloren, und ich wollte sie anrufen und ihr das sagen, aber sie ist nicht da.«

»Das wird schon, mein Schatz. Sie ist nach allem, was passiert ist, bestimmt so müde, dass sie gar nicht mehr daran denken wird. Morgen ist noch früh genug. Du siehst sie direkt morgen früh. Und deinen Papi auch.«

»Wirklich?«, fragte Christy hoffnungsvoll.

»Ja. Jenny fährt mit dir zum Gericht. Die beiden sind dann auch da.«

Sie wischte sich die Augen. »Kommst du auch mit?«

Sharon dachte einen Moment lang darüber nach. »Ja. Ich denke schon. Ich mache mir auch Sorgen um deinen Papa. Aber du und Jenny, ihr müsst für ihn bei Anne und Emily und Bobby sitzen, damit der Richter sehen kann, was für eine wundervolle Familie dein Papa hat.«

Auch wenn sie es mit sanfter Stimme gesagt hatte, so hatten ihre Worte doch einen leicht scharfen Unterton gehabt, was Christy nicht verborgen geblieben war. »Ich will aber bei dir sitzen. Setzt du dich auch zu uns?«

»Nein, Schatz. Das würde Anne gar nicht gefallen. Aber ich werde auch da sein, falls du mich brauchst.«

Christy fühlte sich plötzlich sehr müde und sie begann wieder zu weinen. Ihre Mutter drückte sie fester an sich und sie lehnte ihren Kopf an Sharons Schulter. »Kann ich Papa anrufen, Mama?«

»Nein, Süße. Da, wo er ist, darf er nicht telefonieren.«

»Ich weiß doch, wo er ist. Er sitzt im Gefängnis. Du brauchst nicht so zu tun, als ob ich das nicht wüsste.«

»Es ist alles nur ein Irrtum, Schatz. Er ist bald wieder draußen.«

»Versprochen?«

Sharon zögerte und Christy wusste, dass sie es ihr nicht versprechen würde. Sie glitt ihrer Mutter vom Schoß, schnappte sich ihren Simba und die Soldaten und machte sich auf den Weg zur Tür.

»Wo gehst du hin, Schatz?«

»Ins Bett«, murmelte Christy.

»Es ist doch noch früh, und morgen musst du schließlich nicht in die Schule, weil wir zum Gericht müssen.«

»Ich bin müde«, schmollte Christy und wischte sich die Tränen von den Wangen. »Ich brauch meinen Schlaf.«

Normalerweise hätte Sharon darüber gelächelt, doch Christys Worte klangen so niedergeschlagen, dass sie es gar nicht lustig fand.

»Na gut, dann los. Ich deck dich noch zu. Und dann beten wir noch für deinen Papa.«

An diesem Abend schlief Christy mit Simba und den Soldaten im Bett ein, ungeduldig, dass der Morgen bald kommen möge und sie sich versichern konnte, dass es ihrem Vater gut ging.

# 8

Die Zelle war kalt und nur schwach erleuchtet. Ben lag auf seiner fünf Zentimeter dicken Matratze, deren Federung in der Mitte durchhing, und versuchte zu schlafen. Ein paar Zellen weiter sang ein Mann lauthals ein schmerzerfülltes Klagelied, mit einer Stimme, mit der er Millionen hätte verdienen können. Wie war er wohl hier gelandet?

Genauso wie ich, dachte er. Er beobachtete eine Schabe, die an der Decke entlangkrabbelte und schloss, als sie genau über ihm war, die Augen. Gefängnis. Er konnte es nicht fassen.

Er wälzte sich auf die Seite und zog sich die fadenscheinige Decke über die Schultern. Vom Flur her kamen zwei Stimmen, die sich gegenseitig Flüche an den Kopf warfen, und dann eine dritte, die schrie, dass die anderen beiden gefälligst die Klappe halten sollten. Irgendwo direkt neben ihm hämmerte jemand mit einem Löffel einen Rap-Beat auf den Gitterstäben, ein Geräusch, das derart nervtötend war, dass er am liebsten auch »Ruhe!« geschrien hätte.

Anne stand wahrscheinlich gerade Todesängste aus. Dieselbe Anne, durch die er sich einst so bedeutend vorgekommen war; jene Anne, die an seine Arbeit geglaubt hatte und an seinen Traum, ein berühmter Maler zu werden; jene Anne, die hoch und heilig versprochen hatte, ihm bis ans Ende der Welt zu folgen, ohne sich um die Konsequenzen zu scheren, wenn er sie nur heiraten würde. Während der vergangenen fünf Jahre, nach zwei Kindern und einer

Menge Höhen und Tiefen, war die Leidenschaft einer praktischeren und sogar zynischen Art von Beziehung gewichen – die Sorte, vor der er bei Sharon geflüchtet war. Verspürte Anne für ihn überhaupt noch einen Funken Liebe? Er bezweifelte es. Stattdessen würde sie sich wahrscheinlich fragen, was sie überhaupt je an ihm gefunden hatte. Er fragte sich das selbst.

Anne hatte einen Mann verdient, der stark war, der Geld verdienen und die Kinder ernähren konnte. Bisher war er nichts davon gewesen. Doch das zu ändern, dafür war es schon lange zu spät. Ganz gleich, wie viele Bilder er auch verkauft hatte, wie viele wichtige Ausstellungen er gehabt hatte und wie viele Kunstkritiker positive Kritiken über ihn schrieben – wenn er pleite und obdachlos war und in einer Gefängniszelle lag, nützte ihm das alles nichts.

Die Schabe ließ sich auf seine Brust fallen und er sprang auf und bürstete sie mit der Hand weg. Er kickte sie mit dem Fuß unterm Gitter durch, hinaus auf den Flur, dann lehnte er sich gegen das kalte Eisen und blickte auf den düsteren Gang hinaus.

Ob sie ihn morgen rauslassen würden? Sie mussten einfach. Er konnte den Gedanken, bis zur Verhandlung im Gefängnis zu sitzen, von seiner Frau und seinen Kindern getrennt zu sein, nicht ertragen.

Irgendwie musste er morgen raus. Und Lynda Barrett war der einzige Mensch, der das schaffen konnte. Sie war zwar eine Freundin von Sharon und eine von diesen abergläubischen Christen, aber er vertraute ihr dennoch.

Im Grunde hatte er auch keine andere Wahl. Es gab Mittel und Wege, das Geschick seiner Familie zu ändern. Doch dafür musste er in Freiheit sein.

## 9

Als das Telefon in Annes Motelzimmer läutete, war es bereits nach Mitternacht. Sie beeilte sich abzuheben, bevor die Kinder davon wach würden. »Hallo?«

»Anne, bist du's?«

Die Stimme kam von weit weg und war durch das Rauschen in der Leitung kaum zu verstehen. »Ja. Wer ist denn da?«

»Nelson«, sagte die Stimme. »Nelson Chamberlain. Ich bin in London, aber ich habe soeben von Louis' Ermordung gehört.«

Chamberlain, der in St. Clair wohnte, auch wenn er die meiste Zeit reiste, war einer von Bens größten Unterstützern. Allein im letzten Jahr hatte er ihm mindestens vier seiner Bilder abgekauft und noch etliche mehr für ihn an den Mann gebracht. Außerdem war er einer von Louis Dubose' besten Freunden gewesen. »Das war ein großer Schock für uns alle«, sagte sie und strich sich dabei das Haar aus dem Gesicht. »Hat man dir auch erzählt, wen man des Mordes bezichtigt?«

»Ich habe gehört, dass Ben verhaftet worden ist. Stimmt das? Anne, was ist los bei euch?«

»Das ist eine lange Geschichte, Nelson, aber Louis hat Ben gestern aus irgendeinem mysteriösen Grund gefeuert und uns aus der Wohnung geworfen. Die Polizei glaubt, dass Ben ihn aus Rache oder so umgebracht hat. Er sitzt momentan im Gefängnis.« Ihr versagte die Stimme. Sie hob den Blick zur Zimmerdecke und versuchte die Tränen zu unterdrücken. »Morgen ist die Vernehmung zur Anklage. Ich weiß nicht, was wir machen sollen. Ich hab Angst, dass sie ihn drin behalten, bis entschieden wird, ob man das Hauptverfahren gegen ihn eröffnet. Und noch länger, wenn er wirklich angeklagt wird. Er ist reingelegt worden, Nelson. Sämtliche Beweise deuten auf ihn hin, aber ich schwör dir, er war's nicht.«

»Unbegreiflich«, sagte Nelson. »Ich kann's nicht fassen.«

»Ich auch nicht. Und wenn eine Kaution festgesetzt wird, hab ich keine Ahnung, wo ich die hernehmen soll. Das Geld leiht uns doch niemand - wir haben doch nicht mal einen Job.«

»Mach dir wegen der Kaution keine Sorgen, Anne. Die stell ich. Morgen bin ich telefonisch nicht zu erreichen, da ich vorhabe, nach St. Clair zurückzufliegen, um bei der Beerdigung dabei sein zu können. Aber ich ruf morgen früh das Gericht an und lass das Geld anweisen.«

Sie hielt den Atem an. »Das würdest du tun?«

»Natürlich. Ich weiß doch, dass Ben niemanden umgebracht hat. Wir müssen ihn aus dem Gefängnis herausholen.«

»Du rettest uns das Leben«, weinte Anne. »Ich weiß nicht, wie ich dir danken soll.«

»Nicht nötig. Sag Ben nur, er soll die Ohren steif halten. Ich ruf dich an, sobald ich zurück bin.«

Als sie aufgelegt hatte, lehnte Anne sich gegen das Kopfteil ihres Bettes und genoss die Erleichterung darüber, dass sie zumindest in der Lage sein würde, eine Kaution zu stellen. Nelson hatte kein oberes Limit gesetzt und sie wusste, dass er sein Geld zurückbekäme, sobald Ben freigesprochen würde. Es war der einzig lichte Moment eines ansonsten schrecklichen Tages.

Sie schlüpfte wieder unter die Bettdecke und versuchte zu schlafen. Doch der Schlaf ließ auf sich warten. Auf dem Rücken liegend starrte sie an die Decke, bis der Morgen ins Zimmer drang.

## 10

Der Tag war für Floridas Verhältnisse ungewöhnlich kalt, doch es überraschte Sharon kaum. Alles schien irgendwie aus den Fugen zu sein. Sie betrat den Gerichtssaal und betrachtete die Gesichter von anderen Familienangehörigen, Anwälten und Klägern, die heute vor den Richter treten mussten. An einer Seite des Saals saß die Reihe der Häftlinge, die auf ihre Vernehmung zur Anklage warteten. Auch Ben war darunter, in seinem orangefarbenen Overall. So abgehärmt und ungepflegt wie jetzt hatte sie ihn noch nie gesehen.

Jenny war schon früher mit Christy hergefahren. Die beiden saßen gemeinsam bei Anne. Jenny wippte Bobby auf dem Bein, während Emily sich unruhig auf dem Schoß ihrer Mutter wand, die Soldaten festhaltend, auf deren Mitnahme Christy heute Morgen bestanden hatte. Christy saß mit dunklen Ringen unter den Augen neben Anne; sie hatte ihr Sonntagskleid an und trug eine große weiße Schleife im Haar.

Lynda Barrett war die Einzige in der Gruppe, die sicher und furchtlos wirkte, so als wüsste sie genau, was sie hier tat. Auch auf die Gefahr hin, dass sie sich Annes Zorn zuziehen konnte, ging Sharon zu Lynda hin und beugte sich von hinten über ihre Schulter.

»Wie sieht's aus?«, fragte sie.

Lynda blickte zuversichtlich zu ihr hoch. »Es geht ziemlich fix voran«, sagte sie. »Der Richter muss heute Nachmittag eine Verabredung zum Golf haben.«

Der Richter klopfte mit seinem Hammer auf das Pult, womit er seine Entscheidung im vorherigen Fall unterstrich, und Sharon fand einen Sitzplatz ein paar Reihen weiter hinten.

»St. Clair gegen Robinson«, rief der Gerichtsdiener auf.

Ben erhob sich und Lynda begab sich an seine Seite. Nachdem er die Anklage angehört hatte, fragte der Richter: »Schuldig oder nicht schuldig?«

»Nicht schuldig«, sagte Ben laut.

Lynda beantragte, dass Ben bis zur Gerichtsverhandlung gegen Kaution auf freien Fuß gesetzt werden sollte, doch der Ankläger bestand darauf, ihn im Gefängnis zu behalten, wobei er sich auf die Brutalität des Verbrechens, dessen Ben bezichtigt wurde, berief und die Ansicht äußerte, dass die Straßen St. Clairs nicht mehr sicher seien, wenn Ben auf freiem Fuß wäre. Lynda widerlegte jeden seiner Punkte und wies dabei besonders auf Bens Alibi hin.

»Euer Ehren, da mein Mandant keinerlei Vorstrafen hat, ja, nicht einmal einen Verstoß gegen die Straßenverkehrsordnung begangen hat, ergäbe es keinen Sinn, ihn im Gefängnis zu behalten. Er hat eine Frau und vier Kinder, die auf ihn angewiesen sind.« Sie machte eine Handbewegung in ihre Richtung.

Der Richter nahm die Familie in Augenschein. Dann setzte er die Brille ab und überflog die Unterlagen auf seinem Pult. »Miss Barrett«, sagte er, setzte die Brille wieder auf und sah zu Lynda hoch. »Wie ich hieraus ersehe, musste Mr Robinson vor zwei Tagen seine Wohnung räumen.«

»Das ist richtig, Euer Ehren.«

Der Richter stützte die Ellbogen auf sein Pult, lehnte sich vor und sah sie unwirsch an. »Dann erklären Sie mir bitte, wie ich ihn freilassen soll, wenn er keinen festen Wohnsitz hat.«

»Euer Ehren«, antwortete Lynda, ohne einen Augenblick zu zögern, »er wird sich schnellstmöglich eine Wohnung besorgen, aber dafür muss er auf freiem Fuß sein. Er musste seine Wohnung erst vorgestern verlassen, und gestern ist er verhaftet worden. Er hatte also bisher keine Zeit eine Wohnung für seine Familie zu suchen.«

Der Richter schüttelte den Kopf. »Tut mir Leid, aber angesichts der Tatsache, dass wir es mit einem Mord zu tun haben, kann ich ihn nicht guten Gewissens auf freien Fuß setzen. Es ist schon schwierig genug, bis zur Verhandlung mit Leuten in Kontakt zu bleiben, die eine feste Adresse haben. Aber ohne die ist es schlicht und einfach unmöglich.«

»Aber Euer Ehren, es ist doch nicht seine Schuld, dass er die Wohnung räumen musste!«

»Euer Ehren«, fuhr der Ankläger dazwischen. »Tatsache ist doch, dass der Mord auf den Hinauswurf folgte. Die ermordete Partei war sein Vermieter. Es scheint mir offensichtlich zu sein, dass seine Wohnungslosigkeit und der kurz darauf stattgefundene Mord in Zusammenhang stehen, daher rate ich Ihnen nachdrücklich an, diesen Mann nicht wieder auf unsere Straßen zu lassen.«

Der Richter nickte und blickte wieder in seine Unterlagen. »Tut mir Leid, Miss Barrett, aber ohne festen Wohnsitz kann ich niemanden auf freien Fuß setzen. Ich fürchte, Mr Robinson, Sie werden bis zur endgültigen Entscheidung, ob Anklage gegen Sie erhoben wird, in Haft bleiben müssen.«

»Nein!«, rief Anne und sprang dabei auf. Jenny begann zu weinen, verbarg ihr Gesicht in den Händen und schüttelte ungläubig den Kopf.

Unvermittelt erhob Sharon sich von ihrem Sitzplatz. »Euer Ehren!«

Der Zwischenruf überraschte den Richter und er versuchte festzustellen, wer unter den Zuhörern die Dreistigkeit besessen hatte, den Verfahrensablauf zu stören.

»Euer Ehren«, wiederholte sie, die Aufmerksamkeit auf sich lenkend, »ich bin Ben Robinsons geschiedene Frau. Mein Name ist Sharon Robinson. Und er hat eine feste Adresse.«

Der Richter blickte wieder in seine Unterlagen. »Also, hier steht . . .«

»Ihre Informationen sind nicht auf dem neuesten Stand«, sagte sie, drängte sich dabei aus ihrer Sitzreihe und begab sich nach vorn. »Euer Ehren, Ben und seine Familie werden bis zu seinem Freispruch bei mir wohnen.«

Jenny hielt den Atem an.

Ben sah sie an, als ob sie sich soeben in ein Huhn verwandelt und zu glucken begonnen hätte.

Sharon konnte selbst nicht glauben, was sie da gerade getan hatte. Sie blickte sich nach ihrer älteren Tochter um, sah die Dankbarkeit in ihren Augen und hoffte, dass der Gedanke daran genügen würde, um die Sache durchzustehen.

»Euer Ehren, ich bin mir absolut sicher, dass mein Ex-Mann dieses Verbrechen nicht begangen hat. Und um das zu beweisen, bin ich gewillt, ihn und seine Familie bis zur Verhandlung bei mir zu Hause aufzunehmen. Damit hätten sie einen festen Wohnsitz, Euer Ehren.«

Dem Richter schien es die Sprache verschlagen zu haben.

»Äh, also, Mrs Robinson – Robinson war richtig, ja?«

»Ja«, bestätigte sie.

»Das ist höchst ungewöhnlich und das Folgende sage ich nun eigentlich wider besseres Wissen – aber da der Mann keinerlei Vorstrafen besitzt und wenn ich mir seine Familie ansehe, gefällt mir der Gedanke gar nicht, ihn für längere Zeit hinter Gitter zu sperren. In diesem Gerichtssaal hier halte ich lieber jeden bis zum Beweis des Gegenteils für unschuldig. Wenn mir also Miss Barrett ihr Wort gibt, dass hier nicht nur Theater gespielt wird und der Beschuldigte die Gelegenheit nicht beim Schopfe packt, um aus dem Bundesstaat zu verschwinden, dann kann ich Ihrem Antrag wohl stattgeben. Gegen 100.000 Dollar Kaution setze ich ihn auf freien Fuß.«

Sharon holte tief Luft – nicht aus Erleichterung, sondern vielmehr aus einem unbestimmten Gefühl der Angst heraus. Angst vor dem, was sie alle nun erwartete.

Als sie sich umdrehte, traf sie die ganze Wucht von Annes Reaktion. Anne hatte die Augen zusammengekniffen, funkelte sie wütend und empört an, als würde sie keinerlei Absicht haben, Sharons Angebot anzunehmen.

»Vielen Dank, Euer Ehren«, sagte Lynda.

Der Hammer senkte sich wieder aufs Pult. Der nächste Fall wurde aufgerufen. Und Ben wurde wieder hinausgeführt, bis seine Kaution hinterlegt wurde.

Lynda ging eilig zu Anne und Jenny, um ihnen die Prozedur der Kautionshinterlegung zu erklären. Sharon hielt sich abseits und betrachtete ihre ältere Tochter, in deren Miene eine Mischung aus Verzweiflung und Erleichterung zu lesen war.

Lynda begleitete sie aus dem Gerichtssaal und Sharon folgte ihnen auf den Flur hinaus, wobei sie auf Distanz blieb, so als ob sie fürchtete, angegriffen zu werden, wenn man sie in ihrer Nähe erwischte. Christy entdeckte sie und kam zu ihr gelaufen, wobei ihre Schleife ruckweise immer tiefer rutschte. »Mami! Papa kommt aus dem Gefängnis!«

»Ich weiß, Schatz«, sagte sie.

Sie blickte auf und sah, wie Lynda zu ihr herüberkam. Der Blick ihrer Freundin war voller Mitgefühl und Dank. Lynda nahm sie in die Arme. »Das war wirklich großartig von dir«, sagte sie leise.

Sharon schüttelte müde den Kopf. »Du kannst schon mal die Männer in den weißen Kitteln kommen lassen. Für die bin ich jetzt nämlich reif.«

Lynda lächelte. »Es war die einzige Möglichkeit, ihn freizukriegen.«

»Aber wie soll ich das bloß aushalten?«, fragte Sharon leise. »Mit seiner Frau komme ich überhaupt nicht klar und mit ihm auch nur so gerade eben.«

»Warum hast du es dann gemacht?«, wollte Lynda wissen.

Sharon blickte zu Jenny hinüber. Christy schien zwar nicht so recht zu wissen, was eigentlich los war, doch sie hatte Emily bei den Händen gefasst und hüpfte mit ihr auf der Stelle. »Wegen meiner Kinder«, sagte sie. »Es würde sie umbringen, wenn sie ihren Vater für längere Zeit im Gefängnis wissen müssten. Das kann ich ihnen nicht antun.«

»Und stattdessen tust du jetzt lieber dir dies alles an?«

Sharon holte tief Luft. »Kein Grund für Vorschusslorbeeren, Lynda. Ich wollte, ich könnte sagen, dass ich es aus Herzensgüte tue, aber ich fürchte, ich werde die nächste Zeit innerlich kochen. Doch ich bin sicher, dass Ben kein Mörder ist. Und je eher wir das beweisen, desto eher wird dieser Spuk ein Ende haben.«

## 11

Eine Stunde später sah Sharon durchs Fenster, wie der Kombi der Robinsons in ihre Zufahrt einbog. Wie Bens Zusammentreffen mit Anne ausgesehen hatte, konnte sie sich ungefähr ausmalen. Wahrscheinlich hatte Anne ihn zur Schnecke gemacht, denn inzwischen war ihr sicher richtig klar geworden, was es hieß, bei der Ex-Frau ihres Mannes einzuziehen – sie würde fuchsteufelswild sein.

Ben stieg aus dem Auto, nahm das Baby auf die Hüfte und schnappte sich einen der Koffer, die er in den Laderaum gestopft hatte. Anne ließ sich Zeit und zögerte es so lang wie möglich hinaus, das Haus betreten zu müssen.

Zögernd trat Ben in die offene Tür. »Hi«, sagte er.

»Hi«, antwortete Sharon in geschäftsmäßigem Ton. »Komm rein. Anne und du, ihr kommt in das Schlafzimmer hinten raus, dritte Tür links im Flur. Emily kann oben in Christys Zimmer schlafen. Außerdem hab ich für Bobby unser altes Kinderbett vom Dach geholt. Er schläft im Zimmer neben euch.«

Ben stieß einen leisen Pfiff aus. »Ich glaube, weiter als bis in die Halle bin ich nie gekommen.«

»Ja, das Haus ist ziemlich groß«, gab Sharon zu.

Einen Augenblick lang stand er da und starrte sie an, das Baby auf der Hüfte. Jedem anderen hätte sie das Baby inzwischen abgenommen. Sie hatte immer noch ein drittes Kind haben wollen. Doch jetzt vermied sie es bei seinem Hereinkommen sogar, in seine Richtung zu sehen.

»Das war wirklich klasse von dir, Sharon«, sagte er. »Das hat keiner von dir verlangt. Es war das Letzte, was ich erwartet hätte.«

Sie wandte sich von ihm ab und begann auf der großen Kochinsel in der Mitte der Küche Möhren zu hacken. »Ich *musste* es tun. Ich habe den Gesichtsausdruck meiner Töchter gesehen. Und Christy war gestern Abend dermaßen verunsichert - ich würde alles dafür tun, dass meine Kinder nicht mit ansehen müssen, wie ihr Vater im Gefängnis sitzt.«

»Warum auch immer - ich weiß es zu schätzen.«

Einen Moment lang herrschte dröhnende Stille zwischen ihnen. Sharon hackte weiter Möhren.

»Ich habe ihn nicht umgebracht, Sharon.«

Sharon drehte sich wieder zu ihm um und musterte mit gesenktem Kopf die großen, quadratischen Parkettfliesen. »Ich weiß, Ben.«

»Ich komm da raus«, sagte er. »Ich weiß, dass es ziemlich hoffnungslos aussieht, aber ich muss das ausfechten.«

»Ich weiß.«

Sie hörte Emily und Christy kichernd und plappernd aufs Haus zukommen.

Anne hingegen war noch immer aufgebracht. Sie kam, eine Kiste auf den Armen, mit einem säuerlichen Ausdruck in ihrem sonst so hübschen Gesicht, ins Haus marschiert. Sharon konnte sie einfach nicht direkt ansehen, aber damit hatte sie schon immer Probleme gehabt. »Hallo, Anne.«

Annes Gesicht war gerötet, als sie das Kinn hob, um Sharon ins Gesicht zu sehen. »Ich will dir gleich sagen, dass ich gegen das hier bin. Es gefällt mir überhaupt nicht.«

Sharon nickte. »Das ist dein gutes Recht.«

»Ich hab keine Ahnung, warum du das gemacht hast«, fuhr sie fort, wobei sich ihre blassblauen Augen mit Tränen füllten. »Aber ich trau dir nicht. Ich will keine Gefälligkeiten von dir.«

Sharon kämpfte gegen das Verlangen an, ihr ins Gesicht zu schreien, dass ihr nichts ferner liege, als Anne Robinson einen Gefallen zu tun, doch stattdessen wandte sie sich wieder ihren Möhren zu. »Du scheinst mir keine andere Wahl zu haben«, bemerkte sie trocken.

»Im Moment vielleicht nicht«, stieß Anne hervor. »Aber sobald ich eine eigene Wohnung habe, sind wir hier raus.«

»Bitte, Anne«, sagte Ben behutsam. »Statt sie anzugreifen, sollten wir ihr lieber danken.«

Jetzt wandte Anne sich gegen ihn. »Wag es bloß nicht, deine Ex-Frau gegen mich in Schutz zu nehmen!«

»Ich verteidige sie ja gar nicht. Ich versuche lediglich darauf hinzuweisen, dass du ein bisschen unvernünftig bist. Wir haben keine Bleibe und sie hat uns ihr Zuhause angeboten.«

Ein paar quälende Sekunden lang herrschte eisiges Schweigen und Anne rang deutlich sichtbar mit ihren Gefühlen ... Wut, Erniedrigung, Stolz, Schmerz. Schließlich reichte Ben ihr das Baby. »Wir sind im letzten Zimmer hinten links. Warum richtest du dich nicht schon mal mit Bobby dort ein?«

»Ich habe einen Braten im Backofen«, sagte Sharon zu Annes Rücken, als sie hinausging. »Den gibt's heute zum Abendessen.«

Anne warf ihr einen vernichtenden Blick zu und schien kurz davor ihr zu sagen, dass sie ihn allein essen könne, doch ein Blick auf Emily belehrte sie anscheinend eines Besseren. Das Kind musste essen, ebenso wie das Baby und ihr Mann. Anne selbst würde vielleicht fasten können, solange sie hier war, aber nicht ihre Familie.

Beinahe tat sie Sharon Leid, als sie hinausging, die Kiste mit ihrer dürftigen Habe unter einem Arm und das Baby auf dem anderen.

Jenny, die hinter Ben und Anne in die Zufahrt gefahren sein musste, kam ins Zimmer und ihre Augen begannen zu strahlen wie die eines kleinen Mädchens in einem Puppengeschäft zur Weihnachtszeit. Christy und Emily waren unmittelbar hinter ihr. »Ach, Mama, du bist so toll! Das wird phantastisch!« Sie schlang erneut die Arme um ihre Mutter und riss sie dabei beinahe um.

Christy nahm Emily bei den Händen und begann mit ihr zu tanzen, wobei ihr langes, blondes Haar auf- und niederflog. »Emily wohnt jetzt bei uns! Emily wohnt jetzt bei uns! Das wird schön, Mama! Und Papi ist jetzt hier bei uns und immer mit uns zusammen!«

Verbitterung stieg in Sharon hoch. Wenn Ben ihre Ehe nicht so leichtfertig zerstört hätte, hätte Christy niemals erfahren müssen, wie es war, wenn ihr Vater nicht mit ihnen zusammenwohnte.

Sharon beugte sich wieder über die Möhren. Jegliches Mitleid für Ben war plötzlich verschwunden. »Na los, ihr habt allerhand zu tun«, sagte sie rasch. »Christy und Emily, warum geht ihr nicht auspacken? Gib ihr ein paar von deinen Schubladen ab, Christy. Ihr zwei teilt euch ein Zimmer.«

Die zwei Mädchen quietschten vor Freude und rannten die Treppe hinauf und in Christys Zimmer. Ben lief ihnen nach, denn ihm war klar, dass er Sharon jetzt besser in Ruhe lassen sollte. Als Jenny und Sharon in der Küche allein waren, fragte Jenny: »Alles in Ordnung, Mama?«

»Bei mir schon. Allerdings wird das alles nicht einfach, Jenny.«

»Klar«, sagte Jenny sanft. »Aber es wird klappen. Du wirst schon sehen.«

Sharon überprüfte den Backofen, als ob sich in der letzten halben Stunde, seit sie den Braten hineingeschoben hatte, irgendetwas hätte verändern können. Wenn es nicht ein E-Herd gewesen wäre, hätte sie vielleicht in Erwägung gezogen, den Kopf hineinzustecken.

»Mama, ich weiß, dass ihr, du und Anne, euch nicht mögt.«

Sharon stieß ein heiseres Lachen aus und machte den Backofen wieder zu. »Wenn das mal nicht noch untertrieben ist.«

»Aber siehst du nicht? Deshalb ist das alles doch noch viel großartiger. Was du gemacht hast, mein ich. Dass du sie hier wohnen lässt, sie und Papa und die Kleinen. Zu Leuten nett zu sein, die man mag, ist echt einfach, aber zu Leuten, die man nicht mag . . .«

Sharon versteifte sich und wandte sich zu ihrer Tochter um. »Ich hab's einfach gemacht, Jenny, okay? Und damit hat sich's.«

»Aber Mama, ich mein das wirklich ernst.«

Sharon seufzte und ging zum Arzneischränkchen, um nach den Aspirintabletten zu suchen. »Ich kriege Kopfschmerzen.«

»Vielleicht werdet ihr ja Freundinnen, du und Anne«, meinte Jenny. »Sie ist echt nett, meistens jedenfalls. Ich kenn sie inzwischen ziemlich gut, und . . .«

»Alles, was wir erwarten können, ist meiner Meinung nach, dass wir lernen uns gegenseitig zu ertragen«, unterbrach Sharon sie und spürte zu ihrem Missbehagen wieder Verbitterung in sich aufsteigen. »Und selbst bis dahin ist es noch ein weiter Weg.«

Jenny legte die Arme um Sharons Hals, so dass ihre Mutter sie anblicken musste. Erstaunt stellte Sharon wieder einmal fest, dass Jenny schon so groß war wie sie. Es schien ihr noch gar nicht so lange her zu sein, dass ihre ältere Tochter genauso klein gewesen war wie Christy. Die Zeit verging wie im Fluge. Angesichts des süßen Gesichts, das sie anlächelte, fiel es ihr schwer, ihre Verbitterung aufrechtzuerhalten, und sie erwiderte den Druck.

»Ich hab dich lieb, Mama. Und du lebst deinen Glauben wirklich. Was ich gestern gesagt habe, tut mir Leid.«

»Ach, schon in Ordnung«, sagte Sharon und ließ sie los. »Ich weiß ja, dass du mich bloß manipulieren wolltest.«

»He, dafür bin ich schließlich da«, sagte Jenny lächelnd. Sie trat einen Schritt zurück und blickte ihre Mutter ernst an. »Ich helf dir, während sie hier sind. Das ist auch für mich gut. Ich werde lernen, wie man Verantwortung übernimmt. Ich kann bei Bobby und den Kleinen helfen. Es wird schön sein, sie hier im Haus zu haben, oder, Mama? Das ganze Haus voller Kinder zu haben?«

Sharon seufzte. »Mir ist schon klar, dass du deinen Spaß dabei haben wirst, Jenny. Ich hoffe nur, du denkst daran, dass wir es nicht alle so toll finden werden. Und nicht nur das – dein Vater könnte noch immer im Gefängnis landen.«

»Keine Angst, Mama«, sagte Jenny. »Wir werden herausbekommen, wer Mr Dubose wirklich umgebracht hat. Wir werden schon beweisen, dass Papa unschuldig ist.«

Der entschlossene Ton in Jennys Stimme erschreckte sie. In Gedanken sah sie ihre Tochter schon die Straßen durchstreifen, auf der Suche nach dem wahren Mörder. Sie fasste Jenny bei den Schultern und blickte ihr direkt in die Augen. »Du hältst dich da raus. Du wirst nicht herumschnüffeln, um den Mörder von Mr Dubose zu finden. Hast du mich verstanden? Es geht hier um *Mord*. Das ist gefährlich!«

Jenny zögerte. »Irgendwer muss doch was tun, Mama.«

»Ich werde alles tun, was ich kann«, versprach Sharon ihr. »Ich bin genauso interessiert daran wie du.«

»Was meinst du damit?«

»Je schneller wir deinen Vater entlasten können, desto eher können sie sich wieder ihrem eigenen Leben zuwenden.«

Jenny machte ein langes Gesicht. »Stimmt, es ist wohl nicht für immer, oder?«

Sharon hätte beinahe gelacht, doch sie beherrschte sich. »Nein, Schatz, es ist nicht für immer. Und jetzt hilf lieber den Mädchen, Emilys Sachen auszupacken.«

Schlagartig hellte sich Jennys Miene wieder auf. Und als sie herumwirbelte und zur Treppe lief, sah Sharon an ihrem hüpfenden Schritt und ihrem Blick, wie sehr sie sich darüber freute, dass ihre Familie wieder vereint war.

☆

Als Ben ins Schlafzimmer kam, hatte Anne es gerade geschafft, Bobby zum Schlafen zu bringen. Nun saß sie am Fenster und ließ den Blick über den Garten schweifen. Es gab dort eine Menge Bäume, eine Schaukel für Christy und das Baumhaus, das Sharon von irgendwem hatte bauen lassen. Die Art und Weise, wie sie zum Fenster hinaussah, ließ deutlich erkennen, dass Anne die andere Frau um ihr Zuhause beneidete.

Er trat hinter sie und begann ihre Schultern zu massieren. »Alles klar?«

Als sie zu ihm hochblickte, sah er die Anspannung in ihrem Gesicht. »Es ist alles furchtbar schwer, Ben.«

»Vielleicht geht's doch. Die Kinder sind jedenfalls begeistert.«

»Die Kinder haben ja keine Ahnung.« Sie schüttelte seine Hände ab, stand auf und ging zu ihrem Koffer. Während sie auszupacken begann, stiegen ihr die Tränen in die Augen. »Wie ist das nur passiert?«

»Es wird schon alles gut werden«, sagte er. »Vertrau mir einfach.«

»Ich *habe* dir vertraut«, fuhr sie ihn an. »Als ich dir gesagt habe, wie sehr es mich beunruhigt, dass wir so abhängig von der Galerie sind, hast du geantwortet, ich solle dir vertrauen. Als ich meinte, dass wir eine eigene Wohnung bräuchten, hast du gesagt, ich solle dir vertrauen.«

»Eine eigene Wohnung zu haben, hätte uns heute auch nicht viel geholfen, Anne. Ich würde trotzdem unter Mordverdacht stehen.«

»Stimmt, aber statt uns von deiner Ex-Frau aushalten lassen zu müssen, hätten wir wenigstens in unser eigenes Haus zurückgehen können.« Sie hielt inne und sah mit schmerzlichem Blick zu ihm hoch. »Das ist beschämend, Ben. Mein schlimmster Alptraum.«

»Jetzt übertreibst du aber.«

»Nein, tu ich nicht!«

»Hör mal, wenn du Angst hast, dass noch irgendwas zwischen mir und Sharon sein könnte, dann kannst du ganz beruhigt sein. Ich bin jetzt mit dir verheiratet.«

»Verheiratet zu sein hat dich seinerzeit ja auch nicht davon abgehalten, oder?«

Der Schlag war unter die Gürtellinie gegangen und er trat einen Schritt zurück. »Wenn ich mich recht entsinne, warst du daran auch nicht ganz unschuldig.«

Die Erinnerung daran war ihr unangenehm. Sie wandte sich wieder dem Koffer zu und zerrte einen Stapel seiner Hemden daraus hervor.

»Sieh's doch mal von der positiven Seite, Anne. Ich kann bei meinen Kindern sein, und Emily und Christy sind auch zusammen.«

»Na wunderbar«, sagte sie und fuhr wieder herum. »Eine große, glückliche Familie, ja? Wie früher, bevor ich auf den Plan getreten bin. Vati und Mutti wieder im gleichen Haus. Die Einzige, die dabei stört, bin ich!«

Er drehte sich zum Fenster um. »Anne, falls es dir noch nicht aufgefallen sein sollte: Ich bin derjenige, der die Nacht im Gefängnis verbracht hat. Meinst du, es war meine Absicht, dass ich mir von meiner Ex-Frau helfen lassen muss und meine Kinder sehen, dass ich in Schwierigkeiten stecke?«

»Ich *weiß* nicht, was deine Absicht war«, sagte sie und pfefferte einen weiteren Stapel Wäsche in die Kommode. »Ich habe keine Ahnung. Alles, was ich weiß, ist, dass du als notorischer Mörder in sämtlichen Zeitungen stehst und dass ich deinetwegen im Haus meiner Erzfeindin wohnen muss. Aus meiner Sicht ist das Zusammenleben mit dir momentan nicht besonders rosig.«

Ben blickte über die Schulter. »Anne, du musst dich zusammenreißen. Für mich. Du bist mein einziges Alibi. Wenn du jetzt . . .«

»Alibi?«, schrie sie beinahe, senkte aber rasch wieder die Stimme. »Das ist auch so was, Ben. Ich habe der Polizei erzählt, ich sei gestern die ganze Zeit mit dir zusammen gewesen. Nur in Wirklichkeit war es überhaupt nicht so. Du warst über eine Stunde weg, als du deinen Spaziergang gemacht hast.«

»Wir brauchten ein bisschen Abstand, Anne – weil wir uns gestritten hatten, genau wie jetzt. Was glaubst du denn? Dass ich in der Stunde zur Galerie gelaufen bin und Louis umgebracht habe?«

»Nein!«, rief sie. »Das glaube ich nicht. Aber *die* vielleicht, wenn sie's herausbekommen!«

»Dann erzähl es ihnen nicht!«

Sie drehte sich um und krallte sich einen weiteren Wäschestapel aus dem Koffer. »Das Ganze ist ein Alptraum, Ben. Ich habe es satt.«

»Du willst also raus, ja? Stimmt's?«

»Woraus?«

»Aus der Ehe. Aus der Verpflichtung mir beizustehen, egal, wie hart die Lage auch sein mag.«

»Wo sollte ich denn hin, Ben?«, fragte sie mit zusammengekniffenen Lippen. »Alles Geld, das ich in die Ehe mitgebracht habe, ist weg. Ich kann mir nicht mal leisten, mit meinem Kind zum Arzt zu gehen. Und ich hatte eigentlich nicht vor, noch mehr Geld von deiner innig geliebten Ex anzunehmen!«

»Dann besorg dir doch einen Job! Wenn du so erpicht darauf bist, von mir wegzukommen, dann verdien dir was und geh!«

»Ich gehe nicht ohne meine Kinder, Ben.«

»Und ich lass es nicht zu, dass du sie mitnimmst.«

»Schön«, sagte sie mit rotem Kopf. Dann ließ sie sich aufs Bett sacken und stieß einen tiefen Seufzer aus. »Dann muss ich wohl oder übel bei dir bleiben.«

Ben war nie jemand gewesen, der weiter den starken Mann markierte, wenn eine Frau zu weinen begann, also setzte er sich zu ihr aufs Bett und atmete tief durch. Dann legte er seine Arme um sie und zog sie an sich. »Sieh mal, ich hab's schon mal verpfuscht, und meine Kinder mussten dafür büßen. Ich will nicht, dass noch eine Familie auseinander bricht. Reg dich bitte ab und versuch es irgendwie durchzustehen. Wir können es schaffen. Wir haben doch schon öfter Probleme gehabt.«

»Aber nicht solche«, jammerte sie.

»Nein, und die Kinder auch nicht. Wir müssen stark sein. Ihretwegen.«

Sie versuchte sich zusammenzunehmen. »Ich bin müde, Ben. Seit wir aus unserer Wohnung raus sind, habe ich kein Auge mehr zugemacht. Wie viele Tage ist das jetzt her?«

»Gerade mal zwei. Ich weiß aber, wie du dich fühlst. Ich habe auch nicht viel geschlafen. Könnten wir diesen Streit vielleicht einfach auf unsere Müdigkeit schieben und momentan mal alles vergessen, was wir über Trennung gesagt haben?«

Sie machte sich erneut von ihm los. »Ich weiß es nicht, Ben. Ich weiß einfach nicht, ob ich das noch lange aushalte.«

»Du brauchst Ruhe. Warum legst du dich nicht hin, solange Bobby schläft? Ich kümmere mich um ihn, falls er wach wird.«

»Und was machst du in der Zwischenzeit? Dich bei deiner ersten Frau in der Küche nützlich?«

Er seufzte. »Nein, Anne. Du hast von Sharon nichts zu befürchten. Ich bin der letzte Mann auf dieser Welt, an dem sie Interesse hätte.«

»Na, toll! Aber wenn sie Interesse hätte, dann wär das für dich auch kein Problem, richtig?«

»Falsch. Das hast du mir jetzt in den Mund gelegt.«

»Nein. Ich deute lediglich, was du sagst.« Sie stand auf und ging zur Tür. »Ich glaube nicht, dass ich jetzt schlafen kann. Ich geh zu Emily und helfe ihr auspacken.«

☆

Sharon beschloss, allein den Tisch zu decken. Ihr grauste bereits vor dem Moment, wo die anderen zu Tisch erschienen. Als sie schließlich das Essen auf Schüsseln verteilt und diese auf der Anrichte platziert hatte, damit sich jeder selbst bedienen konnte, drehte sie eine Runde durchs Haus und trommelte den Rest zusammen.

Ben saß in ihrem Arbeitszimmer und erörterte am Telefon mit Lynda die Möglichkeit, einen Privatdetektiv anzuheuern, um den wahren Mörder zu finden. Sharon war klar, dass *sie* die Rechnung dafür würde bezahlen müssen, und die Tatsache, dass er sie nicht einmal gefragt hatte, verärgerte sie. Andererseits war es jeden Preis wert, um Ben aus der Patsche zu helfen und ihn so wieder aus dem Haus zu haben. Jenny saß vor ihm auf dem Fußboden, als wäre ihr der Sinn und Zweck von Stühlen völlig fremd, und hörte aufmerksam zu.

Sharon teilte den beiden mit, dass das Essen auf dem Tisch stehe. »Wo ist denn Anne?«, erkundigte sie sich im Hinausgehen bei Jenny.

»Ich glaube, sie sieht mit den Mädchen fern. Ich sag ihr Bescheid.«

»Lass gut sein.« Sharon war fest entschlossen, sich von ihren Gefühlen nicht unterkriegen zu lassen. »Ich sag's ihr selbst«, erklärte sie und machte sich auf den Weg in den Wohnbereich.

Christy hockte neben Emily auf dem Fußboden. Die beiden waren in eine reißerische Boulevardsendung vertieft, die zu sehen Sharon ihrer Tochter normalerweise nicht erlaubte. Da sie aber gerade zu Ende war und eine Nachrichtenvorschau kam, ließ sie es dabei bewenden. Anne saß in einem Fernsehsessel und starrte auf den Bildschirm, doch Sharon hatte den Verdacht, dass sie nichts von dem, was sie sah, wahrnahm. Sie schien mit den Gedanken sehr weit weg zu sein.

»Essen fassen, alle miteinander«, sagte Sharon munter. »Geht euch die Hände waschen, Mädchen.«

»Okay, Mami.« Christy stand auf und griff nach der Fernbedienung. Doch noch ehe sie den Fernseher ausmachen konnte, fingen schon die Nachrichten an – und auf dem Bildschirm erschien als Aufmacher ein Foto von Ben. »Ortsansässiger unter Tatverdacht . . .«

»Sieh mal, Mami! Da ist Papi!«, rief Christy.

Sharon erstarrte und Anne beugte sich vor. »Ben Robinson, ein hiesiger Maler, wurde heute wegen Mordes angeklagt. Der Galeriebesitzer, bei dem er arbeitete, wurde tot aufgefunden ...« Während der Sprecher redete, wurde gezeigt, wie der mit einem Tuch verhüllte Leichnam aus dem Haus gefahren wurde. »Die Indizien deuten auf den verbitterten Maler hin, der in dem Atelier wohnte und am Tag der Ermordung hinausgeworfen worden war. Diese und andere Nachrichten nach der Werbung.«

Hastig machte Sharon den Fernseher aus, wobei Christy und Emily sie mit offenem Mund anstarrten, die Augen vor Entsetzen über das Bild des toten Mannes weit aufgerissen. Jenes Mannes, von dem der Nachrichtensprecher gesagt hatte, ihr Vater habe ihn umgebracht.

»Geht euch die Hände waschen«, sagte Sharon nur und ihre Stimme klang gefährlich leise.

Christy blieb regungslos sitzen. »Mama, ist das der Mann, den Vati ...«

»Euer Vater hat niemanden umgebracht«, sagte Sharon rasch. Verärgert wandte sie sich zu Anne um. »Ich hätte eigentlich gedacht, dass du ein bisschen besser darauf achtest, was die Kinder sich ansehen. Vor allen Dingen heute.«

Anne richtete sich wütend auf. »Woher sollte ich denn wissen, was kommt! Du hast doch auch dabeigestanden.«

»Aber ich hätte ihnen niemals erlaubt, sich dieses dämliche Boulevardmagazin anzusehen. Sieht so das Kinderprogramm von heute aus?«

Annes erschöpftes Gesicht lief rot an. »Hier geht's doch überhaupt nicht um das Kinderprogramm oder irgendeine Klatsch- und Tratschsendung, Sharon. Sei wenigstens so ehrlich und sag, was du meinst!«

Die Mädchen gingen eilig hinaus und Sharon sah ihnen nach, bevor sie sich zornig an Anne wandte. »Du hast Recht«, fauchte sie. »Es geht wirklich nicht um diese Sendung, sondern darum, dass sie sehen, wie ihr Vater im Fernsehen als Mörder bezeichnet wird. Wir müssen aufpassen, was sie sich ansehen. Jeder Trottel wüsste, dass ausgerechnet heute ...«

»Jetzt reicht's!«, rief Anne, sprang aus ihrem Sessel hoch und lief zur Tür. Sharons wütender Blick folgte ihr und sie sah, dass die

Mädchen sich noch immer im Flur herumdrückten. »Ihr sollt euch die Hände waschen gehen, hab ich gesagt!«, schrie sie.

Anne fuhr herum. »He – deine Kinder kannst du ja rumkommandieren, aber lass meine gefälligst in Ruhe!«

»Schön«, knurrte Sharon mit zusammengebissenen Zähnen. »Essen ist fertig.« Sie stürmte aus dem Zimmer, doch Anne heftete sich an ihre Fersen.

»Du weißt, dass das nicht meine Idee war. Mir passt es nämlich gar nicht. Aber wie du schon gesagt hast – ich bin hier, weil ich keine andere Wahl habe.«

»Das weiß ich. Aber *ich* hatte sie. Ich hab euch aus freien Stücken angeboten, bei mir zu wohnen«

»Wieso eigentlich?«, schrie Anne. »Was hast du denn davon?«

Sharon hielt mitten im Schritt inne und fuhr herum, um Anne ins Gesicht sehen zu können. »Meine Kinder lieben ihren Vater und es hat sie fix und fertig gemacht zu wissen, dass er im Gefängnis ist. Für sie hab ich's getan – und nicht für einen von euch!«, gab sie zurück. »Das ändert allerdings nichts an der Tatsache, dass es in meinem Haus bezüglich des Fernsehens gewisse Regeln gibt, und ich will nicht, dass meine Kinder in den Fernsehnachrichten hören, dass ihr Vater irgendwen umgebracht haben soll . . .«

Ben kam herein und Sharon hielt mitten im Satz inne.

»Na, Kinder, worum geht es denn jetzt schon wieder?«, wollte Ben wissen.

»Um die Nachrichten!«, stieß Sharon hervor.

»Ja«, sagte Anne, und die Tränen liefen ihr über die Wangen, während sich ihr Zorn nun gegen ihn richtete. »Sie sind schon voll von dir. Alle, die wir kennen, werden denken, dass du ein Mörder bist. Du bist schließlich ein verbitterter Angestellter!«

»Die Fernsehnachrichten?«, fragte er.

Sharon war klar, dass sie nicht noch mehr Öl ins Feuer gießen sollte, doch sie verspürte das Bedürfnis, Bens Hilfe in Anspruch zu nehmen. »Ben, deine Frau hat soeben deine Kinder mit ansehen lassen, wie die Leiche von Dubose aus der Galerie gebracht wurde.«

»Jetzt hör bloß damit auf!«, rief Anne. »Ich wusste genauso wenig wie du, dass sie das zeigen würden.«

»Du solltest eben besser aufpassen!«, brüllte Sharon.

Jenny kam mit Bobby auf dem Arm ins Zimmer. »Er ist von eurem Geschrei wach geworden«, sagte sie leise.

Ihr vorwurfsvoller Ton ließ sie beide innehalten und Sharon kam sich vor wie ein Kind, das von seinem Lehrer einen Tadel erhalten hatte. Sie biss die Zähne zusammen, ging in die Küche und begann Löffel in die Schüsseln zu stecken. »Irgendwer muss jetzt mit dem Essen anfangen«, sagte sie mit zusammengebissenen Zähnen. »Komm, Jenny, iss!«

Jenny setzte das Baby in das Hochstühlchen, das an der Tischkante festgemacht war, und begann sich einen Teller zu füllen. Sharon hörte, wie Anne hinter ihrem Rücken Ben etwas zuflüsterte, und hätte am liebsten laut geschrien. Stattdessen entschloss sie sich lediglich, aus dem Zimmer zu gehen.

»Wo willst du hin, Mama?«, erkundigte sich Jenny, als sie fast schon zur Tür hinaus war.

»Christy und Emily suchen«, sagte sie. »Sie sind völlig durcheinander weggelaufen.«

Jenny warf ihrem Vater und Anne einen raschen Blick zu, dann setzte sie sich schweigend mit ihrem Teller an den Tisch.

☆

Sharon schloss die Tür ihres Schlafzimmers hinter sich und rang mit den Empfindungen, die sie durchströmten. Am liebsten hätte sie Anne gesagt, sie solle ihre Familie nehmen und aus ihrem Haus verschwinden. Die Wahrheit aber war, gestand Sharon sich ein, dass sie das, was sie getan hatte, beim besten Willen nicht für Anne getan hatte, sondern für Jenny und Christy. Und sogar für Ben, obwohl er eigentlich der Letzte war, für den sie Mitleid empfinden wollte.

Alles, was ihr jetzt blieb, war die Hoffnung, dass der Mord schnellstmöglich aufgeklärt wurde, damit die beiden aus ihrem Haus verschwinden konnten.

Sie griff zum Telefon und wählte Lyndas Nummer.

»Hallo?«

»Lynda, ich bin's«, sagte Sharon.

»Wie läuft's?«, erkundigte sich Lynda, die nichts Gutes ahnte.

Einen Moment lang bekam Sharon kein Wort heraus. »Lynda, du musst mir helfen«, sagte sie schließlich.

»Ich tu alles, was in meiner Macht steht.«

»Ich weiß«, sagte Sharon. »Was ich meine, ist: mir *wirklich* helfen. Ich bezahl den Privatdetektiv, über den du mit Ben geredet hast, ganz gleich, was das kostet. Wir müssen herausbekommen, wer Dubose wirklich umgebracht hat. Ben muss entlastet werden, damit ich sie aus meinem Haus kriege.«

Lynda schwieg einen Moment lang. »Was war denn los?«

»Ich will's mal so sagen: Ich hatte einen kleinen Zusammenstoß mit Anne. So wie wir uns aneinander reiben, befürchte ich, dass bald ein Flächenbrand ausbricht.«

Sharon konnte das Lächeln in Lyndas Stimme hören. »Tja, ich hab mir so was fast schon gedacht.«

»Die Sache ist ganz offensichtlich abgekartet, Lynda. Irgendwer will Ben reinlegen. Es kann doch nicht so schwer sein rauszukriegen, wer.«

»Genau das denke ich auch«, meinte Lynda. »Pass auf, beruhige dich und versuch die Sache durchzustehen. Ich weiß, dass es ziemlich schwierig für dich ist, aber sobald ich etwas herausbekomme, melde ich mich bei dir. Ich weiß, dass es hier um Bens Leben geht, und ich nehm das nicht auf die leichte Schulter.«

»Das weiß ich doch«, sagte Sharon und ließ sich auf ihr Bett fallen. »Aber du bist in letzter Zeit ein bisschen abgelenkt, von wegen Jake und dich verlieben und so weiter ...«

»Du tust gerade so, als wäre ich ein Teenager, der nur Jungs im Kopf hat.«

»Ist wahrscheinlich blanker Neid«, sagte Sharon ernst. »Ich weiß einfach nicht mehr, wie das ist.«

Lynda gluckste. »Na ja, jetzt, wo du Ben im Haus hast, kannst du dich vielleicht ja wieder ein bisschen dran erinnern.«

Sharon schüttelte sofort den Kopf. »Ich frage mich eigentlich, was ich je an dem Mann gefunden hab.«

»Na, das ist doch schon ein ganz schöner Fortschritt seit der Scheidung. Es gab mal Zeiten, da hast du gedacht, dein Leben wäre aus und vorbei und du würdest nie über Ben wegkommen. Und jetzt weißt du nicht einmal mehr, wie das überhaupt mit ihm war.«

»Ich schätze, Gott lässt uns irgendwie gegen so schmerzliche Erinnerungen unempfindlich werden«, sagte sie. »Und die Zeit heilt auch Wunden. Was mich betrifft, so wünsche ich ihm und Anne alles Glück dieser Welt – nur nach Möglichkeit nicht hier in meiner Nähe. In der Zwischenzeit muss ich mir eben immer wieder einreden, dass ich genau das Richtige mache.«

»Das tust du ja auch«, sagte Lynda. »Es gab doch wohl keine Alternative – jedenfalls keine, die den Kindern gegenüber fair gewesen wäre. Es wird schon werden. Schließlich bist du eine klasse Frau, und Gott kann durch dich etwas bewirken.«

»Du bist eine wahre Freundin, Lynda«, sagte Sharon. »Und eine schreckliche Optimistin.«

»Hoffen wir, dass ich auch eine gute Anwältin bin. Ben wird eine brauchen.«

## 12

Eric Boudreaux saß in seiner opulenten Suite im Tampa Biltmore und studierte in der Zeitung, die man ihm heute Morgen gebracht hatte, die Aktienkurse. Bis zu seiner Verabredung war es nicht einmal mehr zwei Stunden hin und noch immer hatte er nichts von Louis Dubose gehört.

In einer Zimmerecke liefen leise die Fernsehnachrichten vor sich hin und er schaute gelegentlich auf, um zu sehen, ob irgendetwas kam, das für ihn von Interesse war.

». . . der Galeriebesitzer Louis Dubose . . .«

Boudreaux blickte von seiner Zeitung hoch und sah auf dem Bildschirm das Gesicht des Mannes, den er bisher nur vom Telefon her gekannt hatte. Er beugte sich vor, nahm die Fernbedienung und stellte den Ton lauter.

». . . wurde hinterrücks erschossen. Wie aus Polizeikreisen verlautet, ist die Waffe, die in einer Mülltonne in Nähe der Galerie gefunden wurde, auf Benjamin L. Robinson, einen ortsansässigen Maler, der in der Galerie wohnte, registriert. Laut Polizeiangaben war Robinson am Tag des Mordes gefeuert und aus der Wohnung hinausgeworfen worden . . .«

Eric hörte verblüfft zu, versuchte den Worten des Sprechers zu folgen, doch alles, was er mit Sicherheit verstanden hatte, war, dass Dubose tot war. Wie konnte das sein?

Er war extra für diese Verabredung von Frankreich hierhergeflogen, begierig darauf, den Preis an sich zu reißen, der ihn noch reicher machen würde, als er bereits war. Wenn Dubose nun tot war . . .

Das Telefon klingelte und er riss hastig den Hörer von der Gabel. »Boudreaux.«

»Ja, Mr Boudreaux«, sagte eine fröhliche Stimme. »Wie schön, Ihre Stimme zu hören. Ich hoffe, Sie hatten einen guten Flug?«

Boudreaux runzelte die Stirn. »Wer spricht denn da?«

»Mein Name ist John Lieber. Ich bin ein guter Freund und Kollege von Louis Dubose. Ich muss Ihnen leider sagen, dass es schlechte Nachrichten gibt.«

Boudreaux sah wieder zum Bildschirm, doch dort lief inzwischen Werbung. »Ja. Der Mord.«

»Der Mord«, sagte der Mann mit trauriger Stimme. »Sie haben es also schon aus den Nachrichten erfahren. Unser Freund ist brutal ermordet worden. Eine schreckliche Sache. So unerwartet.«

Boudreaux schwieg. Dubose hatte nichts von einem weiteren Kontaktmann erwähnt. Allerdings hatte Boudreaux vermutet, dass er nicht allein an diesem Geschäft beteiligt war. Er würde vorsichtig sein, dachte er. Amerikaner waren nicht unbedingt vertrauenswürdig und er tätigte nur ungern Geschäfte mit ihnen.

»Ich war bei unserer kleinen Unternehmung der Partner von Dubose«, sagte der Mann. »Und ich sehe keinen Grund, warum sie nicht wie geplant weiterlaufen sollte. Ich würde mich noch immer gern mit Ihnen für unseren Tauschhandel treffen.«

»Sie haben es?«, erkundigte sich Boudreaux hoffnungsvoll, wobei er seine dichten Augenbrauen hochzog.

»Es ist an einem sicheren Ort«, sagte Lieber. »Allerdings kann es sein, dass ich ein wenig Zeit brauche, um dranzukommen.«

»Wie lange? Ich muss nach Frankreich zurück.«

»Nur noch einen Tag oder zwei. Ich gebe Ihnen mein Wort, dass sich Ihr Warten lohnen wird. Schließlich haben Sie nicht die weite Reise gemacht, bloß um mit leeren Händen zurückzufliegen.«

Boudreaux dachte einen Augenblick lang nach. Er konnte es nicht riskieren, in eine Falle zu laufen. Sein Ruf war makellos und niemand hatte jemals auch nur den leisesten Verdacht geschöpft, dass er in illegale Geschäfte verstrickt sein könnte. Was war, wenn er doch irgendwie in Verdacht geraten war und internationale Kunstdetektive ihm eine Falle stellen wollten? Die Dinge liefen nicht glatt genug. Andererseits wollte er unbedingt das haben, weswegen er hierhergekommen war . . .

»Wie . . .« Er suchte nach dem richtigen Ausdruck. »Wie kann ich Ihnen vertrauen?«

»Sie *müssen* mir vertrauen«, sagte Lieber, »denn ich habe den größten Fund dieses Jahrhunderts in der gesamten Kunstwelt. Wenn Sie mir nicht vertrauen, wird es nur Ihnen schaden.«

Boudreaux nickte leicht, sagte aber nichts.

»Bitte, bleiben Sie einfach noch einen Tag dort, wo Sie sind. Höchstens zwei. Ich melde mich wieder bei Ihnen, sobald wir unseren Tauschhandel machen können. Dubose würde es so gewollt haben. Es wäre nicht in seinem Sinne, dass dieser Verkauf wegen einiger unglücklicher Umstände gefährdet wird.«

Boudreaux war nicht so recht davon überzeugt. Sein Instinkt riet ihm lautstark, ins Flugzeug zu steigen und das Land schleunigst zu verlassen. Doch Lieber hatte Recht. Das hier war der Fund des Jahrhunderts.

»Ich bleibe hier, bis ich von Ihnen höre«, sagte er widerwillig. »Wenn ich in den nächsten zwei Tagen nichts höre, reise ich ab.«

»In Ordnung«, sagte der Mann. »Ich melde mich bei Ihnen. Und Mr Boudreaux? Sie werden es nicht bereuen.«

## 13

Die Kinder waren verschwunden.

Während die anderen im Haus suchten, ging Ben in den Garten, um nachzusehen, ob sie vielleicht dort waren. Das kleine Baumhaus, das sich zwischen die Äste der Eiche schmiegte, war neu seit seinem letzten Besuch. Sharon hatte irgendwen engagiert, es für Christy zu bauen, denn die Kleine kletterte für ihr Leben gern.

Nur: Für den Bau eines Baumhauses war der Vater zuständig. Entwurf und Ausführung hätten von ihm kommen sollen, und Ben ärgerte sich deswegen, als er die Leiter hinaufspähte. Stabil sah es allerdings aus. Um ehrlich zu sein, er hätte es wahrscheinlich auch nicht besser gekonnt. Aber es ging ums Prinzip. Wenn Sharon ihn gefragt hätte, hätte er das Häuschen gebaut.

Andererseits hätte Anne wahrscheinlich Zustände gekriegt, weil er überhaupt hierhergekommen wäre, und es wäre alles fürchterlich kompliziert geworden . . .

Wahrscheinlich hatte Sharon richtig gehandelt. Christy stand ein Baumhaus zu. Und sie sollte sich nicht jedes Mal mit den negativen Folgen der Scheidung auseinander setzen müssen, wenn sie etwas wollte. Davon abgesehen konnte Sharon es sich auch leisten. Ungeachtet des finanziellen Lochs, in dem Ben sie hatte sitzen lassen, hatte Sharon seit der Scheidung reichlich Erfolg gehabt. Sie war jemand, der immer auf den Füßen landete. Egal, wie schlimm die Lage auch war, sie profitierte davon. Sie hatte in dieser Hinsicht Glück.

Was man von ihm nicht gerade sagen konnte.

Er hörte Schluchzen aus dem Baumhaus. Er packte die Sprossen und stieg langsam die Leiter hinauf. Als er an der Luke war, klopfte er leise an den Boden des Hauses. »Jemand da?«

Die Luke ging auf und Christys nasses, gerötetes Gesicht begrüßte ihn. »Komm rein, Papa. Wir sind gerade am Weinen.«

Die Mitteilung amüsierte ihn, doch als er sich ins Innere des Baumhauses hinaufzog, brach ihm der Anblick fast das Herz. Christy rutschte wieder zu Emily. Die beiden saßen wie Indianer im Schneidersitz da und weinten und hielten sich dabei an der Hand.

»Was ist denn los, Mädels?«, erkundigte er sich behutsam.

Sie sahen sich an. »Nichts.«

Ben kletterte weiter ins Baumhaus hinein und prüfte, ob die Bodenbretter ihn hielten. Es ist gut gebaut worden, dachte er anerkennend. Aber inzwischen machte Sharon alles erstklassig. Sie hatte ja auch das Geld dazu.

Er setzte sich neben Christy auf den Boden und Emily kletterte auf seinen Schoß. Er zog Christy auf sein anderes Bein und drückte beide Kinder an sich. »So, jetzt verratet Papa mal, was los ist.«

»Die Nachrichten, Papa«, sagte Christy. »Die haben gesagt, du hast Mr Dubose umgebracht.«

»Du weißt doch, dass ich das nicht getan habe. Ihr wisst das doch, oder?«

»Aber wir haben Angst.«

»Ihr wisst doch, dass Papa niemanden umgebracht hat, oder?«, fragte er noch einmal.

Die Mädchen nickten beide und neue Tränen liefen über ihre Wangen. Ben vergrub sein Gesicht in Christys Haar.

»Mädels, das ist das Schlimmste, was euer Papa je durchgemacht hat. Manchmal laufen die Dinge einfach nicht so, wie man will. Aber ich habe Mr Dubose nicht getötet und ich werde herausbekommen, wer es war – und dann kommt wieder alles in Ordnung. Sehen wir's doch mal von der guten Seite«, versuchte er seine Töchter aufzumuntern. »Wir wohnen jetzt alle hier zusammen im selben Haus.«

»Aber Mama hasst Sharon«, sagte Emily und rieb sich dabei die Augen.

Ben schüttelte den Kopf, traurig über die Probleme, die Erwachsene in ihrer Schwachheit den Kindern, die auf sie angewiesen waren, zumuteten. Er küsste seine jüngste Tochter auf die Wange. »Schatz, das ist nur sehr schwer für sie. Sie sind beide mit mir verheiratet gewesen und es ist irgendwie ziemlich komisch, dass wir jetzt hier alle zusammenwohnen.«

»Werden sie die ganze Zeit streiten?«, fragte Emily.

»Hoffentlich nicht.«

Christy strich Ben über die Bartstoppeln. Er hatte sich nicht mehr rasiert, seit sie hinausgeworfen worden waren. »Ich habe für dich gebetet, Papa.«

»Ich weiß, Süße«, sagte Ben. »Tu das auch ruhig weiter.«

Er blickte sich in dem kleinen Haus um. »Ich bin noch gar nicht hier oben gewesen, Christy. Schön habt ihr's hier.«

»Danke«, sagte sie und wischte sich das Gesicht.

»Könnte aber ein bisschen Farbe gebrauchen, oder?«

Sie sah sich um, als ob ihr das bisher noch nie aufgefallen wäre.

»Pass mal auf«, sagte er. »Da ich sowieso die nächste Zeit, solange ich hier bin, nichts zu tun haben werde, könnten wir doch vielleicht ein Projekt starten.«

»Was für ein Projekt denn?« Emilys Gesicht hellte sich auf. »Du meinst ein Malprojekt?«

Emily malte für ihr Leben gern, doch sein Atelier war für sie immer tabu gewesen. Die Vorstellung, jetzt an einem seiner Projekte teilhaben zu können, war verlockend genug, um sie von ihrem Kummer abzulenken.

»Genau«, sagte er. »Wie wär's, wenn wir morgen hier hoch gehen und zu malen anfangen. Wir können die Wände anmalen und den Boden und die Decke und . . .«

»Wir könnten Bilder draufmalen«, warf Christy mit dünner Stimme ein.

»Klar, wir könnten ein Wandgemälde malen. Das wäre doch ganz große Klasse.«

»Keiner kann so gut ein Wandgemälde malen wie du«, sagte Emily.

»Also abgemacht, dann müssen wir das gleich mal planen. Am besten geht ihr zwei jetzt erst mal ins Haus und esst, und danach holt ihr Papier und zeichnet mir auf, was ich auf die Wände malen soll.«

»Können wir die Außenseite auch anmalen, Papa?«, wollte Christy wissen.

»Ja, klar doch. Wir malen alles, was ihr wollt, wir müssen es vorher nur mit deiner Mama abklären.«

Über der Aufregung und Vorfreude vergaßen Christy und Emily schnell ihren Kummer. Ben wischte den beiden die Gesichter trocken und küsste sie auf die Wangen.

»Ich liebe euch, Mädels.«

»Ich liebe dich auch, Papa«, sagten die beiden wie aus einem Munde.

»So, und jetzt geht rein und esst. Eure Mütter machen sich Sorgen um euch. Und danach könnt ihr mit den Entwürfen anfangen. Ich bleib noch einen Moment hier oben sitzen.«

Er sah ihnen nach, wie sie die Leiter hinunterflitzten, und einen Augenblick lang zögerte er und dachte über das nach, was soeben geschehen war. Hier saß er nun in dem Baumhäuschen, das seine Ex-Frau von irgendwem hatte bauen lassen, weil Ben selbst in ihrer Familie keine Rolle mehr spielte. Und hier waren seine zwei Kinder, aus jeder Ehe eines, die sich wie Schwestern liebten und allerbeste Freundinnen waren. Jetzt, wegen Mordes verhaftet, war er wieder zu Hause, aber mit seiner neuen Frau und ihren gemeinsamen Kindern . . .

Nichts daran war normal. Die Umstände waren so grotesk, wie er sie sich nur vorstellen konnte.

Wie in aller Welt hatte er es dahin gebracht? Kein Job, kein

Einkommen, und die Möglichkeit, dass er ins Gefängnis musste, bestand auch noch . . .

Der Sumpf aus Wut und Verzweiflung, der ihn zu verschlingen drohte, seitdem Dubose ihn hinausgeworfen hatte, zog ihn weiter hinab. Er fühlte sich elend, als er sich aus der Luke gleiten ließ und die Leiter wieder hinunterkletterte.

## 14

Sharon verspürte nicht den geringsten Appetit auf das, was sie gekocht hatte. Deshalb wartete sie, bis alle mit Essen fertig waren, und ging erst dann wieder in die Küche um aufzuräumen. Anne war bereits dabei die Spülmaschine einzuräumen, und als sie hochblickte, sah Sharon, dass ihre Augen vom Weinen gerötet waren.

Sharon tat so, als würde sie es nicht bemerken.

»Ich räum gerade auf«, sagte Anne.

»Lass gut sein. Ich mach das schon. Warum siehst du nicht mal nach, was die Kinder machen?«

Sie schien Sharons Worte als Anklage aufgefasst zu haben, jedenfalls stellte Anne den Topf auf der Arbeitsplatte ab und wischte sich die Augen. »Hör mal, Sharon, auf die Kinder wird schon aufgepasst. Sie spielen oben und Jenny ist bei ihnen. Tu bitte nicht so, als ob ich sie vernachlässigen würde.«

»Das habe ich doch gar nicht behauptet. Oder habe ich etwas in der Art gesagt?«

»Ich weiß doch, was du denkst.«

»Ah ja«, sagte Sharon, kreuzte die Arme und pflanzte sich vor der Frau auf. »Was genau habe ich denn gedacht?«

»Dass du sechs Jahre darauf gewartet hast, uns in dieser Lage zu sehen«, sagte Anne und schmiss dabei das Küchentuch hin, das sie in der Hand gehalten hatte. »Du hast gedacht, dass wir das alles hier verdient haben, und du freust dich insgeheim darüber, dass wir all den Ärger haben.«

»Das ist nicht wahr! Und ich verbitte mir solche Unterstellungen.«

»Ich durchschaue deine Großzügigkeit ganz genau, Sharon!«

»Das langt, Anne.« Die Worte kamen von Ben und die Frauen fuhren beide herum.

Tränen der Wut und Erschöpfung standen Anne nun in den Augen. »Wag es nicht, sie in Schutz zu nehmen!«

»Ich nehm sie nicht in Schutz. Das hat sie auch gar nicht nötig. Und jetzt beruhige dich.« Er ging zu seiner Frau und nahm ihr Kinn. »Anne, sieh mich an«, sagte er.

Sie schaute mit geröteten, zornigen Augen zu ihm hoch.

»Du bist fix und fertig, Schatz, und das versteh ich gut. Mir geht es auch nicht anders. Aber davon, dass du auf Sharon rumhackst, wird die Sache auch nicht besser. Im Gegenteil. Und im Moment müssen wir einen klaren Kopf behalten, okay? Wir haben keine Zeit für diese Streitereien.«

Sie legte den Kopf gegen seine Brust und er drückte sie einen Moment lang an sich und ließ sie weinen. Sharon wandte sich ab. Plötzlich kam sie sich vor wie ein Eindringling im eigenen Haus.

»Du legst dich jetzt lieber etwas hin«, sagte er leise zu Anne. »Du brauchst eine Pause. Leg dich einfach aufs Ohr und lass Jenny auf die Kinder aufpassen. Sie macht das gern.«

»Aber Bobby ist doch krank. Es ist gleich Zeit für seine Hustenmedizin.«

»Die geb ich ihm schon. Geh du nur. Ich brauche dich ausgeruht. Wir werden noch genug schlaflose Nächte haben bis zum Gerichtstermin.«

Sharon sah ihr nach, als sie das Zimmer verließ. Ben wandte sich wieder zu Sharon um und warf ihr einen Entschuldigung heischenden Blick zu. »Tut mir Leid, Sharon. Aber sie ist momentan nicht sie selbst. Für gewöhnlich ist sie ein lieber, warmherziger Mensch. Wenn du sie erst mal richtig kennen lernst . . .«

»Erspar mir das bitte.« Sharon wandte sich ab und begann die Arbeitsplatte zu wischen.

Bens Stimme verlor sich, als schien er zu wissen, dass sein Mund ihn in die falsche Richtung führte. »Okay, vergiss es. Hör mal, ich müsste ein paar Telefonate tätigen, wenn du nichts dagegen hast. Macht es dir was aus, wenn ich dein Arbeitszimmer benutze?«

»Nur zu«, sagte Sharon. »Ach, und wenn du malen willst – wir werden hier schon ein Eckchen für dich finden.«

Er zuckte die Achseln. »Besten Dank, aber im Moment ist mir

nicht sonderlich kreativ zumute. Ich habe den Mädchen allerdings versprochen, dass wir ihr Baumhaus anmalen. Du hast doch nichts dagegen, oder?«

»Gar keine schlechte Idee. Es ist auch höchste Zeit, dass Christys Vater sich ein bisschen für sie engagiert.« Sie wandte sich wieder dem Geschirr zu und begann wie besessen daran herumzureiben.

Ben fiel darauf keine Entgegnung ein, die nicht alles noch schlimmer gemacht hätte, und so machte er sich lieber auf den Weg zur Tür. In dem Augenblick läutete das Telefon und er kam noch mal zurück. »Ich geh schon ran. Vielleicht ist es ja Lynda.«

Er nahm den Hörer ab. »Hallo?«

Er stutzte, dann fragte er mit erregter Stimme: »Wer ist denn da?«

Sharon drehte sich um. »Wer?«, fragte sie leise. Er schüttelte bloß den Kopf und gab ihr damit zu verstehen, dass er es nicht wusste.

»Wovon reden Sie eigentlich?« Sein Gesicht verfärbte sich. »Ich habe keine Ahnung, wovon Sie reden!«

»Was ist denn?«, drängte Sharon leise.

Ben legte die Hand auf den Hörer. »Ruf die Polizei an«, formte er mit den Lippen. »Lass den Anruf zurückverfolgen.«

»Er?«, fragte sie ungläubig. »Der Mörder?«

Er nickte heftig und bedeutete ihr mit einer Geste, sich zu beeilen.

Während Sharon zum Wagen rannte, um über ihr Autotelefon die Polizei anzurufen, setzte Ben das Gespräch fort. »Sie müssen mir schon sagen, wonach Sie suchen«, hörte sie ihn sagen. »Gedanken lesen kann ich schließlich nicht.«

Als sie in der Garage war, riss Sharon die Wagentür auf und wählte hektisch die 911. Nachdem er sie angehört hatte, verband der Dienst habende Beamte sie weiter. Sie wartete und wartete und wünschte, dass endlich jemand abnähme.

Kurz darauf kam Ben in die Garage gestürmt. Anne war direkt hinter ihm. »Hast du die Polizei?«

»Ja«, sagte sie. »Aber um mit dem Richtigen zu sprechen, braucht's offenbar einen Kongressbeschluss. Ich bin gerade in der Warteschleife . . .«

»Er sucht nach irgendwas«, unterbrach Ben sie, wobei er sich mit der Hand durch das lange Haar fuhr. »Ich weiß nur nicht, wonach. Ich soll es heute Abend um halb elf am Flughafen deponieren, nur dass ich keine Ahnung hab, wovon er redet. Er hat mir gedroht und gesagt, dass er zum nächsten Stadium dieses Alptraums übergehen wird, wenn ich ihm nicht bringe, was er haben will.«

»Was kann es denn sein?«, fragte Anne. »Hat er dir denn keinen Anhaltspunkt gegeben? Sollst du raten?«

»Er denkt, ich wüsste es schon. Das ist ja das Groteske daran.«

Sharon gab es auf und knallte den Hörer auf die Gabel. »Los, Ben, wir müssen aufs Revier.«

Anne machte ein verblüfftes Gesicht. »Da braucht er dich aber doch nicht zu.«

Sharon kam sich gemaßregelt vor und kletterte eilig aus dem Wagen. »Da hast du Recht. Fahrt! Irgendwer muss es irgendwem erzählen. Da. Nehmt meinen Wagen, dann könnt ihr unterwegs Lynda anrufen. Sie sollte vielleicht besser davon erfahren.«

Ben sah zum Haus. »Und die Kinder?«

»Auf die passen wir auf«, sagte Sharon. »Jenny und ich werden das schon schaffen.«

Anne rannte wieder zum Haus zurück. »Bobby bleibt aber nicht hier. Der kommt mit.«

Sharon sah aus, als wäre sie von einem Schlag niedergestreckt worden, sagte aber nichts.

Während sie warteten, versuchte Ben noch einmal das Gespräch durchzugehen. »Er hat gesagt, ich soll bei Walmart einen schwarzen Kleidersack von Travel-Lite besorgen, und darin soll ich es übergeben. Es soll unbedingt die Marke sein.«

Sharon runzelte die Stirn und fragte sich, wieso. »Gut . . . in Ordnung. Ich lass Jenny bei den Mädchen und fahr, während ihr weg seid, schnell zu Walmart und besorg einen. Wer weiß? Vielleicht fällt's dir ja ein. Vielleicht kommst du ja drauf, wonach er sucht.«

Er nickte. »Wenn die Polizei mir glaubt, bin ich dadurch vielleicht entlastet, Sharon. Wenn sie ihn heute Abend schnappen könnten . . . dann bin ich vielleicht raus aus dem Schlamassel.«

Frische Hoffnung keimte in ihrem Blick. »Das stimmt!«

Anne kam wieder aus dem Haus zurück, das Baby auf dem einen Arm und die Wickeltasche und ihre Handtasche am anderen. »Okay, lass uns fahren. Ich bin fertig.«

»Viel Glück«, wünschte Sharon ihm. »Und vergiss nicht, Lynda anzurufen. Vielleicht will sie ja bei dem Gespräch dabei sein.«

## 15

Während Ben das Gespräch schilderte, machte Tony Danks sich Notizen. Jede Regung seines Körpers gab zu verstehen, dass er ihm kein Wort glaubte. Auch Larry Millsaps machte ein zweifelndes Gesicht, doch er hielt den Blick fest auf Ben gerichtet, während dieser sprach. Lynda saß neben Ben und half ihm gelegentlich mit weiteren Fragen nach, von denen sie glaubte, dass sie seine Geschichte bekräftigen könnten. Anne stand in der Zimmerecke und wiegte sich leise hin und her, damit Bobby nicht wach wurde.

»Nun . . . haben Sie dieses Telefongespräch aufgenommen?«, fragte Tony, als Ben mit seiner Geschichte fertig war. Dabei blickte er nicht von seinem Gekritzel auf.

»Nein«, sagte Ben. »Natürlich nicht. Ich wusste doch nicht, dass er anrufen würde.«

»Er hat doch schon gesagt, dass Sharon versucht hat, die Rückverfolgung des Anrufs in die Wege zu leiten, Tony. Sie ist aber nicht durchgekommen«, stellte Lynda noch einmal fest.

»Hat irgendwer auf einem anderen Anschluss das Gespräch wenigstens zum Teil mitgehört?«

»Nein, ich glaube nicht«, sagte Ben. »Wieso?«

»Ich frage mich bloß gerade, ob es irgendwelche Zeugen gibt.«

»Sharon hat gesehen, wie ich mit ihm gesprochen habe.«

»Na, das wird vor Gericht ein schlagkräftiger Beweis sein«, meinte Tony sarkastisch. »›Euer Ehren, meine Frau hat mich telefonieren sehen.‹ Fall erledigt.«

»Sie ist nicht seine Frau«, warf Anne ein. »Das bin ich.«

»Ach ja, stimmt«, sagte Tony. »Er lebt mit euch beiden zusammen.«

Die Bemerkung brachte Ben nur noch mehr in Rage. Er sprang auf und riss dabei polternd seinen Stuhl um. Dann beugte er sich über den Tisch und fragte: »Wie soll ich euch beweisen, dass er angerufen hat?«

Tony blickte zu Larry, der tief in Gedanken versunken zu sein schien und die Hände vor dem Gesicht gefaltet hielt. »Wir haben die Telefonverbindungen bereits überprüft«, sagte Tony. »Es ist tatsächlich zu dem Zeitpunkt ein Anruf registriert worden, aber der kam aus einer Telefonzelle. Beweisen tut das nichts.«

»Wieso denn nicht?«, fragte Ben. »Der Kerl wollte offensichtlich verhindern, dass der Anruf zurückverfolgt wird.«

»Weil das jeder gewesen sein könnte. Woher sollen wir wissen, dass es nicht ein Vertreter oder so war? Vielleicht haben Sie ja nur Theater gespielt, um uns von Ihrer Fährte abzulenken.«

»Dann kommen Sie heute Abend mit mir mit. Ich werde einen schwarzen Kleidersack abliefern, so wie er's mir gesagt hat. Irgendwer wird ihn nehmen und den können Sie sich dann schnappen. Dann werden Sie's ja sehen.«

»Und was gedenken Sie in die Tasche hineinzutun? Nach Ihrer Geschichte wissen Sie doch gar nicht, was er von Ihnen haben will.«

Ben hätte am liebsten irgendetwas zertrümmert. »Das ist keine Geschichte, Mann! Das ist doch dermaßen verrückt, warum sollte ich mir so was ausdenken?«

*»Warum?«* Tony lachte und warf seinem Partner einen kurzen Blick zu, doch der stimmte nicht in seine Heiterkeit ein. »Mal sehen: Sie werden des Mordes beschuldigt. Sämtliche Indizien weisen auf Sie hin. Sie werden wahrscheinlich den Rest Ihres Lebens im Gefängnis verbringen – ich weiß nicht, Larry, fällt dir vielleicht ein Grund ein, warum er sich das alles ausgedacht haben könnte?«

»Das ist ein ziemlich gebräuchlicher Trick«, sagte Larry sachlich. »Lenk den Verdacht auf einen anderen. Versuch zu erreichen, dass jemand anders unter die Lupe genommen wird.«

Ben riss die Arme hoch. »Ich *muss* mir das nicht ausdenken! Ich war's nicht! Und ich kann's nicht fassen, dass ihr Trottel auf euren Hintern hockt, während da draußen ein Mörder frei rumläuft. Ihr kommt nicht mal auf die Idee, dass ihr Unrecht haben könntet – dass, *wenn* ich die Wahrheit sage, die Fährte des Mörders langsam kalt wird, während ihr einfach faul hier rumsitzt. Das ist das, was an diesem Rechtssystem nicht stimmt. Es ist auf Idioten wie euch angewiesen!«

Lynda war während seines Ausbruchs halb aufgestanden und legte ihm jetzt die Hand auf den Arm, um ihn zu beruhigen. »Bitte,

Ben. Das führt doch zu nichts.« Sie sah wieder zu den beiden Polizisten hin, die jetzt sturer und entschlossener wirkten als je zuvor.

»Jungs, wenn wir der Anklagejury sagen müssen, dass wir euch die Gelegenheit gegeben haben, den wirklichen Verbrecher zu fassen, und dass ihr diese Chance nicht genutzt habt, dann wird das nicht allzu gut aussehen. Und die Tatsache, dass mein Klient euch soeben als Idioten bezeichnet hat, sollte auf eure Ermittlungen keinerlei Einfluss haben. Er ist im Augenblick vielleicht etwas leicht reizbar, aber das wären wir doch wohl auch, wenn man uns eines Mordes beschuldigen würde, den wir nicht begangen haben.« Sie setzte sich wieder und beugte sich vor, um Larry anzusehen. »Was meinst du denn, Larry? Tony? Könnt ihr ihn nicht zumindest heute Abend zum Flughafen begleiten? Um zu sehen, was passiert?«

Larry blickte zu Tony und schüttelte den Kopf. »Lynda, wenn wir jedes Mal springen würden, wenn ein Tatverdächtiger auf jemand anders zeigt, dann kämen wir überhaupt nicht mehr zum Schlafen. Ich bin heute vor Morgengrauen los, um bei einer Schießerei in einer Bar zu ermitteln, und ich bin müde. Und davon abgesehen habe ich zu Hause eine Frau sitzen, die mich zum Abendessen erwartet.«

»Sie hat doch Verständnis für das, womit du deine Brötchen verdienst«, sagte Lynda. »Wenn ich sie so gut kenne, wie ich glaube, dann hätte sie etwas dagegen, wenn ihr einem Falschen einen Mord anhängt – nur damit du pünktlich zum Abendessen zu Hause sein kannst. Und wir wissen beide, dass du auch vorher schon auf Schlaf verzichtet hast, um einen Job zu machen. Was ist mit Ihnen, Tony?«

Tony lachte heiser. »Mal sehen, ob ich das richtig verstanden habe. Ich soll nach vierzehn Stunden Arbeit mit diesem Knaben zum Flughafen von Tampa fahren – der ungefähr eine Stunde von hier entfernt ist –, nur damit er auf einen Anruf, für den er keine Beweise hat, reagieren kann, indem er eine leere Tasche an einem Fenster abstellt, die eine imaginäre Person dann mitnehmen kann?«

»Vergiss es!«, sagte Ben und gab dem Stuhl wieder einen Stoß. »Vergesst es einfach. Ich fahr selbst hin.«

»Nein, das werden Sie nicht, Freundchen«, sagte Larry. »Sie dürfen die Stadt nicht verlassen, solange Sie unter Tatverdacht stehen.«

»Und was ist, wenn er die Wahrheit sagt?«, brüllte Lynda plötzlich. Die anderen sahen sie verblüfft an. »Was ist, wenn – nur *wenn*, wohlgemerkt – wenn er euch alles genau so erzählt hat, wie es sich abgespielt hat? Wer immer da am Telefon war, hat ihm *gedroht*, für den Fall, dass er die Tasche nicht bringt! Larry, versetz dich mal in seine Lage. Was wäre, wenn dir das so gehen würde? Was wäre, wenn du versuchen würdest, der Polizei alles, was passiert ist, zu erzählen und die würde nicht zuhören?«

Irgendwas an diesen Worten bewirkte, dass Larrys Züge milder wurden. Er hob den Kopf und sah Ben nachdenklich an. Tony kritzelte weiter auf seinem Block.

Anne trat vor, mit Tränen in den Augen. »Ich fahre.«

Sämtliche Anwesenden blickten hoch. »Wie?«, fragte Lynda.

Sie räusperte sich. »Irgendwer muss ja hinfahren. Ich tu es. Wenn Ben die Stadt nicht verlassen darf, nehm ich die Tasche und platziere sie dort, wo er gesagt hat. Das geht doch wohl. Wir können irgendwas in die Tasche tun. Selbst wenn es nicht das Richtige ist – das, wonach er sucht –, vielleicht reicht die Zeit ja, dass die Sicherheitskameras ihn filmen, wenn er sie nimmt. Oder vielleicht kann ich auch selbst eine Kamera mitnehmen und ihn irgendwie fotografieren ...«

Ben versetzte der Wand einen Fausthieb. »Das kommt gar nicht in Frage! Der Kerl ist ein Mörder! Das lass ich nicht zu!«

Larry schüttelte den Kopf.

»Ich kann vom Richter die Genehmigung besorgen, dass Ben fahren darf«, sagte Lynda. »Aber dafür werde ich erklären müssen, dass die Polizei sich weigert zu kooperieren.«

Larry hob den Kopf, wobei seine Finger rote Streifen im Gesicht hinterließen. »Vergiss es, Lynda. Ich fahr mit ihm.«

»Wirklich?«

»Ja. Und wehe, es passiert nichts!« Er sah müde zu Tony hin, der gerade die Augen verdrehte, als könnte er nicht glauben, dass sein Partner klein beigegeben hatte. »Bist du dabei, Tony?«

Tony blies die Wangen auf und schnaubte. »Was bleibt mir anderes übrig?«

»Okay«, sagte Lynda, zur Sache kommend. »Also, ich möchte, dass ihr zwei anfangt, wie Polizisten zu denken. Meint ihr, ihr seid dazu in der Lage?«

Keiner der beiden fand die Frage lustig und keiner der beiden gab darauf eine Antwort.

»Was sollen wir in die Tasche packen? Wie hat er vor an sie

heranzukommen, ohne gesehen zu werden? Und warum hat er eine ganz bestimmte Marke verlangt?«

»Das ist ganz klar«, seufzte Tony. »Das ist die Sorte Kleidersack, die am meisten verkauft wird. Dieser angebliche Verbrecher wird wahrscheinlich genau die gleiche mitbringen und sie kurz austauschen. Und wenn nicht, dann wissen wir wenigstens, dass unser Freund hier uns die ganze Zeit zum Narren gehalten hat.«

Ben ignorierte die Bemerkung. »Was soll ich denn reintun? Er hat mir keinerlei Anhaltspunkt gegeben, wonach er sucht. Das kann alles und nichts sein.«

»Es ist ganz offensichtlich irgendwas, das in einem Kleidersack nicht ungewöhnlich wirken würde«, meinte Lynda. »Vielleicht solltest du sie einfach mit Kissen oder so was ausstopfen. Da wirst du wohl improvisieren müssen.«

Ben seufzte. »Na gut. Er hat gesagt, ich soll sie am Fenster neben Flugsteig C-27 platzieren, gleich nachdem um halb elf der letzte Flug aus Atlanta gelandet ist.«

»Du solltest die Tasche besser kennzeichnen, damit du beweisen kannst, dass es deine war, die er mitgenommen hat. Und Männer, was euch betrifft . . .« Sie wandte sich wieder an die beiden Polizisten, die alles andere als begeistert wirkten. »Am Flughafen, solltet ihr da nicht die Augen offen halten nach allem, was so eine Tasche hat? Sie vielleicht durchsuchen?«

»Lynda«, sagte Larry ungeduldig, »wenn es da jemanden gibt, der darauf wartet, Taschen auszuwechseln, dann ist das Letzte, was wir tun sollten, ihn auf unsere Anwesenheit aufmerksam zu machen. Und davon abgesehen, wenn wir ihn vor dem Tausch erwischen, wird es keinen Anhaltspunkt dafür geben, dass er derjenige ist, den wir suchen. Wir werden lediglich die Polizei von Tampa und die Flughafensicherheit verständigen, damit die wissen, was läuft. Und wir werden auch dafür sorgen, dass eine Sicherheitskamera die Stelle filmt.« Er klang allerdings nicht so, als würde er sich viel davon versprechen.

»Ihr müsst ihn euch direkt nach dem Taschentausch schnappen«, sagte Ben. »Andernfalls wird er merken, dass er reingelegt worden ist, und sich rächen.«

»Wie denn rächen?«, fragte Larry unwillig.

»Keine Ahnung. Aber offen gesagt, will ich es auch gar nicht unbedingt herausfinden. Er hat so schon genug Durcheinander in meinem Leben angerichtet.«

☆

Als Ben und Anne wieder zu Sharons Haus zurückfuhren, brütete Anne schweigend vor sich hin, und er wusste, was sie dachte. Sie gab ihm die Schuld an allem, und mit Recht, wie er annahm.

Als sie ankamen, schliefen Christy und Emily bereits tief und fest, während Jenny oben in ihrem Zimmer beschäftigt war. Sharon hatte sich in ihr Schlafzimmer verkrochen; anscheinend hatte sie die anderen für heute gründlich satt.

Sie durchquerten leise das Haus und legten Bobby ins Kinderbett. Dann gingen sie in ihr Schlafzimmer, doch die Spannung zwischen ihnen war zu groß, als dass sie sich hätten entspannen können. Sie ähnelte jener Spannung zwischen ihm und Sharon, bevor er sie verlassen hatte – als sie gewusst hatte, dass er ein Verhältnis hatte. Sie war förmlich mit Händen zu greifen.

»Warum legst du dich nicht schlafen?«, fragte er. »Ich weck dich, wenn ich nach Hause komme.«

Sie schüttelte den Kopf und setzte sich mit untergeschlagenen Beinen auf das Bett, wobei sie wie ein kleines Mädchen wirkte. »Ich kann sowieso nicht eher schlafen, als bis ich weiß, wie es gelaufen ist.«

Er setzte sich und legte die Arme um sie. »Es wird schon gut gehen. Wir werden den Kerl, der uns das hier antut, heute Abend schnappen und morgen werden dann sämtliche Anschuldigungen gegen mich fallen gelassen.«

»Und dann können wir hier wieder ausziehen?«

»Ja. Ich werde Lynda eine richterliche Verfügung erwirken lassen, damit ich meine Bilder aus der Galerie herausholen kann, und dann werde ich mir eine andere Galerie suchen, die sie ausstellt. Wir werden in null Komma nichts wieder auf die Beine kommen und auf niemand anders mehr angewiesen sein.«

Sie schien sich zu entspannen.

Es läutete an der Tür. Ben küsste sie sacht und stand auf. »Zeit zu fahren«, sagte er.

Sie sah so blass und erschöpft aus, dass es ihm sehr widerstrebte, sie allein zu lassen. »Viel Glück«, meinte sie. »Und sei vorsichtig. Bitte.«

»Versprochen.« Er eilte auf den Flur hinaus und sah Sharon, die gerade zur Tür wollte. Sie trug einen langen Hausmantel und ihre Füße waren nackt.

»Das ist für mich«, sagte er leise. »Tony Danks und Larry Millsaps. Wir machen die Übergabe. Hast du die Tasche bekommen?«

»Ja«, sagte sie. »Liegt auf der Couch.« Sie folgte ihm ins Wohnzimmer, und während er die Tasche in Augenschein nahm, öffnete sie die Tür.

»Hi«, sagte sie zu den beiden Männern, als sie sie hereinließ.

Tony Danks lächelte ihr zu. »Haben wir Sie geweckt?«

»Nein. Ich habe gewartet, um zu erfahren, wie es weitergeht. Bis Tampa ist es ein ganzes Stück. Meinen Sie, Sie werden rechtzeitig da sein?«

»Wenn wir jetzt sofort losfahren«, sagte Larry und sah dabei auf seine Uhr. »Wir haben jetzt neun Uhr. Um zehn müssten wir eigentlich da sein.« Sie betraten das Wohnzimmer und sahen, wie Ben die Tasche mit ein paar zusammengeknüllten Einkaufstüten ausstopfte.

»Was machen Sie denn da?«, erkundigte sich Tony.

»Ich fülle die Tasche. Sie sollte ja zumindest so aussehen, als ob was drin wäre.«

Die beiden Polizisten sahen ungerührt zu, die Hände in den Taschen vergraben, und machten den Eindruck, als ob es sie nicht im Geringsten interessierte, ob die Tasche überzeugend wirkte oder nicht.

»Ich fahr mit meinem Wagen, für den Fall, dass er nach mir Ausschau hält«, sagte Ben. »Ihr beiden könnt ja hinter mir herfahren.«

»Wenn Sie versuchen in ein Flugzeug zu steigen, Ben, mein Junge, dann zerren wir Sie wieder raus, noch ehe es abgehoben hat«, sagte Tony. »Haben Sie verstanden?«

Bens Gesichtszüge verhärteten sich und er warf Sharon einen raschen Blick zu. »Die glauben mir nicht. Sie halten alles für Schwindel.«

Sharon stockte der Atem. »Warum fahren Sie dann überhaupt mit?«, fragte sie die Polizisten.

»Wir tun bloß unseren Job«, sagte Larry.

Sie stöhnte. »Ich kann Ihnen versprechen, dass es kein Schwindel ist. Bitte – bleiben Sie an der Sache dran.«

Tony lächelte beruhigend. »Wir werden schon das Richtige tun, Mrs Robinson. Machen Sie sich deswegen mal keine Sorgen.«

Sie blickte ihn beklommen an. »Na schön. Sie werden es wohl mit eigenen Augen sehen müssen.«

Ben hob die Tasche hoch. »Ich habe sie mit dem gelben Faden hier am Schulterriemen markiert, damit wir ihn hinterher erwischen können, falls wir nicht mitbekommen sollten, wie er sie wegnimmt. Er dürfte eigentlich nicht auffallen.«

»Gut mitgedacht«, nickte Larry, der offensichtlich beschlossen hatte, Ben einfach machen zu lassen.

Dieser versuchte sich von ihrer Halsstarrigkeit nicht irritieren zu lassen und lief zur Haustür hinaus zu seinem Wagen.

Die beiden Polizisten schickten sich an ihm zu folgen, doch Sharon hielt Tony am Arm fest. Mit entschlossenem Blick sah sie zu dem Polizisten, der sie um einen Kopf überragte, hoch. »Ich bin von ihm geschieden und seit sechs Jahren alles andere als ein Fan von ihm. Aber ich kann Ihnen versichern, dass er nicht lügt. Bitte nehmen Sie die Sache ernst.«

Seine blauen Augen verloren ihre Härte und er lächelte leicht, als er ihre Hand tätschelte, die ihn noch immer festhielt. »Keine Bange«, meinte er.

Sie blieb an der Tür stehen und ließ ihren Blick den davonfahrenden Wagen folgen.

☆

Am Flughafen stellten sie die Wagen in der Kurzzeitparkzone ab. Nachdem er sich versichert hatte, dass Larry und Tony hinter ihm waren, stieg Ben aus und holte den Kleidersack von der Rückbank. Er nahm ihn an der Schlaufe, legte sich den Riemen über die Schulter und ging dann ins Flughafengebäude.

Er blieb am Flugplanmonitor stehen und suchte nach dem letzten Flug aus Atlanta. Er hatte zehn Minuten Verspätung und würde an Flugsteig C-23 landen.

Tony folgte ihm die Treppe hinauf, sah dann, wie er an der Sicherheitssperre Halt machte, um seine Tasche auf das Band zu legen. Während sie durch das Röntgengerät lief, blickte er sich um.

Als sie am Ende angekommen war, schnappte er sich die Tasche, machte sich auf den Weg zum Terminal C und zählte die Flugsteige ab.

Tony verlangsamte seinen Schritt, als Ben das Tor erreichte, vor dem ein paar Dutzend Leute auf die Ankunft der Maschine aus Atlanta warteten. Ben ging zu dem Fenster, an dem er die Tasche abstellen sollte. Dann hielt er in der Dunkelheit draußen Ausschau nach der Maschine, wobei er die Tasche weiter über die Schulter hängen ließ.

Bis jetzt sah Tony noch nichts. In der Fensterscheibe spiegelten sich die Leute, die hinter Ben standen. Niemand davon wirkte verdächtig. Keiner hatte eine Tasche bei sich, die der von Ben glich. Er schlenderte an ihm vorbei und betrat das Terminal, wobei er aussah wie jeder andere, der gleich in ein Flugzeug zu steigen gedachte. Sein Blick musterte die Gesichter der anderen Anwesenden: Frauen, die mit Kofferkarren vorbeiliefen, Händchen haltende Paare, erschöpfte, zerknitterte Geschäftsleute, die auf ihren Heimflug warteten. Gehörte eines dieser Gesichter wirklich einem Mörder oder war das alles hier lediglich ein Riesenschwindel?

Er sah im Norden die Lichter einer zur Landung ansetzenden Maschine. Sie setzte auf, bremste ab und wendete. Als sie auf ihr Terminal zurollte, hörte er die Durchsage, dass Flug 438 aus Atlanta gelandet sei.

Er sah, wie Bens Hände zitterten, als dieser die in der Mitte geknickte Tasche neben dem Fenster abstellte. Er blickte sich um, überquerte den Gang und steuerte auf die Herrentoilette zu. Weder Tony noch Larry folgten ihm. Tony schlenderte zu der Tasche, um einen Blick aus dem Fenster zu werfen, und wartete darauf, dass etwas geschah. Er wusste, dass Larry Ben nach seiner Rückkehr aus der Toilette im Auge behalten würde.

Die Tür ging auf und Passagiere begannen sich hintereinander herauszudrängen. Rasch bildete sich eine Menschentraube auf dem Gang vor dem Tor, wodurch Tony der Blick auf den Kleidersack versperrt wurde.

Aus Sorge darüber, dass die Tasche vertauscht worden sein könnte, während ihm die Sicht verstellt gewesen war, bahnte er sich einen Weg durch die Menge zurück zur Sicherheitssperre, wobei er die Augen nach jedem offen hielt, der eine Tasche wie die von Ben trug, mit einem gelben Faden am Schulterriemen. Er sah mehrere ähnliche Taschen, aber keine mit gelbem Faden.

Er blickte wieder den Gang hoch und fragte sich, ob Larry wohl etwas gesehen hatte. Langsam begann sich das Gedränge an Flugsteig C-23 zu lichten und er sah, dass die Tasche noch immer dort stand, samt gelbem Faden.

Er sah Larry an der anderen Seite des Ausgangs stehen. Der geeignete Moment für den Austausch der Taschen wäre gewesen, als sich der Menschenauflauf gebildet hatte. Die Tatsache, dass nichts passiert war, konnte bedeuten, dass irgendetwas nicht stimmte.

Gefrustet steuerte Tony auf die Herrentoilette zu und bedeutete Ben im Vorbeigehen mit dem Kopf, ihm zu folgen. Als er hereinkam, tat Tony so, als würde er ihn nicht kennen. Er ging in eine Kabine und schrieb auf ein Stück Papier: *Bisher ist die Tasche noch nicht ausgetauscht worden. Fahren Sie nach Hause, wir passen weiter auf. Im Parkhaus steht neben Ihnen noch ein weiterer Polizist. Er wird hinter Ihnen herfahren. Machen Sie also keine Dummheiten.*

Den Zettel steckte er in seine Tasche.

Ben wusch sich gerade die Hände und Tony stellte sich an das Nachbarwaschbecken. Er fischte den Zettel heraus und legte ihn auf Bens Waschbecken, ohne diesen dabei anzublicken. Während Ben ihn las, trocknete Tony sich die Hände ab und sah dabei, wie der Maler frustriert die Augen schloss.

Tony fand an einem der Flugsteige in der Nähe einen leeren Platz neben Larry, von wo aus man freie Sicht auf den Kleidersack hatte, der einsam und verlassen dastand und darauf wartete, von irgendwem an sich genommen zu werden. Das wird er früher oder später wahrscheinlich auch, dachte Tony. Bloß nicht von dem Mörder.

☆

Als Ben zurückkehrte, lag Sharon schlafend auf der Wohnzimmercouch. Das Türgeräusch weckte sie und sie setzte sich auf. »Was war?«

»Nichts«, sagte er. »Er ist nicht gekommen. Zumindest nicht, solange ich da war. Hast du irgendwas von Larry und Tony gehört?«

»Sind sie denn nicht mit dir zurückgefahren?«

Er schüttelte den Kopf und ließ sich in einen Sessel fallen. »Die beiden sind noch dageblieben. Sie haben mich von einem anderen Beamten begleiten lassen. Höchstwahrscheinlich warten sie immer noch. Wenn dieser Kerl nicht auftaucht, werden sie meinen, dass ich mir das alles nur ausgedacht habe. Davon sind sie jetzt schon ziemlich überzeugt.«

»Haben die beiden es irgendwie vermasselt?«

Er fuhr sich übers Gesicht. »Nein. Sie haben ihre Sache sogar ziemlich gut gemacht. Niemand hätte merken können, dass die beiden Polizisten sind oder dass sie zu mir gehören.« Er lehnte sich im Sessel zurück, ließ dabei die Hände sinken und schüttelte den Kopf. »Ich versteh einfach nicht, was passiert ist.«

Das Telefon läutete und sie zuckten beide zusammen. »Ich geh ran«, sagte Ben und riss den Hörer von dem Apparat, der neben ihm auf einem Tisch stand.

»Hallo?« Bens Gesicht rötete sich, während er der Antwort lauschte. Sharon stand auf und ging zu ihm hin.

»Ich habe die Tasche genau da abgestellt, wo Sie es wollten.«

Sie hielt den Atem an. Sie war sicher, dass er mit dem Mörder sprach. »Okay, ich habe versucht Sie reinzulegen. Sie müssen mir aber glauben. Ich habe keine Ahnung, was Sie eigentlich haben wollen, sonst hätte ich es Ihnen gegeben. Ich wüsste nichts, was eine Mordanklage wert wäre.«

Sharon fuhr sich verzweifelt mit den Händen durchs Gesicht. Der Killer wusste, dass man ihn in eine Falle hatte locken wollen. Was sollten sie jetzt bloß machen?

Bens Atem ging schneller. »Was soll das heißen: was Schlimmeres?« Er hielt inne und sämtliche Farbe wich aus seinem Gesicht. »Wenn Sie mir einfach offen sagen, was Sie haben wollen, dann kann ich's bestimmt besorgen. Warum sagen Sie's nicht einfach? Verraten Sie's mir und ...« Er sah zu ihr hoch. Sein Blick war düster. »Aufgelegt.«

Ihr Blick war genauso deprimiert wie seiner, als sie ihm dabei zusah, wie er den Hörer auf die Gabel legte. »Was hat er gesagt?«

Ben schloss die Augen. »Er hat an der Tasche gesehen, dass nicht das drin war, was er haben will. Sie war in der Mitte gefaltet, als ich sie abgestellt habe, und daran hat er es schon erkannt. Es muss größer sein. Länger. Ich weiß es auch nicht. Vielleicht ist es ein Bild. Aber welches? Von meinen ist keins so wertvoll, dass es als Motiv für einen Mord reichen würde. Nicht mal die Stücke, die ich in der letzten Zeit restauriert habe, waren so wichtig. Ansonsten waren noch ein paar Kopien in der Galerie, aber wer würde für eine Kopie jemanden ermorden?« Vor Frust schleuderte er ein Kissen durch das Zimmer. »Ich weiß wirklich nicht, was er will!«

Sie überlegte krampfhaft nach einer Lösung, war aber zu erschöpft für irgendwelche Ergebnisse. »Ich glaube, es hat keinen Sinn, dass wir jetzt noch lange darüber diskutieren. An deiner Stelle würde ich lieber ins Bett gehen. Heute Nacht kannst du sowieso nichts mehr machen.«

»Geh du schon mal«, sagte er. »Ich verständige noch die Polizei von dem Anruf gerade. Zumindest können sie dann Larry und Tony vom Flughafen abziehen. Es hat ja keinen Wert, dass sie noch länger dableiben.« Er schnaubte ein weiteres Mal frustriert. »Wenn ich doch bloß Zeit gehabt hätte, vor dem Anruf einen Rekorder anzuschließen. Die Polizei glaubt doch immer noch nicht, dass es den ersten Anruf überhaupt gegeben hat. Und sie haben ganz sicher keine Lust, es mit eigenen Mitteln zu beweisen.«

Erschöpft stand Sharon auf und trottete zur Tür, drehte sich dann aber noch mal um. »Anne hat gesagt, du sollst sie wecken, wenn du zurück bist. Sie will wissen, was los war.«

Er nickte. »Gut, dass sie schläft. Ich glaube, ich lass sie lieber weiterschlafen.«

»Mir gleich.« Sie zögerte verlegen. »Gute Nacht«, sagte sie schließlich leise.

»Gute Nacht«, erwiderte er, dann nahm er den Hörer ab und begann zu wählen.

## 16

Mitten in der Nacht wurde Sharon von dem schreienden Baby wach. Eine Weile lag sie in ihrem Bett, starrte an die Zimmerdecke und wartete darauf, dass irgendwer es beruhigte. Als es nach einer Viertelstunde immer noch schrie, stand sie schließlich auf und zog ihren Hausmantel über. Irgendwer musste sich um Bobby kümmern. Seine Eltern waren so erschöpft, dass sie vielleicht nicht wach werden würden.

Leise tappte sie über die Diele zu dem Zimmer, in dem sie das Kinderbett aufgestellt hatte, ging hinein – und zuckte erschreckt zusammen, als sie Anne das schreiende Baby in einem Schaukelstuhl wiegen sah.

»Oh! Ich habe nicht mitbekommen, dass du auf bist.«

Anne warf ihr einen hasserfüllten Blick zu. »Glaubst du etwa, ich lasse mein Baby einfach schreien?«

Sharon seufzte. Nach Streiten war ihr momentan gar nicht zumute. »Dann geh ich jetzt wieder ins Bett.«

»Tut mir Leid, dass er dich geweckt hat«, sagte Anne. »Er ist krank und hat Fieber.«

Sharon blieb unschlüssig an der Tür stehen, machte dann kehrt und beugte sich über den Säugling. Sie fühlte ihm die Stirn – er glühte förmlich. »Brauchst du ein Fieberthermometer?«

»Ja«, sagte Anne leise. »Wenn du eins hast.«

Sharon ging in die Küche und suchte das Thermometer, den Kinderhustensirup und einen Kindermesslöffel. Sie brachte Anne das Thermometer und sah ihr dabei zu, wie sie dem Baby das Digitalthermometer unter den Arm steckte. »Willst du ihm das hier geben?«

»Was ist das denn?«

»Tylenol.«

»Das könnte vielleicht helfen.« Anne nahm die Flasche und setzte leise ein »Danke« hinzu.

Sharon stand einen Augenblick lang da und wartete darauf, wie hoch die Temperatur war. Das kleine Thermometer piepte und Anne zog es unter Bobbys Arm hervor. »38,3«, sagte sie.

»Seine Atemwege sind ziemlich zu«, meinte Sharon. »Vielleicht hat er ja eine Mittelohrentzündung. Meine hatten das andauernd.«

»Daran habe ich auch schon gedacht«, sagte Anne erschöpft. »Ich weiß bloß nicht, was ich dagegen machen kann.«

»Willst du nicht mit ihm zum Arzt gehen?«

»Das kann ich mir nicht leisten«, sagte sie mit zusammengebissenen Zähnen und legte das Baby anders hin, um es zu beruhigen. »Wir haben kein Geld. Begreifst du das eigentlich nicht?«

Sharon fühlte sich wieder wie vor den Kopf gestoßen. »Hör mal, ich bezahl die Arztrechnung gerne.«

»Ich will keine Gefälligkeiten mehr von dir.«

»Dein Sohn ist krank!«, stieß Sharon hervor. »Und davon abgesehen, kriegt niemand hier im Haus mehr Schlaf, solange er krank ist. Würdest du bitte mit ihm zum Arzt gehen und mich die Rechnung bezahlen lassen?«

Anne traten Tränen in die Augen, während sie ins Dunkel wegblickte. »Na gut. Mir bleibt wohl nichts anderes übrig. Ich geh morgen früh mit ihm.«

Sharon stürzte wieder in ihr Zimmer zurück und warf sich aufs Bett, innerlich kochend. Womit hatte sie den Zorn dieser Frau bloß verdient? Schließlich war Anne es gewesen, die ihre Familie kaputtgemacht hatte, die zwischen sie und ihren Mann getreten war. Wie konnte sie es wagen, sich so aufzuführen, als ob Sharon ihre Feindin wäre? Und das, obwohl sie doch versuchte, ihr zu helfen!

Sie versuchte zu beten, doch es wollte ihr nicht gelingen, und während das Baby bis tief in die Nacht weiterschrie, lag sie schlaflos und erschöpft da und versuchte verzweifelt eine Lösung für dieses Problem zu finden, das sich immer weiter auszuwachsen schien.

## 17

Auf dem Revier war es weniger chaotisch als beim letzten Mal, dachte Sharon. Sie stand im Eingang und suchte die Schreibtische nach Larry oder Tony ab. Ihre Augen hatten dunkle Ringe und sie fühlte sich, als ob sie in der Nacht Prügel bezogen hätte.

Als sie Tony entdeckte, der zusammengesackt vor dem Computer hockte und genauso geschafft aussah, wie sie sich fühlte, beschloss sie augenblicklich etwas gegen diese Situation zu unternehmen. Sie steuerte auf seinen Schreibtisch zu, doch er blickte nicht von seinem Computer auf, als sie näher kam. Er wirkte müde und zerstreut, sein Gesicht aber ließ sie an eine jüngere Ausgabe von Robert Redford denken.

Sie war seit ihrer ersten Begegnung vor ihm auf der Hut. Sein gutes Aussehen war wie ein großes, rotes Warnschild, das zur Vorsicht gemahnte. Bevor er sich die Haare hatte lang wachsen lassen und sein lässig-kreatives Künstlerimage kultiviert hatte, war auch Ben attraktiver gewesen, als es ihm gut tat. Gut aussehende Männer verlangten nach fortwährender Bestätigung und beständiger Heldenverehrung – und wenn sie die nicht bekamen, liefen sie weg und machten sich dabei noch weis, im Recht zu sein.

Tony sah allerdings nicht so aus, als ob er heute Morgen viel Zeit vor dem Spiegel verbracht hätte. Er war zwar rasiert, aber sein Haar sah zerwühlter aus als normal. Seine Augen waren gerötet und sie vermutete, dass er etwa genauso viel Schlaf bekommen hatte wie sie selbst.

Sie räusperte sich, um seine Aufmerksamkeit auf sich zu lenken, doch er blickte noch immer nicht auf. Sie trat näher heran und versuchte es noch einmal.

»Entschuldigen Sie bitte«, sagte sie. Er schaute missbilligend hoch, doch als er sie sah, änderte sich sein Gesichtsausdruck schlagartig.

»Mrs Robinson«, sagte er, während er aufstand und ihr die Hand entgegenstreckte.

»Sharon«, korrigierte sie ihn. »Robinson heiße ich zwar noch, aber die ›Mrs‹ hab ich vor sechs Jahren abgelegt. Ich hatte gehofft, dass Sie heute Morgen da sind. Ich war mir nicht sicher, weil wir Samstag haben und Sie letzte Nacht so lange gearbeitet haben.«

Er bedeutete ihr Platz zu nehmen und lehnte sich zurück. »Stimmt. Es war die reinste Zeitvergeudung.«

Sie setzte sich, beugte sich vor und versuchte so leise zu sprechen, dass die anderen nicht mithören konnten, aber laut genug, um von ihm trotz des Lärms auf dem Revier verstanden zu werden. »Genau deshalb wollte ich mich mit Ihnen unterhalten. Ich mache mir Sorgen, dass Sie wegen gestern Nacht glauben, dass ...« Sie suchte nach den richtigen Worten.

»Dass Ben uns dieses sinnlose Unterfangen eingebrockt hat, um den Verdacht von sich abzulenken?«

Sie zuckte die Achseln. »So ähnlich, ja. Ich habe Angst, dass Sie Ihre Ermittlungen einstellen – einfach einem aufgebrachten Angestellten die Schuld an dem Mord geben und nicht weiter nach dem wahren Mörder suchen.«

Er stützte die Ellbogen auf den Schreibtisch und holte tief Luft. »Sharon, Sie sind sehr loyal. Das ist bewundernswert. Aber ist

Ihnen je der Gedanke gekommen, dass Ihr Ex-Mann vielleicht wirklich der Täter sein könnte?«

»Nein«, sagte sie mit Bestimmtheit. »Keine Sekunde. Das widerspricht allem, was ich von ihm weiß. Und ich kenne ihn seit zwanzig Jahren. Zwei vor der Ehe, zwölf während und sechs danach.«

Er legte die Hände vor dem Mund zusammen und sah sie aufmerksam an. Als er nicht antwortete, lehnte sie sich mit einem Ruck zurück. »Warum sollte ich so fest entschlossen sein, seine Unschuld zu beweisen, wenn ich nicht daran glauben würde?«

»Weil Sie die Mutter seiner Kinder sind. Die meisten Mütter lassen ihre Kinder nur ungern mit dem Stigma groß werden, einen inhaftierten Vater zu haben.«

»Ach, verflixt noch mal«, sagte sie und beugte sich wieder vor. »Es ist völlig gegen seinen Charakter, in jeder Hinsicht. Er gehört zu den Leuten, die Gewaltfreiheit predigen. Wenn Sie ihn so gut kennen würden wie ich, wüssten Sie, wie absurd das alles ist.«

»Ich habe gesehen, wie leicht er in Rage kommt, Sharon. Er hat ja sogar zugegeben, dass er Dubose gegenüber die Beherrschung verloren hat.« Tony hielt den Blick bei seiner nächsten Frage fest auf sie gerichtet. »Als er Sie betrogen hat, hatten Sie da auch das Gefühl, dass Sie ihn wirklich kennen?«

Sie lehnte sich zögernd wieder zurück, wich aber seinem Blick nicht aus. »Woher wissen Sie, dass es so war?«

Er deutete mit einer Kopfbewegung auf den Computerbildschirm und sie entdeckte in einem Datenblock am oberen Rand Bens Namen. Sie hatten seinen Background überprüft.

»Man muss kein Genie sein, um zu sehen, dass seine zweite Frau bereits schwanger war, als die Scheidungspapiere eingereicht wurden.«

Sharon wurde langsam ärgerlich. Wollte er nun *sie* als Lügnerin hinstellen? »Sie wissen also, was zu meiner Scheidung geführt hat. Ich verstehe nur nicht, worauf Sie hinauswollen.«

»Darauf, dass man andere Menschen nicht immer so gut kennt, wie man meint.«

»Okay. Und?«

»Und wenn er einmal gelogen und betrogen hat, dann tut er es vielleicht auch wieder. Vielleicht könnte er ja doch ein Motiv gehabt haben, das ausreichte, um seinen Boss umbringen zu wollen. Vielleicht Wut, vielleicht auch etwas anderes.«

»Aber warum? Er würde seinen Job verlieren, seine Wohnung, seine Kreditkarten, seine Einkünfte - wieso sollte er eine derartige Dummheit begehen?«

»Das alles hatte er doch schon am Tag vorher verloren.« Er wandte sich wieder seinem Computer zu und ließ den Bildschirm weiterrollen. »Ich hab mir hier seine Vergangenheit angesehen, Sharon. Er wirkt wie jemand, der nur selten vorausplant. Seine finanzielle Lage lässt darauf schließen, dass er munter in den Tag hineinlebt. Er durchdenkt nur selten etwas.«

»Na schön«, räumte sie ein. »Das kann man ihm wirklich vorwerfen. Nur ist das ja wohl nicht strafbar.«

»Stimmt, aber es könnte ein Hinweis darauf sein, dass der Mann nicht immer berechenbar ist. Dass er manchmal aus einem plötzlichen Impuls heraus handeln könnte. Das Temperament eines Künstlers kann zuweilen sehr bizarr sein. Denken Sie nur mal an van Gogh.«

»Van Gogh war verrückt. Ben ist es nicht. Er ist vielleicht verantwortungslos, nur mit sich selbst beschäftigt und oberflächlich, aber nicht verrückt. Und er ist kein Mörder. Wie könnte ich ihn und seine Familie in mein Haus einziehen lassen, wenn ich auch nur eine Sekunde lang dieser Ansicht wäre?«

»Anstatt die Wahrscheinlichkeit seiner Unschuld zu beweisen, könnte das auch nur ein Beleg für die Möglichkeit sein, dass Sie sich selbst verleugnen.«

»Ich mich selbst verleugnen?« Sie sprang auf, beugte sich über seinen Schreibtisch und sah ihm aus nächster Nähe ins Gesicht. »Meinen Sie, ich würde den Mann, der mich betrogen hat, bei mir aufnehmen, und die Frau, die meine Ehe kaputtgemacht hat, und die Kinder, die sie mir ständig unter die Nase reibt - und alles nur aus Selbstverleugnung? Glauben Sie's mir, Tony, ich verleugne mich hier nicht selbst. Weder Ben noch Anne gehören zu meinen Lieblingsmenschen und offen gesagt würde ich sie am liebsten einfach ihrem Schicksal überlassen. Die letzte Nacht war so ziemlich die schlimmste meines Lebens. Diese Frau hasst mich wie die Pest, bloß weil ich lebe, und statt mir dankbar zu sein, dass ich ihr ein Dach über dem Kopf gebe, giftet sie mich an und tut so, als ob ich sie mit Gewalt dort eingesperrt hielte. Wenn ich mich selbst verleugnen würde, Tony, würde es momentan in meinem Haus vielleicht weitaus einträchtiger zugehen. Aber mein einziger Gedanke ist, dass ich sie so schnell wie möglich wieder loswerde. Und in meinen Augen geht das nur, wenn ich Ben helfe, seine Unschuld zu beweisen. Und es sieht so aus, als wäre ich dafür sehr auf Sie angewiesen.«

Ihr Blick bohrte sich in seinen und er saß regungslos da, während sie sich ihren Ärger von der Seele redete.

»Sie können es sich leicht machen und den Fall als gelöst betrachten oder Sie können ein paar andere Möglichkeiten in Erwägung ziehen. Als Erstes zum Beispiel, dass ich eine intelligente Frau bin und mich, wenn ich nicht vollkommen von Ben Robinsons Unschuld überzeugt wäre, nicht in meiner gegenwärtigen Lage befinden würde. Schon aus diesem Grunde sollten Sie zumindest weitersuchen. Erwägen Sie die Möglichkeit, dass er gestern Abend wirklich von jemandem angerufen worden ist. Dass ich keine Halluzinationen gehabt habe, als das Telefon geläutet hat. Dass er wirklich bedroht worden ist und etwas am Flughafen abliefern sollte. Dass er keinen Schimmer hat, was man von ihm haben will. Könnten Sie das bitte tun, Detective? Es lediglich in Erwägung ziehen? Nur für den Fall, dass Sie eventuell doch falsch liegen und da draußen noch immer ein Mörder frei herumläuft, der sich über die Polizei von St. Clair schlapplacht, weil sie so sauber auf dieses abgekartete Spiel hereingefallen ist?«

Tony holte tief Luft und rieb sich die Augen, dann lehnte er sich zurück und verschränkte die Arme vor der Brust. »Nur zu Ihrer Information: Aus exakt dem Grunde bin ich heute hier, obwohl ich eigentlich frei habe und letzte Nacht auch nicht viel Schlaf bekommen habe. Ich bin schon dabei, nach anderen Leuten zu suchen, die Grund gehabt haben könnten sich an Dubose zu rächen. Wir haben uns mit einigen seiner Kollegen in Verbindung gesetzt, mit Freunden von ihm, mit einem Teil der Kunsthändler, die die Galerie frequentiert haben. Wir suchen nach anderen Motiven, Sharon. Bloß weil Ben angeklagt worden ist, hören wir damit noch nicht auf. Das heißt aber auch nicht, dass ich mir große Hoffnungen mache, irgendetwas herauszubekommen. Ben ist der offensichtlichste Verdächtige. Und diese Anrufe – offen gesagt beweisen die überhaupt nichts, Sharon. Oder eventuell höchstens, dass er einen Komplizen hat. Das hatte ich eh schon vermutet. Wahrscheinlich eine Frau, wenn man mal von seiner Vergangenheit ausgeht. Es weist alles auf Ben hin, Sharon.«

»Ja, wie eine Leuchttafel. Wie große, rote Pfeile. Was für ein Trottel würde dermaßen viele Spuren hinterlassen? Es ist doch so offensichtlich, dass das eine abgekartete Sache ist. Und jetzt ruft dieser Irre bei mir zu Hause an und bedroht uns. Ich habe Angst vor dem, was als Nächstes passieren könnte!«

»Aber vor Ben haben Sie keine Angst?«

»Nein!«, sagte sie zu laut und merkte, dass man in ihre Richtung blickte. Sie versuchte sich zu beruhigen und ließ sich wieder auf ihren Stuhl sinken. »Wie oft muss ich Ihnen das denn noch sagen? Er kann nicht mal seine Kinder verhauen. In zwölf Jahren Ehe ist er kaum einmal laut geworden mir gegenüber.«

»Keine schlechte Leistung, wenn ich mir Ihr Temperament so ansehe«, sagte er, halb grinsend. »Haben Sie ihn auch so angeschnauzt wie mich jetzt?«

Sie legte die Hände vors Gesicht und massierte sich die müden Augen. »Tut mir Leid. Ich bin momentan etwas nervös. Für Sie ist das vielleicht bloß ein weiterer Fall, mir aber bringt er das ganze Leben durcheinander. Für mich ist das ernst.«

Tony senkte den Blick. »Das versteh ich schon. Es sollte auch nicht so aussehen, als ob ich das auf die leichte Schulter nehmen würde. Das tue ich wirklich nicht. Ich arbeite hart an diesem Fall, denn ich möchte nichts falsch machen. Ganz gleich, was Sie auch von der hiesigen Polizei halten mögen – wir arbeiten sehr gründlich. Fragen Sie Lynda. Sie weiß es aus erster Hand.«

»Und Sie können Lynda nach Ben fragen. Wir sind schon sehr lange befreundet und sie weiß über alles genau Bescheid.« Sie war plötzlich sehr müde und spürte, dass es ihr anzusehen war. Sie blickte ihn einen Moment lang prüfend an. »Waren Sie schon mal verheiratet, Tony?«

Er schüttelte den Kopf und grinste leicht. »Ich kann nicht behaupten, dass ich mich je dazu gedrängt gefühlt hätte.«

Sie zog die Augenbrauen hoch angesichts dieses Wortspiels. »Dann ist es kein Wunder, dass Sie nicht verstehen können, wie ich mir so sicher sein kann, dass Ben unschuldig ist.«

Tony starrte sie einen Augenblick lang schweigend an. »Da haben Sie wohl Recht. Ich kann es tatsächlich nicht verstehen. Aber ich werde es respektieren. Und ich werde es im Hinterkopf behalten. In Ordnung?«

Sie nickte und erhob sich wieder. »Ja, solange Sie den Mörder finden. Glauben Sie, dass der Täter es jetzt auf Ben abgesehen haben könnte? Oder dass er eine Gefahr für die anderen im Haus darstellt?«

Tony schüttelte den Kopf. »Sharon, wenn da wirklich jemand ein abgekartetes Spiel mit Ben inszeniert hat, dann ist er der Letzte, den der Mörder anrühren würde. Damit würde er sich doch nur verraten. Und er würde ganz sicher nicht seinen Sündenbock beseitigen wollen.«

Sie dachte darüber nach. »Da haben Sie wohl Recht.« Sie streckte ihm die Hand hin. »Vielen Dank, dass Sie sich die Zeit für mich genommen haben, Detective.«

»Gern geschehen.« Er erhob sich und hielt ihre Hand ein wenig länger als nötig. »Und wenn Sie irgendwann meinen, Sie müssten dem Druck für ein Weilchen entkommen, dann rufen Sie mich einfach an und wir gehen eine Tasse Kaffee trinken oder so, okay?«

Sie lächelte. »Gut.«

»Und falls Ihnen sonst noch was einfällt, das ich wissen sollte – zögern Sie nicht, zum Hörer zu greifen.«

»In Ordnung. Vielen Dank.«

Sie verabschiedete sich und durchquerte wieder das Revier. Sie fühlte sich ein wenig besser als beim Hereinkommen, nur wusste sie nicht genau, ob der Besuch lediglich einem therapeutischen Zweck gedient hatte oder ob er wirklich nützlich gewesen war.

Als sie an der Tür stehen bleiben musste, um ein paar Leute hereinzulassen, warf sie einen raschen Blick über die Schulter zurück.

Tony sah sie noch immer an.

Ihr Herz hüpfte und sie sagte sich, dass sie ihn wegen des Kaffees bald beim Wort nehmen sollte. Als sie zur Tür hinauseilte und zum Wagen zurücklief, hatte sie den sanften Anflug eines Lächelns auf den Lippen.

# 18

Ben öffnete mit Jennys Schlüssel und hielt den Mädchen die Tür auf. Sie waren in einem Geschäft für Künstlerbedarf gewesen, um die notwendigen Materialien für das Baumhauswandgemälde zu besorgen, das zu malen Ben trotz des Schlamassels, in dem er sich befand, fest entschlossen war. Die Kinder schnatterten ununterbrochen, als sie ins Haus hüpften. Doch mit einem Mal verstummten sie.

Über ihre Köpfe hinweg sah Ben die offen stehende Speisekammer, die auf dem Boden verstreuten Dosen, die Schranktüren. Die beiden kleinen Mädchen hielten den Atem an. »Was ist denn hier passiert?«

Jenny packte seinen Arm. »Papa, irgendjemand ist hier drin gewesen.«

Ben bedeutete den Kindern stehen zu bleiben und betrat vorsichtig das Chaos. Kissen lagen auf dem Fußboden, Bücher waren aus den Regalen gerissen worden. Er merkte, dass die Mädchen seinem stummen Befehl nicht gehorcht hatten und dicht hinter ihm waren. Er eilte ins Wohnzimmer und sie blickten fassungslos auf die verstreuten Kissen und den offen stehenden Schrank, dessen Inhalt auf dem Boden verteilt lag.

»Papa, wer kann das gewesen sein?«

»Geh mit den Mädchen nach nebenan zu Mrs Milton«, sagte er rasch zu seiner ältesten Tochter. »Und dann ruf die Polizei. Wartet dort, bis ich euch holen komme.«

»Warum?«, fragte Jenny. »Glaubst du, dass er noch hier ist?«

»Weiß ich nicht. Mach!«

Sie nahm die Mädchen an der Hand. »Kommt, Kinder. Wir gehen.«

»Aber wer hat denn diese Unordnung gemacht?«, wollte Christy wissen. »Mama wird tot umfallen.«

»Ich weiß es nicht. Kommt einfach mit.«

»Und was ist mit Papa?«

Jenny schwieg und zog die beiden zur Tür hinaus.

Die Polizei war zehn Minuten später da, und während Ben ihnen durchs Haus folgte, um sicherzugehen, dass sich dort niemand versteckt hielt, trafen auch Larry und Tony ein.

Als die beiden die Treppe heraufkamen, sah Ben sie resigniert an.

»Was ist denn nun schon wieder los?«, erkundigte sich Tony ungeduldig.

»Jemand hat hier eingebrochen«, sagte Ben. »Wir waren alle aus dem Haus und bei unserer Rückkehr hat es hier so ausgesehen.«

»Fehlt was?«, fragte Larry, wobei er in die Zimmer blickte, an denen er vorbeikam.

»Auf Anhieb sehe ich nichts. Sharon dürfte das allerdings besser wissen. Sie hat heute Morgen ein paar Hausbesichtigungen.«

»Sie war vorhin bei mir«, sagte Tony. »Wo sie danach hinwollte, hat sie allerdings nicht erwähnt.«

Ben fuhr sich durchs Haar. »Die werden wohl etwas gesucht haben.«

»Was denn?«, fragte Tony skeptisch.

»Keine Ahnung. Wahrscheinlich das, was ich ihnen gestern Abend bringen sollte.«

»Ja. Klar.« Tony ließ lautstark die Luft aus den Lungen. »Ben, war irgendwer bei Ihnen, als Sie das hier entdeckt haben?«

Ben wirkte beleidigt, aber nicht überrascht. »Ja. Meine Kinder.«

»Und wo sind die jetzt? Ich möchte mich mal mit ihnen unterhalten.«

»Nebenan. Ich habe sie sofort, nachdem wir das hier entdeckt haben, rübergeschickt. Ich hatte Angst, dass der Täter noch im Haus ist.«

»In Ordnung. Larry, ich geh rüber und rede mit ihnen. Du kannst dich um das hier kümmern.«

Larry nickte. »Kein Thema.«

Tony trabte wieder nach unten. Gerade als er an der Küchentür war, wurde diese aufgerissen und Sharon kam hereingestürmt. »Ich hab die Polizeiautos gesehen!«, rief sie mit Panik in der Stimme. »Was ist denn los?«

»Es ist niemandem etwas passiert«, beruhigte er sie. »Wir sind wegen eines Einbruchs gerufen worden. Ihrem Ex-Mann zufolge ist bei Ihnen eingebrochen worden.«

Sie blickte sich um, sah den Speisekammerinhalt, die Schranktüren und durch die gewölbten Türen das Chaos im Wohnzimmer. »Ich würde sagen, er hat Recht. Fehlt irgendwas?«

»Fernseher, Computer und Stereoanlage sind noch da. Sie sollten vielleicht noch Ihren Schmuck überprüfen und was Sie sonst noch an Wertgegenständen haben.«

»Wo sind die Kinder?«, fragte sie eilig.

»Nebenan. Ben hat sie rübergeschickt, als sie zurückgekommen sind.«

»Gut.« Sie machte kehrt und lief wieder zur Tür. »Ich geh nachsehen, ob bei ihnen alles in Ordnung ist.«

»Ich komme mit«, sagte er. »Ich muss ihnen ein paar Fragen stellen.«

☆

Christy starrte vom Wohnzimmerfenster der Nachbarin aus fasziniert auf die Polizeifahrzeuge in der Einfahrt und vor ihrem Haus. Sie entdeckte den Wagen ihrer Mutter, der gerade noch nicht dort gestanden hatte, und sprang aufgeregt herum. »Mama ist zu Hause!«, rief sie ihren Schwestern zu. »Kann ich zu ihr gehen und ihr erzählen, was passiert ist?«

Jenny kam gerade ins Zimmer, begleitet von Mrs Milton. Die pensionierte Lehrerin hatte den Mädchen einen Teller Kekse geholt, um sie auf andere Gedanken zu bringen. »Nein, Christy, du bleibst so lange hier, bis Mama und Papa uns sagen, dass wir nach Hause kommen sollen.«

»Warum? Dann verpassen wir doch alles.«

Jenny zog die Gardine zurück und sah aus dem Fenster. »Ich weiß, aber – ich glaub das alles einfach nicht. Irgendwer hat es wirklich auf Papa abgesehen.«

»Da kommt Mama!«, rief Christy, als sie ihre Mutter über den Rasen kommen sah, hinter sich den Polizisten, der ihren Vater verhaftet hatte. Sie sprang auf, lief zur Haustür und riss sie auf. »Mama, irgendwer hat unser Haus ausgeraubt!«

Sharon bückte sich, um ihre jüngste Tochter in den Arm zu nehmen. »Ich weiß, Schatz. Es ist aber nichts passiert.« Sie sah zu Jenny hoch und dann zu Emily, die zusammengekauert in der Ecke saß und ein wenig verängstigt aussah. »Seid ihr auch alle in Ordnung?«

»Klar, Mama. Uns geht's gut«, sagte Jenny. »Ist er noch drinnen? Hat er meinen Computer mitgenommen oder meine Anlage?«

»Ich glaube nicht«, sagte Sharon. Sie sah zu ihrer Nachbarin hinüber, die noch immer den Teller mit Keksen in der Hand hielt. »Danke, dass Sie sie zu sich genommen haben, Grace. Ich bin Ihnen dafür sehr dankbar.«

»Ist doch selbstverständlich«, meinte die ältere Frau. »Kommen Sie nur herein und entspannen Sie sich ein Minütchen. Sie sehen sehr geschafft aus.«

»Die letzten Tage waren ziemlich anstrengend«, räumte Sharon ein. »Grace, Mädels, das ist Detective Tony Danks von der hiesigen Polizei. Er muss euch ein paar Fragen stellen.«

»Mir auch, Mama?«, fragte Christy erwartungsvoll.

»Dir auch«, sagte Tony und hockte sich hin, um mit dem Kind auf Augenhöhe zu sein. »Erzähl mir mal, wie ihr entdeckt habt, dass bei euch eingebrochen wurde.«

Christy riss vor lauter Aufregung die Augenbrauen hoch. »Wir sind von dem Malgeschäft zurückgekommen und da lag alles voll. Ein Chaos, Mama!«

»Ich weiß, Schatz. Ich hab's schon gesehen.«

»Wie lange wart ihr denn weg?«, erkundigte sich Tony bei Jenny. Sie setzte sich ihm gegenüber neben ihre Schwester, weitaus ernster als Christy.

»Ungefähr eine Stunde. Papa will den Mädchen dabei helfen, ein Wandgemälde fürs Baumhaus zu malen, und wir waren die Materialien dafür holen. Der Großteil seiner Farben liegt ja noch im Atelier.«

»Gut«, sagte Tony, zückte seinen Block und machte sich eine Notiz. »Jenny, Christy, Emily: Ich möchte, dass ihr über die nächste Frage ganz scharf nachdenkt. Als ihr losgefahren seid, wer hat da zuerst im Auto gesessen?«

»Ich!«, rief Christy und riss die Hand hoch.

Auch Emily hob die Hand. »Nein, ich. Wir waren gleich schnell.«

»Wenn wir gleich schnell waren, wie willst du denn dann die Erste gewesen sein?«, triumphierte Christy. »*Ich* war Erste.«

»Nein, ich.«

»Okay, ihr wart also beide Erste«, grinste Tony. »Und wer kam dann?«

»Ich«, sagte Jenny und runzelte dabei die Stirn. »Wieso?«

»Euer Vater ist also als Letzter aus dem Haus gekommen?«

»Ja. Er hat abgeschlossen.«

»Wie lange war er denn noch im Haus, ehe er zum Auto kam?«

Jenny schien von der Frage verwirrt zu sein und sie blickte fragend zu ihrer Mutter hoch. Sharon zuckte die Achseln und bedeutete ihr mit einem Kopfnicken zu antworten. »Ich weiß es auch nicht. Ein paar Minuten. Er hat gesagt, er hätte sein Portemonnaie nicht finden können.«

»Hat er es denn gefunden?«

»Ja, und dann ist er gekommen.«

»Verstehe.« Er notierte es sich, dann sah er zu Sharon hoch. Ihr Gesichtsausdruck sagte ihm: Sie haben vielleicht Nerven!, aber er bohrte trotzdem weiter. »Also, ihr seid zu dem Malgeschäft gefahren und habt Material gekauft, richtig? Wart ihr noch irgendwo anders?«

»Nein«, meldete sich Christy. »Direkt hin und direkt wieder zurück.«

»Alles klar. Und wer ist dann als Erstes wieder ins Haus?«

»Wir sind alle gleichzeitig hinein«, sagte Jenny. »Die Mädchen als Erste, und dann Papa und ich direkt hinterher.«

»Und welche Zimmer habt ihr gesehen?«

Jenny machte ein verwirrtes Gesicht. »Also, äh . . . ich war in der Küche und im Flur, und dann bin ich ins Wohnzimmer gegangen. Und dann hat Papa uns hierher geschickt.«

»Das restliche Haus hast du also nicht gesehen?«

»Nein.«

»Eine von euch beiden?«

»Nein«, antwortete Jenny. »Papa wollte uns aus dem Haus haben, für den Fall, dass er noch da wäre.«

Sharon wurde langsam ungeduldig. »Worauf wollen Sie eigentlich hinaus, Detective?«

»Ich stelle bloß ein paar Fragen. Jetzt mal zur Frau eures Vaters, Emilys Mutter. Wo ist die denn?«

»Die ist mit Bobby zum Arzt«, sagte Jenny. »Er ist krank.«

»Und wie lange ist sie schon weg?«

»Seit Stunden. Weil sie keinen Termin hatte, mussten sie sie irgendwo dazwischenschieben.«

Er machte sich eine weitere Notiz, dann blickte er zu Mrs Milton hoch. »Grace, haben Sie vorhin drüben irgendwelche Autos gesehen? Oder irgendjemand, der nicht dorthin gehört?«

»Nein, leider nicht. Dass irgendetwas nicht stimmte, hab ich erst gemerkt, als die Mädchen herübergelaufen kamen.«

»Okay, wir werden noch ein paar andere Nachbarn befragen, ob denen vielleicht was aufgefallen ist.«

»Gut«, sagte Sharon.

Er stand auf und streckte Christy die Hand hin, die sie stolz nahm und schüttelte. »Vielen Dank für eure Hilfe.«

»Klar doch. Können wir jetzt wieder nach Hause?«

»Bleibt noch so lange hier, bis die Polizei drüben fertig ist. Sharon, könnte ich Sie bitte mal draußen sprechen?«

»Ja, gut.« Sie bedankte sich nochmals bei Mrs Milton, dann folgte sie ihm in den Garten. »Was denn?«

Sie sah, wie Larry über den Rasen zu ihnen herüberkam, um mit Tony zu sprechen.

»Sharon, angesichts unserer Unterhaltung heute Morgen weiß ich, dass Ihnen das, was ich jetzt zu sagen habe, nicht gefallen wird«, sagte Tony, während Larry sich näherte.

»O nein! Sie wollen doch nicht etwa behaupten, es sei in Wirklichkeit überhaupt nichts passiert, oder? Sie werden das nicht einfach ignorieren! Das ist *mein* Haus!«

»Ich bin nicht überzeugt, dass tatsächlich etwas war«, sagte er. »Ben hat das Haus als Letzter verlassen. Er hat sich allemal lange genug drinnen herumgetrieben, um die Kissen vom Sofa reißen zu können, ein paar Türen aufzumachen und ein paar Regale durcheinander zu bringen. Jenny hat lediglich die vorderen Zimmer gesehen, als sie ins Haus kam. Zwischen ihrer Rückkehr und dem Eintreffen der Polizei hatte er Zeit genug, auch noch durchs restliche Haus zu gehen, um es so herzurichten, als ob jemand dort gewesen wäre. Es gibt keinerlei Anzeichen dafür, dass sich jemand mit Gewalt Zutritt zum Haus verschafft hat, und es hat auch niemand jemanden gesehen, der nicht hierher gehört ...«

»Noch haben Sie ja gar nicht alle befragt! Das können Sie doch noch gar nicht wissen!«

»Und gestohlen worden ist anscheinend auch nichts«, ergänzte Larry. »Es sieht nicht nach einem Einbruchdiebstahl aus.«

»Ihr seid doch wohl verrückt. Warum sollte Ben das machen?«

»Aus dem gleichen Grund, aus dem er gestern dieses kleine Theaterstück inszeniert hat. Damit wir glauben, wir hätten den Falschen. Er ist verzweifelt, Sharon, und offen gestanden fang ich langsam an mich zu fragen, ob es nicht überhaupt gefährlich ist, ihn im Haus zu haben.«

»Also: Worauf wollen Sie hinaus?«, fragte sie, wobei sie die Stimme gesenkt hielt, damit ihre Nachbarn und die Kinder nichts mitbekamen. »Dass ich ihn wieder ins Gefängnis zurückschicken soll? Bloß weil Sie sich weigern, mir zu glauben, dass tatsächlich jemand in mein Haus eingebrochen sein könnte und nach dem gesucht hat, was er bei Ben vermutet?«

»Es sieht einfach zu suspekt aus, Sharon.«

»Und es muss auch nicht Ben gewesen sein«, räumte Larry ein. »Es könnte auch seine Frau gewesen sein, die so versucht hat, ihm zu helfen.«

»Nie und nimmer«, sagte Sharon. »Hier läuft ein Killer herum, der Ben einen Mord in die Schuhe schieben will, der ihn am Telefon bedroht hat, und jetzt ist er in mein Haus eingebrochen und Sie unternehmen nicht das Geringste, um ihn zu erwischen, ja?«

»Sharon . . .«

»Nach der Unterhaltung mit Ihnen heute Morgen hatte ich wirklich mehr Respekt vor Ihnen, Tony. Da habe ich gedacht, Sie hätten wirklich ein Gewissen und würden Ihre Arbeit gut machen, koste es, was es wolle. Aber anscheinend habe ich mich da geirrt.«

Tony sah drein, als ob er eine Ohrfeige bekommen hätte. »Ich mache doch meine Arbeit, Sharon.«

»Nein, tun Sie nicht! Sie geben bloß den schwarzen Peter weiter, weil Sie zu faul sind, andere Möglichkeiten in Erwägung zu ziehen!«

»Das ist nicht wahr, Sharon«, sagte Larry. »Wir teilen Ihnen nur mit, was uns unser Instinkt sagt. Es ist nun mal nicht ganz ungewöhnlich, dass ein Angeklagter versucht, den Verdacht von sich abzulenken. Wir müssen es Ihnen sagen, wenn wir der Ansicht sind, dass der Mann, der in Ihrem Haus wohnt, eine Gefahr für Ihre Familie darstellt.«

»Das mit der Gefahr stimmt«, sagte sie bissig. »Aber offensichtlich habe ich von der Polizei von St. Clair keine Hilfe zu erwarten. Die Gefahr droht uns nicht von meinem Ex-Mann, Detectives. Sie droht uns auf Grund Ihrer Gleichgültigkeit!«

Sie drehte sich um, ließ die beiden in der Einfahrt stehen und lief ins Haus. Tony stand einen Augenblick lang da und blickte ihr nach. Schließlich wandte er sich zum Gehen.

»Wo willst du hin?«, erkundigte sich Larry.

»Die Nachbarn befragen«, sagte er gereizt. »Lass uns anfangen. Wir haben noch 'ne Menge zu tun.«

☆

Als Sharon das Haus betrat, waren die Polizisten gerade mit ihrem Protokoll fertig und im Aufbruch begriffen. Ben saß allein am Wohnzimmertisch und hatte das Gesicht in den Händen vergraben.

»Wonach hat er gesucht, Ben?«, fragte sie von der Tür aus. Sie fühlte sich mit einem Mal so schwach, dass sie am Türrahmen Halt suchte. »Was will er?«

»Wenn ich das wüsste . . .« Er rieb sich die Augen und blickte zu ihr hoch. »Glaubst *du* wenigstens, dass er hier war? Dass ich das nicht war?«

»Natürlich. Wenn du's bloß gewesen wärst. Dann hätte ich jetzt nicht solche Angst.«

»Ich sollte mich vielleicht einfach wieder einsperren lassen.«

»Ja, klar. Damit wären sämtliche Probleme gelöst.«

»Sieh dir doch nur mal dein Haus an. Er hat es von oben bis unten durchwühlt.«

Sie schüttelte den Kopf. »Es könnte auch schlimmer aussehen. Das lässt sich wieder aufräumen. Viel mehr Angst macht mir der Gedanke, dass er hier im Haus war.«

Er rieb sich die Schläfen, versuchte nachzudenken. »Ich bin gerade noch mal alles mit den Beamten durchgegangen. Bei dem zweiten Anruf hat er gesagt, es wäre zu lang, als dass die Tasche noch geknickt werden könnte. Daran hat er erkannt, dass nicht das drin war, was er sucht. Es muss ein Bild sein . . . irgendetwas richtig Wertvolles . . . vielleicht zusammengerollt. Ich habe überlegt, woran ich in letzter Zeit gearbeitet habe. Dubose hatte vor kurzem so einiges gekauft, was ich zu restaurieren begonnen habe. Die Sachen hatten zwar einigen Wert, aber so viel auch wieder nicht.«

»Vielleicht würdest du es ja finden, wenn du dich noch mal in der Galerie umsehen könntest.«

»Wenn es da ist, warum hat er es dann nicht gefunden, als er

Dubose umgebracht hat?« Er sah sie hilflos an. »Sharon, ich weiß, wie das aussieht.«

Sie hörte einen Wagen in die Garage fahren und warf einen Blick aus dem Fenster. »Anne ist wieder da.«

»Ich weiß nicht, wie viel sie noch aushalten kann.«

Das Gefühl war Sharon nicht unbekannt, aber das behielt sie lieber für sich. »Ich werde mich dann wohl mal lieber daran machen, das Chaos zu beseitigen.«

Er stand erschöpft auf. »Ich helf dir. Wir helfen dir alle.«

Sharon ging lieber schnell hinaus, um so der nächsten Konfrontation mit Anne zu entgehen.

## 19

Das Telefon im luxuriösen Hotelzimmer von Eric Boudreaux läutete und er nahm eilig ab.

»Ja, bitte?«, sagte er mit seinem französischen Akzent.

»Mr Boudreaux! Wie ist das werte Befinden?«

Boudreaux schwieg lange. »Ich bin ungeduldig. Genau genommen wollte ich gerade beim Flughafen anrufen, um für morgen einen Rückflug zu buchen. Es sei denn, Sie haben etwas für mich.«

»Ich, äh . . . Ich benötige noch ein oder zwei Tage. Bitte. Ich versuche sehr vorsichtig zu sein, damit niemand auf uns aufmerksam wird. Man kann nicht besonnen genug sein bei so einem Handel.«

»Sie haben es nicht, Monsieur Lieber, stimmt's?«

Pause. »Selbstverständlich habe ich es. Und Sie wollen es. Dubose hat Ihnen das Foto davon gezeigt, ja?«

»Das hat er. Aber ich muss es noch anfassen.«

»Sie werden es anfassen, mein Freund«, sagte die Stimme mit einem Glucksen. »Sehr, sehr bald schon. Fliegen Sie noch nicht zurück. Ich möchte, dass *Sie* es bekommen, aber wenn Sie heimfliegen, werde ich es einem anderen Käufer anbieten müssen.«

»So war das nicht abgemacht«, sagte Boudreaux. »Ich sollte zwei Tage bleiben und dann mit dem Bild zurückfliegen.«

»Es hat ja niemand mit dem verfrühten Tod von Dubose rechnen können.«

»Nein, das stimmt. Und ich muss Ihnen sagen, dass ich allmählich selbst recht misstrauisch werde. Die Vorstellung, Komplize bei einem Mord zu sein, behagt mir gar nicht.«

»Ich habe mit seinem Tod nichts zu tun. Nicht das Geringste. Es war ein unglücklicher Zufall, dass das genau in der Woche passiert ist, in der Sie sich mit ihm treffen sollten.«

»Aber wenn das Bild das Motiv für seinen Tod war, dann habe ich starke Bedenken, mit jemandem ein Geschäft zu tätigen, der damit zu tun hat. Ich habe einen makellosen Ruf, den ich nicht aufs Spiel setzen will. Meine Verbrechen sind immer harmlos gewesen.«

»Und das werden sie auch bleiben. Vertrauen Sie mir.«

»Wann werden Sie also liefern?«

»Bald.«

»Morgen«, insistierte er. »Wenn ich morgen nichts von Ihnen höre, reise ich ab.«

Am anderen Ende der Leitung war ein Seufzer zu vernehmen. »Sie werden von mir hören. Bitte warten Sie so lange. Ich rechne damit, das Bild bis heute Abend zu haben. Sie werden es danach umgehend bekommen.«

»Wenn nicht, dann werden Sie es zu mir nach LeMans bringen müssen. Es durch den Zoll zu schmuggeln wird dann Ihr Problem sein, nicht meines.«

»Ich melde mich morgen bei Ihnen, Mr Boudreaux. Sie werden das Warten nicht bereuen.«

»Das hoffe ich ganz aufrichtig«, sagte Boudreaux und legte auf.

# 20

Sharon wählte an jenem Abend die einfachste Lösung und bestellte Pizza. Auf diese Weise brauchten sie sich nicht einer gemeinsamen Mahlzeit auszusetzen. Es dauerte bis zum Abend, bis sie wieder alles an seinem Platz hatte. Als sie fertig waren, zogen sich alle früh in ihre Zimmer zurück und Sharon ging nach oben, um Christy und Emily ins Bett zu bringen.

»Ich bin froh, dass es Bobby wieder besser geht«, sagte Christy, als ihre Mutter sie mit der Laura-Ashley-Decke zudeckte. »Er hat eine schlimme Ohrentzündung gehabt.«

»Und Ohrenschmerzen auch«, ergänzte Emily.

Sharon lächelte. »Er schläft heute Nacht bestimmt besser.«

»Mama, hast du Angst?«

Sharons Lächeln verschwand. »Wieso fragst du das?«

»Weil dieser Mann in unserem Haus war. Was ist denn, wenn er wiederkommt?«

»Das wird er nicht. Es ist alles zugeschlossen und wir sind ja jetzt alle zu Hause. Solange wir da sind, kommt er nicht.«

»Sicher?«

»Hundert Prozent«, log sie. »Liegst du auch bequem, Emily? Ich kann dir ein weicheres Kissen holen, wenn du möchtest.«

»Mir gefällt das hier«, sagte Emily und kuschelte sich an Christy. »Es wär schön, wenn ich immer hier wohnen könnte.«

Sharon rang sich ein Lächeln ab. Sie holte tief Luft, dann fragte sie: »Wie wär's, wenn wir alle zusammen beten?«

»Okay«, sagte Christy. »Aber du musst dich zwischen uns legen.«

Sharon kroch zwischen die beiden und krabbelte unter die Decke. Sie legte einen Arm um Christy, und auch Emily schmiegte sich an sie in der Hoffnung auf denselben Beweis der Zuneigung. Sharon grinste und nahm auch sie in den Arm. Die Kinder haben von der Interessenpolitik dieser Familie keinen Begriff, dachte sie. Und das war auch gut so.

Sie betete laut für ihren Vater, und für den Mann da draußen, der so viel Ärger machte, und für Bobbys Ohren und seine Erkältung, und für die Sicherheit aller im Haus. Als sie fertig war, lag sie einen Augenblick lang mit den beiden Mädchen im Arm still da.

»Erzähl uns eine Geschichte, Mama«, sagte Christy. »Bitte.«

»Ich erzähle euch einen Teil, und anschließend erzählt ihr mir einen Teil.«

Christy kicherte. »In Ordnung. Fang an.«

Sharon seufzte und dachte kurz nach. »Es war einmal ein kleines Mädchen, das hieß . . .«

»Beth«, sagte Christy. »Kann sie so heißen, Mama?«

»Okay, Beth. Sie lebte in einer wunderhübschen, kleinen Hütte, die ringsum von Blumen umgeben war.«

»Und im Garten stand dieses coole Baumhaus, nicht wahr, Mama?«

»Genau.«

»Nein, stimmt gar nicht!« Christy überlegte es sich anders und setzte sich auf. »Die Hütte war *in* dem Baum!«

»Okay. Und was meinst du, welche Farbe die Blumen hatten, Emily?«

»Lila!«, rief Emily.

»Genau. Woher hast du das gewusst?«

Emily zuckte die Achseln und kicherte.

»Aber eines Tages passierte etwas Schreckliches.«

»Was denn, Mama?« Christys Augen wurden immer größer. »Ist jemand bei ihr eingebrochen und hat sie ausgeraubt?«

Sharon dachte einen Moment lang nach. »Nein. Eines Tages ging sie Schlittschuhlaufen auf dem Teich vor ihrem Haus. Sie wohnte nämlich nicht in Florida, sondern in . . .«

»Alaska!«, sprang Christy bei.

»Genau. Und sie ging Schlittschuhlaufen, und während sie weg war, kam ein böser Mann und . . .«

»Pflückte alle ihre Blumen!«, sagte Christy. »Und er verkaufte sie auf dem Flohmarkt, weil sie Flöhe hatten!«

Sie lachten alle und Sharon erzählte weiter.

☆

Anne ging nach oben, um Emily Gute Nacht zu sagen. Als sie sich der Tür näherte, vernahm sie Kichern. Es war schön, Emily wieder lachen zu hören, dachte sie und blieb stehen, um zu horchen. Dann hörte sie die Stimme von Sharon, die gerade dabei war, eine Geschichte auszuspinnen, der beide gefesselt lauschten.

Sie ging an die Tür und warf einen Blick ins Zimmer. Sharon lag auf dem großen Himmelbett, in jedem Arm eines der Mädchen, und kicherte fortwährend mit ihnen.

Von plötzlicher Eifersucht ergriffen wich Anne zurück. Nicht nur, dass sie Sharon zu Dank verpflichtet waren, weil sie für Geld und ein Dach über dem Kopf auf sie angewiesen waren – sie befürchtete auch, dass Emily sich zu sehr an dieses Haus, an diese Familie gewöhnte. Sie verlor gerade Ben, sie verlor Emily und die Kontrolle über ihr Leben hatte sie bereits verloren . . .

Langsamen Schrittes kehrte sie nach unten in Bobbys Zimmer zurück. Jetzt, nachdem er die notwendige Medizin bekommen hatte, schlief er fest. Sie setzte sich in den Schaukelstuhl, der in dem abgedunkelten Zimmer stand, und versuchte herauszufinden, was sie mit den bangen, gefährlichen Empfindungen tun sollte, die sie fest im Griff hielten.

## 21

Das Telefon klingelte und wie gewohnt nahm Jenny nach dem ersten Läuten ab. Einen kurzen Moment später rief sie die Treppe hinunter: »Papa, für dich!«

Ben nahm den Anruf im Arbeitszimmer entgegen und hoffte, dass es Lynda war. »Hallo?«

»Ben, wie schön, deine Stimme zu hören.«

»Nelson?«, fragte er.

»Ja. Ich bin noch immer in London. Ich hatte gehofft, zur Beerdigung von Louis zurück zu sein, aber wir haben hier dermaßen viel Nebel gehabt, dass sämtliche Maschinen am Boden bleiben mussten.«

»Woher hast du gewusst, wo ich bin?«

»Als ich dem Gericht das Geld anwies, hat mir die Sekretärin dort erzählt, du seist bei deiner Ex eingezogen. Ich muss zugeben, ich war ein wenig überrascht. Wenn ich gewusst hätte, dass du tatsächlich keine Wohnung hast, hätte ich dir auch mein Haus zur Verfügung stellen können.«

»Ja, danke, ich weiß das zu schätzen, aber die Angelegenheit hat sich jetzt erledigt. Bis diese ganze Sache aufgeklärt ist, müssen wir hier bleiben. Aber vielen Dank für die Kaution. Du kriegst das Geld zurück. Versprochen. Ich werde ganz sicher freigesprochen.«

»Natürlich wirst du das. Hat man denn schon irgendwelche Spuren?«

»Ich bin anscheinend die einzige. Trotz der Tatsache, dass der Kerl heute sogar hier eingebrochen hat.«

»Eingebrochen? Ist das dein Ernst?«

»Die Polizei scheint nicht der Ansicht zu sein. Die glauben, dass ich es war.«

Nelson schwieg einen Moment, als würde er nachdenken. »Pass auf, sobald ich ankomme, gehe ich schnurstracks zur Polizei und verbürge mich für dich. Das ist doch lächerlich. Ben, glaubst du, Louis war in irgendetwas verwickelt, wovon wir nichts wissen?«

»Wer weiß?«, sagte Ben niedergeschlagen. »Wann, glaubst du, kannst du hier sein?«

»Wahrscheinlich in den nächsten Tagen, sofern das Wetter aufklart. Hast du schon mal darüber nachgedacht, wie du Geld verdienen willst?«

»O ja, viel und lange. Ich hab meinen letzten Scheck nicht bekommen und meine Bilder sind noch in der Galerie unter Verschluss.«

»Also, ich habe hier ein paar Sachen ergattert, die dringend restauriert werden müssen. Hättest du Lust, das zu machen?«

»Ja, natürlich. Ich brauche die Arbeit.«

»Gut. Drück mir die Daumen, dass ich bald da bin. Es wird schon alles wieder werden, Ben. Du wirst schon sehen.«

## 22

Zuhause war ein Wort, dass Tony in erster Linie vom Hörensagen kannte - besonders momentan, wo er so viel Zeit mit Arbeit verbrachte. Als er jetzt hereinkam, streifte er erschöpft das Sportsakko ab und öffnete sein Schulterhalfter. Nachdem er es auf dem Büfett abgelegt hatte, durchquerte er mit dem Sakko das tadellos aufgeräumte Wohnzimmer und brachte es ins Schlafzimmer. Er hatte während der letzten Tage zwar nicht viel geschlafen, aber das Bett war trotzdem gemacht. Es herrschte penible Ordnung, alles war an seinem vorgeschriebenen Platz. Normalerweise barg das Häuschen, das er sich gebaut hatte, nachdem er sich klar gemacht hatte, dass er wahrscheinlich allein bleiben würde, für ihn ein gewisses Maß an Trost.

Er lief über den weißen Teppichboden in den begehbaren Kleiderschrank und hängte dort sein Sakko auf. Anschließend zog er die Schuhe aus und tappte wieder ins Wohnzimmer zurück. Er ließ sich in seinen Lieblingssessel plumpsen, legte die Füße hoch und starrte an die gewölbte Decke.

Der Nachmittag war grauenvoll gewesen, nervenaufreibend. Sie hatten ihn damit zugebracht, Nachbarn in die Mangel zu nehmen, die zwar nichts gesehen hatten, aber seine und Larrys Zeit mit Reden verschwenden wollten. Ihr Ziel war herauszubekommen, was genau es mit dieser interessanten und unübersichtlichen Familie auf sich hatte, die das robinsonsche Haus bewohnte. Er hatte mehr Einzelheiten erfahren, als er je zu sammeln beabsichtigt hatte – dass Sharon Robinson nur selten ausging, dass sie eine äußerst erfolgreiche Grundstücksmaklerin war, dass ihre Kinder die besterzogenen der ganzen Straße waren. Er hatte sich anhören müssen, wie sie während des Stromausfalls letzten Sommer, als das Thermometer auf über 38 Grad geklettert war, älteren Nachbarn beigestanden hatte. Eine allein erziehende Mutter hatte sich darüber ausgelassen, wie Sharon für eine ganze Woche ihre Kinder zu sich genommen hatte, als ihre Mutter wegen eines Blinddarmdurchbruchs im Krankenhaus lag, und sich dann anschließend während ihrer Genesung noch ein paar Wochen um sie gekümmert hatte.

Sie war bald besser, als die Polizei erlaubte, hatten einige der Nachbarn übereinstimmend erklärt. Und sie alle hatten die Tatsache beklagt, dass sie sich hatte überreden lassen, ihren nichtsnutzigen Ex bei sich aufzunehmen. Vor allen Dingen, wo doch jeder wusste, dass er diesen Dubose umgebracht hatte. Wenn sie nicht so großen Respekt vor Sharon gehabt hätten, wären aus der Nachbarschaft sicher Klagen wegen seiner bloßen Anwesenheit gekommen, nahm er an.

Doch nicht diese Gespräche waren es, die ihm immer wieder durch den Kopf gingen, sondern der letzte Wortwechsel mit Sharon selbst. Sie hatte gesagt, seine Gleichgültigkeit sei gefährlich. Er befürchtete, dass vielmehr ihre Großzügigkeit es war.

Er sah zum Telefon und überlegte, ob er sie anrufen sollte, nur um sie wissen zu lassen, dass er nichts auf die leichte Schulter genommen hatte – dass er die Nachbarn befragt und einen Großteil der frühen Abendstunden damit verbracht hatte, eine Liste von Leuten durchzugehen, die sie in Duboses Rolodex gefunden hatten, und sie mit dem Terminkalender des Galeriebesitzers zu vergleichen, um festzustellen, mit wem sie als Nächstes reden sollten.

Aber all das war nicht von Wichtigkeit, dachte er. Er hatte das alles in erster Linie Sharon zu Gefallen getan. Seiner Ansicht nach war Ben der Mörder – und alles, was er unternahm, würde genau das beweisen. Er konnte nur nicht verstehen, wieso das für sie so schwer zu begreifen war.

Vielleicht lag es daran, dass sie mit dem Kerl verheiratet gewesen war, dachte er. Sie konnte nicht zugeben, dass sie all die Jahre blind gewesen war. Dass er grausam und kaltblütig war. Dass sie Kinder mit einem Mann hatte, der fähig war zu töten.

Solchen Tatsachen sah niemand gern ins Auge.

Aber er machte sich Sorgen um sie. Die nicht nachlassende Loyalität und das unerschütterliche Vertrauen, durch die sie in Schwierigkeiten geraten könnte, beunruhigten ihn. Er fragte sich, ob ihre Wut sich wohl gelegt hatte oder ob sie im nächtlich stillen Dunkel überlegte, ob Tony – nur vielleicht – nicht doch Recht haben könnte. Ob letztlich nicht doch Ben das alles getan haben könnte.

Sein Blick schweifte zum Telefon und er hatte schon zum Hörer gegriffen, als er sich doch noch eines Besseren besann. Er sollte sich lieber nicht zu sehr mit Sharon Robinson beschäftigen. Sie hatte zu viele Probleme. Er musste sich von ihr fernhalten und seinen Job machen. Hatte er nicht genau das schon so oft zu Larry gesagt? Bisher hatte er sich immer an seine Grundregel gehalten, nämlich bei seinen Fällen niemals persönliche Bindungen aufzubauen – anders als sein Partner.

Er wusste aber auch nicht genau, warum sie ihm einfach nicht aus dem Sinn gehen wollte. Er hätte jetzt den Hörer nehmen und eine von mehreren Frauen anrufen können, die sofort mit ihm essen oder im Steppin' Out etwas trinken gegangen wären. Oder er hätte einfach so dort hingehen können, um jemand Neues kennen zu lernen. Eigentlich war genau das seine gewöhnliche Vorgehensweise für samstagabends.

Heute aber war ihm irgendwie nicht danach. Und neue Frauen kennen zu lernen hatte er auch keine Lust. Heute Abend war er in Gedanken einzig und allein bei Sharon Robinson.

Er versuchte rational zu denken. Er sagte sich, dass es bei diesem Fall nicht um sie ging. Sie hatte damit nur auf Grund ihrer früheren Ehe mit dem Angeklagten zu tun. Wenn er sie anrief, wäre das doch kein Interessenkonflikt, oder?

Er sah wieder zum Telefon und nahm schließlich doch den Hörer ab. Rasch wählte er die Auskunft, erkundigte sich nach ihrer Nummer und tippte diese dann ein. Es läutete einmal, zweimal . . .

»Hallo?«

Es war die Stimme ihrer ältesten Tochter. Er räusperte sich und sagte: »Könnte ich bitte Sharon sprechen?«

»Ja, Moment bitte.«

Sie war wirklich höflich, dachte er, genau wie die Nachbarn gesagt hatten. Er musste eine Weile warten, dann hörte er, wie an einem anderen Apparat abgenommen wurde, während am ersten aufgelegt wurde.

»Hallo?«

»Sharon? Ich bin's. Tony.«

»Ja?«, sagte sie frostig, offensichtlich immer noch sauer auf ihn.

Er lächelte. »Ich wollte mich nur mal erkundigen, wie es Ihnen geht.«

»Bestens, danke.«

Er merkte schon, dass das nicht einfach werden würde, und versuchte es daher mit Zerknirschung. »Hören Sie, es tut mir wirklich Leid, dass ich Sie heute auf die Palme gebracht habe. Ich habe aber den Rest des Tages damit verbracht, die Nachbarn zu befragen. Von denen hat niemand was gesehen, weswegen ich jetzt nach Freunden und Kollegen von Dubose suche, die einen Hass auf ihn gehabt haben könnten.«

Sie dachte einen Moment lang nach und fragte dann: »Was ist denn mit den Fingerabdrücken?«

»Die gehören samt und sonders den ehemaligen Hausbewohnern. Da ist niemand Neues bei.«

Sie schwieg wieder. Dann gab sie zu: »Na wenigstens geben Sie sich Mühe. Gut zu wissen.«

Er lächelte noch einmal, wurde dann aber gleich wieder ernst. »Geht es Ihnen auch wirklich gut?«

Er sah vor seinem inneren Auge, wie sie sich in einen Sessel fallen ließ und ihr Misstrauen nachließ. »Ja, doch. Ich bin bloß erledigt. Wie gut ich heute Nacht schlafen werde, weiß ich aber noch nicht. Tony?«

»Ja?«

»Es tut mir Leid wegen all dem, was ich Ihnen heute an den Kopf geworfen habe. Ich war ziemlich genervt, aber ich hatte nicht das Recht, Sie so zusammenzustauchen. Sie machen lediglich Ihre Arbeit.«

»Sie waren der Meinung, dass ich sie nicht besonders gut mache. Das Recht dazu haben Sie durchaus.«

»Ja, aber nicht, sie Ihnen dermaßen um die Ohren zu hauen. Tut mir Leid.«

Nicht zu fassen. Da hatte er sie angerufen, um sich bei ihr zu entschuldigen, und jetzt entschuldigte sie sich bei ihm.

»Sie arbeiten wirklich viel, nicht wahr?«, fragte sie. »Tag und Nacht, am Wochenende . . .«

»Kommt drauf an, woran ich gerade sitze. Es ist nicht immer so schlimm.«

»Aber Sie und Larry sind die einzigen Kriminalbeamten, oder?«

»Das stimmt.«

»Da kriegen Sie doch sämtlichen Mist ab. Wie haben Sie da jemals Zeit für sich selbst?«

Er lächelte. »Die nehm ich mir einfach. Aber dasselbe könnte ich von Ihnen auch behaupten. Wenn ich Ihre Nachbarn so reden höre, kann ich mir auch nicht vorstellen, wie Sie zwischen Beste-Grundstücksmaklerin-der-Stadt- und Beste-Nachbarin-im-Viertel-Sein, von bester Mutter und bester Ex-Frau ganz zu schweigen, jemals Zeit für sich selber finden.«

Sie lachte leise, ein Geräusch, das wie Musik in seinen Ohren klang.

»Was haben Sie zum Beispiel gemacht, als ich angerufen habe? Ich könnte wetten, Sie waren dabei, das Chaos vom Einbruch zu beseitigen.«

»Falsch. Damit bin ich schon fertig.«

»Was dann?«

Er konnte das Lächeln in ihrer Stimme hören. »Wenn Sie's unbedingt wissen müssen: Ich war unter dem Feigenbaum.«

»Unter dem Feigenbaum? In Ihrem Garten?«

Sie lachte nun lauter und er musste unwillkürlich grinsen. »Nein. Das ist eine Eiche. ›Unter dem Feigenbaum‹ ist bloß eine Redensart.«

Er nahm die Füße herunter und setzte sich aufrecht. »Und bedeutet?«

»Haben Sie je die Bibel gelesen, Tony?«

Er runzelte die Stirn. »Nein. Kann ich nicht von mir behaupten.«

Es schien sie nicht zu überraschen. »Also, im ersten Kapitel des

Johannesevangeliums gibt es einen Abschnitt, wo Jesus seine ersten Jünger beruft. Er findet Philippus und sagt zu ihm: ›Geh mit mir‹, und dann geht Philippus zu Natanaël und sagt zu ihm, dass er den Messias gefunden habe. Natanaël glaubt ihm nicht, weswegen Philippus zu ihm sagt, er solle mitkommen und sich selbst überzeugen. Natanaël geht mit Philippus zu Jesus und als Jesus ihn sieht, sagt er: ›Da kommt ein wahrer Israelit, ein Mann ohne Falschheit.‹ Und Natanaël fragt ihn, woher er ihn denn kennen würde.«

»Und?«, fragte Tony, ein wenig erstaunt darüber, dass eine Bibelgeschichte seine Aufmerksamkeit derart lang zu fesseln vermochte.

»Jesus sagt: ›Bevor Philippus dich aufgefordert hat mitzukommen, habe ich dich unter dem Feigenbaum gesehen.‹«

»Ah ja? Er hat ihn unter einem Baum gesehen. Und was ist daran so wichtig?«

»Zu jener Zeit bedeutete ›unter dem Feigenbaum‹ ›Gott suchen‹. Wenn jemand beten wollte, war die kühlste Stelle oft unter einem Feigenbaum, also ging er dorthin, um allein zu sein und zu beten. Das wurde zu einer allgemein gebräuchlichen Redewendung. Statt zu sagen, dass man betete und Gott suchte, sagte man, man sei ›unter dem Feigenbaum‹.«

»Oh. Das heißt also, dass Sie gerade beim Beten waren?« Bei dem Gedanken wurde ihm ein wenig mulmig zumute. Solange sie sich über irgendeine Geschichte aus der Bibel unterhielten, die mit ihm nichts zu tun hatte, hatte er keine Probleme damit. Aber wenn diese religiösen Themen plötzlich in seiner eigenen seelischen Ruhezone auftauchten, behagte ihm das gar nicht.

»Genau«, sagte sie. »Sehen Sie? Ich finde also hin und wieder doch Zeit für mich selbst. Ich muss sie mir manchmal einfach nehmen.«

»Ich meinte aber eigentlich nicht Zeit zum Beten. Ich meinte Zeit, die für Sie selber gut ist. Entspannung. Irgendwas, das keine Pflicht ist, sondern Vergnügen.«

»Ich bete nicht, um eine Verpflichtung zu erfüllen, Tony. Und es *ist* ein Vergnügen. Selbst wenn ich Gott auf Knien anflehe, dass er mich erhört.«

»Ja, ich verstehe«, sagte er, obwohl er nicht den leisesten Schimmer hatte. »Ich meine bloß . . . na ja, Leute wie Sie . . . wie wir . . .

wir neigen zum Ausbrennen. Die Gefahr ist groß. Man muss zwischendurch mal Pause machen. Etwas für sich selber tun. Ins Kino gehen. Essen. Was auch immer.«

Er hatte keine Ahnung, warum er so nervös wurde und das Sprechen ihm plötzlich so schwer fiel. Er lud ständig Frauen ein, mit ihm auszugehen, und hatte normalerweise keinerlei Probleme damit. Heute Abend aber kam er sich wie ein unbeholfener Junge vor, der versuchte, sich mit der Klassenschönheit zu verabreden.

»Ja, schon«, pflichtete sie ihm bei. »Das ist schon nett. Wenn man jemanden hat, der mitkommt.«

»Sicher, natürlich. Ich meinte auch nicht alleine. Vielleicht mit jemand anderem zusammen. Jemandem wie mir.« Jetzt musste er grinsen, obwohl er sich innerlich einen Tritt dafür verpasste, dass er sich wie ein Trottel anhörte. Er beugte sich vor und hielt den Hörer dicht ans Ohr. »Sharon, ich versuche gerade Sie einzuladen, aber ich stelle mich fürchterlich dumm dabei an.«

Am anderen Ende der Leitung herrschte einen Moment lang verblüfftes Schweigen. Schließlich sagte sie: »Schön. Von mir aus. Wenn's da keinen Interessenkonflikt gibt oder so. Ich meine, Sie bearbeiten ja Bens Fall.«

»Das dürfte kein Problem sein.«

Sie atmete einmal tief durch. »Also gut. Wann?«

»Wir könnten warten, bis der Fall abgeschlossen ist . . . aber bis dahin kann es noch 'ne Weile dauern. Und offen gesagt habe ich auch keine Lust, so lange zu warten. Wie wär's mit morgen?«

»Morgen ist Sonntag. Sonntags gehe ich in die Kirche, auch nachmittags. Aber Sie sind herzlich eingeladen mitzukommen.«

Da hatte er sich ja in was reingeritten, dachte er, aber er konnte noch immer den Rückzug antreten. »Ich steh mit der Kirche leicht auf Kriegsfuß. Wie wär's mit morgen Abend nach dem Gottesdienst? Wann kommen Sie denn nach Hause?«

»So gegen halb acht. Wir könnten zusammen essen gehen.«

»Sind Sie sich da auch sicher?«

»Klar. Wieso nicht?«

Er lächelte. »Okay. Prima. Ich reserviere uns einen Tisch – irgendwo, wo's nett ist. Und ich ruf Sie morgen Nachmittag an und sag Ihnen Bescheid, wann.«

»In Ordnung. Ich freu mich drauf.«

Wieder kam er sich wie besagter unbeholfener Junge vor, als er sich in seinen Sessel zurücklehnte und ein lautloses »Ja!« in Richtung Zimmerdecke rief. Er versuchte seine Stimme im Zaum zu halten und sagte: »Gut, ich melde mich dann morgen bei Ihnen. Gute Nacht, Sharon.«

»Gute Nacht.«

Er wartete mit dem Auflegen, bis sie eingehängt hatte, und sah dann zur Decke. Was hatte er da nur gemacht?

Er ging mit einer Frau aus, die in einen seiner Fälle verwickelt war, sie war Christin, hatte Kinder und ihren Ex-Mann, der höchstwahrscheinlich ein Mörder war, bei sich im Haus . . .

*Gut gemacht, Tony*, dachte er. *Du hast wirklich ein Händchen. Je komplizierter, desto besser. Als wenn du nicht so schon genug Probleme hättest.*

Doch das alles spielte keine Rolle mehr für ihn, als er wie neugeboren aus seinem Sessel aufsprang und auf die Küche lossteuerte, um etwas Essbares aufzutreiben.

☆

Am anderen Ende der Stadt betrachtete Sharon einen langen Augenblick lang lächelnd das Telefon. Sie hatte sich bereit erklärt, mit dem Polizisten auszugehen, der Bens Schuld zu beweisen versuchte. Sie hatte sich bereit erklärt, mit einem Mann auszugehen, der noch nie ein Wort in der Bibel gelesen hatte; einem Mann, dem es offensichtlich nicht behagte über religiöse Dinge zu sprechen; einem Mann, der nur dann eine Kirche betreten würde, wenn dort ein Verbrechen begangen worden war.

War sie eigentlich verrückt?

Wahrscheinlich, aber es war schon eine Weile her, dass sie sich zu einem Mann, der sich mit ihr verabreden wollte, hingezogen gefühlt hatte. Nur einmal mit ihm auszugehen würde wohl nicht schaden. Sie konnte nach all der Anspannung hier die Ablenkung – und den Auftrieb – gebrauchen.

Und an Babysittern herrschte auch kein Mangel.

Wenn sie ehrlich war, freute sie sich darauf, doch diese Vorfreude erschreckte sie. Tony war sich sicher, dass Ben ein Mörder war. Tony, der tagtäglich mit Kriminellen zu tun hatte, alle ihre Ausreden kannte, ihre Alibis und ihre Lügen. Konnte es sein, dass er etwas in Ben entdeckt hatte, das sie zu sehen nicht in der Lage war?

Sie stand auf, zog sich ihren Hausmantel über und tappte über den dunklen Flur. Was machte Ben eigentlich gerade? Wo er wohl steckte?

Sie sah, dass in ihrem Arbeitszimmer Licht brannte, und horchte am Durchgang, ob er drinnen war. Vorsichtig spähte sie um die Ecke.

Ben saß weit zurückgelehnt auf ihrem Lederdrehsessel, die Füße auf ihrem Schreibtisch. Auf seiner Brust schlief Bobby, dessen Atmung sich stark gebessert hatte, nachdem er behandelt worden war. Erinnerungen an denselben Mann stiegen in ihr auf, wie er mit der neugeborenen Jenny auf der Brust auf einem orangefarbenen Sitzsack lag. Irgendwo hatte sie noch ein Foto davon. Konnte aus demselben Mann ein Mörder geworden sein?

Von ihren beunruhigenden Gedanken verwirrt machte sie kehrt und ging wieder auf ihr Zimmer. Sie knipste das Licht aus und rollte sich auf dem Bett zusammen. Sie fragte sich, ob es richtig von ihr gewesen war, dass sie eingewilligt hatte, mit dem Detective auszugehen, und begab sich wieder unter den Feigenbaum.

## 23

Sie hatte nicht das Gefühl, als ob Sonntag wäre. Dass ihr Vater und Anne keinen Wert darauf legten, in die Kirche zu gehen, deprimierte Jenny. Es war schon komisch gewesen, sich fertig zu machen ohne sie zu wecken; und dann das ganze Geheule, als Emily mit Christy mitwollte und ihre Mutter wach geworden war und es ihr auszureden versucht hatte. Schließlich hatte Sharon Ben und Anne so beschämt, dass sie das Kind erbost anzogen und mitgehen ließen. Um der Wahrheit die Ehre zu geben – da alles und jeder dort wusste, dass man ihren Vater wegen Mordes verhaftet hatte, war auch Jenny selbst nicht sonderlich scharf darauf gewesen mitzugehen. Es war peinlich und demütigend. Doch sie brauchte die Fürbitten, dachte sie, und das war wohl den Klatsch wert, den sie würde aushalten müssen.

Ihre Mutter hatte ihr Leid getan, als diese nach der Rückkehr aus der Kirche für sieben Leute hatte kochen müssen, da weder Ben noch Anne genügend Initiative aufgebracht hatten, vorher mit dem Mittagessen anzufangen. Anschließend hatte sie ihrer Mutter beim Abräumen geholfen, da Anne sich nur so wenig wie möglich mit Sharon in einem Zimmer aufhielt.

Als Anne sie gebeten hatte, zum Laden zu fahren, um noch Windeln und Babynahrung für Bobby zu holen, hatte Jenny die Gelegenheit genutzt, um aus dem spannungsgeladenen Haus herauszukommen. Sie hatte vorgeschlagen, Emily und Christy mitzunehmen, in der Hoffnung, ihrer Mutter eine kurze Verschnaufpause wenigstens von einer Verpflichtung zu verschaffen. Da sie sowieso fuhr, hatte Sharon ihr noch eine Liste mit anderen Besorgungen mitgegeben.

Jetzt, als sie in den Parkplatz des Supermarkts einbog und sah, wie voll es war, bereute Jenny beinah, dass sie sich bereit erklärt hatte zu fahren.

Sie stellte den Motor ab und sah nach hinten zu den beiden angeschnallten, Händchen haltenden blonden Mädchen. »So, Kinder, ich habe eine Liste«, sagte sie. »Macht mich ja nicht wahnsinnig und bettelt um Süßigkeiten oder so.«

Christy wirkte geknickt. »Nicht mal Kaugummi? Kein Eis?«

»Nicht mal Kinderschokolade?«, fragte Emily.

»Nein! Nichts! So, und jetzt kommt.«

Im Eingang zum Laden entdeckte Jenny ein Videospiel. Perfekt. Sie nahm ein paar Vierteldollarstücke und gab sie den Mädchen. »Da. Spielt hier ein bisschen. Wenn ihr fertig seid, kommt ihr mich suchen.«

»Holst du Eis?«, fragte Christy.

»Und Apfelschlangen? Und Kinderschokolade?«, ergänzte Emily.

»Kein Süßkram. Hat Mama gesagt.«

»Aber Eis ist doch kein Süßkram!«

»Okay, aber nur Eis.«

»Aber ich brauch Apfelschlangen«, jammerte Emily. »Mama gibt mir immer Apfelschlangen für die Schule mit. Ich brauch für morgen Apfelschlangen.«

»Also gut«, gab Jenny nach. »Ich bring welche mit. Und jetzt spielt. Bitte!«

Die beiden Mädchen stürzten sich auf das Spiel. Mit einem Seufzer der Erleichterung ging Jenny in den Laden, fest entschlossen die Liste ihrer Mutter schnellstmöglich abzuhaken.

☆

Emily war bei Videospielen nicht so gut wie Christy und daher rasch »tot«. Als beide ihre fünfzig Cents ausgegeben hatten, begannen sie nach einer anderen Beschäftigung Ausschau zu halten.

Sie entdeckten die Kaugummiautomaten vor dem Laden und rannten durch die automatische Tür nach draußen. Christy sah in jedem Schlitz nach, ob irgendwer seine Kugeln vergessen hatte, und Emily drehte jeden Griff, um zu sehen, ob dadurch wundersamerweise ein paar herausfielen.

Sie hatten schon fast aufgegeben, als ein Mann vorbeikam, vergnügt in sich hineinlachend in seine Tasche langte und jedem der Mädchen ein Vierteldollarstück gab. »Na los, Mädchen. Geht auf meine Kappe.«

Christy sah zu dem Mann hoch, der einen Panamahut und eine dunkle Brille trug. »Nein danke. Ich darf von Fremden nichts annehmen.«

»Ich bin doch gar kein Fremder«, sagte er mit einem freundlichen Lächeln. »Nicht für Emily.« Er nahm kurz die Brille ab und zwinkerte dem Kind zu.

Ihre Augen weiteten sich. »Sie sind ein Freund von Papa.«

»Sie kennen meinen Papa?«, fragte Christy.

»Und ob.« Der Mann lächelte, setzte die Brille wieder auf, warf das Geld in einen der Automaten, drehte den Griff und fing die Kaugummikugeln auf, die herausfielen. Er gab jeder eine Kugel und deutete mit einer Kopfbewegung zu seinem Wagen. »Ich habe übrigens was im Auto, das euer Vater braucht. Hättet ihr Mädels was dagegen, mit mir zu kommen, um es zu holen? Ihr könntet es ihm bringen.« Er kniff Emilys Nase. »Ich hab auch noch ein paar Geleebonbons im Wagen. Wenn ihr die mögt . . .«

»Na klar!«, rief Emily. »Komm, Christy!«

Er führte sie zu seinem Wagen und die Mädchen liefen und hüpften ihm hinterher.

☆

Jenny schob ihren voll bepackten Einkaufswagen zur langen Schlange vor der Kasse. Heilfroh, dass ihre Schwestern ihr beim Einkaufen nicht im Nacken gesessen hatten, blickte sie in Richtung Spielbereich. Die beiden waren nicht zu sehen.

Seufzend verließ sie die Schlange wieder und begab sich zum Süßwarengang in der Annahme, sie dort zu finden. Sie entdeckte Kinder, die die bunten Geschenktüten für den Valentinstag bewunderten, aber Christy und Emily waren nicht darunter.

Frustriert beschloss sie, an einem Ende des Ladens anzufangen und einen Blick in jeden Gang zu werfen, bis sie sie gefunden hatte. Sie hätte ihnen einschärfen sollen, dort zu bleiben, wo sie waren. Und sie hätte wissen müssen, dass sie es bestimmt nicht tun würden.

Sie schaute in sämtliche Gänge des riesigen Geschäfts, jedoch vergeblich. Sie sah noch einmal in der Spielwarenabteilung nach, aber auch dort waren sie nicht.

Dann fiel ihr ein, dass Christy die Süßwarenautomaten liebte, also ließ sie ihren Einkaufswagen stehen und warf einen Blick durch die Glastüren. Niemand da.

Allmählich begann sie sich Sorgen zu machen, doch ihr Ärger über die beiden überwog. Sie ging zur Kabine des Filialleiters im vorderen Teil des Ladens und wartete, bis sie an der Reihe war. »Könnten Sie bitte meine Schwestern ausrufen lassen? Sie müssen irgendwo im Laden sein, aber ich kann sie nicht finden.«

Man notierte sich die Namen der Mädchen und machte eine Durchsage. Als fünf Minuten ergebnislos verstrichen waren, begann Jenny sich ernstlich zu sorgen. Sie ließ ihren Wagen stehen und ging wieder zum ersten Gang. Als sie im Laufschritt um eine Ecke bog, stieß sie gegen einen Jungen, der Regale auffüllte, wodurch diesem eine Kiste mit Dosen herunterfiel. »Entschuldigung!«, sagte sie und half ihm beim Aufheben. »Hast du vielleicht zwei kleine Mädchen mit blonden Haaren gesehen?«

»Nein«, sagte er genervt, »hab ich nicht.«

Sie schaute wieder zur Kabine des Filialleiters. Die Kinder hatten sich noch immer nicht gemeldet. Eilig lief sie wieder nach vorn. »Hören Sie«, sagte sie atemlos, »die müssen hier sein.«

»Ich versuch's noch mal«, sagte der Filialleiter. »Kleinen Moment bitte.«

Die beiden wurden ein zweites Mal ausgerufen, aber auch dieses Mal meldeten sie sich nicht. Jenny lief nach draußen, in der Hoffnung, dass sie vielleicht gegen die Grundregel verstoßen hatten, nämlich den Laden nicht zu verlassen, und blickte sich nach allen Seiten suchend um. Kurz entschlossen rannte sie zu ihrem Wagen und sah in seinem Inneren nach. Sie waren nicht da.

*Wo konnten sie bloß sein?*

Schwitzend und außer Atem lief sie wieder nach drinnen und rannte zum hinteren Teil des Ladens, wo die Pendeltüren ins Lager führten. Sie stürmte hindurch und entdeckte zwei Arbeiter. »Haben Sie zwei kleine blonde Mädchen gesehen? Fünf und sechs? Eine ist . . . rot angezogen, mit Herzen drauf, und die andere hat . . . oh, ich weiß überhaupt nicht, was Emily anhat!«

»Hier hinten waren sie jedenfalls nicht«, meinte einer der beiden.

Sie keuchte inzwischen nur noch, stieß die Türen wieder auf und rannte in den Laden zurück, einen Gang hoch, den nächsten runter und rief dabei nach ihnen, so laut sie konnte. Kunden gafften und ein paar schlossen sich ihr bei der Suche an.

Der Filialleiter hatte inzwischen gemerkt, dass die Sache ernst war und machte eine weitere Durchsage. »Wenn jemand zwei blonde, fünf und sechs Jahre alte Mädchen gesehen hat, die auf die Namen Christy und Emily hören, möchte sich derjenige bitte hier vorne am Eingang melden.«

Als sie das ganze Geschäft zum zweiten Mal abgesucht hatte, war Jenny in Tränen aufgelöst. Verzweifelt lief sie wieder nach vorn, wo sich eine Kundin mit dem Filialleiter unterhielt.

»Junge Frau«, sagte er, nun sichtlich erschüttert. »Die Dame hier sagt, sie hat gesehen, wie die Kinder mit jemandem in ein Auto gestiegen sind. Wir haben die Polizei verständigt.«

»Ein Auto?« Jenny verschluckte einen Schluchzer. »Unmöglich. Sie waren mit mir zusammen hier. So dumm sind die beiden nicht!«

»Eines der Mädchen hatte ein rotes Kleid mit Herzen an und rote Leggins, und die andere trug irgendwas Lilanes«, sagte die Frau.

Jennys Herz begann zu rasen und ihr wurde schwindelig. »Das waren sie. Wer war denn dabei?«

»Ein Mann«, sagte die Frau. »Er trug einen Strohhut und eine Sonnenbrille. Ich glaube, er hatte braune Haare, aber da bin ich mir nicht ganz sicher. Er war irgendwas zwischen 1,75 bis 1,80, durchschnittliches Gewicht. Sie machten den Eindruck, als ob sie ihn kennen würden, und sind anstandslos in den Wagen gestiegen. Sie waren am Lachen und Kichern, deswegen habe ich mir da nichts bei gedacht.«

»Unmöglich!« Sie begann zu zittern. »Kann ich bitte Ihr Telefon benutzen? Ich muss meine Eltern anrufen.«

Ihre Hand zitterte, als sie die Nummer wählte. Das Freizeichen ertönte und sie schloss die Augen. Kurz darauf hob ihr Vater ab. »Hallo?«

»Papa?«, sagte sie und versuchte ihrer Stimme Herr zu werden. »Du warst nicht hier und hast Christy und Emily abgeholt, oder?«

»Was soll das heißen: Ob ich sie abgeholt habe?«

»Hast du oder Mama sie abgeholt?«, schrie sie.

»Nein. Es ist überhaupt niemand aus dem Haus gegangen.«

Sie schluchzte wieder und ließ den Kopf auf den Tresen sinken. »Papa, irgendwer hat sie entführt! Sie sind weg!«

## 24

»Wo fahren Sie mit uns hin?«, fragte Christy weinerlich. Der Mann raste über den Highway 19, der aus St. Clair hinausführte.

Er gab keine Antwort.

»Er hat gelogen«, flüsterte Emily. »Er hat überhaupt keine Geleebonbons.«

»Wir kriegen fürchterlichen Ärger«, flüsterte Christy zurück. »Jenny bringt uns um. Und Mama wird mich mein ganzes Leben lang bestrafen.«

»Ruhe dahinten«, schnauzte der Mann. »Ihr geht mir auf den Wecker.«

Sie schwiegen, weinten aber weiter.

»Habt ihr mich nicht verstanden? Ihr sollt die Klappe halten!«

Die Mädchen nahmen sich in die Arme, zitternd vor Angst, und gaben sich alle Mühe, kein Geräusch zu machen.

Er fuhr vom Highway ab und bog in eine lange, unbefestigte Straße ein.

»Vielleicht bringt er uns ja nach Hause«, flüsterte Emily.

»Glaub ich nicht.«

»Wo fährt er dann mit uns hin? Was hat er wohl vor?«

»Keine Ahnung«, sagte Christy. »Vielleicht ist er ja nicht wirklich böse. Vielleicht mag er bloß kleine Mädchen.«

»Er benimmt sich aber nicht so, als ob er uns mag«, flüsterte Emily. »Vielleicht tut er uns weh.«

Sie hielten sich, während er in einen Feldweg einbog und dann mit ihnen tief in ein Waldstück hineinfuhr, fest aneinander geklammert. Schließlich gelangten sie zu einem kleinen Bau, der wie ein Geräteschuppen aussah. Der Wagen hielt.

Die Fondtür wurde aufgerissen und der Mann griff nach Christys Arm. »Los. Aussteigen.«

Sie rutschte über den Sitz und stieg aus; als sie draußen war, verpasste sie dem Mann aus Leibeskräften einen Tritt. »Lauf, Emily!«

Emily rannte los, doch der Mann packte Christy um die Taille und stürzte dem anderen Kind hinterher. Sie kam nicht weit, da hatte er sie schon erwischt; er packte sie an den Haaren und drehte ihren Kopf zum Schuppen.

»Seht ihr den da?«, fauchte er. »Da geht's lang.«

Christy weinte immer lauter und Emily schrie und zappelte, damit er ihre Haare losließ. Sie wanden sich, versuchten sich loszureißen, doch er zerrte sie zum Schuppen, öffnete die Tür und warf sie hinein. Sie stürzten beide auf den Boden aus nackter Erde und Christy stieß sich den Kopf an einer Regalkante. Sie schrie laut auf, doch der Mann schlug lediglich die Tür hinter ihnen zu.

Christy krümmte sich zusammen und hielt sich den verletzten Kopf, durch ihre Finger sickerte warmes Blut.

Sie hörten, wie er zusperrte und dann wieder zum Auto zurückging. Die Wagentür knallte, der Motor wurde angelassen und dann fuhr er los.

Emily schluchzte und suchte tastend nach Christy. »Wo bist du, Christy?«

»Hier«, rief sie.

Emily streckte die Arme nach ihr aus und die beiden hielten sich wieder aneinander fest. »Ich will zu meinem Papa«, verlangte Emily.

»Ich auch«, schluchzte Christy. Blut tropfte ihr in die Augen. Es brannte und sie wischte es mit ihrem Ärmel ab. Auf allen vieren kriechend, tastete sie nach der Wand, und als sie sie gefunden hatte, nach der Tür. Emily hielt sich dicht hinter ihr und klammerte sich mit ihren kleinen Fäusten an den Saum ihres Shirts. Christy schob die Hand an der Tür hoch, bis sie den Knauf gefunden hatte. Sie rüttelte daran, doch die Tür war abgeschlossen.

Sie versuchte aufzustehen, aber Emily rief: »Lass mich nicht allein! Ich seh doch nichts!«

»Ich geh ja nicht weg. Ich steh bloß auf.«

Emily stand mit ihr auf, sich noch immer an ihr festhaltend. Sie drückte, so fest sie konnte, gegen die Tür und rammte dann ihre kleine Schulter gegen das Holz, wie sie es die Leute im Fernsehen hatte tun sehen. Es nutzte nichts.

Sie trat mit aller Gewalt gegen die Tür und begann dann dagegenzuhämmern. »Hilfe! Holt uns hier raus!«, schrie sie und trommelte dazu mit den Fäusten. Emily schloss sich ihr an, hämmerte und schrie, so laut sie konnte.

»Holt uns raus! Hilfe! Holt uns raus!«

Doch alles, was sie hören konnten, war der Wagen, der sich auf dem langen Schotterweg entfernte.

☆

Nelson Chamberlain lächelte zufrieden, als er davonfuhr. Wahrscheinlich würde Ben sich inzwischen winden und für die Übergabe rüsten. Nelson hatte ihm soeben einen unwiderstehlichen Anreiz verschafft.

Er hatte zweifellos Glück gehabt. Eigentlich hatte er damit gerechnet, auch den Teenager kidnappen zu müssen, wodurch die ganze Geschichte weitaus schwieriger gewesen wäre. Doch als die Mädchen allein zurückgeblieben waren, hatte sich ihm die ideale Gelegenheit geboten.

Als ihm klar wurde, wie weit er damit gegangen war, schwand sein Lächeln. Für gewöhnlich machte er sich nur ungern die Hände schmutzig. Mit dem Gangster zusammenzuarbeiten, der ihm die gefälschten Ausweise und Kreditkarten besorgt hatte – einen Satz auf den Namen Ben Robinson, damit er die Waffe kaufen konnte, und einen zweiten auf den Namen John Lieber –, war schon unerfreulich genug gewesen. Der Mord war sogar noch unangenehmer gewesen. Immerhin hatte er das Glück gehabt, die Geldklammer mit Bens Initialen zu finden. Der Maler hatte sie im Arzneikasten in der Galeriewohnung liegen lassen – zusammen mit einer Bürste, aus der Nelson die Haarsträhnen von Ben entfernt und in den Händen von Dubose platziert hatte. Ja, das alles war unangenehm gewesen, doch er hatte keine andere Wahl gehabt.

Und jetzt, wo er einmal so weit gegangen war, hatte er nicht vor, einen Rückzieher zu machen. Dafür hatte er schon zu viel investiert, es stand zu viel auf dem Spiel. Den Lebensstil, den er pflegte, aufrechtzuerhalten war nicht leicht. Ein paar schlechte Investitionen hatten seine Mittel bedenklich dezimiert. Die Finanzspritze, die er durch dieses Geschäft bekommen würde, war unverzichtbar. Es musste alles gelaufen sein, bevor seine Schuldner und großzügigen Freunde im Ausland dahinter kamen, dass er nicht das war, wofür sie ihn hielten.

Die hunderttausend Dollar für Bens Kaution waren gut angelegt. Wenn er hinter Gittern war, konnte er ihm schließlich nichts aushändigen. Es wäre allerdings praktisch gewesen, wenn er Ben den Mord an Dubose hätte anhängen können – das war sein ursprünglicher Plan gewesen, ein guter Plan. Doch jetzt gab es etwas, das er dringender brauchte als einen Blitzableiter, und Ben wusste als Einziger, wo es war. Die Entführung würde natürlich den Verdacht von Ben ablenken, doch das ließ sich nicht vermeiden. Der Handel mit Boudreaux musste jetzt unbedingt schnell vonstatten gehen. Und davon abgesehen glaubten alle, dass er noch immer außer Landes wäre – selbst wenn man also ernsthaft nach einem anderen Schuldigen suchen würde, würde man niemals ihn verdächtigen.

Wenn alles so lief, wie erwartet, würde er noch vor Sonnenaufgang das Gesuchte haben und wirklich außer Landes sein. Und damit auch außer Gefahr, verdächtigt zu werden.

# 25

Sharons Aufschrei, als sie die Nachricht erfuhr, war noch auf der Straße zu hören. Sie rannte zu ihrem Wagen und verließ die Einfahrt mit quietschenden Reifen. Ben, Anne und Bobby fuhren mit dem Kombi direkt hinter ihr her.

In Rekordzeit erreichten sie den Parkplatz des Lebensmittelgeschäftes, wo sie die Polizeiwagenflotte mit blinkenden Blaulichtern vor sich sahen. Sharon hielt neben Larry und Tony, die bei Jenny standen, rammte den Hebel der Automatik nach vorn und war mit einem Sprung draußen. Bens Wagen kam mit quietschenden Reifen hinter ihr zum Stillstand.

»Jenny, wo sind sie?«, schrie sie. »Hast du denn nicht auf sie aufgepasst?«

Jenny schluchzte und Tony legte, während sie zu ihrer Mutter hochblickte, einen Arm um das Mädchen, um es zu beruhigen. »Es tut mir so Leid, Mama. Ich habe sie aus den Augen verloren. Ich hab sie bei dem Videospiel gelassen und im nächsten Augenblick waren sie weg!«

»Was tun Sie, um sie zu finden?«, fragte sie Tony. »Sie sind doch noch so klein. Sie müssen eine Heidenangst haben. Sie müssen sie finden!« Ihre Stimme wurde mit jedem Wort schriller und Larry versuchte sie zu besänftigen. Inzwischen stand Ben hinter ihr und Larry sah sich ihnen beiden gegenüber.

»Wir haben eine Augenzeugin, die einen braunhaarigen Mann mit Strohhut und Sonnenbrille gesehen hat, durchschnittliches Gewicht, zwischen 1,75 und 1,80. Sagt Ihnen das was?«

Sharon wirkte ratlos. »Ich kenne bestimmt hundert Leute, die so aussehen.«

»Wir haben auch eine Beschreibung des Wagens. Ein blauer Taurus, Mietwagen. Allerdings hat unser Zeuge nicht die Verleihfirma gesehen. Wir haben eine Fahndung rausgegeben. Wir haben überall in der Stadt Wagen postiert und auch die Polizei des Bundesstaates verständigt, nach ihm Ausschau zu halten, für den Fall, dass er mit ihnen die Stadt verlässt. Aber jetzt brauchen wir erst einmal Ihre Hilfe. Ich weiß, dass Sie entsetzt sind, aber wir müssen einen klaren Kopf behalten, damit wir so schnell wie möglich handeln können.«

»Was brauchen Sie?«, fragte Ben.

»Wir benötigen Fotos, damit wir sie hier überall in der Gegend verteilen können. Und wir müssen ein paar Telefonanschlüsse in Ihrem Haus installieren, damit wir jeden eventuellen Lösegeldanruf zurückverfolgen können.«

»Er hat gesagt, dass er mir etwas wegnehmen würde«, erklärte Ben. »Er hat mir gedroht, als er gemerkt hat, dass ich ihm nicht gebracht hatte, was er wollte.«

Wütend baute Sharon sich vor Ben auf. »Er ist das, ja? Er hat unsere Kinder entführt!« Sie drängte Ben gegen einen Streifenwagen. »Gib ihm, was er haben will, Ben!«, schrie sie. »Gib ihm, was er will, damit ich meine Kleine wiederkriege!«

»Ich... weiß... nicht,... was... er... will!«, sagte Ben durch die Zähne. »Wenn ich es wüsste, würd ich's ihm auf der Stelle geben. Mir hat man *zwei* Kinder gekidnappt, Sharon. Glaubst du etwa, ich würde nicht tun, was ich kann, um...«

»Aufhören!«, befahl Anne, während sie zwischen die beiden trat. »Dafür haben wir jetzt keine Zeit. Wir müssen sie finden!«

Sharon fuhr herum und packte Tony bei den Aufschlägen seines Sakkos. »Wenn Sie bloß zugehört hätten, was Ben Ihnen erzählt hat! Wenn Sie, statt einfach ihn zu beschuldigen, nach dem Mörder gesucht hätten, dann hätte dieser Irre jetzt nicht mein Kind!«

Sie sah, dass sich allmählich Fernsehteams sammelten, und eine der Kameras war auf sie gerichtet. Sie schüttelte den Kopf und bahnte sich einen Weg durch die Menge zurück zu ihrem Wagen. »Ich fahr ihnen nach. Ich werde sie finden!«

Tony hielt sie auf. »Sharon, nicht! Wir haben unsere Leute, die suchen nach ihnen. Wir brauchen Ihre Hilfe hier.«

»Okay!«, schrie sie und schüttelte seine Hände ab. »Sagen Sie mir, was ich tun soll! Aber lassen Sie mich ja nicht tatenlos hier rumsitzen, während er die Mädchen immer weiter verschleppt!«

☆

Stunden später, als es dunkel zu werden begann, hatten sie noch immer keinerlei Nachricht von den Mädchen. Zwei Beamte warteten mit ihnen im Haus auf die telefonische Lösegeldforderung, während Larry und Tony sich auf den Weg gemacht hatten, um Hinweise auf den Verbleib der Kinder zu finden. Der Fall bekam Vorrang vor allen anderen. Die letzte Kindesentführung in St. Clair lag bald zwanzig Jahre zurück und da war der Täter ein Elternteil gewesen. Jetzt aber war ganz St. Clair auf den Beinen, um die Kinder zu suchen. An jedem Mast, jeder Mauer, in jedem Fenster wurden Plakate aufgehängt. Unablässig kamen Freunde aus der Gemeinde zu ihnen, die etwas zu essen und trinken brachten – einen anderen Rat wussten sie sich nicht – und das Haus anschließend mit einem Stoß Plakate mit Fotos der beiden Kinder wieder verließen.

Jenny hatte ein Beruhigungsmittel bekommen und lag schlafend in ihrem Zimmer. Jetzt, wo er ärztlich behandelt worden und auf dem Weg der Besserung war, schlief auch Bobby friedlich. Anne, Sharon und Ben aber gingen unruhig im Wohnzimmer auf und ab und warteten verzweifelt darauf, dass das Telefon läutete.

Als Larry und Tony zum Haus zurückkehrten, ging es bereits der Dunkelheit entgegen. Sie machten ernste Gesichter und bei dem Gedanken an die Nachricht, die sie bringen könnten, wurde Sharon ganz übel.

»Sharon, Anne, Ben – würden Sie sich bitte setzen?«

»Sie haben sie gefunden«, sagte Anne tonlos, ihr Gesicht vor Angst kreidebleich.

»Nein, nein«, erwiderte Tony eilig. »Bis jetzt haben wir keinerlei Spur von ihnen. Noch nicht. Aber wir müssen Ihnen ein paar Fragen stellen.«

»Sicher«, sagte Sharon. »Schießen Sie los.«

Larry sah Tony unbehaglich an. »Wir müssen wissen, wo genau im Einzelnen Sie heute waren, vom Aufstehen angefangen bis direkt nach der Entführung.«

»Also, das ist es«, sagte Ben. »Ich hätte es ahnen sollen.«

Sharon und Anne sahen ihn verdattert an.

»Begreift ihr denn nicht? Das ist die Parallelermittlung. Während sie nach dem Kerl suchen, der unsere Kinder entführt hat, fangen sie an zu überlegen, ob wir es nicht selber gewesen sein könnten.«

»Was?«, fragte Anne konsterniert.

Sharon stand auf. »Warum sollten wir?«

»Wir behaupten nichts dergleichen, Sharon«, sagte Tony. »Das ist bloß eine Formsache. Wirklich. Reine Routine. Für unsere Protokolle.«

»Jetzt fällt's mir wieder ein«, sagte Sharon. »Vor ein paar Jahren, eine Entführung in Virginia oder so. Man fand heraus, dass die Mutter ihr Kind umgebracht hatte. Aber Sie glauben doch nicht etwa ...«

»Sharon, wir beschuldigen doch niemanden«, sagte Tony. »Wir müssen lediglich ein paar Fragen stellen.«

»Das liegt an mir, Sharon«, sagte Ben. »Da ich ja ein mutmaßlicher Mörder und krankhafter Lügner bin, muss ich es gewesen sein, ja? Wieder so ein fauler Trick, um den Verdacht von mir abzulenken!« Er machte eine ausholende Armbewegung und stieß eine Vase vom Tisch, die auf dem Fußboden in Scherben ging. Er drehte sich um und stürmte aus dem Zimmer.

»Wo wollen Sie hin?«, fragte Tony laut.

»Meine Anwältin anrufen. Bis die hier ist, sage ich kein Wort mehr.«

Sharon und Anne starrten die beiden Kriminalbeamten an, als Ben hinauslief. »Er war es nicht!«, rief Sharon. »Er ist ihr Vater! Er war die ganze Zeit hier bei uns! Sie haben einen Zeugen, der gesehen hat, wie sie mit einem Mann in das Auto gestiegen sind! Sie sollten Ihre Energie lieber nutzen, um diesen Mann zu finden – statt Ihre Zeit hiermit zu verschwenden!«

Tony setzte sich. Er wirkte abgespannt.

»Sharon, wir müssen diese Fragen stellen«, sagte Larry. »Und Sie müssen uns helfen, indem Sie sie beantworten. Die Ermittlungen gehen ja weiter, wir haben sie nicht eingestellt. Aber sämtlichen Möglichkeiten nachzugehen, gehört nun mal zu unserem Grundprinzip. Und angesichts der mildernden Umstände ...«

»Die mildernden Umstände sind mir ganz egal!«, fauchte Sharon. »Dieser ganze Alptraum sollte doch wohl ein mildernder Umstand sein, oder?« Sie fuhr sich mit den Händen durchs Gesicht, während sie nervös hin- und herlief. »Was ist denn mit mir? Werde ich auch verdächtigt?«

»Niemand wird verdächtigt«, sagte Tony.

»Warum? Vielleicht hatte ich auch irgendeinen blödsinnigen tieferen Beweggrund. Vielleicht hatte ich ja einen verborgenen Hass auf Emily und habe deswegen jemanden angeheuert, die beiden zu entführen.«

»Da ich die Stiefmutter bin«, sagte Anne, »bin ich wohl auch eine Haupttatverdächtige, was?«

»Wie oft soll ich es denn noch sagen? Wir beschuldigen niemanden!«

»Sie beschuldigen Ben!«, schrie Sharon. »Geben Sie's doch endlich zu. Sie glauben, dass er es war. Und das wäre genauso absurd, als wenn es einer von uns gewesen wäre. Sie sind beide seine Kinder!«

»Das sind doch lediglich Fragen, Sharon! Bloß Fragen!«, beteuerte Tony.

Ben kam wieder ins Zimmer zurück. »Lynda ist auf dem Weg. Bis sie hier ist, sollen wir alle kein Sterbenswörtchen mehr sagen.«

»Schön«, meinte Larry, lehnte sich in seinem Sessel zurück und verschränkte die Arme. »Warten wir also.«

Tony nickte. »Meinetwegen.«

Sekunden verstrichen und alle suchten sich eine Stelle im Zimmer, auf die sie den Blick heften konnten. Schließlich fragte Anne: »Warum läutet dieses Telefon nicht?«

»Er will uns schwitzen lassen«, sagte Ben ruhig.

»Aber was ist mit den Kindern? Es ist bald dunkel und sie werden fürchterliche Angst haben. Emily hat ihre Decke nicht oder die kleine Puppe, mit der sie normalerweise schläft. Was ist, wenn er ihnen nichts zu essen gibt? Oder wenn sie verletzt sind?«

»Unmöglich«, sagte Sharon leise. »Wir müssen einfach beten, dass sie wohlauf sind. Wir müssen daran glauben.« Doch ihr Glaube schien im Moment genauso schwach zu sein wie der von Anne und Ben.

Sie warteten. Tony und Larry saßen auf der Couch, Sharon lehnte mit verschränkten Armen am Klavier, Ben ging auf und ab und Anne saß in einem Sessel und blickte angespannt aus dem Fenster, als würde der Kidnapper plötzlich vorgefahren kommen und die Kinder aussteigen lassen.

Die Türklingel ertönte. Es waren Lynda und Jake.

»Was ist los, Tony?«, wollte Lynda wissen. »Warum drangsaliert ihr die Leute hier so?«

»Wir drangsalieren sie überhaupt nicht, Lynda. Wir möchten lediglich ein paar Fragen stellen.«

»Na gut«, sagte sie. »Setzt euch mal hin.«

Sie nahmen alle im Raum verteilt Platz, bis auf Jake, der im Durchgang stehen blieb. »Ich geh ein paar Plakate aufhängen, Leute«, sagte er. »Lynda, bist du sicher, dass dich irgendwer nach Hause fahren kann?«

»Kein Problem. Ich werde wohl noch eine Weile hier sein.«

Er legte Sharon eine Hand auf die Schulter und drückte sie. »Ich bete für sie, Sharon. Wir werden sie finden. Hunderte von Leuten halten die Augen nach ihnen offen. Das weißt du doch, oder?«

Sharon griff seine Hand und erwiderte den Druck. »Ja. Ich habe mehr Vertrauen zu euch als zu diesen so genannten Kriminalbeamten.«

Tony sah gekränkt zu ihr hoch.

»Wenigstens tut jemand was«, setzte sie hinzu.

Jake nickte nüchtern. »Also, bis später dann«, sagte er und machte sich auf den Weg.

Als sein Wagen nicht mehr zu hören war, ergriff Lynda das Wort. »In Ordnung«, sagte sie zu Larry und Tony. »Fragt alles, was ihr wollt. Ich weiß, dass meine Mandanten euch sämtliche Fragen beantworten wollen, die euch dabei behilflich sein können, die Kinder zu finden. Aber ich werde nicht zulassen, dass ihr sie schikaniert. Und ihr werdet das nicht *ihnen* anhängen.«

»Sie sind also jetzt *alle* deine Mandanten?«, fragte Larry.

»Ganz richtig«, entgegnete sie trotzig.

Ben beugte sich vor. Er sah mitgenommen aus. »Bevor Sie irgendwas fragen, kann ich *Ihnen* noch eine Frage stellen?«

Larry zuckte die Achseln. »Nur zu.«

»Denken Sie doch mal über die Logik des Ganzen nach. Wenn ich Dubose wirklich umgebracht hätte – warum hätte ich dann die ganzen Spuren hinterlassen? Die auf meinen Namen registrierte Waffe, die Geldklammer, die Fingerabdrücke. Und dass ich auch noch zusätzlich etwas mit meinen eigenen Kindern anstellen sollte, ist doch noch unlogischer . . .« Ihm versagte die Stimme. »Und nun denken Sie mal darüber nach. Wenn man mich in eine Falle gelockt hat und Dubose wegen dem, wonach dieser Irre sucht, umgebracht worden ist, was immer es auch ist – würde es dann nicht einen Sinn ergeben, dass er meine Kinder entführt, um Macht über mich zu bekommen? Er glaubt, dass ich das Gesuchte habe, also will er mich zwingen, es ihm auszuhändigen.«

»Sicher. Logisch wäre das schon«, meinte Larry. »Logisch genug, dass Sie sich darauf verlassen könnten.«

»Was soll das heißen?«, fragte Lynda.

»Die gute, alte Verschwörungstheorie«, blaffte Sharon. »Nicht Oswald hat Kennedy umgebracht, sondern die Republikaner. Und nicht dieser Kidnapper hat unsere Kinder entführt, sondern Ben – nur dass er es so klug arrangiert hat, dass es so aussieht, als wäre es jemand anders gewesen. Er war in Wirklichkeit an zwei Orten zugleich. Er sah zwar überhaupt nicht wie er selbst aus und es war auch nicht sein Wagen, aber er steckt dahinter, denn die andere Möglichkeit ist verflixt noch mal einfach zu logisch!«

Lynda griff nach Sharons Hand und bedeutete ihr, still zu sein.

»Findet meine Kleine!« Sharon fuhr hoch und riss dabei den Tisch um. »Hört auf, tatenlos hier rumzusitzen, und findet sie, ehe es zu spät ist!«

## 26

Ihre Augen hatten sich an das Dunkel gewöhnt. Über ihnen, außer Reichweite, hingen Bretter voller Gartengeräte. In der Ecke lehnte ein Sack Dünger und an der Rückwand war ein Rasenmäher geparkt. Der ganze Raum war nicht größer als Christys begehbarer Kleiderschrank daheim. Der Fußboden bestand aus nackter Erde und wurde mit vorrückender Zeit immer kälter.

»Ich habe Hunger«, sagte Emily. Ihre Stimme war vom Schreien ganz heiser.

Christy pochte noch immer der Schädel und die Platzwunde brannte. Ihr Pony war voller Blut und klebte an der Stirn. »Ich auch. Aber Papa kommt uns bestimmt gleich holen. Da bin ich mir ganz sicher.«

»Und wenn er uns nicht finden kann?«

»Doch, das tut er. Er ist furchtbar klug.«

»Ich will aber *jetzt* nach Hause«, winselte Emily.

»Ich auch«, sagte Christy.

Sie horchten angestrengt auf den Wind, der um den Schuppen pfiff, und auf den Regen, der aufs Dach niederprasselte. Es donnerte und die Mädchen schrien beide laut auf.

»Das war bloß ein Donner.« Christy versuchte tapfer zu klingen.

»Ich hasse Donner«, jammerte Emily.

»Aber er kann uns nicht wehtun.« Christy erinnerte sich an das, was ihre Mutter ihr immer wieder gesagt hatte. »Wir sind hier drinnen in Sicherheit.«

Als es ein zweites Mal donnerte, begann Emily zu wimmern.

»Wir könnten beten«, sagte Christy versuchsweise.

»Ich weiß nicht, wie das geht.«

Christy legte einen Arm um Emily. »Mach einfach die Augen zu«, sagte sie leise. »Ich mach das schon.«

»Und was ist, wenn uns Gott bei dem Gedonner nicht hören kann?«

»Keine Bange«, versicherte ihr Christy. »Donner sind für Gott kein Problem. Gebete von Kindern hört er immer, hat Mama mir gesagt. Jetzt mach die Augen zu und senk den Kopf.«

»Ich will nicht.«

»Mach einfach!«, rief Christy. »Mach schon, oder ich hör auf dich zu trösten.«

»Mir geht's aber nur noch schlechter davon!«

»Ich bin hier die mit dem Loch im Kopf!«, blaffte Christy. »Und ich benehm mich auch nicht wie eine Heulsuse!« Sie weinte, noch bevor sie den Satz zu Ende geführt hatte. Schließlich nahm Emily sie in die Arme.

»Entschuldige.«

Christy verschluckte einen Schluchzer und wischte sich die Augen. »Schon in Ordnung. Machst du jetzt deinen blöden Kopf runter?«

Emily steckte den Daumen in den Mund und senkte den Kopf. Sie klammerten sich aneinander und Christy begann zu beten.

»Lieber Gott, wir haben fürchterliche Angst . . .«

Donner und Regen wüteten rings um sie her, während Christy betete, doch noch bevor sie beim »Amen« angelangt war, war Emily eingenickt.

Christy hielt sie noch lange fest, doch dann übermannte der Schlaf auch sie.

# 27

Das Unwetter wurde immer heftiger, als hätte das Universum sich gegen sie verschworen. Sharon ging auf der halb geschlossenen Veranda auf und ab. Drinnen wurde unterdessen Ben weiter vernommen. Verzweifelt drückte sie Christys Stoff-Simba an sich und haderte innerlich mit Gott, feilschte mit ihm, flehte ihn an, ihr ihr Kind zurückzugeben. Sie war aufgebracht, voller Angst und verwirrt.

Als Tony durch die Verandatür kam, musste sie das Verlangen unterdrücken, mit irgendetwas nach ihm zu werfen. »Was wollen Sie? Ich dachte, Sie wären mit meiner Vernehmung fertig.«

»Sind wir auch. Momentan jedenfalls. Sharon, geht es Ihnen gut?«

Sie stieß ein verzweifeltes Lachen aus. »Schon komisch, wie's manchmal so geht, oder? Eigentlich wollten wir heute Abend zusammen essen gehen. Wer hätte gedacht, dass ich mich stattdessen vor Angst verrückt mache?«

»Wir werden sie finden. Da bin ich mir ganz sicher.«

»Tot oder lebendig?«, schrie sie ihn an. »Bevor oder nachdem es zu spät ist?«

Er senkte den Blick und sie drückte den Stoff-Löwen fester an sich. »Ich will einfach nur Christy zurückhaben. Ich kann den Gedanken, dass sie irgendwo da draußen ist, nicht ertragen.« Sie presste ihre Hände gegen die Backsteinmauer der Brüstung und starrte in die Nacht. Ein Blitz zuckte, der Nachthimmel wurde kurz hell und wieder schwarz. Dann krachte ein Donner.

»Jetzt reicht's«, sagte sie und drängte sich an Tony vorbei ins Haus. Er folgte ihr, während sie sich ihre Tasche schnappte und darin nach ihren Schlüsseln zu wühlen begann. »Ich fahr da raus«, sagte sie durch die Zähne. »So groß ist St. Clair ja nicht. Ich werde sie finden. Ich werde mit offenen Fenstern die Straßen entlangfahren, damit ich ihre Stimmen höre. Ich komme nicht eher zurück, als bis ich sie habe.«

Sie raste durch die Küche und zur Seitentür hinaus. Tony blieb ihr auf den Fersen.

»Das geht doch nicht, Sharon!«

»Und ob das geht!«, schrie sie. »Sie halten mich jedenfalls nicht auf. Ich bin schließlich ein freier Mensch! Ich kann gehen, wohin ich will.«

»Sie sind doch überhaupt nicht in der Verfassung zum Autofahren, Sharon. Und das Wetter ist auch fürchterlich. Wenn's sein muss, *werde* ich Sie verhaften, damit Sie keine Dummheiten machen.«

»Aber irgendjemand muss nach den Kindern suchen!«, schrie sie. »Wir können sie doch nicht da draußen allein lassen. Wissen Sie eigentlich, wie das für ein kleines Mädchen ist, ein Gewitter? Christy hat ja selbst zu Hause Angst. Sie schläft jede Nacht mit Nachtlicht. Und im Flur muss auch Licht brennen. Und wenn's kalt und feucht ist, ist sie ganz schnell erkältet. Ich muss zu ihr . . .«

In einem Anfall von Hilflosigkeit versuchte er sie in den Arm zu nehmen. »Überlassen Sie das lieber den Profis, Sharon. Vertrauen Sie ihnen.«

»Ich *kann* denen nicht vertrauen«, rief sie und machte sich von ihm los. »Unmöglich. Christy vertraut mir. Ich bin die Einzige, der sie vertraut. Sie weiß, dass ich immer für sie da bin. Ich habe sie noch nie im Stich gelassen. Nie. Wenn sie Angst hat oder müde, hungrig oder krank ist, bin ich immer da gewesen.« Ihr versagte die Stimme. Sie wurde allmählich heiser vom Schreien, doch sie ließ nicht locker. »Ich werde sie finden. Ich weiß, dass ich es schaffe. Ich kenne St. Clair besser als alle anderen. Ich habe schon in jedem Teil der Stadt Grundstücke verkauft. Ich werde überlegen, wo es Verstecke geben könnte.«

Tony sah zur Tür. »Na gut, passen Sie auf: Ich werde mitkommen. Sie sind zu durcheinander, um zu fahren, also fahre ich und Sie sagen mir, wo ich langfahren soll. In Ordnung?«

Sie nickte. »Ja, gut.«

»Okay. Ich sag nur noch eben Larry Bescheid.«

Er ging zur Tür zurück und sah Larry mit Ben und Anne in der Öffnung stehen. »Larry, ich fahr ein Stück mit ihr, damit sie sich besser fühlt. Sie hat Autotelefon, ruft uns also an, wenn irgendwas ist.«

Larry machte ein besorgtes Gesicht. Damit Ben und Anne nicht mithören konnten, trat er vors Haus. »Hältst du das wirklich für klug? Du bist Polizist und kein Sozialarbeiter. Dafür zu sorgen, dass sie sich besser fühlt, ist nicht dein Job.«

»Larry, ich habe nur die Wahl, mit ihr zu fahren oder sie zu verhaften«, sagte Tony leise. »Sie dreht durch, wenn sie tatenlos hier rumsitzen muss. Kann ich ihr nicht verdenken.«

»Ich will auch mit«, sagte Anne, die hinter Larry stand. »Nehmt mich mit.«

Als Sharon das hörte, fuhr sie herum. »Nein! Du und Ben, ihr müsst hier bleiben, für den Fall, dass sie anrufen!«

»Sie können auch gar nicht gehen«, setzte Larry hinzu. »Ich habe immer noch ein paar Fragen an Sie. Wir sind noch nicht fertig.«

»Aber wir haben Ihnen doch alles gesagt!«, rief Anne.

»Hören Sie«, sagte Tony. »Wenn wir *ein* Kind finden, dann haben wir auch beide. Ihr Mann braucht Sie. Und Ihr Baby auch.«

Ehe Anne noch weitere Einwände vorbringen konnte, hatte Larry sie wieder ins Haus zurückgeschoben.

Mit einem Gefühl, als wäre er zwischen die Fronten eines Krieges geraten, lief Tony eilig hinaus zum Wagen, bevor Sharon ohne ihn losfahren konnte.

☆

Sharon bestand darauf, dass Tony dreißig fuhr, beide Scheiben heruntergelassen. Seine linke Seite wurde unterwegs triefnass und das Innere seines Wagens begann den Regen wie ein Schwamm aufzusaugen. Sie waren in sämtlichen ländlichen Gegenden von St. Clair gewesen, eine Straße rauf, die nächste runter, und hatten nach Stellen gesucht, wo ein geistesgestörter Kidnapper zwei kleine Mädchen versteckt haben könnte. Einmal war sie sich ganz sicher gewesen, dass die Kinder sich in einem alten, für unbewohnbar erklärten Haus befanden, und er hatte sich gezwungen gesehen, ihr im Regen durch den matschigen Garten zu folgen, die kaputten Stufen zur Veranda hinauf und in das rattenverseuchte Haus hinein. Die Kinder waren nicht dort gewesen, wohl aber Anzeichen dafür, dass es als Drogenumschlagplatz benutzt worden war, und er machte sich im Geiste eine Notiz, dem später noch nachzugehen.

Jetzt, nach zwei Stunden, fragte er sich, wie er wohl das Thema Rückfahrt anschneiden könnte.

»Wir finden sie nie, oder?«, fragte sie in diesem Moment.

»So jedenfalls nicht«, gab er zu.

Sie erschauerte unter dem kalten Regen. »Ich hätte Christy heute wärmer anziehen sollen. Ich hätte sie eine Jacke tragen lassen sollen.«

»Wir hatten über zwanzig Grad, Sharon. Woher hätten Sie das wissen sollen?«

»Doch, hätte ich. Wir wussten, dass irgendwo ein Mörder herumläuft, der bereits begonnen hatte unsere Familie auf den Kopf zu stellen. Ich hätte mir darüber im Klaren sein sollen, dass die Kinder in Gefahr sind.«

Er wusste nicht, was er darauf entgegnen sollte. Jeder Versuch schien die Sache nur noch schlimmer zu machen.

»Da bringt man ihnen nun alles Mögliche bei«, wetterte sie. »Zum Beispiel: Sprich niemals mit Fremden. Sieh nach links und rechts, bevor du über die Straße gehst. Iss dein Gemüse. Putz dir die Zähne. Aber ihnen beizubringen, wie man eine Notlage meistert, daran denkt man nicht. Wie man Hilfe holt . . . wie man nach Hause kommt . . .«

Tony nahm ihre Hand und drückte sie. Sie war eiskalt. »Unterschätzen Sie nicht ihren Instinkt. Selbst Kinder haben einen guten.«

»Aber ich habe sie so vor allem abgeschirmt. Sie sollte nicht wissen, dass es so etwas Böses gibt.«

»Aber Sie sollen sie ja auch behüten. Das ist doch Ihre Aufgabe. Machen Sie sich nicht fertig, weil Sie sie nicht darauf vorbereitet haben, gekidnappt zu werden.«

Für einen Augenblick legte sich Stille über sie. Der Regen durchnässte ihr Haar und tropfte ihr ins Gesicht, während sie ihn ansah. »Mir wäre beinah der Kragen geplatzt bei Anne, bevor wir losfuhren. Ich konnte es einfach nicht mehr ertragen.«

»Das ist doch logisch«, meinte Tony. »Schließlich hat sich in Ihnen 'ne Menge Wut angestaut. Und aus gutem Grund. Es ist doch ganz normal, dass Sie sich am liebsten auf sie stürzen würden.«

»Ich hatte gedacht, ich wäre da anders«, sagte sie leise.

Er sah sie an. »Wie anders?«

»Besser. Ich habe geglaubt, ich hätte sämtliche biblischen Grundsätze verinnerlicht; dass ich genau wüsste, wie man sich in jeder Lage verhält, dass ich jeder Katastrophe Paroli bieten könnte, dass Prüfungen mich nur stärker machen würden.«

»Und?«

»Und ich glaube, dass ich mir bloß etwas vorgemacht habe.«

Tony runzelte die Stirn und lenkte den Blick wieder auf die nasse Straße. »Sie meinen, diese Grundsätze funktionieren letzten Endes doch nicht?«

Sie schüttelte den Kopf. »Nein, das nicht. Dass sie funktionieren, weiß ich. Ich glaube, dass ich mir was über meine Fähigkeiten vorgemacht habe. Es geht beim christlichen Glauben nicht darum, eine bessere Schauspielerin zu werden. Seine Gefühle zu verbergen. Immer das Richtige zu tun. Es geht darum, sein Herz zu ändern. Und ich glaube, das meins davon noch weit entfernt ist.«

Tony ließ diese Worte auf sich wirken. Sie waren ihm fremd, denn er hätte niemanden gewusst, der aufopferungsvoller war als diese Frau, die ihren Ex- Mann bei sich aufgenommen hatte, samt der Frau, wegen der er sie verlassen hatte. »Meiner Meinung nach haben Sie ein ziemlich gutes Herz.«

»Ein kleines Herz habe ich. Klein, wütend und rachsüchtig.«

»Rachsüchtig? Wie meinen Sie das?«

Sie schüttelte voller Abscheu den Kopf. »Rachsüchtig, weil ich wünschte, dass Emily allein entführt worden wäre. Dass nur *ihr* Kind gekidnappt worden wäre. Dass meins zu Hause säße, gesund und munter . . . weil irgendetwas in mir meint, dass sie es verdient hätten.« Sie sah zu Tony und ihr Blick war voller Verzweiflung. »Ist das nicht fürchterlich?«

Er kam an eine rote Ampel. Einen Augenblick lang saß er unbeweglich da und sah sie an, wobei er den Wunsch verspürte, sie anzufassen, ihr Trost zu spenden. Aber so dumm war er nicht. Er war Profi und musste inneren Abstand wahren. Dennoch rührte ihr Leid unmittelbar an sein Herz und er merkte, wie er an der Überzeugungskraft seiner eigenen Grundsätze zu zweifeln begann.

»Sharon, jede Mutter, deren Kind entführt wurde, wünscht sich, dass es das Kind einer anderen wäre. Sie sind nicht schrecklich. Und Sie sind auch nicht rachsüchtig. Sie sind verzweifelt, weil Ihrem Kind etwas zugestoßen ist, auf das Sie keinerlei Einfluss haben. Ich habe ja keine Kinder, aber wenn ich welche hätte und mit ihnen dasselbe passiert wäre, dann wäre ich inzwischen wahrscheinlich durchgedreht und hätte zwanzig Leute umgebracht. Ich glaube, dass Sie eine ganz besondere Frau sind, weil Sie in so einem Moment Ihr eigenes Herz so genau erforschen.«

Sie ließ die Stirn in ihre Hände sinken und Tränen liefen über ihre

Wangen. Wegen des Unwetters waren die Straßen wie leer gefegt und so ignorierte er die grüne Ampel und sah sie an.

Er nahm ihre Hand, beinahe zögernd. Sie akzeptierte seine Berührung und so drückte er sacht die Hand. »Ich will Christy für Sie finden«, sagte er leise. »Ich glaube, ich würde sie gerne kennen lernen. Von dem, was ich weiß, ist sie ein klasse Kind. Jedes kleine Mädchen mit so einer Mama ist jemand, mit dem ich mich anfreunden möchte.«

Hier blickte sie auf. Er sah den Schmerz in ihrem Gesicht und wünschte von ganzem Herzen, er könnte ihn ihr irgendwie abnehmen und die Last für sie tragen.

»Ich werde sie für Sie finden, Sharon.«

Sie wischte sich die Tränen aus dem Gesicht und nickte, als glaubte sie ihm. Als er schließlich über die Kreuzung fuhr, lehnte sie den Kopf gegen den nassen Sitz. »Lassen Sie uns nach Hause fahren«, sagte sie. »Jenny ist inzwischen wahrscheinlich wieder wach. Sie braucht mich bestimmt.«

»Okay«, sagte er leise. Aber er hielt weiter ihre Hand, während er sie wieder heimfuhr, dorthin, wo jene, die die zwei kleinen Mädchen liebten, noch immer die Nacht durchwachten.

☆

Bei Sharon daheim saßen währenddessen Ben, Anne und Lynda noch immer am Küchentisch mit Larry zusammen, der ihnen Dutzende Male jede einzelne aus einer Unmenge von Fragen gestellt hatte. Ben hatte so geduldig geantwortet, wie er konnte; er war sich durchaus im Klaren darüber, wie das Ganze auf die Polizei wirkte, die schon groteskere Fälle als den seinen erlebt hatte – wenn nicht in ihrem eigenen Revier, dann irgendwo anders. Menschen ermordeten ja tatsächlich ihre Chefs. Eltern taten ihren Kindern wirklich etwas an. Er wusste bloß nicht, wie er sie davon überzeugen sollte, dass er nicht zu denen gehörte.

»Na gut, nehmen wir mal kurz an, dass Sie die Wahrheit sagen und jemand anders Dubose ermordet hat; dass derjenige etwas von Ihnen haben will und dass er Ihre Kinder entführt hat, um seiner Forderung Nachdruck zu verleihen. Gehen wir noch mal alles durch. Versuchen Sie sich an jeden zu erinnern, der Dubose in der Woche vor seinem Tod in der Galerie besucht hat.«

»Das hab ich doch schon«, sagte Ben. »Ich habe Ihnen die Namen von allen, die mir einfallen, gegeben. Keiner von ihnen schien mir wütend auf Dubose zu sein oder sonstwie aufgebracht.«

»Fällt Ihnen dann vielleicht ein Moment in den Tagen vor seinem Tod ein, wo *er* aufgebracht oder wütend war? Vielleicht nach einem Anruf?«

Ben starrte auf den Tisch, ging im Geiste noch einmal die letzten Tage durch. Dubose war verstimmt gewesen, wortkarg, und Ben hatte das Gefühl gehabt, dass er verärgert über ihn gewesen war.

»Seine Laune war anders als sonst«, sagte er schließlich. »Er war distanziert. Geistesabwesend. So als ob ich ihn wütend gemacht hätte.«

»Hatten Sie denn?«

»Nein. Wir kamen normalerweise ziemlich gut miteinander aus. Er war mit meiner Arbeit zufrieden . . . und er war wirklich großzügig zu uns. Ich dachte, dass er vielleicht irgendwelche privaten Probleme hätte.«

»Also kein Krach mit ihm?«

»Nichts.«

»Warte mal.« Annes Augen weiteten sich. »Es hat doch einen Krach gegeben. Weißt du noch, ein paar Tage vor unserem Rauswurf, als du das versteckte Bild gefunden hast. Du hast gesagt, er hätte dir deswegen beinahe den Kopf abgerissen.«

Ben runzelte die Stirn. »Stimmt, aber das war so albern. Ich dachte einfach, er hätte schlechte Laune.«

Larry beugte sich vor und sah ihn aufmerksam an. »Wieso haben Sie denn bisher noch nichts davon gesagt?«

Ben hob die Arme. »Ich habe nicht daran gedacht, dass es hiermit in Zusammenhang stehen könnte. Und es war ja auch nur eine Nebensächlichkeit. Ich bin auf den Dachboden gegangen, um für eines meiner Bilder einen altmodischen Rahmen zu suchen. Ich dachte, ich würde da oben vielleicht was finden, schließlich hatte er alles Mögliche da abgestellt. Dabei bin ich mit dem Kopf irgendwo gegengestoßen und eine zusammengerollte Leinwand ist heruntergefallen. Ich habe sie auseinander gerollt und sie sah genauso aus wie das berühmte Gemälde *Die Menschenmenge* von Marazzio, dem italienischen Barockmaler. Ich war ganz aufgeregt – ich hatte gehört, dass das Original vor etlichen Jahren gestohlen worden war.

Also bin ich damit nach unten und habe es auf einem Tisch ausgerollt. Es sah so echt aus, dass ich hätte schwören können . . .«

»War es denn echt?«, half Larry nach.

»Nein. Louis kam herein, und als er sah, was ich da hatte, ist bei ihm eine Sicherung durchgebrannt. Er fing an zu brüllen, dass ich auf dem Dachboden nichts zu suchen hätte. Was ich ziemlich seltsam fand, weil das überhaupt nicht seine Art war. Ich habe mich entschuldigt und ihm gesagt, er solle sich beruhigen. Dann hab ich ihn gefragt, ob er wüsste, dass die *Menschenmenge* da oben in einem extra gebauten Fach versteckt sei. Vor Louis hatten andere Leute die Galerie gehabt und ich dachte, dass *die* sie vielleicht da oben versteckt haben könnten – obwohl, wenn man so darüber nachdenkt, die hätten sie bestimmt nicht dort liegen lassen. Jedenfalls, letzten Endes hat er sich dann doch beruhigt und das Bild angesehen und auch sofort ein paar Fehler entdeckt. Sie waren schwer zu erkennen, weil auf dem Bild Hunderte von Menschen abgebildet sind, vermutlich bei der Bergpredigt. Aber Louis meinte, er kenne sich mit Marazzios Werk sehr gut aus, und das hier sei nicht echt. Er hatte mehr Ahnung von Kunst als jeder andere, den ich kenne, und er hatte einen ziemlich scharfen Blick, weil er 'ne ganze Menge Fälschungen gezeigt bekam, die die Leute als Original auszugeben versuchten. Allerdings hat er dann eingeräumt, das Hauptindiz dafür, dass es sich um eine Fälschung handelte, sei, dass das Original vor einigen Jahren wiedergefunden worden war.«

»Was hat er mit dem Bild gemacht?«

»Weiß ich nicht. Ich schlug vor, wir sollten das Bild rahmen, ob Kopie oder nicht, und in der Galerie ausstellen, aber er war dagegen. Er hat das Bild genommen und wieder zusammengerollt, und danach hab ich's nie wieder gesehen.«

Larry starrte auf seine Aufzeichnungen, dachte nach. »Warum würde jemand eine Kopie verstecken?«

»Keine Ahnung. Es war wirklich nicht plausibel, aber ich denke mal, dass jemand irrtümlich angenommen hat, es sei echt. Könnte ja sein?«

Larrys Augen waren auf Ben gerichtet, als er fragte: »Meinen Sie, es besteht die Möglichkeit, dass diese Marazzio-Kopie das Bild sein könnte, das unser Kidnapper haben will?«

Ben runzelte die Stirn und dachte einen Augenblick lang darüber nach. »Nein. Warum sollte jemand wegen einer Kopie einen Mord begehen? Die ist doch praktisch nichts wert.«

»Und wenn Dubose gelogen hat? Oder sich geirrt hat mit dem wiedergefundenen Bild?«, fragte Lynda. »Wenn es doch das echte Bild war? Meinen Sie, ein echter Marazzio könnte den ganzen Ärger hier verursachen?«

»Ein echter Marazzio, insbesondere die *Menschenmenge*, wäre mehrere Millionen wert. Doch, dafür könnte schon jemand einen Mord begehen.«

»Aber wäre dieser Jemand sich nicht im Klaren darüber, dass er dran ist, wenn er es verkauft – und zusätzlich einen Mord und eine Entführung am Hals hat?«

Ben zuckte die Achseln. »Kommt drauf an. Die Verjährungsfrist für Kunstdiebstahl liegt in Italien bei zehn Jahren. Solche Gemälde verschwinden für ein Jahrzehnt oder länger und dann tauchen sie eines Tages plötzlich bei einer Kunstauktion wieder auf, als angeblicher Zufallsfund.« Er schüttelte den Kopf. »Das ist aber egal. Es war eine Kopie. Das echte Bild wurde vor ein paar Jahren gefunden.«

»Bist du dir da ganz sicher?«, wollte Lynda von ihm wissen.

»Ja. Louis kannte sich aus. Er ist viel gereist, hat wichtige Kunstgegenstände gekauft und verkauft und er wusste Bescheid. Damit jemand so viel Aufhebens wegen einer Kopie macht, muss man ihm schon weisgemacht haben, sie sei echt. Aber das kann ich mir hierbei nicht vorstellen. Jeder, der bereit ist, das zu zahlen, was ein echter Marazzio wert ist, würde das nachprüfen und merken, dass das echte Bild bereits gefunden wurde.«

»Dann erklär mir bitte, warum dich Dubose nur ein paar Tage später rausgeworfen hat, wenn du sagst, dass das völlig uncharakteristisch für ihn war. Da muss doch noch irgendwas anderes vor sich gegangen sein.«

Er drehte die Handflächen nach oben und schüttelte den Kopf. »Keine Ahnung. Ich weiß es nicht. Vielleicht hatte das Bild nichts damit zu tun. Und selbst wenn – ich weiß nicht, wo die Kopie steckt. Ich bin am nächsten Tag wieder auf den Dachboden gegangen, um sie mir noch mal anzusehen, nur so aus Neugier, aber da war sie weg. Ich weiß nicht, was er damit gemacht hat.«

Larry seufzte. »Wir müssen sie jedenfalls finden. Sie könnte das sein, was der Mörder sucht.«

»Wenn ich sie hätte und wüsste, dass es das ist, was er haben will, hätte ich sie ihm schon längst gegeben und meine Mädchen könnten heute Nacht in ihrem eigenen Bett schlafen.«

Lynda legte eine Hand auf Bens Hand, wie um ihm ein wenig Trost zu spenden, und warf dabei Larry einen flehenden Blick zu. »Der Mann hat genug mitgemacht, Larry. Lass ihn in Ruhe. Such lieber nach den Kindern.«

Larry betrachtete die beiden eine Weile, dann nickte er schweren Herzens. »Na schön, Ben«, sagte er. »Das wäre dann im Moment alles. Aber es kann sein, dass ich später noch mehr Fragen habe.«

## 28

Leichter Regen klopfte gegen die Scheiben, als Lynda am Schreibtisch in der Ecke ihrer Halle saß, über die Bücher gebeugt, die sie auf dem Rückweg von Sharon aus der Bibliothek mitgenommen hatte. Irgendetwas musste sich darin doch finden lassen. Etwas, dass ihr sagen könnte, was als Nächstes zu tun war. Sie fühlte sich hilflos. Einen Mann wegen Mordes zu verteidigen, wenn alles auf ihn hindeutete, war schon schlimm genug gewesen; doch durch die Entführung hatte die Sache eine fürchterliche Dringlichkeit bekommen. Sie war sich einigermaßen sicher, dass Ben nicht mehr lange als Verdächtiger gehandelt würde, schließlich gab es Zeugenaussagen, dass er zum Zeitpunkt der Entführung mit Sharon und Anne zu Hause war.

In dem Bestreben, diesem komplizierten Fall schnellstmöglich auf den Grund zu kommen, blätterte sie ein Kunstbuch nach dem anderen durch, versuchte mehr über Marazzio und das Bild, das Ben entdeckt hatte, in Erfahrung zu bringen. Wenn es nicht das Original war, dann hatte es wahrscheinlich mit dem Fall nicht das Geringste zu tun. Aber falls die Möglichkeit bestand, dass es doch echt war, dann könnte das der Schlüssel sowohl zu Bens Entlastung sein als auch zum Aufenthaltsort des Kidnappers.

Schließlich entdeckte sie ein Kapitel über berühmte verschollene Gemälde und überflog die Seiten nach Marazzio. Er war ziemlich genau in der Mitte aufgeführt und rasch begann sie zu lesen.

Sie hörte ein Klopfen und die Küchentür ging auf, noch bevor sie

»Herein!« rufen konnte. Jake, der in ihrer Garage wohnte, seit ein Flugzeugabsturz sein ganzes Leben auf den Kopf gestellt hatte, kam herein und lugte um die Ecke des Durchgangs, der ins Wohnzimmer führte. »Hi«, sagte er. »Ich konnte nicht schlafen und habe gesehen, dass bei dir noch Licht ist. Alles in Ordnung?«

Sie blickte lächelnd zu ihm hoch. Er sah gut aus, wie er so dastand, hoch aufgerichtet, ohne seinen Stock, den er nicht mehr brauchte, auch wenn er immer noch leicht hinkte. Er war ein schöner Mann, jetzt sogar noch mehr als vor der Bruchlandung, kannte sie doch inzwischen seinen wahren Charakter. Ihrer Ansicht nach war sein Aussehen auch von der Narbe, die sich über die eine Seite seines Gesichts zog, nicht beeinträchtigt. Diese Narbe besaß eine besondere Anziehungskraft auf sie, denn sie hatte eine besondere Bedeutung. Es lag an dieser Narbe, dass sie als Menschen zueinander gefunden hatten und nicht Gegner geblieben waren. Sie liebte sie inzwischen.

»Danke, ja.« Sie lehnte sich zurück und streckte ihm eine Hand entgegen. Er ging zu ihr hin und beugte sich herab, um ihr einen Kuss zu geben. Sie hob den Arm und berührte die Narbe, die ihr nun so vertraut war.

»Ganz sicher? Du schienst mir von der Entführung ziemlich mitgenommen zu sein.«

»Du ja wohl auch, oder?«

Jake nickte. »Diese Christy ist klasse. Schrecklich, der Gedanke, dass sie . . .« Der Satz blieb unvollendet. Er ließ sich in einen Sessel fallen und sah zu Boden.

»Stimmt«, sagte sie leise. »Ich habe mir vorhin in der Bücherei alles besorgt, was über Marazzio da war - diesen Maler. Ich habe mir überlegt, dass die Kopie, die Ben gefunden hat, vielleicht doch was mit der ganzen Geschichte zu tun hat. Die Polizei hat heute Abend die Galerie durchsucht und sie nicht gefunden. Ich frage mich die ganze Zeit - wenn es sich bloß um eine wertlose Fälschung handelt, wo steckt sie dann? Wer hat sie weggenommen?«

»Und? Hast du was herausgefunden?«

»Nein«, sagte sie und rieb sich die Augen. »Ein paar Sachen schon, aber ob die wichtig sind, weiß ich auch nicht. Ich hab das Gefühl, völlig auf dem Holzweg zu sein, während die Kinder . . .« Sie rieb sich die müden Augen. »Andererseits sage ich mir: Lass die

Entführung Sache der Polizei sein. Meine Aufgabe ist es, Ben zu helfen. Ich muss irgendwie helfen herauszubekommen, *wer* es auf ihn abgesehen haben könnte. Dann wüssten wir auch, wer der Entführer ist - und der Mörder.«

»Nicht gerade ein tröstlicher Gedanke, oder? Dass der Entführer auch der Mörder ist.«

»Nein. Stimmt.«

»Ich habe mal überlegt, was *ich* bei der Sache tun könnte, und bin auf Folgendes gekommen. Sobald es hell wird, fahre ich zum Flugplatz, und Mike und ich, wir werden mit einer der Maschinen raufgehen und die Gegend von oben absuchen. Womöglich entdecken wir ja den Taurus, in dem er sie entführt hat. Wer weiß? Vielleicht steht er ja irgendwo und wir sehen ihn. Ist zwar ziemlich unwahrscheinlich, aber versuchen kann man's ja mal.«

Sie lächelte schwach. Fliegen war Jakes große Leidenschaft, allerdings hatte er den Pilotenschein wegen seiner zeitweiligen Lähmung und der Blindheit auf einem Auge abgeben müssen. Er wartete noch auf das Okay der Mediziner, damit er versuchen konnte, seinen Pilotenschein zurückzuerhalten, war aber bis jetzt noch nicht so weit. »Fliegst du selbst?«, fragte sie.

»Schon möglich. Solange Mike als amtlich zugelassener Fluglehrer mit mir fliegt, ist das ja kein Problem.«

»Es ist jetzt eine ganze Weile her. Bist du dir sicher, dass du so weit bist?«

»Wenn nicht jetzt, wann dann? Vielleicht seh ich ja was. Man weiß nie.«

Während sie darüber nachdachte, wurde sie wieder ernst. »Selbst wenn du den Wagen nicht entdeckst: Notier dir jedes potenzielle Versteck am Stadtrand. Wir könnten sie dann durchprobieren.«

»Viel, woran man sich halten könnte, gibt es nicht, oder?«

»Nein.« Sie klappte das Buch, in dem sie gelesen hatte, zu und erhob sich. »Ich hoffe nur, dass Larry und Tony aufhören, die Eltern in die Mangel zu nehmen, jetzt wo es so offensichtlich ist, dass sie nichts damit zu tun haben.«

»Sharon könnte so was nie und nimmer tun. Ihr Herz ist so weich wie Butter. Aber wie steht's mit Ben oder Anne? Meinst du, sie könnten . . .«

»Nein«, antwortete sie ohne den Anflug eines Zweifels. »Ich glaube, Ben hat von Anfang an richtig gelegen. Er ist gelinkt worden. Irgendjemand hat Dubose umgebracht und eine Fährte gelegt, die auf Ben hindeutete.«

»Aber wieso die Entführung?«

»Ich weiß nicht. Es gibt immer noch zu viele Fragen. Ich finde es schon seltsam: Wenn der Mörder uns glauben machen will, dass Ben der Täter war . . . warum sollte er dann dessen Kinder entführen? Damit würde er aufdecken, dass jemand anders der Schuldige ist. In dem Augenblick, wo die Polizei erkennt, dass noch jemand seine Finger im Spiel hat, ist Ben als Verdächtiger gestorben.«

»Vielleicht steckt der Mörder ja in einer Klemme. Oder er ist sich einfach sicher, dass er nicht geschnappt wird. Vielleicht versucht er ja, Ben für irgendetwas zu benutzen. Und er braucht die Kinder, um einen Tauschhandel zu veranstalten.«

»Klar, aber wieso? Was will er?«

»Da bin ich der gleichen Ansicht wie du: Es kann sich nur um die Kopie handeln.«

Lyndas Blick ging zu dem Buch, das sie soeben durchgeblättert hatte. »Aber so eine Kopie ist doch kaum etwas wert. Auf jeden Fall nicht all das.«

Sie hörten einen Wagen in der Einfahrt und Jake ging in die Küche, um in die Nacht hinauszuspähen. Dort saß seine Mutter in dem roten Porsche, der einst ihm gehört hatte - dem Spielzeug, das er mehr geliebt hatte als alles andere. Mit jedem Mal, wenn er seine Mutter darin fahren sah, kam es ihm lächerlicher vor. Aber er hatte ihn ihr zur freien Verfügung überlassen. Eigentlich hatte er erwartet, dass sie ihn verkaufen und sich von dem Geld eine Eigentumswohnung oder etwas Ähnliches anschaffen würde. Doch sie fuhr lieber in der ganzen Stadt herum und freute sich dabei ihres Lebens.

»Da ist Doris«, sagte er zu Lynda, den Kopf über die Schulter gewandt. »Sie ist wahrscheinlich gekommen, um ein paar Plakate mit dem Bild der Mädchen zu holen. Sie hat heute Spätschicht im Imbiss und sagte, sie würde ein paar davon aufhängen und auch den Gästen welche geben.«

»Prima.«

Seine Mutter stieg aus und Jake ging zur Tür. Sie hatte eine enge schwarze Hose an, eine pinkfarbene Bluse mit übertrieben vielen

Rüschen und Schuhe mit zehn Zentimeter hohen Absätzen. Sie war beim Friseur gewesen, bemerkte Lynda, als Doris hereingestöckelt kam. Der Haaransatz war nicht mehr ganz so schwarz wie bei ihrer letzten Begegnung mit ihr. Die Frau war anfänglich ein Brocken gewesen, an dem Lynda schwer zu kauen gehabt hatte, inzwischen aber hatte sie sie richtig gern. Sie war eine verirrte Seele, die verzweifelt versuchte, sich selbst zu finden. Dass sie sich dafür mehr als fünfzig Jahre Zeit gelassen hatte, war nicht ihre Schuld gewesen.

»Hallihallo und Tag zusammen!«, sagte Doris, während sie in die Küche klackerte und ihrem Sohn die Wange tätschelte. Dann unterzog sie Lynda einem langen, prüfenden Blick. »Herrjemine, Mädchen, du siehst ja aus wie durch den Wolf gedreht.«

Lyndas Lächeln fiel in sich zusammen. »Ehrlich?«

»Du siehst aus, als hättest du seit Tagen kein Auge zugetan.«

»Na ja, ich hab ziemlichen Kummer wegen dieser Entführung ...«

»Ja, na sicher!«, sagte Doris in ihrem breiten texanischen Akzent. »Die armen, süßen Jungs ...«

»Mädchen, Mutter«, sagte Jake. »Mädchen.«

»Man darf gar nicht dran denken: die zwei irgendwo da draußen mit irgend so einem Unmenschen. Ich krieg direkt 'ne Gänsehaut. Aber hör mal, Schatz, wenn das alles vorbei ist, möbel ich dich mal anständig auf, ja? Wenn du meinen Jungen bei Laune halten willst, musst du besser auf dich Acht geben. Er gehört zu der Sorte, um den sich die Frauen förmlich reißen, stimmt's, Jake?«

Jake schmunzelte und zwinkerte Lynda zu. »Nein, Mama. Eigentlich nicht. Und ich finde Lynda schön, wie sie ist. Wir sind nur beide geschafft, mehr nicht.«

»Egal, wir müssen die Kinder finden«, sagte Doris. »Wo hast du denn die Plakate, die du mir geben wolltest?«

Er gab ihr einen ganzen Stapel und ihr Gesicht verzog sich mitleidig, als sie die hübschen Gesichter betrachtete. »Du meine Güte. Die sind ja noch so klein. Ach, vielleicht weiß ja einer von den Truckern was, die bei uns vorbeikommen. Ich geb jedem eins, der heute kommt.«

»Gut«, sagte Lynda. »Und ich habe für heute Morgen ein Fernsehinterview mit den Eltern in die Wege geleitet. Vielleicht kriegen wir ja die Aufmerksamkeit der Leute durch einen persönlichen Appell von ihnen.«

»Fernsehen?«, fragte Doris, wobei ihre Hand augenblicklich zu dem blonden Haarwust auf ihrem Kopf wanderte. »Also, falls ihr dabei irgendwie Hilfe brauchen solltet: Ich hab um sieben Schluss. Ich hab mit so was ein bisschen Erfahrung. Als mein Freund Spud McKinley als Bürgermeister von Slapout kandidiert hat, hab ich seiner Frau das Make-up gemacht, bevor sie den Wahlspot gedreht haben. Spud kennst du doch noch, oder, Jake? Den Jungen, der immer im Laden an der Ecke Zigaretten geklaut hat? Der bei uns im Wohnwagen schräg gegenüber gewohnt hat? Egal, er hat zwar nicht gewonnen, aber seine Frau hat das beste Make-up gehabt, das du je gesehen hast. Wenn die Mutter genauso aussieht wie du, kann sie ganz sicher ein ordentliches Make-up gebrauchen.«

»Danke, Doris«, lächelte Lynda. »Aber wegen des Make-ups zerbrechen wir uns momentan am wenigsten den Kopf. Und davon abgesehen sind das zwei Mütter. Die Kinder haben den gleichen Vater, aber sie sind Halbschwestern.«

»Ach, tatsächlich?«, sagte Doris und lehnte sich gegen das Büfett, wie in Erwartung von pikantem Klatsch und Tratsch. »Das find ich ja interessant. Gehen die alle zusammen in die Sendung?«

»Ja, wahrscheinlich.«

»Hmmm. Wahrscheinlich werden sie die Story Hollywood verkaufen und die machen dann so eine Miniserie draus.«

Lynda wusste nicht so recht, wie sie darauf reagieren sollte. »Vielen Dank, dass du die Plakate verteilst.« Sie umarmte die Frau und Jake begleitete seine Mutter zur Tür. »Pass bloß auf dich auf, Lynda. Sich mit Mördern einzulassen ist kein Honigschlecken.«

Sie lächelte. »Du solltest dir lieber Sorgen um Jake machen. Er fliegt morgen wieder das erste Mal seit der Bruchlandung.«

»Was tust du?« Sie fuhr herum und sah Jake ins Gesicht. »Bist du nicht mehr ganz bei Trost, Sohnemann? Nach dem, was dir passiert ist, willst du wieder fliegen? Das lässt du doch nicht zu, Lynda. Oder?«

Lynda lachte auf. »Seit wann habe ich denn bitte schön Einfluss auf irgendetwas, das Jake tut?«

»Schatz, du hast mehr Einfluss, als du weißt. Du übst ihn bloß nicht richtig aus.«

»Na los, Mama«, sagte Jake und verdrehte dabei die Augen. »Ich bring dich zum Wagen.«

Lynda konnte hören, wie Doris Jake den ganzen Weg bis zum Auto ausschimpfte.

## 29

Es läutete an der Tür und Larry ging um aufzumachen. Draußen im Regen stand Lynda.

Da sich fast alle verfügbaren Polizeikräfte auf der Suche nach den Mädchen befanden, hatten Tony und Larry entschieden, die Nacht über bei Sharon zu bleiben in der Hoffnung, dass der Entführer sich am Telefon melden würde um seine Forderungen mitzuteilen. Jenny lag noch immer oben und schlief. Sharon lief im Haus auf und ab und betete, Christys Stoff-Simba an sich gedrückt. Anne war mit Bobby beschäftigt, der wegen seiner Erkältung noch immer unruhig war – ihr Gesichtsausdruck und ihre verquollenen Augen zeugten allerdings davon, dass Emily ihr keine Sekunde aus dem Sinn ging.

»Ich konnte nicht schlafen, so dass ich dachte, ich könnte genauso gut rüberkommen«, sagte Lynda, als sie Larry ins Esszimmer folgte, in dem in Erwartung des Anrufs die Fangschaltung aufgebaut war. »Ich habe zu Hause versucht ein Tatmotiv zu finden. Dazu habe ich mir ein paar Bücher über Marazzio besorgt und mich über ihn schlau gemacht. Ich dachte, die Kopie könnte eventuell irgendeinen Hinweis bieten. Und wenn wir dem Motiv auf den Grund kommen könnten, hätten wir vielleicht auch einen Anhaltspunkt, wer Mörder und Kidnapper sind.«

»Gut. Das Gleiche hatte ich mir auch schon vorgenommen.«

»Dann geben Sie also endlich zu, dass mit Ben ein abgekartetes Spiel gespielt wurde?«

»Ich gebe überhaupt nichts zu«, wiegelte er müde ab. »Dafür ist es noch zu früh. Aber wir können ja zumindest ein bisschen Kultur tanken, während wir hier ohne jeglichen Anhaltspunkt sitzen und warten.«

Tony kam herein, und nachdem er Lynda begrüßt hatte, nahm er eines der Bücher über Marazzio zur Hand und begann darin zu blättern. »Ist das über diesen Malerfritzen?«

»Das ist nicht irgendein beliebiger Maler«, meinte Lynda. »Nach dem, was ich gelesen habe, sind Marazzios Bilder ziemlich teuer.«

»Wie teuer?«

»Einige Millionen. Von seinen Bildern sind in den letzten fünfzehn Jahren drei gestohlen worden. Zwei davon sind wieder aufgetaucht und für etliche Millionen verkauft worden. Aber das Buch da ist anscheinend nicht mehr auf dem neusten Stand. Bei der Drucklegung - vor drei Jahren - war die *Menschenmenge* noch verschollen. Im Buch steht, dass es satte zwanzig Millionen wert ist.«

»Jetzt hören Sie auf«, sagte Tony. »Das ist doch wohl nicht Ihr Ernst.«

»Doch. Ungelogen.«

Tony betrachtete das Buch nun ernsthafter, blätterte darin und besah sich die Abbildungen. »Meinen Sie, das Bild, das Ben gefunden hat, könnte das echte Gemälde sein?«

»Möglich ist es«, meinte Lynda. »Obwohl ich's bezweifle. Dubose hatte vermutlich Recht. Wahrscheinlich ist es inzwischen wieder da. Das dürfte nicht allzu schwierig herauszufinden sein.«

»Das ist doch sowieso lächerlich«, meinte Tony. »Niemand tötet und kidnappt wegen ein bisschen Farbe auf einem Stück Leinwand, oder? Da muss es noch um irgendwas anderes gehen.« Er senkte die Stimme: »Dahinter steckt mehr, als Ben Robinson uns verraten will, lasst es euch gesagt sein.«

»Vielleicht - vielleicht auch nicht«, meinte Larry.

Sharon tauchte in der Türöffnung auf und sah zu ihnen herein. Es war offensichtlich, dass sie geweint hatte. Sie wirkte gehetzt und zerbrechlich. »Ach, du bist's, Lynda. Ich hab gedacht, es wär vielleicht jemand mit Neuigkeiten.«

Lynda trat hinter dem Tisch hervor und drückte ihre Freundin an sich. »Wir arbeiten dran, Sharon.«

Sharon sah auf die Bücher, die auf dem Tisch lagen. »Marazzio?« Sie schien enttäuscht, dass sie darauf Zeit vergeudeten. »Ihr glaubt doch nicht allen Ernstes, dass mein Kind wegen dieses Bildes entführt worden ist, oder?«

»Nein«, räumte Larry ein. »Aber das ist das einzige außergewöhnliche Vorkommnis vor Bens Rauswurf und dem Mord an Dubose. Ich weiß auch nicht, ob da ein Zusammenhang besteht, aber wenn ja, dann hilft uns das vielleicht auch bei der Entführung weiter.«

»Statt Bücher zu lesen und darauf zu warten, dass das Telefon klingelt, solltet ihr lieber die Gegend nach den Mädchen durchkämmen. Draußen tobt ein Unwetter und der ganze Abend ist verstrichen, ohne dass sich jemand gemeldet hat!« Ihre Stimme versagte und sie fuhr sich mit einer verzweifelten Geste durch die Haare. »Was ist, wenn dieser Irre ihnen was angetan hat?«

Tony stand auf und drängte sie, sich hinzusetzen. Er zog seinen Stuhl dicht zu ihr heran und sagte: »Wir haben unsere Leute draußen, die nach ihnen suchen, Sharon. An unseren Kontrollen kommt niemand mit zwei kleinen Mädchen im Wagen vorbei. Wir durchsuchen jedes Boot und jedes Flugzeug, das St. Clair verlässt. Bei jedem Auto, in dem ein einzelner Mann sitzt, wird der Kofferraum gefilzt. Ferner stellen wir eine Liste mit sämtlichen Leihwagen des Kreises zusammen, auf die die Beschreibung der Augenzeugin passt. Wir werden herausfinden, von wem sie gemietet worden sind, und dann kommen wir vielleicht schon weiter.«

Leise sagte Sharon: »Sie meinen, er hat sie in den Kofferraum gesteckt? Das ist ja fürchterlich. Christy wird entsetzliche Angst haben. Und es donnert draußen. Wenn Gewitter ist, schläft sie immer bei mir.«

»Vielleicht finden wir sie ja schon bald. In ein paar Stunden wird es wieder hell und dann ist die Suche einfacher.«

Lynda beugte sich vor und strich eine Haarsträhne aus Sharons Gesicht. »Sharon, sobald die Sonne aufgeht, steigen Jake und Mike in ein Flugzeug, um zu sehen, ob sie irgendwo den Wagen entdecken können oder sonst eine Vorstellung bekommen, wo sie sein könnten. Es ist also alles abgedeckt. Man sucht zu Lande, zu Wasser und in der Luft.«

»Das reicht aber nicht aus!«, rief sie. »Nicht, bis sie gefunden sind!«

Das Telefon läutete und sie alle fuhren vor Schreck zusammen.

Ben stürmte zum Telefon in der Küche, wartete aber vor dem Abheben auf das Zeichen von Tony aus dem Esszimmer – so wie man es ihm gesagt hatte. Tony, der die Sprechmuschel seines Apparats zuhielt, nickte und Ben nahm ab.

»Hallo?«

»Bist du jetzt so weit und gibst mir, was ich haben will?«, fragte die verstellte, gedämpfte Stimme.

»Wo sind meine Kinder?«, wollte Ben wissen, wobei alles Blut aus seinem Gesicht wich. »Wo sind sie?«

»Ich habe dich etwas gefragt.«

Sharon raste zu Ben. Anne stand bereits neben ihm und hing an seinen Lippen. »Ich weiß ja nicht einmal, *wonach* Sie suchen!«, schrie er.

»Nach dem Bild, du Möchtegernmaler. Du weißt ganz genau, dass ich nach dem Bild suche!«

»Nach *welchem* Bild denn? Nach . . . nach einem von *meinen* Bildern? Die hat Dubose mich nicht mitnehmen lassen. Aber wenn Sie mir sagen, welches, kann ich vielleicht noch mal in die Galerie und es holen. Bitte!«

»Was soll das werden, Ben?«, fragte die Stimme. »Soll ich es etwa den Bullen bei dir haarklein erklären, damit sie es schön auf Tonband festhalten können?«

Ben schwieg.

»Ich habe diese Spielchen langsam satt«, sagte die Stimme. »Und deinen Mädchen geht es nicht anders.«

»Wo sind sie, du Dreckschwein? Wo sind meine Kinder?«

»An einem feuchten, dunklen Ort. Stell es dir ruhig bildlich vor, Robinson. Die beiden niedlichen Mädchen, wie sie nach ihrem Papi schreien. Und du bist der Einzige, der ihnen helfen kann. Du musst mir dafür bloß geben, was ich haben will.«

»Ich *habe* nicht, was Sie wollen!« Er brach in Tränen aus und lehnte sich mit der Stirn gegen die Wand. »Und ich *weiß* auch nicht, was Sie wollen!«

Doch am anderen Ende der Leitung war bereits aufgelegt worden.

Sharon wandte sich ruckartig wieder zu Larry und Tony um, die jeder an einem anderen Telefon lautstark Befehle erteilten.

»Habt ihr ihn?«, fragte sie, die Augen hoffnungsvoll geweitet.

»Ja.« Tony legte eine Hand auf den Hörer. »Er hat von einem Münzapparat im Osten der Stadt angerufen. Inzwischen müsste ein Trupp von uns dort sein.«

»Er ist weg«, sagte Larry, schüttelte den Kopf und ließ den Hörer sinken. »Die Telefonzelle war leer, als unser Mann hingekommen ist.«

»O nein!«, rief Sharon. »Ich fass es nicht!«

»Sie durchkämmen jetzt die Gegend ringsum. Noch ist es nicht zu spät - vielleicht erwischen sie ihn noch.«

Sie warteten und die Sekunden verstrichen quälend langsam. Als der Suchtrupp wieder von sich hören ließ, hatten die Beamten nur zu vermelden, dass der Kidnapper ihnen entkommen war.

Tony warf den Hörer auf die Gabel und sah zu Sharon, Anne und Lynda hoch, die sich in dem gewölbten Durchgang zum Wohnzimmer drängten.

»Er ist ihnen entwischt?«, rief Sharon. »Suchen sie denn auch die Gegend ringsum ab? Hat man das Viertel um die Telefonzelle abgeriegelt? Vielleicht hat er die Mädchen ja bei sich!«

»Die Umgebung wird momentan noch durchkämmt«, sagte Larry. »Allerdings ist es bei dem Unwetter höchst unwahrscheinlich, dass er von irgendwelchen Zeugen gesehen worden ist.«

»Aber Sie müssen doch irgendetwas *tun*!«

Tony spulte das Band mit dem Telefonat zurück und sah nach nebenan zu Ben. Er stand noch immer mit der Stirn gegen die Wand gelehnt und weinte. Anne starrte sie mit bestürzter Miene an.

Sie ließen das Band noch einmal laufen, in der Hoffnung, dass Ben die Stimme vielleicht erkennen würde, aber er wusste sie nicht einzuordnen. Sharon war kurz vor einem Nervenzusammenbruch. Vor Wut mit den Zähnen knirschend, drehte sie sich zu Ben um und versetzte ihm mit beiden Händen einen Stoß.

»Sag ihm, wo es ist!«, fauchte sie. »Gib ihm endlich, was er sucht!«

»Ich *weiß* nicht, was er sucht!«, rief Ben. »Wie oft soll ich das denn noch sagen?«

»Überhaupt nicht mehr!«, schrie sie. »Gib es ihm einfach!«

»Bitte, Ben!«, flehte auch Anne.

Er wandte sich erst zu ihr um und dann zu Sharon. »Meint ihr allen Ernstes, ich würde meine Familie das alles durchmachen lassen - bloß für irgendein schwachsinniges Geheimnis?«

»Wieso nicht?«, schrie Sharon. »Es wäre ja schließlich nicht das erste Mal. Einmal hast du sogar mit einem schwachsinnigen Geheimnis deine Familie *zerstört*!«

»Ich habe meiner Familie niemals absichtlich Schaden zugefügt«, sagte er ruhiger, obgleich seine Stimme bebte. »Ich habe immer versucht, mein Bestes zu tun.«

»Du hast also dein Bestes getan, als du deine Frau und deine Kinder wegen einer anderen Frau verlassen hast?«, schrie sie. »Du hast *damals* keine Achtung vor ihnen gehabt – wieso solltest du sie dann jetzt haben?«

»Hör auf!«, rief Anne. »Du weißt doch gar nicht, wie er sich gefühlt hat! Du hast ja nicht die leiseste Ahnung, was los war ...«

Ben unterbrach sie, die Stimme über die seiner Frau erhebend: »Was denkst du eigentlich, was hier vor sich geht, Sharon? Meinst du etwa, ich hätte etwas, womit ich unsere Kinder auslösen könnte – und dass ich sie lieber opfern würde, als damit herauszurücken?«

»Aus!«, schrie Lynda. »Schluss jetzt!«

Sie fuhren alle drei zu Lynda herum und starrten sie wütend an.

»Ich denke, ich weiß, was er will«, sagte Lynda. »Den Marazzio, Ben. Wir sollten wohl allmählich ernsthaft in Betracht ziehen, dass dein Fund eventuell doch keine Kopie war.«

## 30

Christy schreckte aus dem Schlaf hoch, vor Kälte zitternd. Das Nachtlicht musste ausgegangen sein, dachte sie, und Mama hatte wohl vergessen, das Licht im Flur brennen zu lassen. Doch noch während sie dies dachte, begriff sie, dass sie überhaupt nicht zu Hause war, sondern auf der nackten Erde lag, in dem Geräteschuppen, in dem der Mann sie eingesperrt hatte.

Emily schlief noch, den Kopf auf Christys Schulter gelegt. Einen Moment lang blieb Christy regungslos sitzen, aus Angst sie zu wecken. Doch während sie so ins Dunkel starrte und spürte, wie die Kälte an ihnen hochkroch, überkam sie eine tiefe Verzweiflung. Leise begann sie zu weinen.

Das Gefühl, dass sie niemals gefunden werden würde, dass sie und Emily niemals hier herauskämen, versetzte sie in panischen Schrecken und sie verspürte mit einem Mal den heftigen Drang danach, eine Fluchtmöglichkeit zu finden. Sie schlüpfte vorsichtig unter Emily hervor und half ihr dann, sich auf den kalten, nackten

Boden zu legen. Emily rollte sich gegen die Kälte zusammen und steckte den Daumen in den Mund.

Christy versuchte an die Wandbretter heranzugelangen, um nach irgendetwas zum Zudecken für sie zu suchen, doch sie waren mindestens einen Meter außerhalb ihrer Reichweite.

Ihr tat vor Hunger der Magen weh und sie fühlte sich wacklig und schwach. Dennoch ging sie zur Tür und rüttelte noch einmal daran, als hoffte sie, dass sich das Schloss über Nacht auf wundersame Weise geöffnet hätte. Sie waren immer noch eingesperrt.

Sie ließ sich auf den Boden sinken und horchte auf den Regen, der noch immer aufs Dach trommelte. War Mama unterwegs, um nach ihr zu suchen? Und Papa? Hatten sie die Polizei angerufen?

Sie wischte sich die Tränen von den Wangen und tastete dann mit einer Hand den Boden ab, während sie sich mit der anderen an der Wand abstützte. Der Boden war feucht. Der Regen sickerte unter den Wänden durch und weichte die Erde auf. Ihr kam eine Idee.

Sie tastete mit den Händen nach irgendeinem Werkzeug oder Gerät, mit dem sie hätte graben können, fand aber nichts. Dann versuchte sie es mit dem Absatz ihres Schuhs, und als die Erde sich lockerte, grub sie tiefer, bis sie zur weicheren, nasseren Erde darunter kam. Sie kniete sich hin und begann mit den Händen zu graben, schaufelte kleine Hände voll heraus.

»Mama!« Emily wurde wach, sah sich um und begann zu schreien. »Mama!«

Christy packte sie. »Emily, ich bin's. Christy. Wir sind hier, weißt du noch? In der Hütte?«

Doch Emilys Geschrei wurde nur noch schlimmer. »Ich will meine Mama! Maaaammma!«

»Sie hört dich doch nicht«, sagte Christy finster. »Aber ich glaube, ich weiß jetzt, wie wir hier rauskommen. Du musst mir dabei helfen. Hör auf zu weinen und guck her.«

Emily schluchzte und schluckte, beruhigte sich aber ein wenig.

»Sieh mal«, sagte Christy und ging wieder zu dem Loch, das sie gegraben hatte. »Hilf mir unter der Wand herzugraben, dann können wir hier raus.«

»Womit denn?«

»Mit unseren Händen«, erklärte Christy ihr.

Emily besah sich ihre Hände. »Keine Lust.«

»Willst du etwa hier sein, wenn dieser Mann wiederkommt? Oder willst du raus, damit wir zu Hause anrufen und Hilfe holen können?«

»Raus«, wimmerte Emily.

»Dann hilf mir!«

Zögernd rutschte Emily an das Loch und begann dann halbherzig zu helfen.

»Wenn wir tief genug graben und unter der Wand durchkriechen, können wir ganz schnell in den Wald rennen.«

»Ich hab aber Angst vorm Wald. Da gibt's Wölfe und Luchse und Alligatoren.«

Daran hatte Christy nicht gedacht. »Na ja . . . vielleicht entdecken wir ja ein Haus. Da wohnt vielleicht eine nette Frau, die was zu essen für uns hat. Vielleicht hat sie auch ein Telefon.«

Diese Vorstellung gefiel Emily besser. »In Ordnung, aber hoffentlich hat sie auch eine Heizung. Hier drin ist es kalt.«

Gemeinsam begannen sie mit ihren Fingern zu graben, in dem verzweifelten Versuch, sich eine Fluchtmöglichkeit zu schaffen.

## 31

Sharon wusste nicht, was sie mit sich anfangen sollte, also beschloss sie etwas für Christy zu tun, egal was. Als Erstes wusch sie ihre gesamte Wäsche. Danach nahm sie eine Rolle Fertigteig und begann Plätzchen zu backen. Durch den Duft, der das Haus erfüllte, war ihr so, als würde ihr Kind, wenn sie fertig waren, wieder daheim sein.

Doch als sie das Gebäck aus dem Backofen holte, waren die Kinder noch genauso verschwunden wie zuvor.

Im Haus herrschte Totenstille, obwohl, wie sie wusste, die zwei Polizisten in ihrem Esszimmer saßen und auf das Läuten des Telefons warteten. Larry und Tony waren mit Ben zur Galerie gefahren, um dort noch einmal nach dem geheimnisvollen Gemälde zu suchen, und während ihrer Abwesenheit wurden sie von zwei Beamten vertreten, die Sharon nicht kannte. Die Tatsache, dass die beiden im Esszimmer Karten spielten, brachte sie auf die Palme – konnte sie doch den Gedanken nicht ertragen, dass die beiden Zeit vertrödelten, die auch für die Suche nach den Mädchen hätte genutzt werden können. Dass andere Polizisten - Dutzende - die Stadt nach ihnen durchkämmten, war ihr völlig egal.

Sie stellte den Backofen ab, sah sich in der sauberen Küche um und musste feststellen, dass es nichts mehr zu tun gab. Diese Geschäftigkeit war sowieso idiotisch. Sie verschaffte ihr nicht die geringste innere Ruhe.

Sie ging nach oben, um nach Jenny zu sehen, doch die schlief unter der Wirkung des Beruhigungsmittels tief und fest. Sharon legte eine Hand auf den Rücken ihrer Tochter und spürte ihren gleichmäßigen Atem. Wenigstens eines ihrer Kinder war heil und unversehrt. Was aber wäre, wenn Christy irgendetwas zustieße? Jenny würde sich ihr Leben lang Vorwürfe machen. Sie hatte doch schon jetzt die größten Schuldgefühle wegen der Entführung.

Sharon hatte das Gefühl, als drücke eine tonnenschwere Last auf ihre Schultern, als sie Jennys Decke glatt strich und wieder hinausging. Sie schlich den Korridor entlang zu Christys Zimmer und versuchte sich vorzustellen, dass dort drinnen ihr Kind fest zugedeckt lag und schlief. Doch als sie sich der Tür näherte, traf sie die Wirklichkeit wie ein Schlag: Ihr Kind war irgendwo da draußen an diesem kalten, nassen Morgen, verängstigt und verstört.

Tränen liefen über ihre Wangen, als sie die Tür öffnete.

Anne saß im Schaukelstuhl in Christys Zimmer, die Knie an die Brust gedrückt. Einen Augenblick lang kam das einzige Geräusch vom Regen, der gegen die Fenster prasselte.

»Oh«, sagte Sharon. »Ich wusste nicht, dass du hier drin bist.« Anne wollte aufstehen, aber Sharon bedeutete ihr, sitzen zu bleiben. »Schon in Ordnung. Bleib ruhig.«

Anne umklammerte wieder ihre Knie und Sharon konnte sehen, dass der Schmerz im Gesicht der Frau ihren eigenen widerspiegelte. »Wo mögen sie nur sein?«, fragte sie flüsternd.

Sharon ging hinein und setzte sich aufs Bett. Sie nahm eine der Puppen, die am Kopfkissen lehnten, und strich ihr Haar glatt. »Wenigstens sind sie zusammen.«

»Stimmt«, sagte Anne. »Das habe ich auch gerade gedacht. Christy ist zwar kaum älter als Emily, aber sie passt trotzdem auf sie auf. Wenn eine von ihnen allein wäre . . .« Ihre Stimme verlor sich und sie sah wieder aus dem Fenster.

»Er will bloß das Bild«, sagte Sharon, mehr zu ihrer eigenen Beruhigung als zu Annes. »Er braucht sie lebend, um den Tauschhandel machen zu können. Er kann ihnen nichts antun. Er kann einfach nicht.«

»Das hat er schon«, sagte Anne leise. »Allein dadurch, dass er sie entführt hat, hat er ihnen etwas angetan. Der seelische Schock, den sie dadurch . . .« Sie ließ den Kopf auf die Knie sinken und ihre Stimme war jetzt nur noch ein heiseres Flüstern: »Ich weiß, dass das eine Strafe Gottes für mich ist.«

Sharon sah sie lange an und wusste nicht, was sie sagen sollte. Nach der Scheidung hatte sie oft gewünscht, dass Gott Anne strafen möge, doch während der letzten Jahre war der Wunsch seltener geworden. Warum sollte diese Strafe jetzt kommen – und dazu noch ihr eigenes Kind mit betreffen?

Regungslos saß Sharon da und ließ den Blick ebenfalls zu den Regentropfen wandern, die die Scheibe herabrannen. Sie wusste nicht, was sie sagen sollte.

»Weißt du noch, wie du während eurer Scheidung zu Ben gesagt hast, dein Schmerz sei schon schlimm genug, aber er habe zu allem Überfluss auch noch den Kindern die Familie weggenommen und sie traumatisiert? Und dass sie deswegen nie mehr dieselben sein würden?«

»Ich habe damals ziemlich viel gesagt«, meinte Sharon leise.

»Das ist ihm ziemlich an die Nieren gegangen«, fuhr Anne fort. »Anders als er habe ich mich aber davon nie beirren lassen. Ich war der Ansicht, Kinder seien robust und es würde ihnen nicht viel ausmachen.«

Sharon hatte schon gewusst, dass das Annes Einstellung war, und sie fragte sich, worauf die Frau hinauswollte.

»Aber ich glaube, manchmal straft Gott Menschen, indem er sie selbst den Schmerz erleiden lässt, den sie anderen zugefügt haben.« Sie schluckte und schluchzte gepresst, dann fuhr sie fort. »Wir haben unseren Kindern seelisches Leid zugefügt und jetzt zeigt er uns, wie das ist. Nur dass das hier noch schlimmer ist.«

Sharon starrte einen Moment lang die Puppe in ihren Händen an, strich mit den Fingerspitzen über das Porzellangesicht und die rosa Lippen. »Dein Gedankengang hat nur einen Haken, Anne. Wenn es so wäre, wie du sagst, warum sollte Gott das *mich* durchmachen lassen?«

Anne dachte einen Augenblick lang darüber nach, bevor sie Sharon ansah. »Keine Ahnung. Vielleicht straft er dich ja auch für irgendetwas.«

Sharon legte die Puppe hin und stand auf. »Vielleicht liegst du auch komplett falsch«, sagte sie. »Möglicherweise hat Gott mit dem Ganzen überhaupt nichts zu tun gehabt. Vielleicht wacht er bloß über sie. Und bringt sie uns zurück.«

»Sie sind beide noch so klein«, sagte Anne leise, mit gequälter Stimme.

Einen Augenblick lang verspürte Sharon eine innere Verbundenheit mit Anne, die ihr neu war. Die Verbundenheit von Müttern.

Allerdings behagte ihr diese Verbundenheit gar nicht, und als der ansteckende unerträgliche Schmerz sie einzuholen und zu erdrücken drohte, verließ Sharon eilig das Zimmer, um allein zu leiden.

# 32

Die Galerie war seit Bens Rauswurf so gut wie unverändert. Dieselben Bilder an den Wänden, dieselben Plastiken auf ihren Sockeln.

Und doch war alles anders.

Ben ließ den Blick zu der Kreidemarkierung auf dem Boden wandern und begriff zum ersten Mal, dass ein Mann, den er respektiert hatte und auf den er angewiesen gewesen war, ein Mann, den er während der vergangenen fünf Jahre tagtäglich gesehen hatte, tot war. Irgendein Killer hatte ihn hier umgebracht, und wenn Dubose Ben nicht hinausgeworfen hätte, wären er und seine Familie vielleicht auch getötet worden. Er fragte sich, ob Dubose es deshalb so eilig gehabt hatte, ihn aus dem Haus zu bekommen. Hatte er gewusst, dass er in Gefahr schwebte? Hatte er versucht, Ben und seine Familie vor dem Tod zu bewahren?

Irgendwie wurden die Tatsachen durch diesen Gedanken noch unerträglicher. Ihm traten Tränen in die Augen und er wandte sich ab.

Tony schien sich angesichts dieses Gefühlsausbruchs unbehaglich zu fühlen. »Wo war denn jetzt dieses Bild, von dem Sie uns erzählt haben? Wie wär's, wenn Sie uns die Stelle zeigen, wo es versteckt war?«

Ben nahm sich zusammen und machte sich auf den Weg die Treppe hinauf. Larry und Tony folgten ihm. Er durchquerte das Atelier, in dem er am kreativsten gewesen war, und warf einen sehnsüchtigen Blick auf seine Arbeiten, die an den Wänden lehnten oder auf Staffeleien standen. Ohne ein Wort zu sagen ging er zu dem Büro, in dem Dubose gearbeitet hatte.

Die niedrige Tür zum Dachboden war auf der Rückseite von Duboses Büro. Ben schaltete das Licht an und in dem hölzernen Treppenschacht wurde es hell.

Langsam führte er sie auf den Dachboden hinauf. Ein paar nackte Glühbirnen hingen von der Decke und warfen einen schwachen Schein auf eingepackte, übereinander gestapelte Leinwände, auf leere Rahmen, die willkürlich verteilt an den Wänden hingen.

»Da drüben«, sagte er und die beiden Polizisten folgten ihm. »Ich war hier oben, um nach einem Rahmen zu suchen.« Er deutete auf all die alten Bilderrahmen, einige kaputt, andere bloß verstaubt. »Ich habe nach einem gesucht, der möglichst alt aussah. Ich hatte vor, einem meiner Bilder den Anstrich des Alten zu geben. Wenn wir wieder runtergehen, zeig ich es Ihnen mal. Aber egal. Jedenfalls habe ich mich so gebückt, um mir den Rahmen da drüben anzusehen, und als ich wieder hochkam, stieß ich mit dem Kopf gegen das Fach hier, und da ist das Bild herausgefallen. Es war offensichtlich schon eine ganze Weile zusammengerollt gewesen, denn als ich anfing es zu entrollen, hat die Farbe ein paar leichte Risse bekommen.«

Tony trat vor und inspizierte den schmalen Kasten, der zwischen den Dachbalken angebracht war. Die Klappe hing herunter und er sah, dass der Inhalt aus dem leicht schief liegenden Fach ohne weiteres herausfallen konnte, wenn es nicht richtig verschlossen war. »Irgend 'ne Vorstellung, wo das Bild jetzt sein könnte?«

»Ich hab's Dubose gegeben«, sagte Ben. »Danach hab ich es nie wieder gesehen.«

»Was könnte er damit gemacht haben?«

»Keine Ahnung. Er könnte es irgendwo anders versteckt haben, obwohl ich wirklich nicht weiß, wozu das ganze Theater gut sein sollte. Ich meine, wo es doch offensichtlich nicht das Original war.«

Larry holte tief Luft. »Vielleicht sollten wir uns lieber mal hier oben umsehen. Es könnte in einem anderen Versteck sein.«

»Haben Sie nicht gesagt, hier sei alles auf den Kopf gestellt worden? Wenn es hier gewesen wäre, hätte der Mörder es gefunden.«

»Trotzdem«, sagte Tony. Also machten sie sich daran, jeden Zentimeter des staubigen, dunklen Dachbodens zu untersuchen. Sie schoben Rahmen und alte rissige Leinwände hin und her, Ölgemälde, die so aussahen, als ob sie statt auf den Dachboden eher in den Müllcontainer draußen gehörten, und kaputte Plastiken, die wegzuwerfen Dubose nicht übers Herz gebracht hatte. Es gab keine weiteren versteckten Fächer dort und überhaupt nur sehr wenig von Wert.

Als sie wieder durchs Atelier zurückgingen, zeigte Ben ihnen ein paar von den Sachen, an denen er gerade gearbeitet hatte. »Ziemlich gemütlicher Job, den Sie da hatten«, meinte Tony, während er sich umsah. »Keine Miete, ein netter Arbeitsplatz, regelmäßiges Einkommen, egal, ob Sie was verkaufen oder nicht.«

Ben lief rot an. »Ich habe sehr viel verkauft. Die Leute sind sogar von weither gekommen, um meine Arbeiten zu erstehen.«

»Meinen Sie, es könnte um eins von Ihren eigenen Gemälden gehen?«

Ben schüttelte den Kopf. »Warum nennt er es dann nicht einfach beim Namen, beschreibt es? Warum die Geheimnistuerei? Wieso glaubt er, ich wüsste, wovon er redet?«

Sie sahen jedes seiner Bilder durch und gingen dann wieder nach unten, um sämtliche Gemälde nach irgendetwas zu untersuchen, das eins hätte wertvoller machen können als die anderen. Keins von ihnen stach als Arbeit hervor, die einen Mord oder eine Entführung wert gewesen wäre.

»Okay. Bei wem könnten wir uns erkundigen, ob dieses Maraziobild wirklich wiedergefunden wurde?«, wollte Tony wissen.

Ben überlegte einen Augenblick. »Wenn ich so darüber nachdenke . . . bei Louis im Büro stand immer ein mehrbändiges Nachschlagewerk über Kunst.« Er machte kehrt und stieg wieder die Treppe hoch, diesmal merklich aufgeregt. »Ich weiß nicht, wieso ich daran nicht eher gedacht habe!«

Sie folgten ihm wieder hinauf und er eilte in das Büro von Dubose. »Sehen Sie?«, fragte er und zeigte auf die acht Bände auf dem Sideboard hinter dem Schreibtisch. »Das *Lexikon der Maler und Bildhauer*. Da stehen auch Informationen über verschollene und gestohlene Kunstwerke drin, was sie jetzt wert sind und Ähnliches. Louis hat ausgiebig Gebrauch davon gemacht.«

Er nahm sich einen der Bände und schlug ihn bei Marazzio auf. »Hier«, sagte er, legte das Buch hin und zeigte Larry und Tony den betreffenden Abschnitt. »Hier steht, die *Menschenmenge* sei vor über zehn Jahren aus einem Museum in Palermo gestohlen worden.« Er runzelte die Stirn. »Versteh ich nicht. Davon, dass es wieder aufgetaucht ist, steht hier nichts. Die anderen beiden, die zu einem anderen Zeitpunkt gestohlen wurden, sind vor drei Jahren wiedergefunden worden – aber nichts über die *Menschenmenge*.«

»Wie neu sind denn diese Bücher?«

»Die sind ganz aktuell. Louis hat sie immer auf dem neuesten Stand gehalten. Diese Auflage hier hat er erst vor einem Monat bekommen.«

»Vielleicht hat er die *Menschenmenge* mit einem der Bilder verwechselt, die tatsächlich wieder aufgetaucht sind.«

»Oder er hat gelogen«, sagte Larry.

»Wenn das Bild, das ich gefunden habe, wirklich das gestohlene Original war, dann ist es wahrscheinlich das, was der Kidnapper haben will.«

»Wo steckt es dann also?«

»Ich habe keine Ahnung«, sagte Ben. »Vielleicht sollten Sie sein Haus durchsuchen . . . seinen Wagen . . .«

»Das haben wir nach dem Mord schon gemacht«, sagte Larry, »allerdings haben wir da nicht nach einem Bild gesucht.«

Als sie wieder zu Sharon zurückfuhren, meinte Tony: »Das Bild ist der Schlüssel zu dem, was hier vor sich geht – was auch immer das ist. Dieser Maler, Mar . . .«

»Marazzio«, sagte Ben.

»Genau. Marazzio. Er war ziemlich berühmt, was?«

Ben lachte leise, beinahe herablassend. »Könnte man so sehen. Er gilt als einer der ganz Großen. Wer weiß? Wenn's eine Fälschung war – vielleicht hatte Dubose vor, die Kopie zu frisieren und als das Original auszugeben, vor allen Dingen, wenn er wirklich wusste, dass das Bild noch immer verschwunden war. Vielleicht wollte er mal sehen, wie viele Millionen er dafür kriegen könnte.«

»Ich bin im falschen Gewerbe«, murmelte Tony und Larry musste lachen. »Nein, im Ernst. Ich bin tatsächlich künstlerisch begabt. Ich habe früher mal einen astreinen Bugs Bunny gezeichnet.«

»Früher? Was ist denn passiert?«

»Ich musste meinen Zeichenstift gegen eine Pistole eintauschen.«

»Das Leben ist hart, Kollege.«

»Stimmt. Wenn ich allerdings gewusst hätte, wie viel Geld man mit Buntstiften machen kann ...«

Sie sahen nach hinten, doch Ben fand das alles nicht besonders lustig. Ein Gutes hatte ihre Witzelei allerdings in seinen Augen: Sie hielten ihn nicht länger für den Mörder.

»Wo hat Dubose denn in erster Linie die echten Kunstgegenstände gekauft, die er aufgetrieben hat?«

Ben zuckte die Achseln. »Er ist viel gereist, ging zu einer Menge Auktionen. Und ein paar feste Händler hatte er auch. Einige davon waren auch ziemlich oft in der Galerie.«

»Wer denn so?«

»Ach, etliche. Er hatte Beziehungen in der ganzen Welt. Ich würde mal sagen, am häufigsten waren Leon Spatika, Nelson Chamberlain und T.Z. Quarternet da. Alle drei haben auch Bilder von mir gekauft.«

Tony warf Larry einen raschen Blick zu. »Ob die wohl im Rolodex von Dubose stehen?«

»Klar. Wieso?«

»Weil wir das als Beweisstück eingesackt haben. Vielleicht rufen wir sie mal an.«

Larry drehte den Kopf. »Wenn Dubose bei all diesen Verbindungen so eine große Nummer als Kunsthändler war, was hat er dann in einer Kleinstadt wie St. Clair gemacht?«

»Er hatte ein Dutzend Galerien, über die ganzen Staaten verteilt. Die sind alle so klein – die preiswerteren Bilder, die er verkauft, lassen sich da gut absetzen. Außerdem baute er gern viel versprechende neue Künstler auf. Als so jemanden hat er auch mich angesehen.«

»Es gibt also noch mehr Kunstgalerien, in denen fest angestellte Maler logieren?«

»Ja, klar. Ich bezweifle allerdings, dass es noch andere gibt, wo der Besitzer ermordet wurde und die Kinder des Malers entführt worden sind.«

Sie bogen in Sharons Zufahrt ein, doch Larry machte keinerlei Anstalten auszusteigen. »Wenn Sie reingehen, sagen Sie John und Nick, dass sie noch ein bisschen bleiben müssen. Tony und ich, wir filzen noch mal die Wohnung und den Wagen von Dubose. Vielleicht finden wir ja das Bild.

»Okay. Aber was ist, wenn der Kidnapper wieder anruft?«

»John und Nick wissen Bescheid. Sie melden sich dann bei uns.«

»In Ordnung.« Er stieg aus und ging eilig ins Haus, bereit der Stille ins Auge zu blicken, die die beiden Mädchen hinterlassen hatten.

# 33

Das Loch, das die Mädchen gegraben hatten, war tief – und obwohl sie inzwischen Blasen an den Fingern hatten, gruben sie beide mit einem Eifer, wie sie ihn seit ihrer Ankunft dort nicht verspürt hatten. Am Ende des Tunnels, den sie mit ihren Händen gruben, lag die Freiheit. Und etwas zu essen. Und Wärme.

Sie hörten einen Wagen vor dem Schuppen vorfahren. Seine Reifen knirschten im Kies.

»Das ist Papa!«, rief Emily und sprang auf. »Papa! Papa!«

Doch Christy hielt ihr mit einer erdverschmierten Hand den Mund zu. »Vielleicht ist das auch *er*!«, zischte sie. »Der gemeine Mann. Sei still und hilf mir, das Loch zu verstecken!«

Emilys Freude war schlagartig dahin und sie sah sich nach etwas um, das sie auf das Loch hätten legen können. Sie fand nichts.

»Ich setz mich davor«, sagte Christy und hockte sich an den Rand des Lochs. »Leg dich hin und tu den Kopf in meinen Schoß, dann sieht er es nicht.«

»Und was ist mit der ganzen Erde, die wir ausgebuddelt haben?«

»Leg dich davor. Vielleicht sieht er sie dann nicht.«

Emily brachte sich in Stellung und Christy spürte, wie sie zitterte. »Soll ich so tun, als ob ich schlafe?«

»Wenn du willst.«

Auch Christys Hand zitterte, als sie sie über Emilys Arm legte.

»Unsere Hände«, sagte Emily. »Wenn er sie sieht, weiß er, dass wir gegraben haben.«

Christy dachte einen Augenblick lang darüber nach. »Ich schieb meine unter dich. Du leg deine zwischen deine Beine.«

Die beiden Kinder verbargen ihre Hände und draußen schlug eine Autotür zu. Schritte näherten sich dem Schuppen und dann klimperten Schlüssel.

»Das ist nicht Papa, oder?«, flüsterte Emily.

»Nein. Ich glaube, das ist *er*.«

Die Tür ging auf und die beiden Mädchen wurden starr. Emily machte die Augen zu und versuchte so zu tun, als ob sie schliefe.

Der große Mann trat herein, zwei Tüten haltend. »Ich hab euch was zu essen mitgebracht«, sagte er und warf Christy die Tüten zu. Sie nahm sie, dabei die Erde an ihren Händen völlig vergessend. Dem Mann fiel es anscheinend nicht auf.

»Danke. Können wir heute wieder nach Hause?«

»Das kommt darauf an, wie sehr euer Papa daran interessiert ist, dass ihr am Leben bleibt. Es liegt an ihm, Kleines.«

Christy versuchte das Gesagte zu begreifen und ihre Augen weiteten sich dabei. »Es ist kalt hier drin. Und dunkel. Ganz dunkel, und Emily hat Angst vor Dunkelheit.« Sie fing an zu weinen, obwohl sie wusste, dass es das Falscheste war, was sie tun konnte. Sie konnte einfach nichts dagegen machen. Auch Emily konnte nicht mehr länger schauspielern – sie begann zu blinzeln und ebenfalls zu weinen.

»Bitte lassen Sie uns nach Hause. Wir sagen allen, dass Sie nett zu uns waren. Wir verraten auch niemandem was von hier.«

Der Mann lachte heiser. »Wie gesagt, es liegt ganz an eurem Vater. Sobald er mir gibt, was ich haben will, könnt ihr nach Hause.«

Beide Mädchen blickten schweigend zu ihm hoch.

»Esst jetzt. Ich weiß nicht, wann ich euch wieder was bringe.«

Damit machte er die Tür zu und verriegelte sie wieder.

»McDonalds!«, rief Emily und langte in die Tüte. »Auch was zu trinken. Guck, Christy.«

Doch Christy war mit den Gedanken woanders. Bei der Tatsache nämlich, dass ihr Vater es in der Hand hatte, sie zurückzuholen, bisher aber offenbar nichts deswegen unternommen hatte. Erneut kullerten Tränen über ihre schmutzigen Wangen. Sie wischte sie mit einer verdreckten, mit Blasen übersäten Hand fort und schmierte sich dabei Matsch ins Gesicht.

»Hast du denn keinen Hunger, Christy?«

»Doch«, sagte sie und holte ihr Getränk aus der Tüte. »Emily, meinst du, ob er uns je wieder nach Hause lässt?«

Emily biss in ihren Burger und kaute nachdenklich, wobei sie ihre Schwester anblickte. »Wenn nicht, kommt Papa uns holen. Er wird uns finden. Er findet mich immer, wenn wir Verstecken spielen.«

»Das ist aber kein Versteckenspielen«, sagte Christy unglücklich. »Er weiß ja nicht, wo er nach uns suchen soll. Und der Mann hat gesagt, es liegt an ihm. Was ist, wenn wir noch eine Nacht hier bleiben müssen?«

»Da haben wir uns vorher hier herausgegraben«, sagte Emily feierlich. »Wir rennen weg und suchen die nette Frau mit dem Telefon.«

Christy wischte sich wieder die Augen und rückte von dem Loch weg. Der Mann hatte es nicht entdeckt. Vielleicht hatte Emily ja Recht. Vielleicht konnten sie bald fliehen.

☆

Das Weinen des Babys ließ Sharon aus dem Halbschlaf hochfahren. Sie hatte am Tisch gesessen, den Kopf auf den verschränkten Armen. Es war Morgen. Das war Christy! Sie rief nach ihr! Sharon lief eilig zur Treppe.

Doch das Babygeschrei kam nicht von oben und als sich der Nebel in ihrem Kopf lichtete, riss die Wirklichkeit sie wach. Es war Bobby, nicht Christy. Christy war noch immer bei diesem Irren, der schon mindestens einmal getötet hatte.

Sie drückte Christys Stoff-Löwen an sich. Wenn sie ihr den doch wenigstens zukommen lassen könnte, als kleinen Trost.

Sie ging ins Wohnzimmer hinüber und sah, dass Tony und Larry zurückgekehrt waren. Sie lagen schlafend auf den beiden Sofas, die im rechten Winkel zueinander standen. Tony bewegte sich leicht, und Sharon zog sich leise zurück und ging dorthin, von wo das Geräusch des weinenden Babys kam.

Als sie näher kam, hörte das Schreien auf. Sie verlangsamte ihre

Schritte und trat an die Tür. Anne war da und wiegte das wimmernde Baby sanft in den Armen, summte ihm etwas vor.

Mutterschmerz brandete über sie herein, überwältigte sie. Diesmal aber war es nicht Groll oder Eifersucht. Der Anblick ließ sie lediglich daran denken, dass es bis zu Christys Rückkehr keinerlei Ventil für ihre Gefühle gab.

Dann schoss ihr der schreckliche, grausame, traurige Gedanke durch den Kopf. *Was ist, wenn er sie umgebracht hat? Wenn sie schon tot sind, irgendwo liegen? Was, wenn sie geschrien haben und er die Geduld verloren hat? Was ist, wenn ich Christy nie mehr wiedersehe?*

Sie presste ihre Hand vor den Mund, um ihr Schluchzen zu unterdrücken. Mit gesenktem Kopf eilte sie den Korridor zurück und prallte mit voller Wucht gegen jemanden, der ihr entgegenkam.

Für einen Moment stockte ihr der Atem. Dann stieß sie einen spitzen Schrei aus, bis sie bemerkte, dass es Tony war.

»Alles in Ordnung?«, erkundigte er sich mit einem besorgten Blick.

Sie schluckte und schüttelte heftig den Kopf. »Was ist, wenn sie tot sind?«

Er zog sie an sich und sie lehnte erschöpft den Kopf an sein zerknittertes Hemd. »Sie sind nicht tot«, sagte er leise. »Das dürfen Sie nicht denken. Wir werden sie finden. Kommen Sie. Setzen Sie sich. Sie sind fix und fertig.«

Sie ließ sich von ihm zum Sofa führen und duldete, dass er den Arm um sie legte und sie zu sich zog, als sie sich gesetzt hatte. Sie legte den Kopf auf seine Schulter und weinte leise vor sich hin, während er ihr beruhigend ins Ohr flüsterte: »Nur zu ... weinen Sie ruhig ...«

Die menschliche Berührung half. Allmählich ließ ihr Schluchzen nach und machte einem dumpfen Schmerz Platz.

Tony ließ sie noch immer nicht los. Er strich ihr das Haar aus dem Gesicht und wischte mit der Rückseite der Finger über ihre Wange.

»Ich war in der Küche eingeschlafen«, sagte sie leise. »Und dann hat das Baby geschrien und einen Augenblick lang dachte ich, es wäre Christy. Für den Bruchteil einer Sekunde habe ich geglaubt, alles wäre nur ein grässlicher Traum und ich würde endlich aufwachen.«

»Sie brauchen richtigen Schlaf, Sharon. Sie sind schließlich kein Übermensch.«

»Unmöglich. Irgendwie habe ich das Gefühl, dass sie sich einfach in Nichts auflösen, wenn ich mich auch nur eine Minute ausruhe, und dass ich meine Kleine dann nie wiedersehe.«

Es gab nichts, was er darauf hätte antworten können.

Nach einer Weile löste sie sich aus seinen Armen und setzte sich auf. »Ich glaube, ich sollte allen etwas zum Frühstück machen.«

»Nicht nötig«, sagte Tony. »Sie haben auch so schon genug um die Ohren.«

»Nein. Wenigstens habe ich dann das Gefühl, dass ich etwas tun kann und nicht hilflos dasitze. Larry und Sie sind die ganze Nacht hier gewesen. Ich möchte mir irgendwie nützlich vorkommen.«

Tony stand zusammen mit ihr auf. »Fühlen Sie sich wirklich dazu in der Lage?«

»Keine Sorge. Vielen Dank für die Schulter. Sie haben ja keine Ahnung, wie sehr ich sie gebraucht habe.«

»Jederzeit.« Tony wartete, bis sie in der Küche verschwunden war, dann ging er wieder ins Wohnzimmer zurück.

Larry war inzwischen wach und saß auf der Couch. »Meinst du nicht auch, dass du dich ein bisschen zu sehr des Falles annimmst, Tony?«

Tony warf ihm einen ungläubigen Blick zu. »Das meinst du doch nicht ernst, oder?«

»Doch. Du bist hier, um zu helfen ihr Kind zu finden, und nicht, um dich in sie zu verlieben.«

»Verlieben?« Er hätte beinahe gelacht. »Sie war fertig mit den Nerven und ich habe versucht sie zu trösten.«

»Sei bloß vorsichtig. Das kann zur Angewohnheit werden.«

»Stimmt genau, du solltest es ja wissen.« Er fuhr sich mit der Hand durch die zerwühlten Haare und sehnte sich nach einer Dusche.

»Ich meine es ernst, Tony. Die Frau ist im Augenblick sehr anfällig für so was. Sie macht eine Menge durch. Du musst Distanz wahren.«

Tony fuhr wieder herum und funkelte seinen Partner an. »Aus deinem Munde klingt das wirklich wie ein Witz, Larry. Ich glaub es einfach nicht!«

Larry grinste. Es war kein Geheimnis, dass er eine Frau geheiratet hatte, deren Fall er untersucht hatte. Ebenso wenig war es ein Geheimnis, dass er noch nie in seinem Leben so glücklich gewesen war. »Hör mal, ich weiß, was du denkst.«

»Ich denke, dass ich dir genau dasselbe auch vor ein paar Monaten erzählt habe. ›Du lässt dich zu tief da reinziehen. Du bist nicht objektiv.‹«

»Ich war die Ausnahme«, grinste Larry. »Aber hier liegt die Sache anders.«

»Nein, tut sie nicht. Aber keine Angst. Ich werde schon keinen Schaden nehmen.«

»Schaden nehmen? Unser eingefleischter Junggeselle? Dass *du* Schaden nehmen könntest – die Befürchtung habe ich auch nicht.«

Tony sah ihn fassungslos an. »Sie? Du meinst, ich könnte ihr wehtun? Für was für einen Schurken hältst du mich eigentlich?«

»Für einen von der Sorte, die sich nicht festzulegen gedenkt«, sagte Larry sachlich, obwohl das Blitzen in seinen Augen verriet, dass er es nicht völlig ernst meinte.

»Besten Dank, Kumpel.«

Larry zog seine Schuhe an, stand auf und streckte sich. »Wo wir gerade davon sprechen . . . Ich glaube, ich geh mal meine Frau anrufen.«

»Mach das.« Tony setzte sich und sah seinem Freund nach. In mancher Hinsicht wurmte es ihn, dass Larry so viel Glück gehabt hatte. Bis er gesehen hatte, wie glücklich Larry seit seiner Heirat war, war Tony überhaupt nicht aufgefallen, dass er sich einsam fühlte. In jüngster Zeit aber hatte er sich immer öfter gefragt, ob das Junggesellenleben wirklich so viel für sich hatte.

Andererseits gemahnte ihn das Durcheinander der Familie *hier* daran, dass die Ehe auch nicht unbedingt der Himmel auf Erden war.

## 34

Das Unwetter tobte weiter und setzte den Wartenden zu. Seit ihrem kurzen Auftritt in den Fernsehnachrichten, wo sie flehentlich um die Freilassung ihrer Kinder gebeten hatten, waren inzwischen etliche Stunden vergangen. In ihrer Verzweiflung hatte Sharon für Informationen, die zu ihrer Befreiung führten, eine Belohnung von 25.000 Dollar ausgesetzt. Doch noch immer hatten sie keinerlei Nachricht.

Jetzt irrte Sharon wie ein Gespenst im Haus umher und zermarterte sich das Hirn, wie sie ihr Kind zurückbekommen könnte. Dabei betete sie unablässig dafür, dass Christy und Emily wohlauf waren, monoton immer wieder und wieder ihr Gebet wiederholend. Sie fragte sich, ob Gott es überhaupt hörte.

Sie trat auf die Veranda und blickte zum wolkenverhangenen, finsteren Himmel hinauf. Irgendwo unter demselben Himmel waren die Kinder versteckt. Gott wusste, wo sie waren, und er war der Einzige, auf den sie sich verlassen konnte, der für ihre Unversehrtheit sorgen konnte. Plötzlich ließ eine Stimme hinter ihr sie zusammenzucken.

»Eigentlich dachte ich, wir hätten sie inzwischen wieder.«

Sie fuhr herum und erblickte Ben, der mit dem Rücken gegen die Hauswand gelehnt auf einer Bank saß. Seine Stimme klang heiser und sie konnte sehen, dass er geweint hatte. Einen Augenblick lang erwog sie ins Haus zurückzugehen, doch dann erschien ihr der Gedankenaustausch mit ihm wichtiger. Neben Anne war Ben der einzige Mensch auf dieser Welt, der genau wusste, wie ihr zumute war.

Schweigend wandte sie sich wieder um und sah zum Himmel hoch.

»Ich hätte nie gedacht, dass uns so etwas zustoßen könnte«, sagte er. »Nicht mal in meinen schlimmsten Alpträumen hätte ich geglaubt . . .«

Sharon hielt ihm weiter den Rücken zugekehrt. Unzählige Gedanken schossen ihr durch den Kopf – dass er es sich irgendwie selbst zuzuschreiben hatte; dass er die Strafe bekam für all die schlimmen Dinge, die er ihr und ihren Kindern angetan hatte; und dass die Kinder ins Kreuzfeuer Gottes geraten waren. Andererseits sagte ihr eine innere Stimme, dass das nicht wahr war.

»Auch wenn du es mir nicht glaubst, Sharon«, fuhr er fort, seine Stimme rau und ernst vor innerer Erregung, »und trotz allem, was ich euch angetan habe – es war nie meine Absicht, irgendeinem von euch wehzutun.«

Hätte er dasselbe vor zwei Tagen gesagt, hätte sie sarkastisch gelacht und ihn dann an all die kleinen Gelegenheiten erinnert, bei denen er ihr sehr wohl mit Absicht wehgetan hatte, wie es ihr schien. Doch ihre Kampflust war verraucht und geblieben war einzig eine dumpfe Betäubtheit.

»Eigentlich hatte ich gedacht, ich hätte dir vergeben«, sagte sie leise. »Ich habe sogar in der Kirche damit geprahlt und den anderen geschiedenen Frauen Vorträge gehalten, sie sollten loslassen und für ihre Ex-Männer beten. Ich habe ihnen erzählt, Gott würde ihre Ex-Männer genauso lieben wie sie. Selbst als ich dir angeboten habe, hier einzuziehen, hab ich mir dafür innerlich auf die Schulter geklopft, weil dann alle sehen könnten, wie ich meinen Glauben lebe. Wie es aussieht, wenn man wirklich vergibt. Ich war mit allem im Reinen. Ich dachte, ich wäre innerlich halbwegs zur Ruhe gekommen. Jetzt erst weiß ich, was für ein Theater das alles war.«

Es entstand eine lange Pause. Der kalte Wind peitschte ums Haus, ließ das Laub der Bäume rauschen.

»Ich kann die Vergangenheit nicht ungeschehen machen, Sharon«, sagte er aus seiner dunklen Verandaecke. »Die ganze Woche war so, als würde mein Leben an meinen Augen vorbeiziehen. Aber passiert ist passiert.«

»Das stimmt«, meinte Sharon. »Und im Moment ist das alles nicht einmal wichtig. Ich will bloß meine Kleine zurückhaben.«

Sie wandte sich um und blickte ihn an, sah, dass er die Augen geschlossen hatte und versuchte seine Gefühle in den Griff zu bekommen. »Es wäre wohl alles etwas leichter, wenn ich wüsste, dass du und ich keine Feinde sind«, sagte er.

»Wie können wir denn Feinde sein, Ben? Du bist hier bei mir. Du bist der Vater meiner Kinder.«

»Das alles taugt nicht zur Freundschaft.«

»Ach, das ist es?«, fragte sie, und der alte Sarkasmus kam wieder in ihr hoch. »Du möchtest, dass wir Freunde sind?«

»Das wäre schön. Wir haben vieles gemeinsam, weißt du. Wir beide lieben unsere Kinder. Und wir haben früher auch uns geliebt.«

Sie wandte sich wieder von ihm ab. »Liebe vergeht, Ben. Das solltest du besser wissen als jeder andere.«

Bevor er etwas entgegnen konnte, ging Sharon ins Haus zurück und ließ ihn allein.

# 35

»Sieh mal, Emily. Licht!« Christy grub die Hände in die Erde. Den Blasen an ihren Fingern schenkte sie keine Beachtung. »Wir sind durch!«

»Können wir jetzt raus?«

»Nein. Wir müssen das Loch erst noch größer machen! Hilf mir!«

Die beiden Mädchen gruben schneller. Die Haut an ihren Fingern war wund und blutig und daran klebte die Erde, durch die sie bald entkommen würden. Mehr Licht drang in den kleinen Schuppen und mit dem immer weiter wachsenden Loch einerseits und dem größer werdenden Erdhaufen daneben andererseits wuchs auch ihre Zuversicht.

»Ich glaube, es ist jetzt groß genug«, sagte Emily. »Ich kann jetzt rausrutschen.«

»Nein, da bleibst du drin stecken. Es muss noch größer sein.«

Sie scharrten und gruben und kamen dem Augenblick immer näher, wo sie unter der Wand hindurchrutschen konnten und die Freiheit sie wieder hätte.

Dann hörten sie den Wagen.

»Er kommt!«, rief Christy. »Er wird das Loch entdecken!«

»Ich schieb mich jetzt durch!«. Emily warf sich auf den Bauch und begann in das Loch zu kriechen.

»Er wird dich sehen!«

»Dann bin ich schon weg. Los. Schnell!«

Sie hörten, wie die Wagentür zufiel, und Christy hoffte, dass er auf der anderen Schuppenseite geparkt hatte. Seine Schritte kamen immer näher. Er ging an der Seite entlang zur Tür und wahrscheinlich würde er nicht sehen, wie Emily weglief. »Los! Schnell!«, flüsterte sie.

Emily schob sich in das Loch, kroch auf der anderen Seite hoch und drehte sich dann um, um Christy zu helfen.

Christy kroch mit dem Kopf voran in das Loch, schlängelte sich unter der Wand durch, aber als sie versuchte auf der anderen Seite hochzukommen, hörte sie, wie die Tür aufging.

»Ihr Rotzblagen!«, wetterte der Mann. Plötzlich spürte sie, wie eine Hand ihren Fuß packte, und dann wurde sie zurückgerissen.

»Lauf, Emily!«, schrie Christy. »Los!« Sie sah, wie die zu Tode erschrockene Fünfjährige in den Wald rannte, wobei sie vor Angst laut schrie.

Christy wehrte sich aus Leibeskräften dagegen, wieder in den Schuppen gezerrt zu werden, und schürfte sich dabei den Rücken an der Unterkante der Wand auf.

Er hob sie hoch und sie versuchte sich zu wehren, doch er war zu kräftig. Fluchend packte er sie um die Taille, klemmte sie sich seitlich unter den Arm und stürzte dann mit ihr nach draußen. Der Wagen war ein anderer als der, in dem er sie entführt hatte. Er öffnete den Kofferraum und schleuderte sie hinein, dann warf er den Kofferraumdeckel wieder zu und sie war abermals von Finsternis umgeben.

Verängstigt rollte sie sich zusammen und presste sich eine Hand gegen den Mund, um ihr Schluchzen zu dämpfen - aus Angst, dass er ihr wehtun würde, wenn sie zu viel Krach machte.

Und dann begann sie zu beten, so fest und inständig wie nie zuvor in ihrem Leben.

Emily *musste* entkommen. Es war ihre einzige Hoffnung.

# 36

Ein paar Telefonate nur und sie wussten, dass der echte Marazzio tatsächlich nicht wieder aufgetaucht war. Dubose hatte gelogen.

Larry ging die Aufstellung der Verbindungen durch, die er endlich doch noch von der Telefongesellschaft bekommen hatte, und verglich sie mit den Namen in Duboses Tischkalender. »Der hier taucht immer wieder auf«, brummelte er laut denkend vor sich hin: »Eric Boudreaux. Die herausgerissene Seite war vom Tag nach seinem Tod. Wenn ich das Durchgedrückte richtig entziffere, dann stand da ›Eric Boudreaux, 2.00 Uhr‹. In der Liste steht, dass Boudreaux am Tag vor dem Mord aus Frankreich angerufen hat.« Er blickte zu Tony hoch, der gerade ein paar Unterlagen durchging, die sie aus der Galerie mitgebracht hatten. »Hast du schon was über ihn?«

»Ja.« Tony sah auf und stützte das Kinn müde in die Hand. Er schob ein paar Papiere hin und her und sah in seinen Notizen nach.

»Er ist in Frankreich Museumsdirektor. Keinerlei Vorstrafen und auch sonst nichts Ungewöhnliches.«

»Meinst du, Dubose wollte mit ihm telefonieren? Oder hatte er vor, sich persönlich mit ihm zu treffen?«

Tony griff zum Telefonhörer. »Das werden wir gleich haben.«

Er wählte die Nummer der Auslandsvermittlung, meldete das Gespräch an und wartete. Nachdem es etliche Male geläutet hatte, meldete sich eine Frau auf Französisch.

»Eric Boudreaux, bitte«, sagte Tony.

Sie antwortete etwas auf Französisch, das Tony nicht verstehen konnte. Er schloss die Augen. »Entschuldigen Sie bitte. Sprechen Sie Englisch?«

»Ein wenig«, sagte sie mit starkem Akzent. »Äh . . . Monsieur Boudreaux ist . . . nicht da . . . nicht in der Stadt . . .«

»Nicht in der Stadt? Wo ist er denn?«

»*Les Etats-Unis.* In Florida.«

Tony zog die Augenbrauen hoch und sah zu Larry. »Wissen Sie zufällig, wo genau?«

»Non, Monsieur. Ich kann ihn lassen . . . zurückrufen? Ja?«

»Danke, nicht nötig. Vielen Dank.« Er legte auf und blickte zu Larry hoch. »Zehn gegen eins, dass unser Mann jetzt im Augenblick hier in St. Clair ist.«

»Du meinst also, der Termin war ein persönliches Treffen?«

»Vielleicht hat er ihn ja ein bisschen vorverlegt.«

Larry dachte einen Augenblick lang darüber nach. »Ich würde sagen, wir sollten uns mal mit ihm unterhalten.«

»Und zwar zügig«, pflichtete Tony ihm bei und stand auf. »Sag Bescheid, dass uns jemand ablöst, während wir ihm einen Besuch abstatten. Ich werde inzwischen herausfinden, in welchem Hotel er wohnt.« Er nahm den Hörer und begann zu wählen. »Ach, und frag Ben, ob er irgendwas über diesen Vogel weiß. Vielleicht weiß er was, das wir nicht wissen. Und beeil dich.«

Larry lief schnell in die Küche, wo Sharon und Ben mit versteinerten Gesichtern dasaßen und sich über ihren Tassen anschwiegen, in denen der Kaffee kalt wurde.

»Eric Boudreaux«, sagte Larry und stützte sich dabei mit beiden Händen auf den Tisch. »Was wissen Sie über ihn?«

Ben zuckte die Achseln. »Er ist ein bekannter Kunsthändler.«

»Bekannt in welcher Hinsicht?«

»Er hat einige ziemlich erstaunliche Käufe getätigt.« Plötzlich fiel ihm etwas ein und er richtete sich auf. »Vor ein paar Jahren hat er einen der verschollenen Monets gefunden.«

Larry versuchte sich Klarheit darüber zu verschaffen, was das heißen könnte. »Wo hat er ihn denn gefunden?«

»Soviel ich weiß hatte er das Bild auf einer Nachlassversteigerung erstanden. Er sagte, der Erblasser habe es gehabt, aber niemand wisse, woher. Es sei keinem aufgefallen, dass es ein echter Monet war, einer von den verschwundenen. Er selbst habe es sofort gewusst und die Gelegenheit beim Schopf gepackt.«

Larry ging zum Telefon und wählte die Nummer des Reviers. Während er wartete, fragte er: »Ist diese Geschichte jemals überprüft worden? Gibt es eine Bestätigung darüber, wo er ihn gefunden hat?«

»Was meinen Sie damit?«, wollte Ben wissen.

»Na, hat sich jemand davon überzeugt, dass er ihn nicht selbst gestohlen hat oder vielleicht mit gestohlener Ware gehandelt hat?«

Ben stieß ein heiseres Lachen aus. »Bei dem ganzen Trara um den Fund hat es wohl die wenigsten interessiert, wie genau er drangekommen ist. An Kunstdiebstahl verdienen eine Menge Leute, und selbst wenn man die Beteiligten erwischt, werden sie nur selten gerichtlich belangt. Die Entdeckung eines gestohlenen Monets ist eine ziemlich große Sache.«

Larry hatte inzwischen telefonisch Ablösung angefordert, und als er aufgelegt hatte, drehte er sich wieder zu ihnen um. Er begann auf und ab zu gehen und versuchte die Informationen sinnvoll zusammenzusetzen. »Okay, tun wir einfach mal so, als ob. Sagen wir, dass Dubose ein bedeutendes Original hatte. Und weiter, dass er, um es zu verkaufen, diesen Boudreaux kontaktiert hat. Was stand noch gleich in dem Buch, für wie viel der echte verschollene Marazzio über den Tisch gehen könnte?«

»So um die zwanzig Millionen vermutlich.«

Larry stieß einen Pfiff aus.

Sharons Interesse war geweckt und sie stand auf. »Sie glauben, dass dieser Boudreaux der Mörder ist? Dass er Christy und Emily hat?«

»Nein, langsam. Das ist nur eine Ahnung. Eine Möglichkeit.«

»Aber warum sollte er Dubose wegen des Bildes umbringen? Warum es ihm nicht einfach abkaufen?«

»Vielleicht war die Gewinnspanne größer, wenn er den Zwischenhändler ausschaltete.«

Ben dachte eine Weile darüber nach. »Sie meinen also, Boudreaux ist der Killer?«

»Ich will's mal hoffen.« Larry sah den Streifenwagen vorfahren und gleich darauf kam Tony herein.

»Er ist im Biltmore. Lass uns fahren.«

»Ich komme mit!«, sagte Sharon und lief zur Küchentür hinaus.

Tony fing sie mit einem Arm ab und zog sie zurück. »O nein, das werden Sie nicht. Lassen Sie *uns* unsere Arbeit erledigen, Sharon.«

»Aber die Kinder sind vielleicht bei ihm!«

»Wir melden uns bei Ihnen, wenn wir was in Erfahrung bringen«, sagte er beschwichtigend. »Vertrauen Sie uns einfach.«

Widerstrebend ging sie wieder zurück. »Rufen Sie uns sofort an, wenn Sie irgendwas herausfinden! Bitte!«

»Versprochen«, sagte Tony und dann liefen sie zu ihrem Wagen.

## 37

Emily hörte seine Schritte näher kommen. Außer Atem rannte sie weiter. Sie schlängelte sich zwischen Bäumen und Sträuchern hindurch, sprang über Baumstämme, hetzte durch Dornengestrüpp.

Sie schrie beim Laufen und warf immer wieder einen Blick über die Schulter. Noch konnte sie ihn nicht sehen – was bedeutete, dass auch er sie nicht sehen konnte. Bald würde sie bei dem Haus dieser netten Frau sein, von der sie und Christy gesprochen hatten, und sie könnte von dort aus die Polizei verständigen und die würde kommen und sie abholen, um sie wieder nach Hause zu bringen.

Doch das Haus wollte und wollte nicht auftauchen. Stattdessen wurde der Wald immer dichter – ein Gefängnis aus Bäumen, das Emily umso mehr Angst machte, je weiter sie hineinlief. Sie konnte sein Keuchen hören, seine schnellen, schweren Tritte . . .

Sie blickte sich um und konnte ihn noch immer nicht sehen, doch sie konnte hören, wie er näher kam. Sie rannte immer weiter, schlüpfte unter Ästen und Ranken hindurch.

Dann blieb sie stehen.

Sie stand am Rand einer Wasserrinne und blickte in den Strom hinab, der vorbeischäumte. Würde er zu tief sein, wenn sie dort hinunterrutschte? Nein, das ging nicht - da unten war nichts, wo sie sich verstecken konnte. Er würde sie entdecken, hinter ihr herrutschen, sie erwischen.

Voller Panik drehte sie sich um und suchte nach einem Versteck. Neben dem Einschnitt stand ein Baum mit niedrigen Ästen. Ohne nachzudenken, begann sie hinaufzuklettern. Sie kletterte von einem großen Ast zum nächsten, stieß dabei kleinere, von Ranken umwucherte Äste beiseite, kletterte immer höher und höher, dorthin, wo der Mann niemals suchen würde.

In der Gewissheit, dass sie durch das Laub und Kletterpflanzengewirr unter sich nicht zu sehen war, suchte sie sich einen stabilen Ast, setzte sich darauf und hielt den Atem an.

Binnen Sekunden war der Mann unter ihr. Sie sah, wie er an den Rand der Wasserrinne kam und beinahe hinabstürzte. Doch er fing sich wieder. Einen Augenblick lang stand er regungslos da, blickte suchend nach links und rechts in die Rinne, doch dann drehte er sich um.

Als er in die Bäume hochblickte, machte sie sich so klein, wie sie konnte. Sein Blick strich an ihr vorbei und sie stieß einen lautlosen Seufzer der Erleichterung darüber aus, dass er sie nicht entdeckt hatte.

Er ging langsam durch das Unterholz zurück, auf dem gleichen Weg, den er gekommen war, und sie wartete, bis er außer Sichtweite war.

Sie dachte, dass ihr jetzt nichts mehr passieren konnte - bis sie zu den Ästen hinabsah, an denen sie hier hinaufgeklettert war. Sie war sich nicht sicher, ob sie den Mut haben würde, wieder hinunterzusteigen. Würde sie hier bleiben müssen, in diesem gruseligen Baum, selbst wenn es dunkel wurde? Was aber, wenn niemand sie fand?

Sie steckte sich den dreckigen, blutverkrusteten Daumen in den Mund, zog ihn aber hastig wieder heraus. Sie wischte eine Schmiere aus Schmutz und Blut in ihr Shirt und unternahm dann einen neuen

Anlauf. Der dreckige Daumen spendete ihr etwas Trost, aber das hatte nur zur Folge, dass sie noch heftiger zu weinen begann.

Papa würde sie schon irgendwie finden, sagte sie sich. Das hier war zwar schwieriger als Verstecken spielen, aber auch wichtiger. Er musste sie beide retten. Er musste.

*Mach schnell, Papa. Beeil dich.*

## 38

Die Tür zum Hotelzimmer, in dem Eric Boudreaux wohnte, wurde nicht aufgemacht. Larry und Tony klopften noch einmal, dann sahen sie den Hoteldirektor an, der sie hinaufbegleitet hatte. »Wir haben einen Durchsuchungsbeschluss für dieses Zimmer«, sagte Larry und ließ kurz das Blatt sehen, das sie auf dem Weg zum Hotel bei einem Richter abgeholt hatten. »Könnten Sie uns bitte aufschließen?«

»Sicher. Aber er ist nicht da. Er ist abgereist.« Der Hoteldirektor nahm seinen Schlüssel und öffnete die Tür. Er bedeutete ihnen mit einer Handbewegung, dass sie hineingehen könnten, und fragte dabei: »Hat er irgendwas ausgefressen?«

»Das wissen wir noch nicht«, meinte Tony. »Vielen Dank für Ihre Hilfe.« Tony sah sich im Zimmer um. Es war nach der Abreise des Gastes noch nicht gereinigt worden, doch der Mann hatte wenig hinterlassen. Tony ging zum Abfalleimer und beugte sich darüber, während Larry das Bad inspizierte.

»Zumindest haben wir hier ein paar Fingerabdrücke«, sagte Larry.

Tony nickte und sichtete dabei die diversen Zettel, die Boudreaux weggeworfen hatte. Der Kontrollabschnitt einer Bordkarte der Delta-Fluggesellschaft, ein paar Rechnungen mit Kreditkartennummern, eine zusammengerollte Zeitung, ein kleines Blatt Papier mit einer Nummer darauf.

»He, Larry. Hier ist eine Telefonnummer. Drei Mal darfst du raten, welche.«

»Die Nummer der Galerie?«

»Treffer!«

»Na, das hat nicht unbedingt etwas zu sagen. Dass er einen Termin mit Dubose hatte, wussten wir ja schon.«

»Auf dem Zettel hier steht der Name John Lieber.«

»Nimm ihn mit, wir informieren uns über ihn.« Er sah sich um. »Keinerlei Anzeichen dafür, dass Kinder hier waren.«

»Natürlich nicht. Wenn er sie hat, dann irgendwo anders.«

Tony nahm die Zeitung und schüttelte sie aus. Es war die Ausgabe vom Mordtag und sie war so gefaltet, dass Duboses Foto oben war. »Jedenfalls weiß er über den Mord Bescheid. Da gibt's schon mal keinen Zweifel.«

»Wo steckt er wohl jetzt?«

»Gute Fage. Wir sollten lieber sämtliche Flüge überprüfen, die in den nächsten Stunden abgehen. Vielleicht ist er ja schon auf dem Flughafen.«

»Und was ist mit den Kindern?«

Tony schüttelte den Kopf. »Wer weiß?«

## 39

Es kam Emily so vor, als ob sie sehr lange gewartet hätte, doch je länger sie dort hockte, umso mehr Angst bekam sie. Sie hatte mal in einer Sendung über Schlangen gesehen, dass die sich am liebsten in Bäumen versteckt hielten. Sie hatte den Mann nicht mehr gehört, seit er wieder im Wald verschwunden war, und sie hoffte, dass er die Suche aufgegeben hatte und zum Wagen zurückgekehrt war.

Sie streckte den Fuß nach dem nächsttieferen Ast aus und stieg hinunter. Zitternd und schwitzend schaffte sie es auf einen weiter hinab, und dann auf noch einen. Sie blickte sich suchend nach etwaigen Schlangen um und sah, wie sich etwas im Laub bewegte. Schnell machte sie noch einen Schritt.

Von Angst getrieben kletterte sie Ast für Ast weiter hinunter. Ein dünner Ast brach unter ihr und sie kam ins Rutschen, konnte sich aber noch rechtzeitig festhalten. Sie fand wieder Halt mit dem Fuß und setzte ihren Abstieg fort.

Als sie mit den Füßen den Boden berührte, atmete sie erleichtert auf. Leise kroch sie wieder an den Rand der Wasserrinne. Sollte sie hinuntergleiten, in der Hoffnung, dass das Wasser seicht war, und dann die andere Seite hinaufkriechen? Käme sie so nur noch tiefer in den Wald hinein oder wieder zur Straße? Wo waren überhaupt die Häuser, über die sie mit Christy gesprochen hatte?

Sie beschloss sich in den Graben gleiten zu lassen, denn zu dem Schuppen wollte sie ganz bestimmt nicht zurück. Sie sah sich nach etwas um, worauf sie runterrutschen könnte, fand aber nichts Passendes. Sie setzte sich, rutschte an den Rand . . .

Zwei Hände packten sie von hinten und sie stieß einen schrillen Schrei aus.

»Hab ich dich, du kleine Göre!«, sagte Chamberlain, hob sie hoch und klemmte sie sich unter den Arm. »Dir werd ich helfen, einfach wegzulaufen!«

Sie schrie immer weiter, bis er eine Hand auf ihren Mund presste und sie so zum Schweigen brachte. Sie biss ihn und er riss die Hand weg, worauf sie weiterschrie.

Diesmal stopfte die Hand ihr ein Taschentuch in den Mund, bevor sie ihn wieder zupresste. Sie konnte nicht beißen und bekam auch kaum noch Luft, da die große Hand gegen ihre Nase drückte.

Er lief zwischen den Bäumen hindurch, ohne auf die Sträucher und Dornen zu achten, die sich in ihrer Kleidung verfingen und ihre Haut zerkratzten. Als sie an den Waldrand kamen, sah sie den Schuppen und das Auto, aber keinerlei Anzeichen von Christy.

Sie erreichten den Wagen und er öffnete den Kofferraum.

Christy setzte sich auf, sah sich blinzelnd um und begann dann zu schreien. Er stieß sie wieder hinein und warf Emily hinterher. Als er den Kofferraum wieder zumachen wollte, rief Christy: »Nein, bitte! Wir sind von jetzt an brav. Versprochen. Wir laufen nicht noch mal weg. Bitte lassen Sie uns nicht hier drin!«

»Halt's Maul!«, zischte er. »Und wenn du in der Stadt auch nur einen Mucks von dir gibst, halt ich an und bring euch beide um. Ist das klar?«

Christy und Emily blickten in seine funkelnden, blauen Augen hoch. »Ja«, wimmerte Emily und Christy nickte wortlos.

»Legt euch hin«, sagte er und die beiden gehorchten.

Er knallte den Kofferraumdeckel zu und Sekunden später wurde der Motor angelassen.

# 40

Tony und Larry waren gerade wieder bei Sharon, da klingelte das Telefon. Die zwei Polizisten, die neben dem technischen Gerät gewartet hatten, schalteten das Tonband ein, veranlassten über ihre eigene Leitung die Aktivierung der Fangschaltung und bedeuteten dann Ben, den Hörer abzuheben.

»Hallo?«

»Ich verliere allmählich die Geduld und für deine Mädchen wird die Zeit knapp.«

Ben schloss die Augen und gab Sharon und Anne mit einem Kopfnicken zu verstehen, dass er es war. Sie rannten beide nach nebenan, um das Gespräch übers Tonband mitzuhören.

»Hören Sie«, sagte Ben, »Sie wollen doch offensichtlich ein Gemälde haben. Ich gebe Ihnen alles, was ich habe. Wollen Sie den Marazzio?«

Der Mann lachte. »Schlaues Kerlchen.«

»Wenn ja, dann hat Dubose ihn genommen. Ich weiß nicht, was er damit gemacht hat.«

»Du hast Zeit bis heute Abend halb zwölf, Robinson. Ich ruf dich später noch mal mit den genauen Einzelheiten an. Halt dich bereit.«

Es klickte in der Leitung und einer der Beamten fluchte. »Zu schnell! Er weiß, dass wir seine Anrufe zurückverfolgen, deshalb macht er es kurz.«

Ben ließ sich am Küchentisch niedersinken. »Was soll ich nur machen?«

»War das der Entführer, Papa?«

Es war Jenny, die im Morgenmantel in der Tür stand, zum ersten Mal wach, seit ihr die Beruhigungsmittel gegeben worden waren. Ihre Augen waren gerötet und verquollen und sie sah blass aus. Sie hatte seit zwei Tagen nichts mehr gegessen und er nahm an, dass sie auch jetzt noch nichts hinunterbringen würde. Ben stand auf und nahm sie in den Arm. »Ja, Schatz.«

»Was hat er gesagt?«, wollte sie wissen und begann zu weinen. »Bringt er sie zurück?«

»Vielleicht heute Abend.« Er wandte sich wieder zu den Polizisten, die um das Tonband herumsaßen. »Es muss der Marazzio sein. Was ist, wenn wir noch mal versuchen ihn zu täuschen? Wenn wir ein anderes Bild nehmen und so tun, als wäre es das richtige? Beim letzten Mal wusste ich ja nicht, welches Format das Bündel in dem Kleidersack haben sollte. Aber wenn es der Marazzio ist, dann weiß ich, dass es eine ungefähr ein Meter zwanzig lange Rolle war. Vielleicht können wir es so arrangieren, dass der Austausch stattgefunden hat, *bevor* er merkt, dass es nicht das richtige Bild ist.«

Tony warf Larry einen Blick zu. »Kommt drauf an, Ben. Das hängt zum Beispiel von seiner Übergabemethode ab. Wir müssten sicher sein, dass er uns die Kinder aushändigt, bevor er den Schwindel entdeckt, ansonsten könnte er so wütend werden, dass er ... sich rächt. Wir wissen auch noch nicht, wo Sie das Bild hinbringen sollen.«

»Aber begreifen Sie denn nicht, dass ich keine andere Wahl habe!«, beteuerte Ben. »Irgendetwas muss ich machen. Ich habe das Bild nicht, also muss ich etwas anderes bringen.«

»Da hat er Recht, Tony.«

»Na schön«, meinte Tony. »Dann lasst uns ein Bild auftreiben und es fertig machen.«

Jenny fing an zu weinen und schlang die Arme um ihren Vater. »Ich habe für dich gebetet, Papa.«

»Bete nicht für mich, sondern lieber für deine Schwestern.«

»Hab ich, Papa. Es tut mir so schrecklich Leid. Das ist alles meine Schuld.«

»Schatz, hör auf. Ich habe dir doch gesagt, dass das nicht stimmt.«

Sharon zog Jenny von ihrem Vater weg und nahm sie in den Arm, während er sich seelisch auf den nächsten Anruf vorbereitete.

☆

Sharon kauerte allein auf dem Sofa und wartete wie alle anderen im Haus darauf, dass das Telefon klingelte. Tony kam herein, und als er sie sah, setzte er sich neben sie.

»Alles klar?«, fragte er.

»Ja«, log sie. »Und bei Ihnen?«

»Ich putsche mich gerade für die große Jagd heute Abend auf. Wir bekommen die Mädchen wieder, Sharon. Ich bin mir ganz sicher.«

Sie ließ den Blick zu irgendeiner unsichtbaren Stelle im Raum wandern. »Sie müssen.«

Er nahm ihre Hand und spielte sachte mit ihren Fingern. »Sie sind sehr stark, wissen Sie das?«

»Was bleibt mir auch anderes übrig?«

»Sie könnten auch zusammenklappen. Das ist normalerweise so, glauben Sie mir. Die meisten Mütter wären inzwischen hysterisch geworden.«

»Wie gut, dass Sie so ein schlechtes Gedächtnis haben.«

»Zugegeben, Sie waren ein paar Mal kurz davor, aber es hätte schlimmer kommen können.« Er sah sie einen Moment lang an, und ihm fiel zum ersten Mal auf, wie hübsch sie eigentlich war. Ihre Schönheit war bemerkenswert, wenn auch nicht nach den Kriterien, nach denen er Schönheit normalerweise beurteilte. Ihre Schönheit hatte einen Zug von Intelligenz, von Würde, und wenn er sie nicht in so einem verwundbaren Zustand kennen gelernt hätte, hätte er sie wahrscheinlich einschüchternd gefunden.

»Erzählen Sie mir von Christy«, sagte er. »Ist sie clever? Sportlich?«

»Ich glaube schon, dass sie ziemlich klug ist. Sie ist zwar erst in der ersten Klasse, aber sie liest schon, seit sie vier ist.«

»Ich meinte eher, was das Denken angeht.«

»Ja, doch, sie denkt ziemlich vernünftig. Manchmal ist sie fast ein bisschen altklug. Jenny ist immer Klassenbeste gewesen und ich habe das Gefühl, Christy wird in ihre Fußstapfen treten. Sie kann auf Spanisch bis fünfzehn zählen, auf Französisch bis zehn . . . und sie kann sämtliche Staaten in alphabetischer Reihenfolge, weil Jenny ihr ein Lied darüber beigebracht hat. Zur Zeit sind sie bei den Präsidenten.«

»In der Schule?«, fragte Tony verblüfft. »In der ersten Klasse lernen die schon sämtliche Präsidenten?«

»Nein. Jenny bringt sie ihr bei. Christys Gedächtnis ist ziemlich gut.«

»Hört sich an, als ob sie im Notfall durchaus auf sich aufpassen könnte.«

Sharons Blick verschleierte sich. »Ich denke schon«, sagte sie leise. »Und kräftig ist sie auch. Sie klettert ständig in ihr Baumhaus rauf. Sie läuft sehr schnell und ist eine gute Schwimmerin.«

Tony lächelte. »Gut. Genau das wollte ich hören. Ich habe das Gefühl, sie ist ein sehr interessantes Kind.«

»Das stimmt. Sie würden sie bestimmt mögen.«

»Ich hoffe doch sehr, wenn das alles vorbei ist und sie wieder gesund und munter zu Hause ist, werden Sie mir Gelegenheit geben, sie kennen zu lernen.«

»Natürlich. Wenn Sie wirklich möchten.«

»Das will ich.« Er schaute auf ihre Hand und flocht seine Finger in ihre.

Sie sah zu ihm hoch. Ihr Blick war ernst. »Wer sind Sie, Tony Danks? Sind Sie in festen Händen? Allein stehend?«

Er lachte leise. »Weder noch.«

»Warum nicht? Warum haben Sie nie geheiratet?«

»Ich habe nie die Richtige gefunden. Davon abgesehen hat mich die Ehe nie besonders gereizt. Sämtliche mir bekannten Polizisten, die verheiratet waren, sind am Ende geschieden worden. Larry ist die Ausnahme, aber der ist auch noch frisch gebackener Ehemann. Er hat noch Zeit.«

»O-oh. Ein Zyniker.«

»Eigentlich nicht.« Es passte ihm gar nicht, dass sie ihn so sah. »Nur ein Realist. Ich habe nur ungern Vertrauen in etwas, das mich eventuell hängen lässt.«

»Und dann sitzen Sie hier und bitten mich, Ihnen zu vertrauen.«

Er lächelte. »Ja, weil ich Sie nicht hängen lassen werde. Sie können Vertrauen zu mir haben und sich sicher sein, dass ich mein Bestes tun werde.«

»Aber alles können Sie nicht im Griff haben. Es gibt zu viele Faktoren, die außerhalb ihrer Kontrolle liegen. Richtiges Vertrauen kann ich daher nicht in Sie haben.«

Er wirkte gekränkt, doch sie fuhr beharrlich fort. »Ich kann nicht jemandem vertrauen, der nicht alles im Griff hat.«

»Nun, die Kontrolle hat hier eigentlich niemand, außer dem Kidnapper.«

»Nein. Das meint er nur.«

»An irgendwen *muss* man doch glauben.«

»Ich glaube an Gott. Er weiß, wo die Kinder sind.«

Er ließ diese Aussage einen Moment lang so im Raum stehen,

dann fragte er: »Wie kommt es dann, dass Sie noch immer keine Ruhe haben?«

»Weil ich schwach bin«, sagte sie leise.

Tony stand auf und ging zum Fenster. Er betrachtete den Überwachungswagen, der draußen darauf wartete, dass irgendetwas geschah. »Ich glaube nicht besonders an Gott, Sharon. Ich habe zu viel auf eigene Faust erledigen müssen.«

»Vielleicht dachten Sie nur, dass Sie das müssten. Aber Gott bleibt immer Gott, egal ob Sie nun an ihn glauben oder nicht.«

Er wandte sich wieder zu ihr um. »Und was ist, wenn wir die Mädchen nicht finden, Sharon? Wenn die Sache schlimm ausgeht? Glauben Sie dann auch noch, dass Gott alles im Griff hat?«

Er hatte sich nicht klargemacht, wie grob diese Bemerkung war, und sie sah entsetzt zu ihm hoch. »Es kann nicht schlimm ausgehen, Tony. Sehen Sie? Sie fangen bereits an aufzugeben. Und da erwarten Sie von mir, dass ich Ihnen vertraue?«

»Nein, ich gebe überhaupt nicht auf. Es wird nicht schlimm ausgehen. Ich versuche lediglich, etwas zu klären. Was ist mit all den anderen Eltern, die Kinder verloren haben? Hat Gott da auch alles im Griff gehabt?«

Sie wischte sich eine Träne aus dem Auge. »Ja, daran glaube ich fest.«

»Hat er alles im Griff gehabt, als dieser Mann Ihr Kind in seinen Wagen gelockt hat?«

Es war fast so, als ob er sie in die Knie zwingen wollte und sie herausschreien sollte, dass Gott nichts mehr im Griff hatte und das Chaos regierte.

»Ich weiß nicht, was Sie von mir hören wollen, Tony«, sagte sie mit unsicherer Stimme. »Die Tatsache, dass ich ein Nervenbündel bin, nimmt Gott nichts von seiner Macht. Es beweist lediglich, wie schwach mein Glaube ist. Das ist eine Anklage gegen mich, nicht gegen Gott.«

»Schwacher Glaube?«, fragte er. Seine Stimme nahm einen sanfteren Ton an, denn er bemerkte, dass er zu schroff klang. »Ihr Glaube ist nicht schwach. Er ist stark wie ein Fels.«

»Nein«, flüsterte sie. »Wenn es so wäre, würde ich ehrlich darum bitten, dass sein Wille geschehen möge. Ich bin mir aber nicht sicher, ob ich das schon kann – weil ich nicht weiß, was sein Wille ist.«

Sie schluckte. »Ich bin einfach noch nicht an dem Punkt, wo ich Gott vertrauen kann, auch wenn er mir mein Kind wegnimmt, selbst wenn es einem übergeordneten, göttlichen Zweck dient. Ich will meine Kleine nicht verlieren!«

Er setzte sich wieder und zog sie an sich. Zum ersten Mal seit seiner Kindheit erwog er zu beten. Dann aber fragte er sich, was er sagen würde. *Gott, ich fürchte, ich glaube nicht mal an dich, aber Sharon tut es, wenn du also zuhörst . . .*

Klar. Als ob Gott so einem Gebet zuhören würde. Doch das Gefühl, dass seine Gebete nichts taugten, dass es keinerlei Möglichkeit gab, wie er sich an den Schöpfer wenden konnte, in den Sharon all ihr Vertrauen setzte, ließ ihn sich so hilflos vorkommen.

Er ließ das Kinn auf ihren Scheitel sinken, während sie ihren Tränen freien Lauf ließ. Je heftiger sie weinte, desto dürftiger kam er sich vor. Er schloss die Augen. *Gib uns ein Wunder, Gott. Bring die Kinder zurück. Tu es für Sharon.*

Wenn es einen Gott gab, würde er dann nicht ein Gebet für Sharon, die so inbrünstig an ihn glaubte, erhören?

Aber stieß Christen nicht auch Schlimmes zu? Widerfuhren ihnen nicht Katastrophen wie jedem anderen auch? Lagen sie nicht genauso in Krankenhäusern und Leichenhallen? Wurden ihre Gebete nicht erhört?

Der Gedanke, dass ihr Glaube vielleicht nicht den leisesten Unterschied machte, behagte ihm gar nicht. Es wäre schön, wenn das Gegenteil der Fall wäre. Nach all den Jahren, in denen er auf sich selbst gestellt gewesen war, hätte er etwas brauchen können, woran er glauben konnte. Wenn er nur ein Zeichen bekäme . . .

Aber er konnte nicht darauf vertrauen, dass Gott die Kinder zurückbrachte. Er konnte nur auf sich selbst zählen, auf seine Erfahrung und auf die Pistole in seinem Schulterhalfter. Er konnte sich nur auf Glück und eine solide Planung verlassen.

Sharon machte sich von ihm los und wischte sich die Tränen aus den Augen. »Ich tue das sonst nie.«

»Was?«

»Weinen. Öffentlich, vor einem Fremden, wie bei Ihnen. Wie es aussieht, breche ich jedes Mal, wenn ich in Ihrer Nähe bin, zusammen. Sie dürfen nicht glauben, dass dies mein wahres Ich ist.«

»Nicht?«, fragte er scharfsichtig. »Sie sind also keine einfühlsame, liebevolle, schöne Frau, die ihre Kinder mehr liebt als sich selbst?«

Sie lächelte trotz ihrer Tränen. »Sie sind süß, wissen Sie das?« Dann setzte sie sich aufrecht hin und schüttelte den Kopf. »Ich weiß auch nicht, wieso ich mich bei Ihnen wohl genug fühle, um mein Innerstes nach außen zu kehren.«

»Weil Sie für die anderen im Haus die Starke sein müssen«, sagte er.

»So, daran liegt es?«, fragte sie und schniefte. »Wieso sollte es so sein?«

»Nun, in Gegenwart ihres Ex-Mannes dürfen Sie keine Schwäche zeigen, weil es angesichts Ihrer beider Vergangenheit zu schmerzlich wäre. Da darf die Mauer nicht fallen, zu Ihrem eigenen Schutz, denk ich mir.«

Sie hob herausfordernd den Kopf und sah ihn mit zusammengekniffenen Augen an. »Ist das so, Dr. Freud?«

»Ja«, sagte er bestimmt. »Und in Gegenwart von Anne dürfen Sie sich auch keine Blöße geben, weil Sie ihren Schmerz nicht spüren wollen. Dann wären Sie nämlich gezwungen, Mitgefühl mit ihr zu zeigen, und Sie müssen sich an Ihrer Verbitterung festhalten. Das ist auch ein Abwehrmechanismus.«

Sie stand auf. »Ach, das ist doch lächerlich. Sie vergessen, dass meine Tochter auch hier im Haus ist. Hege ich ihr gegenüber etwa auch eine tief sitzende Verbitterung?«

»Nein. Aber in ihrer Gegenwart müssen Sie stark sein, damit sie sich an Ihnen festhalten kann. Ich habe gesehen, dass Sie bei Lynda Barrett kurz vor dem Zusammenbruch waren, aber Sie haben sich zusammengerissen – wahrscheinlich weil Ben und Anne und all die anderen dabei waren.«

»Und weil sonst keiner mehr da war, habe ich mit Ihnen vorlieb genommen, meinen Sie. Ich hätte mich also bei jedem Polizisten ausweinen können, ja? Zum Beispiel auch bei Larry?«

»Ich seh besser aus.«

Sie musste unwillkürlich lachen. »Obwohl ich Ihr ganzes Szenario für einen Haufen Quatsch halte, finde ich, dass Sie sich unter Wert verkaufen. Tatsache ist, dass Sie etwas Besonderes haben. Ich habe gespürt, dass ich bei Ihnen ich selbst sein kann. Sie haben mich verstanden.«

»Teilweise, schon möglich. Jedenfalls bin ich froh, dass Sie sich bei mir wohl gefühlt haben. Setzen Sie sich.«

Sie ließ sich mit einem Riesenseufzer wieder auf die Couch sinken. Er begann ihre Schultern zu massieren, um die Anspannung zu lösen, die sich bei ihr in Hals und Schulterpartie festgesetzt hatte. »Es gibt ein paar Dinge, denen sollte eine Frau einfach nicht allein ins Auge sehen müssen«, sagte er leise.

Ihre Miene wurde wieder ernst, während sie sich unter seinen Händen entspannte. Ein schönes Gefühl, dachte sie - von zärtlichen Händen berührt zu werden, von einer sanften, männlichen Stimme angesprochen zu werden. Ein Teil von ihr hätte sich am liebsten in die davon ausgehende Wärme und Behaglichkeit geschmiegt, sich in der Stärke verborgen. Ein anderer aber sagte ihr, dass es nur ein Hirngespinst war. Er glaubte nicht an Gott, und ohne diese Grundlage würde es nicht funktionieren.

Larry kam herein und starrte sie verblüfft an. »Entschuldigt«, sagte er. »Ich hatte nicht vor zu stören.«

»Ich habe bloß Sharons Schultern massiert«, sagte Tony und ließ sie los. »Nichts Wichtiges.«

Larry funkelte ihn einen Augenblick lang wütend an. »Kann ich mal kurz mit dir reden, Tony? Im Esszimmer?«

»Ja, klar.« Tony stand auf, zwinkerte Sharon zu und ging dann mit Larry hinaus.

Als sie im Esszimmer ankamen, kochte Larry vor Wut. »Was in aller Welt denkst du dir eigentlich dabei?«

Tony blickte sich unschuldig um. »Wovon redest du?«

»Wie du da so mit ihr sitzt, ihr die Schultern reibst . . .«

»Sie ist angespannt und aufgewühlt. Ich habe versucht zu helfen.«

»Du hast versucht sie rumzukriegen, Tony«, sagte Larry leise. »Und das finde ich absolut übel. Ihr Kind ist entführt worden und sie kann nicht klar denken. Wie kannst du auch nur daran *denken*, eine Frau in ihrem Gemütszustand auszunutzen?«

Tony wollte seinen Ohren nicht trauen. Er starrte seinen Partner fassungslos an und sein Gesicht verfärbte sich. »Du hast vielleicht Nerven. Wenn ich mich recht entsinne, bist du derjenige, der sich mit Tatopfern einlässt, nicht ich. Wirf mal einen Blick auf den Ring an deinem Finger, falls du das vergessen haben solltest!«

»Ich habe niemals jemanden ausgenutzt, Tony. Ich schlage nicht zu, wenn sie schon am Boden liegen.«

»Nein, aber du hast ihnen ganz sicher deine Schulter zum Dranausweinen angeboten. Wieso ist das bei *mir* denn so verwerflich? Hast du mal eine Minute darüber nachgedacht, dass ich aufrichtiges Mitgefühl für sie empfinden könnte? Dass ich vielleicht auch diese Begabung haben könnte, die du hast - jemanden zu trösten, der mit seiner Weisheit am Ende ist?«

»Lass dich nicht mit den Opfern ein, Tony. Genau das hast du mir immer gesagt.«

»Eben. Und wann hast du bitte schön das letzte Mal auf mich gehört?« Tony machte kehrt und ging zur Tür, blieb dort aber stehen und wandte sich noch einmal um. »Du kotzt mich an, weißt du das? Du glaubst, bloß weil du irgendein großer Christ bist, sind deine Motive edel und meine nicht. Du glaubst, wenn *du* jemanden tröstest, dann nur, weil du ein barmherziger Samariter bist - aber wenn ich eine Frau tröste, versuche ich sie ins Bett zu kriegen.« Wütend schob er einen Stuhl an den Tisch, dann senkte er seine Stimme zu einem scharfen Flüstern und fuhr fort.

»Ich will dir mal was sagen, Kollege: Ich kann das gleiche Mitgefühl empfinden wie du! Und meine Motive können genauso edel sein wie deine! Die Frau da drinnen ist am Boden zerstört und jeder, der das jetzt ausnutzen würde, wäre in meinen Augen der Abschaum der Menschheit. Ich werde mich durch deine Wahnvorstellungen nicht davon abhalten lassen, ihr ein bisschen Trost zu spenden, wenn sie ihn braucht. Sieh dich mal um und sag mir, ob du hier sonst noch jemanden siehst, der ihn ihr geben kann!«

Larry stand einfach nur da, die Hände in den Hosentaschen, und starrte Tony an. Nach einer Weile senkte er den Blick auf die Spitzen seiner Turnschuhe. »Na schön, vielleicht habe ich voreilige Schlüsse gezogen. Dieser Fall macht mich total konfus.«

»Überleg dir mal, wie es *ihr* gehen könnte«, sagte Tony und machte sich auf den Weg in die Halle, um Sharon zu suchen.

# 41

Emily jammerte und heulte. Christy legte die Arme um sie und drückte das Gesicht ihrer Schwester an ihre Brust. Der Wagen fuhr über irgendwelche Unebenheiten, wie Eisenbahngleise, dachte Christy, während sie im Kofferraum durchgerüttelt wurden.

»Schhh, Emily«, flüsterte Christy. »Er hat uns gesagt, wir sollen leise sein. Wenn nicht, bringt er uns um.«

»Er bringt uns so oder so um«, heulte Emily in Christys Shirt. »Christy, Papa kommt nicht, oder?«

»Doch, das tut er. Und wenn nicht er, dann meine Mama. Sie wird nicht zulassen, dass uns was passiert.«

»Aber deine Mami mag mich nicht«, jammerte Emily.

»Wer sagt das?«

»Meine Mama. Sie sagt, eure Mami hasst uns. Deshalb hat sie auch nicht gewollt, dass ich mit dir in die Kirche gehe.«

»Meine Mami hasst niemanden!«

Der Wagen stoppte und Christy hielt ihrer Schwester eilig den Mund zu. »Er hält. Emily, falls du noch mal die Chance kriegst, lauf wieder weg. Wir laufen in verschiedene Richtungen. Er kann uns nicht beide verfolgen.«

»Aber ich hab Angst!«, wimmerte sie. »Ich will hier raus. Ich will nach Hause.«

Der Wagen fuhr wieder an, diesmal auf Schotter, und Christy schüttelte ihre Schwester an den Schultern. »Scht! Heulsuse!«

»Aber er hat mir am Arm wehgetan, als er mich festgehalten hat. Und ich kann mich hier drin nicht bewegen.«

»Wo hat er dir denn am Arm wehgetan? Zeig mal.«

Emily drehte sich auf den Rücken und nahm in der Dunkelheit Christys Hand und ließ sie über ihren Arm fahren.

»Wo tut's denn weh?«

»Überall. Es tut fürchterlich weh.«

»Sicher blaue Flecken. Wenn Vati kommt, kann er sich das angucken.«

»Papa kommt nicht, Christy.« Emilys angsterfüllte Stimme wurde wieder lauter. »Er kann uns sowieso nicht finden. Vielleicht sucht er nicht mal.« Ihr Weinen wurde lauter und Christy zerbrach sich den Kopf, wie sie ihre Schwester beruhigen konnte.

»Scht«, machte sie erneut. »Hör mir nur zu. Ich bring dir jetzt ein Lied bei. Es ist total schwierig, du musst mir also genau zuhören. Es geht so: ›Alabama, Alaska, Arizona, Arkansas . . .‹ Jetzt sing mit. Leise. ›Alabama, Alaska, Arizona, Arkansas . . .‹«

»Ich hab keine Lust.«

»Los! Alabama, Alaska . . .«

»Arizona, Arkansas«, führte Emily leise zu Ende.

»Gut! Als Nächstes kommt ›California, Colorado . . .‹«

Emily hörte zu, versuchte jetzt mitzusingen. Das anstrengende Lernen des Liedes lenkte sie von den beengten Verhältnissen im Kofferraum ab, vom gnadenlosen Holpern der Räder über Schotter und Schlaglöcher und vor der Angst, was der Mann mit ihnen anstellen würde, wenn sie anhielten.

Sie waren bereits bei Hawaii angelangt, als der Wagen schließlich hielt. Sie hörten, wie der Mann die Fahrertür zuknallte und auf den Kofferraum zukam.

## 42

Das Telefon läutete und schlagartig waren alle an ihren Posten. Ben legte die Hand auf den Hörer und wartete auf sein Zeichen. Tony nickte.

Ben hob ab. »Hallo?«

»Könnte ich bitte Detective Danks sprechen?«

Sämtliche Anwesenden atmeten aus. Tony nahm ab und Ben legte dafür auf. »Nur für die«, erklärte Ben Anne, die mit Bobby im Arm ins Zimmer gerannt gekommen war.

»Der ruft *nie* an!«, rief Anne und verpasste dem Stuhl einen Tritt. »Wann meldet er sich denn endlich?«

Sharon lehnte sich erschöpft gegen die Wand und beobachtete die beiden schweigend.

Tony legte auf und griff im Aufstehen nach seinem Jackett. »Gute Neuigkeiten, Leute!«, rief er. »Man hat den Wagen gefunden, mit dem die Mädchen entführt worden sind. Er ist gestern Abend samt Schlüssel bei der Leihwagenfirma abgestellt worden. Er ist im Voraus bezahlt worden, per Kreditkarte. Dreimal dürft ihr raten, auf welchen Namen.«

»Welchen denn?«, fragte Larry.

»Ben Robinson.«

*»Wie?«*, fragte Ben. »Ich bin gestern Abend überhaupt nicht aus dem Haus gewesen! Alle haben mich doch gesehen!«

»Keine Panik. Der Typ, der ihm den Wagen ausgehändigt hat, hat uns eine Beschreibung gegeben und sie passt genau auf den Kidnapper, minus Hut und Sonnenbrille. Er fertigt gerade mit unserem Zeichenkünstler ein Phantombild an.« Er blieb an der Tür stehen und wandte sich noch einmal um. »Wenn das stimmt, Ben, dann wissen wir, wie er die Waffe auf Ihren Namen bekommen hat.«

»Mir ist aber keine Kreditkarte gestohlen worden. Um eine Waffe zu bekommen, hätte er sie doch schon Tage vor dem Mord gebraucht.«

»Wahrscheinlich hat er Ausweise und Kreditkarten fälschen lassen. Soll vorkommen.«

Sharon atmete tief aus. »Gott sei Dank, endlich kommt Bewegung in die Sache.«

»Larry bleibt hier, für den Fall, dass der Entführer anruft«, sagte Tony, schon in der Tür.

»Ich komm mit«, erklärte Ben.

»Nein! Sie müssen hier bleiben – falls er sich meldet! Sobald wir ein Phantombild fertig haben, bring ich's her.«

»Faxen Sie's!«, sagte Sharon. »Vielleicht erkennt Ben den Kerl ja!« Sie lief Stift und Papier holen. »Hier ist meine Fax-Nummer. Es landet direkt hier im Haus.«

Tony schnappte sich den Zettel. »Sobald es fertig ist, fax ich es durch. Larry sagt mir Bescheid, falls sich bei euch irgendwas Neues ergibt.« Ohne eine Antwort abzuwarten eilte Tony hinaus.

☆

Es war schon Jahre her, dass Albert Gates, der zweiundvierzigjährige Leiter der Leihwagenfirmavertretung, eine derartige Aufregung erlebt hatte. Er hätte sich niemals träumen lassen, dass sich der elegante, höfliche Herr, der hier vor einer Woche einen Wagen gemietet hatte, als Kidnapper entpuppen würde. Er konnte es kaum abwarten, den Jungs in der Poolbillardhalle davon zu erzählen.

Plötzlich war Albert wichtig, jemand, an dessen Lippen die Polizei hing, der der Sache ein neues Gesicht gab, und er genoss jede Sekunde. Wahrscheinlich würden jeden Moment die Fernsehteams auftauchen.

»Der Wagen war ziemlich verdreckt, als wir ihn zurückbekommen haben«, sagte er. Die Beamten machten sich Notizen und der Zeichner versuchte aus der Beschreibung, die er bereits gegeben hatte, ein Bild zu skizzieren. »Er sah so aus, als ob er damit Feldwege entlanggefahren wäre. Der ganze Kotflügel war voll mit rotem Lehm.«

Der Kriminalbeamte, der soeben hereingestürmt gekommen war, fragte: »Ist der noch am Wagen?«

»Nein«, sagte Albert mit einem bedauernden Kopfschütteln. »Ich habe ihn sofort waschen lassen. Das mach ich immer, damit er wieder raus kann.«

»Wo ist der Wagen?«, fragte Tony. »Ich möchte ihn gerne mal sehen.«

»Der blaue Taurus, der direkt vor der Tür an der Straße steht.«

Tony wandte sich wieder zur Tür. »Wie lange brauchst du noch für das Phantombild?«

»Gleich fertig«, sagte der Zeichner.

»In Ordnung. Ich bin gleich wieder da.«

Tony ging nach draußen und sah sich den Wagen an. Der Wagen war frisch gewaschen, genau wie Albert gesagt hatte. Im Innenraum suchte gerade ein Beamter nach Fingerabdrücken und Tony lehnte sich ins Fenster. »Schon was gefunden?«

»Ja, ein paar Abdrücke hab ich. Allerdings ist der Wagen diesen Monat schon vier Mal vermietet worden. Und die Leute vom Verleih und vom Reinigungstrupp sind auch alle hier drin zugange gewesen. Die Fingerabdrücke können von allem und jedem sein.«

Tony seufzte und warf einen Blick auf die Rückbank. Es war nichts liegen geblieben. Er langte durchs Fahrerfenster, entriegelte den Kofferraum und ging dann nach hinten.

Nichts.

Er tat einen Schritt zurück und versuchte nachzudenken. Feldwege. Roter Lehm. Er kniete sich hin und sah unter den Wagen. Wie er gehofft hatte, war dort nichts gereinigt worden, und am Unterboden hafteten rote Lehmklumpen. Er streckte den Arm aus und kratzte ein bisschen davon ab.

St. Clair hatte nur noch wenige ländliche Flecken. Die Stadt war, wie fast das ganze Gebiet um die Tampa Bay, beinahe völlig zugebaut. Er richtete sich wieder auf, hockte sich auf die Fersen und untersuchte den roten Lehm an seinen Fingern.

Er könnte auch von einer Baustelle stammen, dachte er, aber das war zweifelhaft. Die meisten Baustellen waren zu offen. Davon abgesehen war ein Bauplatz allein nicht groß genug, als dass man so viel Lehm unter dem Wagen haben konnte. Es musste eine ländliche Gegend sein.

Er dachte an die wenigen Farmen, die es im Osten von St. Clair noch gab, und an den Wald, der einige von ihnen umgab. Vielleicht war der Entführer mit den Kindern dorthin gefahren.

Er säuberte sich die Hände und ging wieder hinein, um sich nach den zurückgelegten Kilometern zu erkundigen. Vielleicht ergab sich daraus ein Hinweis, ob er die Stadt verlassen hatte.

»Seine Augen waren ganz blassblau«, sagte Albert gerade. »Er war ziemlich gut aussehend. Und seine Nase war ein bisschen anders, als Sie sie gezeichnet haben . . .«

Der Zeichner folgte den Beschreibungen und nahm die notwendigen Änderungen an seiner Skizze vor.

»Ja, doch, das ist schon ziemlich ähnlich. Ich meine nur, seine Lippen wären schmaler gewesen. Und seine Augenbrauen dichter.«

Tony wartete und sah zu, wie sich das Gesicht herausbildete.

»Ja, genau so«, sagte der Mann schließlich. »Ganz sicher. Genau so hat er ausgesehen. Ist es nicht phantastisch, dass man so was nur aus meiner Beschreibung machen kann? Ich hatte mich schon immer gefragt, wie das funktioniert.«

Tony beugte sich über den Schreibtisch. »Sind Sie sich wirklich sicher? Absolut?«

»Ganz sicher. Das ist er.«

»Okay.« Er streckte die Hand aus. »Her damit. Wo steht Ihr Fax?«

»Da drüben«, sagte Albert mit wachsender Erregung. »Wem faxen Sie das jetzt?«

»Jemandem, der ihn hoffentlich identifizieren kann.« Tony nahm die Zeichnung und holte den Zettel aus der Tasche. Eilig wählte er Sharons Fax-Nummer und ließ dann die Zeichnung durchlaufen.

☆

Als das Faxgerät in Sharons Arbeitszimmer piepte, stürmten alle darauf zu. Mit angehaltenem Atem beobachteten sie, wie das Gesicht zum Vorschein kam.

Ben wartete, bis das Gerät das Papier abgeschnitten hatte, drehte es um und besah es sich. »Nein, unmöglich . . .«

»Du erkennst ihn?«, fragte Sharon.

Anne drängte sich zwischen sie, um das Bild zu sehen, und wurde dann kreidebleich.

»Ben, ist das . . .?«

»Nelson Chamberlain«, sagte Ben und drehte sich zu Larry um, der hinter ihm stand. »Das kann nicht sein! Er war Louis' bester Freund. Er ist es, der die Kaution für mich hinterlegt hat. Weshalb sollte er mich aus dem Gefängnis holen, wenn er derjenige ist, der mich reinlegen will?«

»Weil etwas in Ihrem Besitz ist, das er haben will«, sagte Larry. »Aus einer Gefängniszelle heraus konnten Sie es ihm ja nicht zukommen lassen.«

»Aber er war in England. Er kann unmöglich derjenige gewesen sein . . .« Er schnaubte hilflos. »Er kennt Emily. Sie kennt ihn . . .«

»Deshalb ist sie auch mit ihm mitgefahren!«, rief Anne. »Begreifst du nicht, Ben?«

»Aber ich habe ihm vertraut.« Er betrachtete das Gesicht noch einmal. »Das ergibt einfach keinen Sinn. Wenn er es ist, der die ganzen Beweise gegen mich deponiert hat, dann hat er gehofft, dass ich für den Mord den Kopf hinhalten würde. Warum sollte er dann meine Kaution hinterlegen? Er hätte das Geld doch mit Sicherheit verloren.«

Larry nahm den Hörer und wählte die Nummer des Autoverleihs. »Verglichen mit der Summe, die er verdienen würde, war das eher eine geringe Investition. Und es hat uns eine Weile von der richtigen Spur abgelenkt.« Am anderen Ende der Leitung wurde abgenommen und er verlangte Tony.

Er wartete, bis sein Partner dran war. »Es ist Nelson Chamberlain«, sagte er. »Einer der Kunsthändler, mit dem wir versucht haben uns in Verbindung zu setzen. Er soll in England gewesen sein.«

Kraftlos ließ Ben sich in einen Sessel sinken, während er dem Telefongespräch des Polizisten lauschte.

»Roter Lehm?«, fragte Larry gerade. »Was schließt du daraus?«

Sharon kam näher heran, in der Hoffnung, dass sie eine heiße Spur hätten.

Larry schwieg eine Weile und nickte dann. »Okay, Tony, das könnte nicht schaden. Wir müssen sein Haus durchsuchen und alles, was er hier sonst noch besitzt. Vielleicht werden wir ja dadurch zu ihnen geführt.«

☆

Larrys Apparat klingelte in dem Moment, als Tony durch die Tür kam. »Ja? Gut, schieß los. Okay, ich bin schon unterwegs. Schick jemanden her, der uns ablöst, falls der Kerl sich meldet.«

Er schnappte sich noch beim Auflegen seine Windjacke und sprang auf. »Man hat im Osten der Stadt ein Grundstück entdeckt, das Chamberlain gehört. Ein paar Morgen Waldgegend. Ich fahr hin und seh nach, ob da irgendwo ein Gebäude steht, wo er die Kinder versteckt haben könnte. Anschließend seh ich bei ihm zu Hause nach.«

»Ich komm mit!«, rief Sharon.

Tony war klar, dass sie sich diesmal nicht davon abbringen lassen würde.

»Was ist denn, wenn er anruft?«, fragte Ben, während er ihnen zur Tür folgte.

»Ich hoffe, wir haben ihn, bevor er dazu Gelegenheit hat!«, rief Tony zurück. »Andernfalls lassen Sie sich lediglich seine Anweisungen geben. Spielen Sie mit - so als ob Sie hätten, was er will.« Er sah das Polizeifahrzeug bereits in ihre Zufahrt einbiegen. »Sie sind da. Die beiden wissen, was zu tun ist, wenn er anruft.«

Sharon rannte hinter Tony her und auch Anne kam hinter ihnen aus dem Haus gelaufen. »Tony, Larry! Ich komm auch mit.«

»Nein, das ist keine gute Idee«, sagte Larry.

»Aber meine Kleine kann da sein!«, rief Anne. »Ich muss dabei sein, wenn ihr sie findet! Sie wird mich brauchen!«

Sharon warf Tony einen flehenden Blick zu. Dieses Mal sagte sie: »Lassen Sie sie mitkommen.«

Er zuckte die Achseln und stieg in den Wagen. »Na gut, steigen Sie ein.«

Die Fahrt zum anderen Ende der Stadt dauerte ungefähr eine Viertelstunde. Sharon und Anne saßen hinten und sahen aus dem Fenster, beide angespannt und voller Hoffnung.

»Fahr hier links«, sagte Larry. »Ja, das ist es. Das ist die Grenze zu seinem Grundstück.«

Sharon hörte aus der Ferne das Heulen einer Polizeisirene. »Hört er uns denn so nicht? Sollten die ihre Sirene nicht lieber abstellen?«

Wie als Antwort darauf verstummte die Sirene prompt.

Sie fuhren über einen langen Waldweg und Sharon suchte zwischen den Bäumen nach einem Gebäude, in dem die Kinder stecken konnten. Es gab keine Gebäude, keine Häuser, bloß den roten Weg hier und den dichten Wald zu beiden Seiten.

»Was ist das?«, fragte Anne, als sie um eine Baumgruppe bogen.

Tony beugte sich vor. »Eine Hütte. Mit frischen Reifenspuren davor. Bingo!«

Sharon spürte das Blut aus ihrem Gesicht weichen. Die Kinder konnten unmöglich dort drin sein. Nicht in einem zwei Quadratmeter großen Schuppen am Ende der Welt!

»Sie bleiben hier!«, befahl Tony. »Es sieht zwar nicht so aus, als ob er hier ist, aber man weiß nie. Wir gehen erst mal vor.«

Sharon nickte. Anne saß wie gelähmt da und starrte auf den Schuppen. Die Männer stiegen aus, zückten ihre Pistolen und umstellten das Gebäude.

Die Männer riefen irgendwas, doch es blieb still.

Die Frauen hörten, wie die Tür eingetreten wurde, und zuckten vor Schreck zusammen.

Kurz darauf kam Tony wieder hinter dem Schuppen zum Vorschein und schüttelte den Kopf.

»Sie sind nicht da«, sagte Anne mit tonloser Stimme.

Sharon versuchte mit der neuen Situation fertig zu werden und einen klaren Kopf zu behalten. Sie stieg aus dem Wagen, wusste aber nicht, wohin sie sich wenden sollte. »Aber die frischen Reifenspuren. Es ist doch sein Grundstück, oder?«

Tony sah sich die Reifenabdrücke genauer an. »Auf jeden Fall war jemand hier. Vielleicht sogar heute.«

Larry kam aus dem Schuppen. »He, Tony. Komm mal her und sieh dir das an!«

Sie liefen alle zum Eingang. »Tüten von McDonald's«, sagte Larry. »Zwei Becher.«

»Sie waren hier!«, rief Sharon. »Er hat sie in dieses Loch gesperrt? Sie müssen schreckliche Angst gehabt haben!«

»Wo sind sie denn jetzt?« Anne schrie fast.

»Es sieht so aus, als ob sie ein Loch unter der Wand gegraben hätten.«

Tony ging wieder nach draußen und sah auf der anderen Seite der Wand nach. »Seht mal, Trittspuren. Es sieht so aus, als ob eines der Kinder vielleicht fliehen konnte.«

Anne und Sharon starrten auf den kleinen Fußabdruck. »Die sind von Emily!«, rief Anne. »Sie hat Tennisschuhe an.«

»Das stimmt«, bestätigte Sharon. »Christy trägt ganz andere Schuhe.«

Inzwischen folgten die anderen Polizisten den Abdrücken des Kindes und der Spur der längeren Schritte des Mannes, der sie entführt hatte.

Anne drehte sich wieder zum Wald um, denn das war die Richtung, in die die Spuren führten. »Sie ist da hineingelaufen! Sie ist noch immer da drin! Ich weiß es.« Sie rannte in den Wald, war nicht aufzuhalten. »Emily! Ich bin's, Emily – Mama! Hab keine Angst, Süße. Sag uns nur, wo du bist!«

Sharon lief hinter ihr her, in der Hoffnung, dass Christy bei ihr war. Doch von ihr gab es keine Fußabdrücke.

Völlig außer sich kam Anne an die steil abfallende Kante, an deren Fuß das Wasser rauschte. Hatte Emily versucht den Graben zu überqueren? War sie vielleicht hineingefallen?

Sie wandte sich um und sah Sharon voller Angst und Entsetzen an. »Wo ist sie? Wo ist sie nur?«

Jetzt begann sie von Kopf bis Fuß zu zittern und Sharon stand hilflos neben ihr. Hier waren die Kinder jedenfalls nicht und es gab nur zwei Möglichkeiten. Entweder hatte der Kidnapper sie geschnappt und woanders hingebracht, oder sie waren am Grunde dieses Grabens, von der Strömung mitgerissen.

»Emily!«, schrie Anne. »Emily! WO BIST DU?«

Sharon stand regungslos da, und die gleiche Angst, die in Annes verzweifeltem Schrei lag, schnürte ihr die Kehle zu. Mit jeder Minute bröckelte ihre Selbstbeherrschung etwas mehr auseinander.

»Sie sind nicht hier!«, schrie Anne. »Sharon, sie sind nicht hier!«

Sharon tat einen Schritt auf sie zu und nahm die weinende Frau in den Arm. Anne ließ sich an sie sinken und Schluchzer durchzitterten ihren Körper. »Wenn wir doch nur früher hier gewesen wären! Wir hätten sie retten können. Wir hätten sie retten können.«

Auch Sharon weinte nun, wie eine Schwester an Anne geklammert, in dem Wissen, dass sie die einzige Frau auf dieser Welt war, die genau wusste, wie Sharon zumute war.

Tony blieb ein wenig abseits stehen, zutiefst deprimiert, weil diese Spur ins Leere geführt hatte. Doch der Anblick von zwei sich umarmenden Feinden rührte ihn an einer Stelle in seinem Innersten, der er sich nur sehr selten näherte.

Larry trat hinter ihn und erblickte die beiden Frauen. Als Tony zu ihm hochschaute, sah Larry, dass seine Augen feucht waren. Beide Männer mieden den Blick des anderen.

»Er muss sich einen neuen Wagen gemietet haben«, sagte Larry leise. »Ich habe die anderen losgeschickt, damit sie sämtliche Wagen überprüfen, die bei anderen Leihwagenfirmen gemietet worden sind. Wir lassen die Zeichnung vervielfältigen, damit sie sie mitnehmen können. Es wird nicht lange dauern, dann wissen wir, welchen Wagen er inzwischen fährt.«

Tony nahm die beiden Frauen an der Schulter, um sie vorsichtig zu trennen. »Wir fahren jetzt besser zu Sharon zurück. Er weiß vermutlich nicht, dass wir seine Identität kennen, deshalb wird er sich bald melden. Kommt, wir müssen los«, sagte er.

Zögernd lösten sie sich voneinander und kehrten schweren Schrittes zum Wagen zurück.

## 43

Nelson Chamberlain fuhr planlos in St. Clair herum und hielt verzweifelt Ausschau nach einem neuen Versteck für die Kinder. In den Schuppen zurückbringen konnte er sie nicht - nicht nachdem sie schon einmal von dort hatten entwischen können. Weil er eigentlich nicht in der Stadt sein sollte, kam sein Haus ebenfalls nicht in Frage. Er hatte sich schon seit den Tagen vor dem Mord nicht mehr in die Nähe seines Grundstücks begeben. In sein Hotel konnte er mit ihnen auch nicht, denn sie hineinzuschmuggeln, ohne dass sie gesehen wurden, war so gut wie unmöglich. Die ganze Stadt war mit ihren Fotos plakatiert und er war sich sicher, dass die Polizei von St. Clair überall nach ihnen und ihrem Entführer suchen würde. Er hatte nicht einmal versucht die Robinsons vorm Einschalten der Polizei zu warnen – es wäre auch illusorisch gewesen. Die Polizei mischte sich immer ein – sei es offen, sei es verdeckt. Dass sie sich nach dem Verschwinden der Kinder in Sharon Robinsons Haus einquartiert hatten, war etwas, das er verfolgen konnte, so dass er die Oberhand behielt.

Wohin aber sollte er jetzt mit den Kindern? Er konnte sie unmöglich den ganzen Tag im Kofferraum lassen. Tatsache war, dass sie eigentlich mehr Ärger bereiteten, als sie wert waren – auch wenn er sie als Druckmittel brauchte, um Ben Robinson zum Handeln zu bewegen. Er hatte darauf gebaut, dass er sie in dem kleinen Schuppen lassen konnte, bis ihr Vater kapitulierte und das Bild herausgab – doch diesen Plan hatten die kleinen Gören zunichte gemacht.

Er entdeckte bei einem Lebensmittelladen einen Münzfernsprecher und fuhr mit dem Wagen so dicht wie möglich heran, damit die Schnur bis in den Wagen reichte.

Er warf einen Vierteldollar ein, wählte die Nummer des Biltmore und verlangte das Zimmer von Boudreaux. Als der Empfangschef erwiderte, Boudreaux sei abgereist, setzte sein Herzschlag für eine Sekunde aus. Er konnte unmöglich zurückgeflogen sein! Nicht ohne das Bild!

Er fahndete in seinen Taschen nach der Nummer des Museums und warf eine Hand voll Münzen ein. Er überlegte kurz, ob er nicht das Handy nehmen sollte, das er in der Aktentasche hatte, besann sich aber rasch eines Besseren. Wenn sein Name je auf der Liste der Verdächtigen auftauchen sollte, dann standen auf seiner Abrechnung für das Handy besser keine Verbindungen mit Boudreaux, Ben Robinson oder sonst jemandem, durch den er belastet werden konnte. Vor allen Dingen nicht, wenn er angeblich noch immer in England war. Nein, er würde bei den Münzfernsprechern bleiben müssen.

Es meldete sich eine Französin und er sagte: »Entschuldigen Sie bitte. Mein Name ist John Lieber, ich bin ein Freund von Monsieur Boudreaux. Ich sollte ihn hier in St. Clair treffen, aber ich fürchte, ich habe ihn verfehlt. Wissen Sie eventuell, wo er sich aufhalten könnte?«

»*Oui, Monsieur.* Monsieur Boudreaux hat eine Mitteilung für Sie. Er ist umgezogen ins Holiday Inn in Tampa und verwendet den Namen Passons.«

»Sehr gut, ausgezeichnet«, Nelson atmete tief durch. »Ich rufe ihn sofort an.«

Er hängte ein und stieß einen gewaltigen Seufzer der Erleichterung aus. Dann warf er wieder Geld nach und rief die Auskunft an. Er ließ sich die Nummer geben, wählte und bat dann mit dem Zimmer von Eric Passons verbunden zu werden.

Beim zweiten Läuten wurde abgenommen. »Hallo?«

»Hallo, Eric, wie geht es Ihnen?« Es war seine geölteste Geschäftsmannstimme und er wusste, dass Eric ihn augenblicklich erkannte.

»Nicht gut. Ich bin sehr enttäuscht.«

An seinen Schläfen bildeten sich Schweißtröpfchen. Er kramte ein Taschentuch aus der Sakkotasche und tupfte sich das Gesicht ab. »Eric, ist irgendetwas passiert?«

»Oui. Irgendein Amerikaner hat meine Sekretärin angerufen, um sich zu erkundigen, wo ich bin. Ich hatte Angst, in diese . . . äh . . . Ermittlung hineingezogen zu werden. Ich habe meinen Namen und Aufenthalt geändert.«

»Das war klug. Ich bin froh, dass Sie mir diesbezüglich eine Nachricht hinterlassen haben.« Er zögerte. »Passen Sie auf, Eric, ich kann Ihnen versprechen, dass ich das Bild bis morgen früh haben werde. Sie können bestimmt nachvollziehen, wie die Umstände von Duboses Tod die Dinge kompliziert haben.«

Eric lachte hämisch. »Kompliziert haben? Nach all der Zeit haben Sie das Bild noch immer nicht?«

»Ich weiß genau, wo es sich befindet«, konterte Nelson, wobei er Mühe hatte, sich zu beherrschen. »Ich muss Ihnen ja wohl nicht sagen, wie heikel diese Dinge sind. Ich muss sehr genau überlegen, wie und wann ich an das Objekt herankomme. Und dann ist da auch noch das Transportproblem.«

»Sie begreifen doch, dass ich einen Abnehmer dafür habe? Je länger ich ihn warten lasse, desto unwahrscheinlicher wird es, dass er kauft. Ich darf wirklich nicht mehr länger warten.«

Nelson lehnte sich an die Wand der Telefonzelle. Durch die offene Tür konnte er aus dem Kofferraum seines Wagens leise, gedämpfte Stimmen hören. Die Kinder sangen irgendetwas. Er versicherte sich mit einem Blick, dass niemand dicht genug beim Wagen war, um es hören zu können.

»Geben Sie mir noch bis morgen, Eric? Wir wissen doch beide, dass sich das Warten am Ende lohnen wird.«

»Nicht, wenn ich ... wie sagt man ... verhaftet werde? Man würde mir das Bild wegnehmen. Und bei dem Mord und jetzt der Entführung von Ben Robinsons Kindern muss ich Ihnen sagen, dass ich große Bedenken habe. Vielleicht später, in ein, zwei Jahren, wenn sich jeder Verdacht gelegt hat.«

»Bis dahin habe ich einen anderen Abnehmer. Jemanden, der vielleicht sogar mehr zahlt, als Sie mir bieten. Ihr Käufer könnte es eine Weile verstecken, bis sich die Wogen geglättet haben und er sich sicher fühlt. Aber wenn Sie jetzt nicht handeln, wird jemand anderes daraus Profit ziehen.«

Das ließ den Mann zögern. »In Ordnung, Monsieur Lieber. Wenn ich bis morgen warte und das Bild bekomme, bleibt es bei unserm Geschäft. Aber wenn ich es bis Mittag nicht habe, steige ich in die Maschine nach LeMans.«

»Sie bekommen es morgen früh.« Nelson räusperte sich und wischte sich noch einmal über das schweißnasse Gesicht. »Ihnen ist aber auch klar, dass es ein wenig restauriert werden muss, oder? Das Bild ist seit seinem Diebstahl zusammengerollt gewesen ...«

»Was oft heißt, dass Risse in der Farbe sind. Das ist mir durchaus klar, Monsieur Lieber. Das ist in meinem Preis schon berücksichtigt. Aber wenn es ein echter Marazzio ist und Sie bringen ihn mir tatsächlich, dann bin ich mir sicher, dass sein vorheriger Zustand wiederhergestellt werden kann. Was jetzt diese Ermittlung angeht ...«

Das Singen hatte aufgehört und Chamberlain hörte die Mädchen sprechen. Hielten die denn niemals den Mund?

»Ich habe überlegt, wer Dubose umgebracht haben könnte.« Boudreaux zögerte, als wenn er seine Worte genau abwägte. »Mir kam der Gedanke, dass Sie vielleicht damit zu tun haben.«

Nelson lachte übertrieben laut. »Ich? Warum in aller Welt ich?«

»Die Summe, auf die wir uns geeinigt haben, wäre ein gutes

Motiv, meinen Sie nicht auch? Vielleicht wollten Sie Dubose loswerden, damit der Betrag nicht aufgeteilt werden muss.«

»Das ist doch lächerlich«, blaffte Nelson. »Das hier ist ein sauberer, einfacher, harmloser Deal. Wegen Kunst mordet man doch nicht.«

»*Pardon*, mein Freund«, sagte Boudreaux. »Aber es hat während der letzten Jahrzehnte viele Morde gegeben, und zwar genau deswegen. Geld ist ein starker Beweggrund.«

Nelson lachte erneut. »Ich versichere Ihnen, der Tod von Dubose war für mich genauso eine Überraschung wie für jeden anderen. Er war ein lieber Freund von mir. Ich weiß nicht, was ich ohne ihn machen werde.«

»In der Tat«, sagte Boudreaux. Er hörte sich nicht überzeugt an. »Mein . . . Instinkt sagt mir, dass ich nach Frankreich zurückfliegen sollte.«

»Dann täuscht Ihr Instinkt Sie. Die ganze Mühe wird einen noch reicheren Mann aus Ihnen machen. Ich bin kein Narr, Eric. Ich bin mir sehr genau darüber im Klaren, dass Sie das Bild für ein Drittel mehr verkaufen können, als Sie mir zahlen. Es gibt in Italien Museen, die würden ganze Räume voller Kunst verkaufen, um das Geld nur für dieses eine Bild zusammenzubringen. Und was den Mord und die Entführung angeht, so kann ich Ihnen versichern, dass beides mit diesem Geschäft in keinerlei Zusammenhang steht. Meine persönliche Theorie ist, dass Ben Robinson in irgendwelche Drogengeschäfte verstrickt war und dass eigentlich *er* ermordet werden sollte – wenn er nicht selbst der Täter war. Robinson ist ein sehr vielschichtiger, undurchsichtiger Mensch. Äußerst unehrlich. Ein großartiger Maler und ein begnadeter Restaurator. Was er allerdings außerhalb der Galerie so getrieben hat, weiß ich nicht. Ich bin mir aber sicher, dass es bald ans Licht kommen wird. Sie werden es sehen. Und Sie werden sehr froh sein, dass Sie die Gelegenheit, das bedeutendste verschollene Kunstwerk dieses Jahrhunderts zu finden, nicht versäumt haben.«

»Glauben Sie, Robinson weiß etwas von diesem Bild?«

»Nein«, sagte Nelson mit Bestimmtheit. »Nicht das Geringste. Es war sehr gründlich versteckt.«

Als er Boudreaux endlich zum Warten überredet hatte, hängte er ein und setzte sich in seinen Wagen. Die Kinder waren jetzt leiser und er zerbrach sich den Kopf, von wo aus er Ben Robinson anrufen und mit einem der Mädchen sprechen lassen könnte. Das würde ihm vielleicht die Dringlichkeit der Sache deutlicher machen. Aber Telefonzellen waren zu öffentlich, so dass das Kind leicht von irgendwem gesehen werden konnte. Und nicht nur das - es würde vielleicht etwas Unberechenbares tun, um die Aufmerksamkeit auf sich zu lenken. Das konnte er unmöglich riskieren.

Erneut dachte er sehnsüchtig an sein Handy, doch es war das Risiko einfach nicht wert. Er würde warten, bis es dunkel war, und dann eines der Kinder zum Telefon mitnehmen.

Bis dahin musste er irgendein Versteck für sie finden.

Als er die Spanish Trail Bridge überquerte, die in den äußersten Osten St. Clairs führte, wo es noch immer ein paar kleine Farmen und einige alte baufällige, mit Brettern vernagelte Gebäude gab, kam ihm ein Gedanke. Er erinnerte sich an ein Haus, das ihm vor ein paar Tagen auf dem Weg zu seinem eigenen Stück Land aufgefallen war. Ein alter leer stehender Laden. Das ist es, dachte er, und machte sich auf den Weg dorthin.

☆

Der Motor wurde ausgestellt und Emily klammerte sich ängstlich an Christy. »Wir haben gehalten, Christy!«

»Scht. Sei still.«

Sie hörten die Wagentür zuschlagen und nahmen ihre Kräfte zusammen. Kurz darauf hörten sie das Klimpern von Schlüsseln an der Rückseite des Kofferraums und plötzlich ging die Klappe auf. Grelles Licht flutete herein und sie mussten die Augen zusammenkneifen.

Die beiden dreckverschmierten Mädchen setzten sich auf und blickten angsterfüllt ihren Entführer an.

Er packte sie an jeweils einem Arm und beugte sich ganz dicht an ihre Ohren. »Wenn eine von euch auch nur den leisesten Mucks macht, während ich euch reinbringe, schmeiß ich euch ins Meer. Dann finden eure Eltern euch erst wieder, wenn ihr an Land gespült werdet - nachdem die Haie mit euch fertig sind.«

Die Kinder zitterten beide am ganzen Körper und ließen sich von ihm willig aus dem Wagen heben.

Als er sie zu dem baufälligen Haus scheuchte, blickte Christy sich verzweifelt, wenn auch unauffällig, nach jemandem um, der sie hätte sehen können. Doch es war niemand da.

Er machte die Tür auf. Das Gebäude war sehr viel größer als das letzte und besaß einen Betonfußboden. Er tat so, als wäre es das erste Mal, dass er hier war, und ließ die Vordertür offen stehen, damit Licht hereinkam, während er sie hineinschleifte.

»Nein, nicht hier rein!«, schrie Emily. »Hier sind vielleicht Ratten! Bitte! Nicht hier! Ich will nach Hause! Ich will zu meinem Papi!«

Nelson Chamberlain hockte sich vor sie hin und sein großer, bedrohlicher Finger zeigte auf ihre Nase. »Was hab ich gerade gesagt, von wegen Lärm machen?«

Sie versuchte den Mund geschlossen zu halten, begann dabei aber zu weinen – ein Geräusch, dass zu unterdrücken viel schwieriger war.

»Wir müssen dringend mal«, sagte Christy leise. »Gibt es hier drin eine Toilette?«

Das schien ihn auf eine Idee zu bringen. Er stand wieder auf, wobei er sie beide weiter am Oberarm festhielt. »Erst mal nach oben, dann sehen wir weiter«, erklärte er ihnen. »Kommt!«

Emily weinte heftiger, biss sich auf die Lippen und zitterte bei jedem Schritt. Durch ein Fenster, das in etwa viereinhalb Meter Höhe zerbrochen war, drang etwas Licht herein – doch nur gerade so viel, dass das Ausmaß an Staub und Dreck, das sich seit dem Auszug der letzten Bewohner angesammelt hatte, sichtbar wurde. Von der Decke baumelten schmierige, schimmlige Makramee-Blumenampeln mit vertrockneten, von Spinnweben überzogenen Pflanzen. Irgendwann mochte es hier drin recht wohnlich gewesen sein, jetzt aber war das Haus ein Muster an Dreck und Verwesung.

Der Mann deutete mit dem Kopf auf eine Tür in der hinteren Ecke des schmutzigen Raums. »Dahin.«

»Nein!«, rief Emily wieder, doch der Mann zerrte sie unerbittlich vorwärts.

Die Tür führte in Emilys schlimmsten Alptraum. In dem Badezimmer stand eine verdreckte Kommode aus gerissenem Holz, von deren Deckel die Hälfte fehlte. Der Fußboden bestand aus morschen, verzogenen Dielen. Das Waschbecken war vor langer Zeit aus der Wand gerissen worden und hatte ein klaffendes Loch hinterlassen, aus dem rostige Leitungen ragten – ein ideales Versteck für Ratten. Über all dem, in mindestens drei Metern Höhe – zu hoch, als dass sie es hätten erreichen können –, befand sich ein weiteres kaputtes Fenster. Von der Decke hing genau wie unten ein gutes Dutzend vertrockneter Hängepflanzen mit langen, braunen Ranken voller Spinnweben, die zu ihnen hinunterzulangen und nach ihnen zu greifen schienen.

»Können Sie uns nicht Ihre Taschenlampe dalassen?«, fragte Christy.

»Nein. Die Dunkelheit wird euch davon abhalten, wieder nach einer Fluchtmöglichkeit zu suchen.«

»Aber . . .« Ihr versagte die Stimme und sie begann zu weinen, doch sie gab sich alle Mühe, Ruhe zu bewahren. Schließlich hatte ihre Mutter ihr nicht nur einmal gesagt: Mit Jammern kommt man auch nicht weiter. »In den verwelkten Blumen da gibt's Spinnen und in der Mauer sind Ratten. Ich hör sie doch. Sie nicht? Wenn wir im Dunkeln sitzen und irgendwas hören . . . oder spüren . . .« Sie schluchzte und griff nach Emilys Hand. Ihre Schwester zitterte so heftig, dass sie sie kaum stillhalten konnte. »Dann schreien wir vielleicht aus Versehen . . . und dann hört uns vielleicht jemand. Wenn Sie uns Ihre Taschenlampe geben, verspreche ich Ihnen, dass wir leise bleiben.«

Der Mann schwieg einen Moment. »Na schön«, sagte er schließlich. »Die Batterien sind sowieso bald leer.«

Er reichte Christy die kleine Taschenlampe. »Und jetzt los. Rein da mit euch.«

»Es stinkt da drin«, protestierte Emily. »Ich hab Angst.«

»Können wir nicht hier draußen bleiben, in dem Zimmer hier?«, fragte Christy, und jetzt konnte auch sie die Tränen nicht mehr zurückhalten. »Bitte . . . Wir versprechen Ihnen, dass wir ganz leise sind . . .«

Er stieß sie hinein und schloss die Tür hinter ihnen.

Christy und Emily kauerten sich in eine Ecke. Die Taschenlampe erhellte das schauerliche Bild, das sich ihnen zu allen Seiten bot. Sie konnten hören, wie er draußen Gegenstände verrückte, um damit die Tür zu verstellen, die kein Schloss hatte.

Emily vergrub ihr Gesicht an Christys Brust und versuchte nicht laut zu weinen. Aber Christy hatte selbst Probleme. Ihre Finger, die noch immer schmutzig vom Graben waren, taten an den Stellen, wo sie geblutet hatten, weh. Sie wusste, dass Wunden gesäubert werden mussten, damit sie sich nicht entzündeten, doch sie befürchtete, dass das nur eine Sorge unter vielen war. Sie fragte sich, was Jenny wohl gerade machte, ob Mama ihretwegen Angst hatte, ob Anne und sie sich stritten. Sie fragte sich, ob Papa nach ihnen suchte.

Sie hörten irgendetwas in der Mauer und Emilys Stimme kletterte eine Oktave, obgleich sie den Mund weiter in Christys Sweatshirt gepresst hielt. Christy leuchtete mit der Lampe nach dem Geräusch, in der Hoffnung, was immer dort auch sein mochte, zu verscheuchen. Sie kniff die Augen dabei allerdings fest zu, um es nicht sehen zu müssen.

»Bete«, wimmerte sie. »Bete ganz fest. Jetzt sofort.«

Emily zitterte bloß und Christy wusste, sie konnte nicht darauf zählen, dass sie betete. Sie musste es selbst erledigen. »Lieber Gott«, schluchzte sie. »Wir haben schreckliche Angst.«

»Das nützt doch nichts!«, rief Emily. »Das nützt nichts, Christy! Wir haben es doch schon versucht.«

»Doch, es nützt. Es muss. Mama hat gesagt, es nützt.«

»Warum hat es dann beim letzten Mal nichts geholfen? Warum hat Papa uns nicht gefunden?«

»Er wird uns finden«, schluchzte Christy. »Ich bin mir ganz sicher. Wir müssen bloß fester beten. Und jetzt bete entweder mit mir zusammen oder sei still.«

Emily zog es vor zu schweigen, als Christy wieder zu beten anfing.

## 44

Nelson Chamberlain brauchte dringend einen Drink. Er drehte mit dem Wagen ein paar Runden um den verlassenen Laden, um sich zu überzeugen, dass niemand Grund hatte, sich dem Haus zu nähern. Am Ende war er sich sicher, dass sie dort unentdeckt bleiben würden. Das Gebäude war zu alt und verfallen – denen, die hier tagtäglich mit dem Auto vorbeikamen, würde nie und nimmer auffallen, dass an dem alten Bau etwas anders war als sonst. Dort waren die Mädchen sicher aufgehoben, bis er wiederkam um sie zu holen. Jetzt musste er sich nur noch entscheiden, wie sein weiteres Vorgehen aussehen sollte.

Er fuhr in die Stadt, zu einer Bar namens Steppin' Out. Als er auf den Parkplatz einbog, füllte sich das Lokal gerade mit Happy-Hour-Gästen. Es war zu dieser Tageszeit ziemlich beliebt, dachte er erleichtert. Er konnte sich unter die anderen Gäste mischen und niemand würde ihn bemerken. Er betrat den lauten Raum, der mit allerlei Zwanziger-Jahre-Erinnerungen ausstaffiert war, fand an der Bar einen leeren Hocker und orderte einen Scotch. Nachdem er diesen mit einem Zug geleert hatte, ging es ihm besser. Er sagte sich, dass sich letztendlich alle Probleme in Luft auflösen würden. Wohl wahr: Es konnte noch vieles schief gehen, aber je mehr er trank, desto zuversichtlicher wurde er.

Die Musik schien lauter zu werden, ein unidentifizierbares Gemisch aus Gitarren und Schlagzeug, das vom Dröhnen der Feierabend-Meute übertönt wurde. Er ließ den Blick durch den Dunst aus Zigarettenrauch schweifen, betrachtete die Seidenanzüge und Designerklamotten, die perfekt frisierten Locken junger Geschäftsfrauen, die gegelten Haare von Anwälten, Wirtschaftsmenschen und Beratern jeglicher Couleur. Er fühlte sich wohl hier, wie in allen Bars dieser Art auf der ganzen Welt. Sie waren in gewisser Hinsicht sein Rückzugsort. Er wusste, dass er jederzeit dorthin gehen konnte, wenn er Beistand oder Trost brauchte. Sogar jetzt, während er sich an seinem Scotch festhielt, spürte er, wie dieser Trost ihn durchrann.

Es würde alles klargehen. Es musste. Es stand so viel auf dem Spiel. Zehn Jahre hatte er das Bild nun behalten. So lange war es her, dass er sich getraut hatte, es selbst aus einem Museum in Palermo zu stehlen. Die Verjährungsfrist für Kunstdiebstahl betrug in Italien zehn Jahre – was die strafrechtliche Verfolgung dort anging, war er also aus dem Schneider. Vor ein paar Monaten hatte er endlich beschlossen, dass es Zeit war, sich allmählich auf die Suche nach einem Abnehmer zu machen.

Das selbst zu erledigen war allerdings nicht sein Stil. Er zog es vor, sich aus den Details derartiger Transaktionen herauszuhalten, denn für den Fall, dass mal einer seiner Deals schief ging, konnte man so die Sache nicht bis zu ihm zurückverfolgen. Dubose war der ideale Mittelsmann gewesen. Bei seinen Kontakten in der Kunstwelt und seiner offiziellen Rolle als Besitzer etlicher Galerien brachte er die besten Voraussetzungen mit, um Abnehmer zu finden. Von allen Kunstdiebstählen, bei denen Nelson Chamberlain die Finger im Spiel gehabt hatte, war das hier bei weitem der mit dem größten Marktwert. Er war sein Meisterstück, gut für weltweite Schlagzeilen - wobei allerdings sein Name nie auftauchen würde. Die Tatsache, dass er ihm ein Vermögen einbringen würde, genügte vollauf.

Doch nachdem der Kontakt erst einmal hergestellt gewesen war, war Dubose habgierig geworden. Er hatte die Hälfte von dem verlangt, was Chamberlain für das Bild bekommen würde - und das, obwohl er an dem Diebstahl selbst gar nicht beteiligt gewesen war. Weil sich das Bild bereits in Duboses Händen befand und er ihn für den Handel brauchte, hatte Nelson widerstrebend zugestimmt - bis er gemerkt hatte, dass Dubose ihn bei dem Preis, den der Abnehmer zu zahlen bereit war, betrog. Er kassierte mehr dafür, als er Chamberlain gesagt hatte, und verbesserte so seinen Schnitt.

Das allein war schon schlimm genug gewesen. Aber als Ben Robinson dann auch noch das Bild entdeckt hatte, war seine Besorgnis noch gestiegen. Was für ein Trottel versteckte etwas, das Millionen wert war, in einem Holzfach auf einem kalten, feuchten Dachboden - wo jeder durch Zufall darauf stoßen konnte? Es war ihm nichts anderes übrig geblieben, als den Mittelsmann auszuschalten und die Angelegenheit selbst in die Hand zu nehmen. Um sicherzustellen, dass seine eigenen Interessen gewahrt blieben, hatte er Dubose aus dem Weg räumen müssen. Was für ein Schock, nach der Beseitigung von Dubose entdecken zu müssen, dass das Bild nicht dort war, wo es hätte sein sollen.

Dass Ben Robinson es hatte, stand für ihn außer Frage. Ben war der Einzige, der sonst noch gewusst hatte, dass es dort steckte. Was er allerdings nicht begriff, war, warum der Mann nicht nach dem ersten Anruf eingewilligt hatte, es ihm auszuhändigen. Vielleicht versuchte die Polizei durch Robinson Katz und Maus mit ihm zu spielen und ihn so aus der Reserve zu locken. Er hoffte nur, dass Ben sich durch die Entführung seiner Kinder eines Besseren besonnen hatte.

Er hörte eine laute, gackernde Lachsalve und als er aufschaute, sah er eine Frau, die einen engen roten Pulli, enge schwarze Jeans und zehn Zentimeter hohe Absätze trug und mit einer Gruppe von Männern flirtete, die halb so alt waren wie sie. Sie war deutlich in den Fünfzigern und nichtsdestotrotz wetteiferte sie hier mit Frauen, die noch keine dreißig waren.

»Na, Sie sind mir ja vielleicht einer!«, sagte sie gerade in breitestem texanischen Akzent zu einem der Männer, die neben ihr standen. Ihre Stimme übertönte die versammelte Gästeschar und man hätte meinen können, sie versuchte die Aufmerksamkeit sämtlicher Anwesender auf sich zu lenken. »Sie müssen was essen, in Dreiherrgottsnamen!«

Hatte sie es auf den Mann da abgesehen, der altersmäßig ihr Sohn hätte sein können?, fragte sich Chamberlain belustigt. Man weiß es nicht, man steckt nicht drin, dachte er. Er sah, wie sie einen Schmollmund zog und dann zur Bar stöckelte, sich zwischen zwei Gäste drängte und sich der Aufmerksamkeit des Barkeepers versicherte. »Entschuldigen Sie bitte. Sie da drüben. Ja, Sie.«

Der Barmann mixte die Drinks, mit denen er gerade zugange war, zu Ende und lehnte sich dann zu ihr hinüber. »Kann ich Ihnen irgendwie behilflich sein?«

»Doris Stevens mein Name«, sagte sie und hielt ihm ihre Hand mit den zweieinhalb Zentimeter langen falschen Fingernägeln hin. Der Mann schüttelte sie halbherzig. »Ich wollte fragen, ob ich die Bilder der entführten Mädchen hier aufhängen darf.« Dabei kramte sie in ihrer riesigen Tasche und zog ein paar Exemplare des Plakats hervor. »Die Ärmsten. Die beiden sind Freundinnen von mir. Süß, sag ich Ihnen. So was haben Sie noch nicht gesehen. Und jetzt sind sie entführt worden und, na ja, ich tu alles, was in meiner Macht steht, um bei der Suche zu helfen.«

Der Barkeeper nahm eines der Plakate. »25.000 Dollar Belohnung, was?«

Doris tat seine Bemerkung mit einer Handbewegung ab. »Ihre Rückkehr wäre mir Lohn genug.«

»Aber schaden würde das Geld auch nicht, oder?«

Sie zuckte die Achseln. »Wenn man unbedingt drauf besteht, werd ich's wohl annehmen. Mal ehrlich, falls ich die Kinder finde, hab ich mir das Geld wohl verdient. Und was zählt das schon wirklich, wenn man den Wert dieser zwei wunderbaren kleinen Mädchen bedenkt? Kann ich sie jetzt nun aufhängen oder nicht?«

»Ja, klar. Nur zu.«

Sie nahm die Plakate wieder an sich und drehte dann mit klappernden Absätzen eine Runde durch die ganze Kneipe, heftete und klebte die Plakate fest und schäkerte dabei gleichzeitig mit jedem, der sich in ihrer Nähe aufhielt.

Chamberlain spürte, wie sein Körper sich versteifte, als die Gesichter der Mädchen ihn anstarrten. Hastig drehte er sich um. Niemand verdächtigte ihn. Sein Plan war makellos. Heute Abend bekam er das Bild und er würde aus der Stadt heraus sein, bevor überhaupt jemand merkte, was eigentlich los war. Es war ein Verbrechen, das die Polizei niemals aufklären würde.

Das Bild war allerdings der Schlüssel und er musste es heute Abend haben. Ihm blieb schlicht und ergreifend nichts anderes übrig. Wenn er es nicht bis morgen bei Eric ablieferte, würde er ein, zwei Jahre warten müssen, bis er gefahrlos an einen anderen Abnehmer herantreten konnte. Diesmal hatte er keinen Mittelsmann. Zum ersten Mal hatte er sich die Hände selbst schmutzig gemacht. Doch die Sache war es wert - solange der Deal planmäßig über die Bühne ging.

Chamberlain kippte seinen Drink hinunter und bestellte einen neuen.

Irgendwo in seiner Nähe ging ein Telefon und er sah, wie der Mann auf dem Hocker neben ihm in sein Jackett langte und ein Handy zückte. Er nahm den Anruf entgegen und Chamberlain hörte mit mildem Interesse zu, wie der Mann von seinem Barhocker aus irgendwelche geschäftlichen Dinge erledigte.

Als er das Gespräch beendet hatte, legte der Mann das Handy neben seinen Drink auf die Theke und setzte seine Lektüre der Börsennachrichten in der Zeitung fort.

Der Barmann brachte Chamberlain seinen Scotch. Er nippte daran und verfolgte dabei die rings um ihn her stattfindenden Unterhaltungen. In einem Fernseher in einer Ecke des Raumes liefen gerade Nachrichten und er sah, wie die Bilder der beiden Robinson-Mädchen gezeigt wurden. Er versuchte zu hören, was gesagt wurde, doch das war angesichts des Lärmpegels der Gäste schwierig. Nichts Neues, vermutete er aus dem, was er hören konnte. Bisher hatten sie noch keine heiße Spur.

Er lächelte. Die Bullen von St. Clair, Florida, würden sich ganz schön ins Zeug legen müssen, wenn sie ihm auf die Schliche kommen wollten.

Nach seinen zwei Doppelten und dem quasi nichts sagenden Bericht verspürte er eine beinahe euphorische Energie, schielte er nach dem Münzfernsprecher an der Wand und fragte sich, ob er es wagen konnte, Ben Robinson von hier aus anzurufen. Nein, dachte er, irgendwer könnte das Telefonat mitbekommen. Und wenn sie den Anruf zurückverfolgten, konnte es passieren, dass er nicht schnell genug vom Parkplatz herunterkam, wenn die Polizei hier auftauchte, um nach ihm zu suchen.

Davon abgesehen musste er heute Abend unbedingt eines der Kinder mit ihrem Vater sprechen lassen, nur um ihm klar und deutlich zu verstehen zu geben, dass die Zeit knapp wurde. Robinson musste wissen, dass es ihm ernst war. Entweder er händigte das Bild aus oder die Kinder waren Vergangenheit.

Das Handy läutete erneut und der Mann neben ihm riss es an sich und nahm den Anruf entgegen. Während er sprach, kamen drei seiner Kollegen zur Tür herein und er winkte ihnen zu. Sie versammelten sich hinter seinem Hocker, drängten sich auch an Chamberlain. Der Mann erledigte sein Telefonat, machte das Handy aus und legte es wieder auf den Tresen. Dann wandte er Chamberlain den Rücken zu, um sich mit seinen Freunden zu unterhalten.

Nelson starrte das unbeaufsichtigt auf der Theke liegende Handy an. Sein eigenes konnte er nicht benutzen aus Furcht, dass der Anruf zurückverfolgt wurde – wohl aber das eines anderen!

Er blickte zum Fernsehgerät hoch und tat so, als ob seine Aufmerksamkeit voll und ganz von den Nachrichten in Anspruch genommen wäre. Dabei legte er schnell eine Hand auf das Handy und ließ es mit einer raschen Bewegung in seiner Tasche verschwinden. Hastig warf er ein paar Scheine auf den Tresen und steuerte zum Ausgang.

Er war schon vom Parkplatz herunter, da läutete das Telefon erneut. Chamberlain begann zu lachen. Er fragte sich, ob dem Mann überhaupt schon aufgefallen war, dass sein Telefon weg war. Er ließ es läuten und nahm Kurs auf das Haus, in dem die Kinder versteckt waren. Nach einer Weile hörte es wieder auf zu klingeln.

Eine weitere perfekte, verblüffende Wendung in einem perfekten Verbrechen, dachte er. Alles was ihm jetzt zu tun blieb, war sich zu überlegen, wohin Ben Robinson das Bild bringen sollte.

Er fuhr zu dem verlassenen Laden, doch bevor er zu der Straße kam, die dorthin führte, musste er wegen eines Zuges halten. Der Zug wurde langsamer und er sah einen gedeckten Güterwagen nach dem anderen an sich vorüberziehen, mit maximal dreißig Stundenkilometern. Langsam genug, um aufzuspringen, etwas herauszuholen und ein paar Kilometer weiter wieder abzuspringen.

Ideal. Wenn Robinson das Bild, während dieser stand, in einem Güterwagen deponierte, konnte Chamberlain ein ganzes Stück weiter an der Strecke warten, aufspringen, wieder abspringen und keiner würde je imstande sein, ihn zu schnappen.

Er nahm das Handy, rief die Auskunft an und ließ sich die Nummer der Bahn geben. Eilig tippte er sie ein und erkundigte sich, wann die nächsten Züge durchkommen würden. Man teilte ihm mit, dass gegen zehn einer eintreffen sollte. Er hätte zwei Stunden Ladeaufenthalt und würde gegen halb eins weiterfahren.

Den restlichen Weg zum verlassenen Laden legte er in Hochstimmung zurück. Er stopfte das Telefon in seine Jacke, stieg aus und nahm seine zweite Taschenlampe vom Sitz. Dann betrat er mit vorsichtigen Schritten wieder das dunkle, unheimliche Gebäude und ging nach oben zu den Kindern.

Als er hereinkam und die knarrenden Stufen hinaufstieg, hörte er ihre Stimmen. In den Wänden und dunklen Zimmerecken huschten und raschelten unsichtbare Nager. Er hielt den Lichtkegel der Taschenlampe vor sich gerichtet, in der Hoffnung, dass das Geräusch seiner Schuhe sie verscheuchen würde.

Die Stimmen verstummten, als sie ihn kommen hörten. Als er an der Toilette war, räumte er das Stahlfass, die alten Maschinen und die lange, schwere Bank, die er benutzt hatte, um die Tür zu versperren, aus dem Weg.

Die Tür knarrte, als er sie aufzog.

Er ließ den Lichtstrahl durch das dreckige Bad wandern, bis der Kegel die Kinder fand, die so dicht zusammengekauert saßen, dass fast nicht zu erkennen war, dass es sich um zwei handelte. Sie sahen beide mit ihren schmutzigen Gesichtern zu ihm hoch und ihm fiel ein, dass er ihnen seit heute Morgen nichts mehr zu essen gegeben hatte. Darum würde er sich später kümmern müssen.

»Lassen Sie uns jetzt hier raus?«, fragte ihn die Ältere mit schwacher, krächzender Stimme.

»Nein, jetzt noch nicht«, sagte er und versuchte die beiden dabei nicht anzusehen. »Wir werden jetzt mit eurem Vater telefonieren. Ich möchte euch beide mit ihm sprechen lassen, damit er weiß, dass euch nichts passiert ist. Wenn ihr tut, was ich sage, dann holt er euch heute Abend ab und ihr könnt mit ihm nach Hause fahren. Aber wenn nicht, dann seht ihr ihn nie mehr wieder.«

»Wir machen ganz bestimmt, was Sie sagen«, sagte die Kleine, die Fluchtkünstlerin, und ihre Augen wurden dabei groß und rund wie Vierteldollarmünzen.

»Erstens: Ihr sagt ihm nicht, wer ich bin. Wenn ihr das tut, seid ihr binnen fünf Minuten tot, habt ihr das verstanden?«

Die Ältere runzelte die Stirn. »Ich weiß sowieso nicht, wer Sie sind.«

Doch die Kleine, Emily, redete los. »Ich aber. Sie sind Mr Chamberlain. Sie kommen manchmal in die Galerie und kaufen Papas Bilder.«

Er erkannte, dass sie verraten konnte, wer er war, sobald sie wieder bei ihrem Vater war. Das durfte er gar nicht erst zulassen. Die Kinder mussten einfach aus der Gleichung eliminiert werden. Aber er brauchte sie lange genug, um Ben weich kochen zu können.

»Ich werde kurz mit ihm sprechen«, sagte er, »und dabei will ich absolute Ruhe haben. Wenn ich es euch sage, könnt ihr eurem Vater ›Hallo‹ sagen, mehr nicht. Ihr sagt ihm, ihr wollt, dass er sich beeilt und euch nach Hause holt, aber ihr sagt keinen Ton, wo ihr seid oder wer ich bin – habt ihr das verstanden?«

»Ja.«

»Gut. Und jetzt Ruhe. Wenn ihr keinen Unfug macht, bring ich euch auch was zu essen.«

Während er wählte, saßen die beiden Kinder ängstlich zusammengekauert in der Ecke.

# 45

Das Telefon läutete und Ben stürzte sofort hin. Er wartete, bis Tony ihm vom Nebenzimmer das Zeichen gab. Sharon, Anne und Jenny eilten ins Esszimmer, wo sie das Gespräch mithören konnten.

»Hallo?«

»Bist du bereit, Ben?«, fragte die Stimme.

Ben zögerte. »Ja.«

»Dann ist heute die Nacht der Nächte.«

Im Esszimmer wartete Tony an der anderen Leitung auf das Resultat der Fangschaltung.

»Was haben Sie mit meinen Töchtern gemacht?«

»Denen geht es gut, Robinson. Du hast Glück, dass ich die jammernden kleinen Bälger nicht umgebracht habe.«

»Und woher weiß ich das?«, fragte Ben, wobei seine Stimme sich überschlug.

»Du kannst es gleich selbst feststellen. Vielleicht wird dein Ansporn dadurch ja noch ein bisschen größer. Hör zu, wenn du das Bild nicht zu dem verlangten Zeitpunkt dort ablieferst, wo ich dir sage, oder falls du irgendwelche Dummheiten machst oder die gleiche Nummer versuchst wie am Flughafen, dann siehst du die Mädchen nie wieder.«

»Wenn Sie ihnen auch nur ein Haar krümmen, werde ich Sie finden, das schwöre ich Ihnen. Ich werde Sie finden und wenn es den Rest meines Lebens dauert ...«

Chamberlain lachte. »Ich zittere vor Angst, Robinson. Und jetzt sag deinen Töchtern guten Tag.«

Es gab ein ersticktes Geräusch, am anderen Ende der Leitung entstand Bewegung und dann ertönte Emilys schwache, hohe Stimme. »Papa?«

Anne ließ sich neben dem Tonband, über das sie die Stimme ihres Kindes hören konnte, auf einen Stuhl fallen. In der Küche presste Ben sein Gesicht gegen die Zimmerwand. »Emily, Schatz, geht es dir gut?«

»Papa, ich will nach Hause«, quiekte sie. »Bitte, Papa ...«

Ihr wurde das Telefon aus der Hand gerissen und dann war Christy dran. Ihre tiefere, krächzende Stimme klang hauchig, schwach. »Papa?«

»Christy.« Ihm stockte der Atem und er musste ein Schluchzen unterdrücken. »Wir suchen dich, Schatz. Wir tun alles um dich zurückzubekommen. Kannst du mir sagen, wo du bist? Irgendeinen Hinweis? Nur ein Wort?«

Sie zögerte. »Papa, wir haben Angst. Es ist kalt und dunkel, und es gibt hier Ratten . . .«

Er schloss die Augen. »Schatz, wir werden euch finden. Wir tun alles, was wir können, um euch heute Abend zurückzubekommen. Halt bitte durch, ja? Passt gegenseitig auf euch auf.«

Die Stimme des Mannes ging dazwischen. »Du hast die Wahl, Robinson. Entweder du lieferst oder du verabschiedest dich jetzt.«

»Ich liefere«, sagte Ben und blickte zu Larry, der ihn beobachtete und dabei das Gespräch mit anhörte. »Sie müssen mir nur sagen, wohin.«

»Um Mitternacht«, sagte der Mann. »Am Bahnhof. Dort wird ein Güterzug stehen, der um halb eins abfährt. Ich werde ein rotes Taschentuch an einen der Güterwagen zwischen den Bahnübergängen an der Franklin Street und der Alethea Street hängen. Das suchst du und dann legst du das Bild da rein.«

»Und was ist mit den Kindern?«

»Sobald ich das Bild habe, werde ich dich wissen lassen, wo sie sind. Und ich werde es erkennen, wenn ich es sehe. Wenn du versuchst mich zu täuschen, Robinson, dann sind die Kinder tot.«

Tony schüttelte den Kopf als Zeichen für Ben.

»Nein«, sagte Ben. »Da brauch ich mehr. Warum sollte ich Ihnen vertrauen?«

»Weil du keine andere Wahl hast. Um Mitternacht, Robinson. An deiner Stelle wäre ich pünktlich. Falls du versuchen solltest, mir eine Fälschung unterzujubeln, wirst du das bereuen. Ich werde es auf den ersten Blick erkennen.«

Am anderen Ende wurde aufgelegt und Ben stand einen Augenblick lang regungslos mit dem Hörer in der Hand da und machte ein verzweifeltes, bestürztes, finsteres Gesicht. Er blickte ins Esszimmer, wo die beiden Polizisten noch immer herauszubekommen versuchten, woher der Anruf kam, und sah, dass seine Frau den Kopf auf die Arme hatte sinken lassen. Er legte den Hörer auf die Gabel und ging zu ihr hinüber. Sharon saß am Tisch, die Hände vor dem Gesicht, und weinte.

Ben trat zu Anne und strich ihr übers Haar. Sie blickte hoch und sank in seine Arme. Er hielt sie lange, weinte mit ihr.

Tony hätte Sharon gerne ebenfalls in den Arm genommen oder zumindest ihre Hand gedrückt, um sie zu trösten, wie Ben Anne tröstete. Doch er hielt sich zurück und wartete lieber darauf, dass Larry mit dem Ergebnis der Fangschaltung kam.

Larry telefonierte über einen anderen Anschluss und sein Gesicht verfinsterte sich. »Was soll das heißen? Kannst du dann nicht die Nummer des Handys rauskriegen? Es muss Chamberlain gehören.«

Er wartete noch einen Moment, nickte dann resigniert. »Na schön. Das Telefon gehört also irgendeinem Stu Miegel. Treibt ihn auf und vernehmt ihn. Vielleicht arbeitet er ja mit Chamberlain zusammen.« Sein Gesicht verzog sich zu einer Grimasse. »Das ist doch wohl nicht wahr! Na, klasse!«

Er knallte den Hörer auf die Gabel. »Du wirst es nicht glauben.«

Tony hatte das meiste mitbekommen. »Sein Telefon war's also nicht. Wessen dann?«

»Es gehört jemand, dem es vor einer halben Stunde in einer Bar gestohlen worden ist. Er hatte schon Anzeige erstattet.«

Tony rieb sich die Stirn. »In welcher Bar?«

»Da, wo du dich auch immer rumtreibst. Im Steppin' Out. Er sagt, er hätte es auf die Theke gelegt, und als er wieder hinsah, war's weg.«

»Hat ihm denn niemand ein Bild von Chamberlain gezeigt?«

»Er sagt, er hätte ihn nicht erkannt. Allerdings hätte er sich auch nicht groß umgesehen, von daher hätte sich also jeder dort rumtreiben können.«

Tony wurde allmählich müde. Er rieb sich die Augen und sah zu Ben hinüber. Er und seine Frau klammerten sich noch immer aneinander, beide in Tränen aufgelöst. »Na schön, Ben. Es sieht so aus, als ob wir ihm irgendwas geben müssen. Er blufft sicher, wenn er meint, er könnte es auf den ersten Blick erkennen.«

»Das tut er nicht«, sagte Ben. »So, wie ich ihn kenne, weiß er jeden Pinselstrich in- und auswendig.«

»Wir müssen es einfach riskieren. Können wir irgendwo auf die Schnelle eine genaue Kopie herbekommen?«

Ben dachte einen Augenblick lang nach. »Was genau hat er gesagt? Könnten Sie es zurückspulen und mich noch mal hören lassen?«

»Klar.« Larry spulte das Band zurück und drückte dann die Wiedergabetaste.

Ben gab sich alle Mühe, seine Gedanken zu konzentrieren, obwohl die Verzweiflung über seine verängstigten Töchter weiter in seinem Kopf herumspukte.

Er stöhnte und ließ sich zurücksinken. »Ich kann's einfach nicht glauben, dass Dubose mit ihm unter einer Decke gesteckt hat, aber anders ist es nicht möglich. Deshalb wollte er mich auch unbedingt davon überzeugen, dass es eine Fälschung ist. Dann hat er mich rausgeworfen, weil er glaubte, ich würde seinen Deal kaputtmachen oder sein Geheimnis verraten! Wir müssen unbedingt dieses Bild finden. Vielleicht kann ich ihm ein anderes geben, das genauso groß ist ... und hoffen, dass es dunkel genug ist und er es nicht direkt merkt und vorher geschnappt wird.«

»Nein!«, rief Sharon. »Das kannst du nicht machen! Er bringt sie um. Er hat's doch gesagt. Und was ist, wenn die Polizei ihn nicht erwischt? Wenn er entkommt?«

»Was bleibt uns denn anderes übrig, Sharon?«, fragte Tony.

»Ich weiß es nicht!«, schrie sie. »Aber ihr müsst euch was Besseres einfallen lassen!«

»Sie hat Recht«, meinte Anne.

Larry begann auf und ab zu gehen, versuchte nachzudenken. »Dubose schafft das Bild fort, nachdem Ben es entdeckt hat – und als Chamberlain das Bild nicht dort findet, wo es sein soll, nimmt er logischerweise an, dass Ben es hat.«

»Wir haben die ganze Galerie abgesucht und auch Duboses Haus.«

»Könnte er es einem Freund gegeben haben? Es irgendwem geschickt haben?«

Ben starrte einen Augenblick lang die Wand an, versuchte sich genau an jenen letzten Tag zu erinnern, bevor Dubose ihn hinausgeworfen hatte. Er war mit den Gedanken woanders gewesen, irgendetwas hatte ihn beschäftigt.

»Ich weiß noch, dass er ein Paket fertig gemacht hat«, sagte Ben. »Eine Röhre, etwa 1,20 lang. Seinerzeit habe ich nicht daran gedacht, aber es könnte der Marazzio gewesen sein. Die *Menschenmenge* ist 1,20 mal 2 Meter.«

Tony kniete praktisch auf dem Tisch, als er sich vorbeugte, um Ben auf die Sprünge zu helfen. »Womit hat er es denn verschickt? Post? Federal Express?«

»UPS. Er hat alles mit UPS verschickt.« Er blickte die beiden hoffnungsvoll an und sein Atem ging vor lauter Anspannung ganz flach. »Ich weiß, wo er die Quittungen aufbewahrt hat. Da steht bestimmt die Adresse drauf.«

Tony schnappte sich sein Sakko. »Dann mal los.«

Ben folgte ihm zur Tür, doch Sharon rannte ihnen hinterher. »Was kann ich denn machen? Ich kann doch nicht einfach hier rumsitzen.«

»Beten Sie«, sagte Larry, den Kopf über die Schulter gewandt. »Beten Sie.«

## 46

»Warum ist Papa denn noch nicht da?« Emilys Stimme war rau und heiser. Ihre Lippen waren vom Durst ganz trocken. Sie saß dicht bei Christy, hatte Angst sich weiter von ihr zu entfernen, aus Furcht vor dem, was auf dem Fußboden lauern könnte.

»Er wird kommen. Hast du denn nicht gehört, was der Mann gesagt hat? Heute Abend. Papa kommt heute Abend.«

»Und was ist, wenn er uns nicht finden kann?«

»Er wird uns finden. Ich bin mir ganz sicher.«

Sie vernahmen ein Rascheln in der Wand und drängten sich dichter aneinander.

»Was ist das?«, fragte Emily. Sie hielt sich beide Hände vors Gesicht, ließ sie dann aber sinken, weil sie zu sehr schmerzten. Die Erde von der Graberei klebte immer noch an ihnen und die Stellen, an denen sie sie sich dabei aufgeschürft hatte, begannen allmählich sich zu entzünden. Christy hatte das gleiche Problem, nur dass sie zusätzlich noch die Kratzer auf dem Rücken und die Wunde am Kopf hatte, die sie sich zugezogen hatte, als sie unter der Schuppenwand hervorgezerrt worden war.

»Das ist eine Ratte, oder?«, fragte Emily schwach.

Christy begann leise zu weinen. »Komm, wir beten noch was«, sagte sie. »Wir müssen beten, dass Gott macht, dass die Ratten nicht hier reinkommen. Wir müssen ihm erzählen, wie viel Angst wir haben.«

Emily senkte widerspruchslos den Kopf.

»Lieber Gott«, flüsterte Christy, »könntest du uns bitte, bitte helfen und diese Ratten weggehen lassen, damit wir nicht mehr so große Angst haben? Wir wären dir sehr dankbar dafür.«

Wieder das Rascheln. Christy stampfte auf den Boden und stieß einen gellenden Schrei aus, in der Hoffnung, was immer da war zu verscheuchen. Das Geräusch verstummte.

»Ich hab sie verjagt«, sagte sie leise.

Sie hörten hoch über sich ein anderes Rascheln, aber diesmal kam es vom Fenster, aus vielleicht vier Meter fünfzig Höhe.

»Was ist das denn?«, fragte Christy.

Emily knipste die Taschenlampe an und leuchtete hinauf. Sie gab nur noch spärlich Licht, denn die Batterie war fast leer. Der schwache Lichtkegel strich über das Fenster und sie sahen etwas auf der Fensterbank stehen und zu ihnen herabblicken.

»Eine . . .«

Bevor Emily den Satz vollenden konnte, sprang es von der Fensterbank auf den Boden.

Die Mädchen schrien beide auf und drückten sich tiefer in den Winkel. Irgendetwas Pelziges streifte Christys Beine und sie schrie noch lauter. Dann hörten sie ein Geräusch, das sie nicht erwartet hatten.

»Miiiaaauuuuu.«

Emily hielt den Atem an und leuchtete auf das Tier. »Christy, eine Katze! Guck mal!«

Christy machte die Augen auf und begann angesichts des großen, gelben Tieres erleichtert zu lachen. »Eine Katze? Komm her, Kätzchen. Hast du mich erschreckt!«

Es war eine gutmütige Katze und sie rieb sich an Christys Bein und ließ sich von ihr hochheben. »Guck mal, Emily. Ist die süß.«

Emily kicherte und streichelte sie. »Wie ist die denn hier reingekommen? Das ist doch ziemlich hoch.«

»Draußen vor dem Fenster muss ein Baum stehen. Siehst du? Ich hab dir doch gesagt, dass Gott unser Gebet erhört.«

»Was? Wir haben doch nicht für eine Katze gebetet.«

»Nein, aber sie wird die Ratten verjagen. Und uns Gesellschaft leisten und dann müssen wir keine Angst mehr haben.«

Emily dachte einen Augenblick lang darüber nach. »Stimmt. Vielleicht bleibt sie hier, bis Papa uns holen kommt.«

»Wird sie müssen. Wenn nicht jemand die Tür aufmacht, kommt sie hier genauso wenig raus wie wir.«

»Besser konnte Gott auf unsere Gebete ja gar nicht antworten«, gluckste Emily und rieb ihr Gesicht im Fell der schnurrenden Katze. »Woher hat er das gewusst?«

»Gott kennt unsere Bedürfnisse besser als wir selbst«, sagte Christy sachlich und nüchtern. »Das sagt meine Mama immer.«

»Hat Gott *ihr* auch schon mal eine Katze geschickt?«

»Nee. Aber was anderes. Es ist immer was anderes.«

»Beten hilft also tatsächlich?«

»Gerade hat es jedenfalls geholfen, oder?«

Emily lächelte und dabei kletterte die Katze auf ihren Schoß und rollte sich schnurrend zusammen.

## 47

Nelson Chamberlain hockte auf einem flachen Hügel in der Nähe der Gleise und wartete auf die Ankunft des Zuges. Während er dasaß, flocht er das rote Taschentuch durch die Finger, links und rechts, bis es zu Ende war. Beim Abwickeln drehte er den Kopf in Richtung Strecke.

Er konnte in der Ferne einen Zug hören und erkannte erleichtert, dass er jeden Moment hier sein würde. Er machte sich nur ungern schmutzig und auf einem Dreckhaufen zu hocken und darauf zu warten, dass ein Zug vorbeikam, war nicht unbedingt sein Stil. Seine Arbeit war sauber – Arbeit, bei der man sich niemals die Hände schmutzig machte. In letzter Zeit hatte er allerdings immer öfter schmutzige Hände. Er fühlte sich dabei nicht besonders wohl, doch wenn er erst einmal Boudreaux das Bild gebracht hatte und endlich im Flugzeug nach England saß, würde es sich letztlich gelohnt haben.

Der Zug kam allmählich näher und er sah über den Schienen seine Scheinwerfer herankommen. Die Wagenschlange kroch an ihm vorüber, wobei sie immer langsamer wurde, und er zählte mit. Schließlich kam sie quietschend zum Stehen.

Er blieb sitzen, bis er sich ganz sicher war, dass der Zug stand, und wartete dann noch weitere zehn Minuten, ehe er sich daranmachte, den Wagen auszusuchen, mit dem das Bild übergeben werden sollte. Nicht weit von seinem Sitzplatz entfernt befand sich einer, dessen Tür offen stand und der innen leer war. Wenn sie es in seiner hinteren rechten Ecke platzierten, wie er es verlangt hatte, konnte dem Bild nichts passieren.

Er stand auf, klopfte sich die Hose ab und versicherte sich dann mit einem Blick, dass niemand in der Nähe war, dessen Verdacht er erregen könnte. Die Zugmaschine, in der der Lokführer saß, stand hinter einer Kurve, so dass ihn von dort niemand sehen konnte. Er schob das Taschentuch hinter der Führungsschiene der Tür durch und verknotete es. Dann zog er noch einmal prüfend daran, um sicherzugehen, dass es fest saß, und überzeugte sich anschließend davon, dass es auch zu sehen war.

Er sprang vom Waggon herunter und blickte das Gleis entlang. Er würde mit dem Wagen zu einer Stelle gut drei Kilometer von hier entfernt fahren und dann ungefähr anderthalb Kilometer an der Strecke zurückgehen. Wenn der Zug um halb eins losfuhr, nachdem Ben die *Menschenmenge* gebracht hatte, würde er nach dem Waggon Ausschau halten, aufspringen, solange der Zug noch langsam war, das Bild holen und dann nahe der Stelle, wo er seinen Wagen abgestellt hatte, wieder abspringen.

Die Sache war narrensicher. Sie konnten natürlich Bullen im Zug postieren, während Ben das Bild deponierte. Doch bevor er ihnen nicht verraten hatte, wo die Kinder waren, würden sie nicht wagen, ihm in die Quere zu kommen. Davon abgesehen würden sie nicht wissen, wo sein Wagen stand, und wenn er erst einmal vom Zug gesprungen und geflüchtet war, würden sie ihn auf keinen Fall mehr ausfindig machen oder seine Identität feststellen können. Und schon würde er auf dem Weg zum Flughafen sein, wo er eine Verabredung mit Boudreaux hatte.

Er lachte, als er über den Hügel zum Wagen zurückging, der unsichtbar hinter ein paar Bäumen stand. Nur noch ein paar Stunden dieses bösen Traumes und dann konnte er ihm endlich ein Ende machen.

# 48

Die UPS-Quittungen waren genau dort, wo Ben sie vermutet hatte. In Sachen Organisation war Louis Dubose Meister gewesen. Er hatte sein Büro immer in tadellos aufgeräumtem Zustand gehalten und alles fein säuberlich abgeheftet, damit es ja nicht seinen Schreibtisch verstopfte.

Die Quittung, die sie suchten, war ganz vorn in der Mappe. Triumphierend nahm Ben sie heraus. »Hier ist sie: die Adresse!«

Tony warf einen Blick darauf. »Sind Sie sicher, dass es die richtige ist?«

»Hundert Prozent. Hier, eine Adresse außerhalb der Stadt, aber nicht *zu* weit weg . . . in St. Petersburg. Und hier steht, dass es eine Röhre war. Das muss es sein«, sagte Ben. »Los. Wir haben nicht mehr viel Zeit, wenn wir es noch holen wollen.«

In Windeseile waren sie aus St. Clair hinaus und in St. Petersburg, wobei sie auf der Karte nachsahen, wo genau die Straße lag, die in der Adresse angegeben war. Als sie sie gefunden hatten, sahen sie, dass es ein kleiner Laden namens »Home Address« war. Auf einem Schild im Fenster stand: »Bis 22.00 Uhr geöffnet.«

»Wir haben gerade halb«, sagte Tony. »Irgendwer scheint auf unserer Seite zu stehen.«

Tony, Larry und Ben stürmten hinein. »Haben Sie hier Briefkästen, an die Leute etwas schicken können?«

»Ja«, sagte der Mann und wies auf eine ganze Wand voller Postfächer. »Brauchen Sie einen?«

»Nein.« Tony zückte seine Dienstmarke und hielt sie dem Mann kurz unter die Nase. »Wir kommen vom St. Clair Police Department. Wir müssen den Inhalt von Suite 320 beschlagnahmen.«

»Da drüben. Eigentlich ist es nur ein Postfach, aber wir nennen sie Suiten, damit es so aussieht, als hätten die Leute hier ein Büro. Haben Sie eine Beschlagnahmeverfügung?«

»Nein«, sagte Tony. »Aber zwei Kinder sind in Gefahr und wenn wir uns die Zeit nehmen, eine zu erwirken, werden sie unter Umständen ermordet.«

»Aber ich kann Ihnen nicht einfach die Post von einem Kunden geben.«

»Passen Sie auf: Alles, was wir wollen, ist eine Röhre, die da drin ist. Wir retten damit das Leben von zwei kleinen Mädchen, die entführt worden sind. Sie können von mir aus verlangen, dass ich jetzt eine Verfügung besorge, aber dann nehme ich Sie mit. Ist das klar? Ich werde Sie ein paar Tage lang verhören, woher Sie den Mann gekannt haben, der das Fach gemietet hat, und was für eine Verbindung Sie zu dem Mord und der Entführung der beiden Mädchen haben.«

Der Mann wirkte wie gelähmt, dann langte er hastig hinter die Ladentheke und holte den Schlüssel hervor. »Na schön. Machen Sie's auf.«

Tony nahm den Schlüssel und öffnete das Fach. »Na, wer sagt's denn – eine Pappröhre. Absender: Ihre Galerie.«

Ben stieß einen Seufzer der Erleichterung aus. »Machen Sie sie auf. Wir müssen sicher sein, dass es das richtige Bild ist.«

Vorsichtig öffnete Tony das Fach und legte es auf die Theke. Der Ladeninhaber schaute ehrfürchtig zu. Tony öffnete die Röhre und ließ den Inhalt herausgleiten.

»Sehen Sie?«, sagte Ben. »Das ist es, wir haben es!« Er nahm mit vorsichtigen Fingern das Bild und entrollte es ein Stück. »Das ist die *Menschenmenge*.«

»In Ordnung«, sagte Larry. »Wir müssen uns jetzt beeilen. Bevor wir das Bild abliefern, müssen wir noch beim Revier vorbeifahren und dem Captain Bericht erstatten. Wir werden eine Menge Unterstützung bei der Sache brauchen.«

Sie ließen den nervösen Ladeninhaber stehen, liefen mit dem Paket zum Wagen und fuhren, so schnell sie konnten, nach St. Clair zurück.

## 49

Anne brachte Bobby ins Bett, blieb dann eine Weile im Schaukelstuhl sitzen und dachte dabei über ihr verschwundenes Kind nach. Wo waren Emily und Christy? Würden sie sie wirklich diese Nacht zurückbekommen?

Sie konnte nicht ruhig sitzen bleiben und so stand sie auf und wanderte durchs Haus. Sie ging nach oben, zu Christys Zimmer. Sie wollte zwischen den Sachen sein, die Emily dort zurückgelassen hatte. Als sie in die Tür trat, sah sie Sharon und Jenny aneinander geschmiegt auf dem Bett sitzen. Die beiden blickten zu ihr hoch.

»Entschuldigt«, sagte sie und wischte sich die Tränen fort. »Ich wusste nicht, dass ihr hier seid.« Sie wollte kehrtmachen, doch Sharon hielt sie auf.

»Anne, warte.«

Anne sah sie fragend an.

»Wir haben gerade für die Mädchen gebetet und auch für Ben. Hast du nicht Lust, mit uns zu beten?«

Anne zögerte. »Ich bin keine große Beterin. Falls es einen Gott gibt, dann bezweifle ich, dass er einem Gebet von mir zuhören würde.«

»Er hört immer jedem von uns zu«, sagte Sharon bestimmt. »Na los, komm!«

Anne kam herein und setzte sich auf die Bettkante.

»Dreh dich um, Anne«, sagte Jenny. »Wir setzen uns im Kreis und halten uns an den Händen. Jesus hat gesagt, wenn zwei oder mehr Leute sich in seinem Namen versammeln, ist er dabei.«

»Wirklich? Das hat er gesagt?«

»Ja«, sagte Sharon. »Wir müssen für sie beten.«

»Okay«, sagte Anne leise.

Sharon nahm Annes Linke und umschloss sie fest. Jenny nahm die andere Hand, während Mutter und Tochter sich ebenfalls bei den Händen hielten. Und Sharon begann zu beten.

## 50

Ein paar Kilometer entfernt saßen Lynda und Jake auf ihrem Wohnzimmersofa, umgeben von weiteren Freunden von Sharon aus ihrer Gemeinde. Sie hatten Sharon nicht gesagt, dass sie sich trafen, aber es spielte auch keine Rolle, ob sie es wusste oder nicht. Lynda hatte die anderen angerufen, unmittelbar nachdem Sharon ihr am Telefon berichtet hatte, dass heute Nacht die Übergabe stattfinden würde. Lynda war klar, dass es nur eines zu tun gab.

Die fünfzehn saßen im Kreis und beteten, einer nach dem anderen, ernst, inbrünstig . . .

Jake war an der Reihe und seine Stimme war voller Gefühl, als er zu sprechen begann. »Herr Jesu, du hast gesagt, dass du für uns eintreten willst, mit einem Flehen, das sich nicht in Menschenworten ausdrücken lässt . . . wir wissen ja nicht einmal, wie wir angemessen zu dir beten sollen. Ich weiß nicht, wo die Mädchen sind, Herr, und auch nicht, was sie brauchen oder in welcher Gefahr sie schweben, aber du kannst sie sehen. Du bist im Bilde. Herr, bitte pass auf sie auf. Umgib sie mit deiner Gegenwart. Lass ihnen kein Leid zustoßen. Sie sind noch so klein . . . Und Ben . . . er ist unterwegs und sucht nach dem Bild . . . damit er es dem Mann geben kann, der die Mädchen in seiner Gewalt hat. Lass es ihn finden, Herr. Und ich bete auch für den Entführer, dass du dich seiner annimmst. Mach ihm einen Strich durch die Rechnung, Herr. Stell dich ihm in den Weg. Überzeuge ihn von seinem Unrecht . . . Ich weiß, dass du dieses Gebet erhören kannst, Herr. Ich weiß es doch aus eigener Erfahrung. Aber dein Wille geschehe, nicht unserer. Du weißt, was das Beste ist . . .«

So setzten sich die Gebete bis in die Nacht fort – Fürbitten für die Familie, die sich in so großem Aufruhr befand.

## 51

Die Mädchen schliefen, die Katze ausgestreckt auf ihrem Schoß. Sie waren so erschöpft, dass sie nicht wach wurden, als das Tier aufsprang, weil es ein Rascheln in der Wand gehört hatte. Ihre Nachtaugen erblickten den winzigen Kopf, der aus dem Loch geschossen kam, wo einst das Waschbecken gewesen war. Die Katze fauchte, doch der Nager ließ sich nicht beeindrucken.

Sie legte die Ohren an, fletschte die Zähne und machte einen Buckel, bis die Ratte sich aus dem Loch und die Wand hinunter begeben hatte. Sie hatte kaum den Boden berührt, da schlug die Katze zu.

In Sekundenschnelle war die Ratte tot und die Katze schleifte sie in die Zimmerecke, hinter die rostige, stinkende Toilette. Dort legte sie ihre Beute ab und kehrte dann zu den Mädchen zurück. Die beiden hatten sich nicht geregt.

Zufrieden rollte sich die Katze wieder auf Christys Schoß zusammen, begann erneut zu schnurren und schlief ein.

# 52

»In Ordnung«, sagte Captain Sam Richter und ging dabei vor den Polizisten auf und ab, die sich in seinem Zimmer drängten und begierig darauf warteten, endlich in Aktion treten zu können. »Wir haben bereits Leute an der Strecke postiert, die ihn zu schnappen versuchen, wenn er das Taschentuch anbringt. Falls wir ihn nicht kriegen, machen wir weiter, wie gerade besprochen. Ihr wisst, was zu tun ist. Sobald Chamberlain das Bild hat, nehmt ihr ihn fest und bringt ihn her.«

»Nein!« Tony stand auf und sah sich Hilfe suchend nach seinem Partner um. »Das könnte ein Fehler sein, Captain. Wir müssen ihm Zeit geben, wegen der Kinder zu telefonieren.«

»Und wenn er es nicht tut?«, wollte Sam wissen. »Was ist, wenn er schnurstracks zum Flughafen fährt und das nächstbeste Flugzeug nimmt?«

»Es gibt für ihn keinen Grund anzurufen«, meinte einer der Beamten. »Wenn er das Bild hat, werden ihn die Kinder nicht mehr weiter kümmern.«

»Vielleicht doch, weil er ein Mensch ist«, sagte Tony. »Vielleicht hält er sich an seinen Teil der Abmachung.«

»Der Mann ist ein Krimineller«, sagte Larry. »Dem ist es egal, ob er Wort hält oder nicht.«

Tony fuhr herum und starrte ihn verblüfft an. »Auf wessen Seite bist du eigentlich?«

»Auf der Seite der Kinder«, erklärte Larry. »Und wenn wir ihn uns schnappen, können wir vielleicht irgendeinen Deal mit ihm machen, so dass er uns verrät, wo sie sind.«

»Ihr vergesst dabei alle eins«, sagte der Captain. »Eines der Mädchen kennt den Entführer. Er wird bestimmt nicht wollen, dass sie ihn identifiziert. Wenn wir ihn nicht sofort finden, besteht folglich die Gefahr, dass er zurückfährt, um die Mädchen zu töten. Vorausgesetzt er hat sie nicht schon umgebracht.«

»Nein, hat er nicht«, sagte Tony. »Und wenn er zurückfährt: Na bestens! Dann führt er uns zu ihnen. Dann können wir ihn da festnehmen – bevor er Gelegenheit hat, irgendwas anzustellen. Ich sag ja nicht, dass wir ihn laufen lassen sollen, Captain. Ich meine nur, wir sollten ihm ein bisschen Zeit geben, wenn er das Bild hat – und abwarten, ob er uns zu ihnen führt oder die Eltern anruft, um ihnen zu sagen, wo sie suchen sollen.«

Der Captain setzte sich auf den Tisch, der an der Stirnseite des Raumes stand, und eine tiefe Sorgenfalte stand auf seiner Stirn. »Na schön. Und was ist, wenn er nicht anruft oder uns nicht zu ihnen führt? Wie weit folgen wir ihm, bevor wir zugreifen?«

»So weit wie nötig.«

»Auch bis zum Flughafen?«

»Ja!«, sagte Tony. »Vielleicht ruft er erst von da aus an.«

»Und was ist, wenn er in ein Flugzeug steigt?«, fragte der Captain. »Lassen wir das auch zu?«

»Ja! Wir fliegen mit. Wir beobachten ihn. Wir alarmieren die Behörden am Zielort, dass sie bereit sind, ihn zu verhaften, sobald er aussteigt.«

Der Captain sah ihn ungläubig an. »Und was würde das bringen?«

»Es würde ihm Zeit geben, Captain«, argumentierte Tony, der von der anstrengenden Überzeugungsarbeit, die er gerade leistete, einen ganz roten Kopf bekam. »Zeit, vom Flugzeug aus anzurufen. Es könnte ja sein, dass er sich nur dort sicher genug fühlt. Bedenken Sie das. Er wird denken, dass er es geschafft hat, ohne dass ihm jemand gefolgt ist – sofern wir keinen Mist bauen. Und wenn dann die Maschine losfliegt, wird er durchatmen, weil er glaubt, reibungslos entkommen zu sein. In diesem Augenblick wäre es logisch, dass er die Eltern vom Bordtelefon aus anruft.«

»Man braucht eine Kreditkarte, um aus der Luft anzurufen. Meinen Sie wirklich, er würde den Fehler begehen und zum Telefonieren seine eigene Karte benutzen, wo er alles daran gesetzt hat, dass man ihm nicht auf die Fährte kommt?«

»Er ist erfinderisch. Wir wissen bereits, dass er Karten auf wenigstens zwei andere Namen hat. Aber wenn wir ihn uns schnappen, bevor er redet, verrät er uns vielleicht *nie*, wo die Mädchen sind.«

»O doch, das wird er«, versicherte ihm der Captain. »Dafür werde ich schon sorgen.«

»Und wie? Wollen Sie es aus ihm rausprügeln? Da schreit er sofort nach seinem Anwalt und das ganze Verfahren wird wegen Verletzung der Staatsbürgerrechte eingestellt!« Tony ließ sich wieder auf seinen Stuhl fallen. »Hören Sie, ich weiß nur, dass es da draußen eine Familie gibt, die krank ist vor Angst um ihre Kinder. Wir sind jetzt so kurz vorm Ziel. Wir dürfen es auf keinen Fall vermasseln.«

Der Captain holte ein paar Mal tief Luft und sah auf seine Uhr. Halb zwölf. In ein paar Minuten mussten sie los, wenn sie das Bild vor Mitternacht deponieren wollten. Er blickte erst Larry an, dann Tony und ging anschließend zur Scheibe des Konferenzzimmers. Draußen saß Ben Robinson an Larrys Schreibtisch und telefonierte gerade mit seiner Familie, um ihr zu erzählen, dass sie das Bild hatten. Tränen liefen über sein Gesicht.

Der Captain wandte sich wieder um. »In Ordnung, Leute. Wir gehen wie folgt vor: Wir lassen ihn das Bild nehmen und flüchten. Wer am dichtesten an ihm dran ist, kann hinter ihm herfahren - aber bleibt in engem Kontakt mit mir. Wenn er zum Flughafen fährt, folgt ihr ihm hinein.«

Tony stieß einen Seufzer der Erleichterung aus. »Vielen Dank, Captain.«

»Moment, ich bin noch nicht fertig. Ihr folgt ihm hinein, lasst ihn aber nicht in ein Flugzeug steigen.«

»Captain, das ist ein Fehler . . .«

»Verhaftet ihn, bevor er an Bord geht. Das gibt ihm genug Zeit, die Familie anzurufen. Wenn er es bis dahin nicht gemacht hat, müssen wir annehmen, dass er es auch nicht mehr tun wird. Wenn er in Atlanta verhaftet wird - oder, noch schlimmer, in Mexiko Stadt oder irgendwo anders -, stehen wir auf dem Schlauch. Wir müssen die Kinder noch heute Nacht finden.«

Tony hieb mit der Faust auf den Tisch und fuhr hoch. »Captain . . .«

»Sie haben meine Anweisungen, Danks. Setzen Sie sich ja nicht darüber hinweg.«

»Gut!«, knirschte er und ging zur Tür. »Ich hoffe bloß, diese Anweisungen machen nicht jegliche Chance zunichte, die Mädchen zu finden.«

## 53

Kurz vor Mitternacht waren die drei wieder bei Sharon, und Ben stieg mit dem Bild in seinen eigenen Wagen. Die Polizisten, die an der Strecke postiert waren, hatten bisher weder Chamberlain noch das Taschentuch geortet. Larry und Tony hatten beschlossen, Ben allein nach der Markierung suchen und das Bild im Güterwagen deponieren zu lassen und ihm in einiger Entfernung zum Bahnhofsgelände zu folgen. Selbst wenn sie Chamberlain dabei sehen sollten, wie er das Taschentuch anbrachte, hatten die Beamten, die nach ihm Ausschau hielten, Anweisung, erst dann zu handeln, wenn er das Bild in Händen hielte.

Es gab in dem Gleisabschnitt, den Chamberlain genannt hatte, keinerlei Beleuchtung, daher hatten Larry und Tony einige Mühe die Szene vom Versteck ihres Wagens aus zu beobachten. Sie stiegen leise aus und Tony beobachtete durch ein Nachtsichtgerät, wie Ben, die Röhre mit dem mehrere Millionen teuren Bild unter dem Arm, an den Gleisen entlangging und nach dem Güterwagen mit dem roten Taschentuch suchte.

»Hat er's schon gefunden?«, erkundigte sich Larry.

Tony schüttelte den Kopf. »Nein. Und ich seh's auch nirgendwo. Was ist, wenn Chamberlain es noch gar nicht angebracht hat?«

Tony verstummte jäh, denn er hatte gesehen, dass Ben zögerte. Da, über der Tür von einem der Waggons flatterte ein Taschentuch im Wind. Ben sah sich nach allen Seiten um und kletterte dann in den Wagen. Sekunden später sprang er wieder heraus und lief zu seinem Wagen zurück.

»Alles klar«, sagte Tony und steckte das Fernglas in das Futteral an seinem Gürtel zurück. »Wenn wir hier die Gleisseite wechseln und uns von hinten an den Zug heranschleichen, müsste es dunkel genug sein, dass wir nicht gesehen werden. Das Bild ist im achten Wagen. Du nimmst den davor, Numero sieben, und ich den dahinter. So können wir ihn von beiden Seiten im Auge behalten.«

Sie überquerten die Gleise, krochen unter der Kupplung zweier Güterwagen hindurch und rannten gebückt hinüber, während sie die Wagen zählten. Larry sprang in den unmittelbar hinter dem markierten Waggon, während Tony weiter nach vorn lief und leise in den übernächsten kletterte.

Er setzte sich an die gegenüberliegende Tür, so dass er in der Dunkelheit nicht zu sehen war, aber er freie Sicht hatte, wenn Chamberlain kam, um das Bild zu holen. Er wusste, dass andere Beamte in Zivil das Gebiet umstellt hatten und nach dem Leihwagen suchten, den Chamberlain den Ermittlungen zufolge inzwischen benutzte. Man hatte ihnen gesagt, sie sollten nichts unternehmen, wenn sie ihn fanden. Sie sollten nur in seiner Nähe bleiben, um ihm zu folgen, wenn er flüchtete.

Tony saß so still, dass seine Muskeln wehtaten, und er fragte sich, wie es Sharon jetzt wohl ging. Sie war nervlich vollkommen am Ende, und es wunderte ihn nicht. Wenn sie heute Nacht einen Fehler machten, wenn die Kinder nicht gefunden wurden - oder wenn doch, und sie waren nicht mehr am Leben . . .

Der Gedanke schmerzte ihn und er sagte sich, dass sie einfach noch am Leben sein *mussten*. Die andere Möglichkeit konnte er nicht zulassen. Die Vorstellung, es ihr sagen zu müssen, war unerträglich.

Die Minuten verstrichen, doch niemand kam, um das Bild zu holen. Er begann sich zu fragen, ob sie es vielleicht in den falschen Wagen gelegt hatten oder ob das alles vielleicht irgendein schlechter Scherz war und er gerade eine gute Zielscheibe für Chamberlains perversen Sinn für Humor abgab.

Er sah zum Himmel hoch. Die Sterne funkelten gespenstisch hell, wie weiße Farbe, die auf einer schwarzen Leinwand verspritzt worden war. Allerdings hätte nicht einmal Marazzio ihn heute Nacht wiederzugeben vermocht, nahm er an. Es war ein wundervoller Anblick von einer solchen Ruhe und Schönheit, dass er sich zu seinem eigenen Erstaunen einen Augenblick lang fragte, ob jenseits davon nicht tatsächlich irgendjemand war, der dafür sorgte, dass sich die Erde um ihre Achse drehte, der Mond den Planeten umkreiste und die Sterne an ihrem Platz in der Schwebe blieben.

Zum ersten Mal schien der Gedanke, dass es tatsächlich so war, unendlich trostreicher als das, was er immer zu glauben vorgezogen hatte. Wenn es keinen Schöpfer gab und die Erde sich von allein drehte, der Mond sein Geschick selbst in der Hand hielt und die Sterne samt und sonders nur aus Zufall dort waren, dann bestand die Welt in der Tat aus Chaos und nichts war kalkulierbar - und er saß vielleicht hier und vertat seine Zeit, während die Kinder in Lebensgefahr schwebten.

Vielleicht gab es doch einen Gott. Und vielleicht erhörte er tatsächlich Gebete. Viele intelligente Menschen beteten schließlich zu ihm. Sie dachten anscheinend wirklich, dass er sie erhörte. Selbst wenn es richtig schlimm wurde, wie seinerzeit bei Jake Stevens und Lynda Barrett, schienen sie immer noch zu glauben, dass Gott bei ihnen war und alles wieder ins Lot bringen würde.

Er wusste, dass zwei Waggons hinter ihm Larry vermutlich gerade dabei war zu beten. Sie beteten wahrscheinlich alle gerade. Sharon, Jenny, Lynda, Jake . . . jeder. Weiß der Geier, wahrscheinlich ließen sie sämtliche Freunde aus der Kirche eine dieser Gebetsketten machen. Womöglich betete gerade halb St. Clair, oder zumindest der gläubige Teil, für ihn und den ganzen Einsatz hier. Es war ein bisschen beklemmend. Und auch ein bisschen tröstlich.

Er sah wieder zu den Sternen hoch. *Gott, bist du's?*, fragte er stumm. *Bist du wirklich da? Oder reden sie bloß mit Luft? Ich bin nie jemand gewesen, der Dinge auf Glaubensbasis akzeptiert hat. Das ist was für Träumer. Ich bin Realist.*

Und warum redete er dann mit dem Himmel, fragte er sich selbst spöttisch.

Der Wagen rumpelte und er war sofort wieder bei der Sache. Er schaute nach draußen, doch als er niemanden sah, fragte er sich, ob er es verpasst hatte. War Chamberlain in den Wagen hinter ihm gestiegen und hatte so die Erschütterung ausgelöst?

Doch dann rumpelte der Wagen erneut und dieses Mal begriff er, dass der Zug sich in Bewegung gesetzt hatte. Langsam, Zentimeter für Zentimeter, begann er über die Gleise zu kriechen. Er blickte auf seine Uhr und drückte auf den Beleuchtungsknopf, um die Digitalanzeige lesen zu können. 00.30 Uhr. Die Abfahrtszeit des Zuges.

Doch das machte noch nichts. Er hatte sich fast schon so etwas gedacht. Er und Larry waren beide der Ansicht gewesen, dass Chamberlain vielleicht ein Stück weiter an der Strecke warten würde, bereit auf den Waggon zu springen, um das Bild zu holen und sich dann wieder davonzumachen, ehe der Zug Geschwindigkeit aufnahm. Es wäre die sicherste Methode, nicht geschnappt zu werden.

Das Geräusch der auf den Schienen knirschenden Räder ging in ein lautes Dröhnen über. Da er wusste, dass er jetzt von draußen nicht gehört werden konnte, zückte er sein Walkie-Talkie und schaltete es ein. »Wir fahren, Leute«, erklärte er den anderen Polizisten, die in unterschiedlichem Abstand an den Bahnübergängen entlang der Strecke postiert waren. »Haltet die Augen offen.«

Der Zug bewegte sich mit ungefähr dreißig Stundenkilometern – für jemanden, der darauf wartete die Gleise zu überqueren, langsam, aber zu schnell für jemanden drinnen, der darauf wartete, einen Mörder zu fassen. Er hielt sich weiter im Dunkel, sah Bahnübergang um Bahnübergang an sich vorbeiziehen.

Wo war er? Ganz bestimmt hatte er nicht vor, bis zum nächsten Halt des Zuges zu warten. Er musste wissen, dass dort Leute von der Truppe warten würden, bereit zum Zugriff. Nein, die sicherste Methode wäre, den Zug an irgendeiner nicht voraussagbaren Stelle zu entern – überall, nur nicht an einem Halt – und wieder runterzuspringen, ohne dass es irgendwer mitbekam.

»Bingo.« Es war Larrys Stimme und Tony hielt das Walkie-Talkie dichter ans Ohr.

»Was?«, fragte er.

»Ich sehe jemanden, der mit einer Taschenlampe die Waggons ableuchtet. Ich denke, wir haben ihn.«

Tony machte das Gerät aus und steckte es wieder in die Jackentasche. Plötzlich sah er, wie der Strahl der Taschenlampe die Öffnung seines Wagens absuchte. Er glitt zum nächsten und dann erlosch das Licht – zweifelsohne weil Chamberlain das Taschentuch gefunden hatte.

Er beobachtete vorsichtig, wie ein Mann am Gleis entlanglief, direkt neben seinem eigenen Waggon her, den Kopf über die Schulter gewandt, um den idealen Moment abzupassen, in dem er auf den Zug aufspringen konnte. Er ließ sich zurückfallen, lief im gleichen Tempo wie der gekennzeichnete Wagen und dann verschwand er.

»Er ist drin«, sagte Tony leise zu sich selbst. Er schob sich dichter an die Öffnung und wartete darauf, dass Chamberlain wieder heruntersprang. Nichts geschah.

Was machte er? Kontrollierte er das Bild, bevor er sich aus dem Staub machte? Wollte er bis zur nächsten Stadt mitfahren?

Bevor er Zeit hatte in Panik auszubrechen, sah er, wie der Mann wieder hinaussprang und sich den grasbedeckten Bahndamm herunterrollen ließ. Zeit zu handeln.

Tony sah, wie er zu einem dunklen Bahnübergang lief, wo ein Stück abseits der Straße ein schwarzer Wagen stand, in der Nähe einiger Bäume. Er ließ sich noch ein paar hundert Meter weiterfahren und sprang dann auch ab. Larry folgte ihm.

Larry holte das Walkie-Talkie wieder aus der Tasche und schaltete es ein. »Er steht an der Gray Street, Jungs. Der schwarze Ford Tempo.«

»Wir sehen ihn«, funkte einer der Beamten zurück.

»Passt auf, dass er *euch* nicht sieht. Und haltet mich auf dem Laufenden. Irgendwer holt Larry und mich bitte in drei Minuten an besagtem Bahnübergang ab.«

Larry klopfte sich gerade Jacke und Hose ab. »Alles klar? Nichts passiert?«

»Kein Problem. Ich hoffe nur, dieser Kerl hat einen Funken Mitgefühl im Leib. Dass er die Kinder nicht einfach da lässt, wo sie sind.«

»Wollen wir's hoffen.« Sie trabten zu dem Bahnübergang zurück, an dem Chamberlain kurz zuvor losgefahren war.

Dort wartete schon ein Wagen auf sie und sie fuhren zum Auto zurück, das sie einige Kilometer entfernt an der Strecke abgestellt hatten.

## 54

Als Ben das stille Haus betrat, fragte er sich, wo wohl die anderen stecken mochten. Seine Hände zitterten und er ging zu den Vitrinen, um nach etwas Trinkbarem zu suchen. Irgendwas, das ihn beruhigen und das Warten weniger unerträglich machen würde.

Doch es war nichts aufzutreiben und ihm fiel ein, dass Sharon nie Alkohol im Haus hatte. Wenn er jemals einen Drink gebraucht hatte, dann jetzt.

Er ließ sich am Tisch nieder und presste die Faust an den Mund. Tränen traten in seine Augen. Was war passiert, nachdem er weggefahren war? Hatten sie Chamberlain gefasst? Hatte er ihnen verraten, wo die Kinder waren?

Er hatte Probleme still sitzen zu bleiben und so sprang er wieder auf, um sich auf die Suche nach seiner Frau oder seiner Tochter zu machen – oder auch nach seiner geschiedenen Frau. Unten waren sie jedenfalls nicht.

War ihnen etwas zugestoßen? Ängstlich lief er nach oben. Die

Welt war völlig übergeschnappt und jemand war gekommen und hatte auch sie entführt . . .

Und dann hörte er Stimmen aus Christys Zimmer.

Er lief zur Tür. Drinnen erblickte er seine Tochter Jenny und die beiden Mütter seiner Kinder. Sie saßen im Kreis auf Christys Bett, hielten sich bei den Händen und beteten.

Zögernd betrat er den Raum und die anderen blickten auf.

»Vati!« Jenny sprang mit einem Satz vom Bett. »Hast du ihn gesehen, Papa? Hast du Christy und Emily gefunden?«

»Noch nicht«, sagte er und seine Stimme klang müde. Sie zog ihn zum Bett und er setzte sich neben Anne, die die Arme um ihn legte und ihre Stirn gegen seine Schulter sinken ließ. »Ich habe das Bild übergeben. Sie . . . sie haben mir gesagt, ich soll nach Hause fahren und warten, dass er anruft und uns sagt, wo sie sind.«

Er spürte, wie er allmählich die Fassung verlor. Mit aller Kraft klammerte er sich an seine Frau, als wollte er sie erdrücken, und nun ließ er seinen Tränen freien Lauf. Anne setzte sich auf die Knie und hielt ihn fest. Sharon rückte diskret ein Stück ab und sah zu, wie ihre ehemalige Widersacherin den Mann tröstete, der einst ihr Gatte gewesen war.

Und es tat ihr nicht weh.

»Wir haben gebetet, Ben«, sagte Sharon leise und nahm seine Hand. »Wir müssen weiter beten. Es gibt hier drin auch ein Telefon. Wir bekommen es mit, wenn er anruft.«

Er nickte, unfähig zu sprechen, und während sie wieder zu beten begannen, hielt er weiter seine Frau umschlungen.

## 55

Nelson Chamberlain lenkte den Wagen durch die Nebenstraßen St. Clairs, immer in Richtung Autobahn, auf der er dann zum Flughafen von Tampa fahren konnte. Bis jetzt hatte er niemanden bemerkt, der ihn verfolgt hätte, und er lachte laut auf. Er hatte Glück gehabt.

Zärtlich strich er über die lange Röhre auf dem Beifahrersitz. Er hatte bereits nachgesehen, vorhin im Güterwagen, mit der Taschenlampe, und so wusste er, dass genau das darin war, was er erwartet hatte – die *Menschenmenge*, ein Meisterwerk von unschätzbarem Wert, von einem der größten italienischen Maler, der je gelebt hatte.

Er langte in den Karton auf dem Boden, in dem sich ein falscher Oberlippen- und Kinnbart, eine Brille mit getönten Gläsern und ein schwarzer Filzhut befanden. Ohne anzuhalten, klebte er erst den Schnäuzer auf die Oberlippe und brachte dann anschließend den Kinnbart an. Die Brille und den Hut sparte er sich noch bis zum Flughafen auf. Der Kleidersack lag auf der Rückbank. Wenn er am vereinbarten Treffpunkt mit Boudreaux war, musste er nur noch die lange Röhre in die Tasche stecken, den Handel mit dem Fanzosen über die Bühne bringen und dann in die nächste Maschine nach England steigen. Boudreaux würde wieder nach Frankreich zurückfliegen. Die Kinder würden in ihrem Versteck nie und nimmer gefunden werden und wahrscheinlich verhungern. Aber das sollte ihm nur recht sein. Er konnte nicht riskieren, dass sie ihn identifizierten und das, was sich als perfektes Verbrechen herausstellte, zunichte machten.

## 56

»Habt ihr schon was, Leute?« Larry hielt sich das Walkie-Talkie dicht ans Ohr. Tony fuhr.

»Nichts«, antwortete John Hampton. »Er fährt zum Flughafen, und zwar so schnell, dass ich fürchte, die Polizei von Tampa winkt ihn gleich raus.«

»In Ordnung. Wir sind jetzt auch auf dem Weg dorthin. Wenn er anhält, um zu telefonieren, dann passt auf, dass er euch nicht sieht.«

Er sah zu Tony hinüber, der gerade die Autobahnauffahrt nahm. Er hatte ihn noch nie so angespannt gesehen. »Was meinst du? Ruft er an?«

»Er muss.«

# 57

Christy wurde von den Schmerzen in ihren Händen wach. Sie waren geschwollen und noch immer schmutzig und die aufgeschürften Stellen nässten und taten weh. Und auch sonst fühlte sie sich nicht gut. Sie hatte schlimme Kopfschmerzen und ihr Rücken schmerzte auch. Und ihre Kehle brannte vor Durst.

Sie hob die Katze von ihrem Schoß und kroch dann auf allen vieren zu den kaputten Wasserleitungen. Vielleicht hatten sie ja eine undichte Stelle, und es gab da ein bisschen Feuchtigkeit, die sie mit der Zunge auffangen konnte . . .

Ihre Hand berührte etwas Haariges und sie fuhr mit einem Schrei zurück.

Emily schreckte hoch. »Was ist denn? Was ist los, Christy?«

Christy drückte sich mit dem Rücken gegen die Wand und tastete nach der Taschenlampe. Ihre Finger schmerzten fast zu sehr, um den Schalter betätigen zu können, aber am Ende schaffte sie es doch. »Da drüben. In der Ecke!«, rief sie. »Ich kann nicht hinsehen. Guck du mal nach, was es ist.«

Emily nahm die Taschenlampe. Ihre Hand zuckte immer wieder, als sie den Lichtkegel langsam über den Boden wandern ließ. Als sie die tote Ratte erblickte, stieß sie einen spitzen Schrei aus.

»Was?«, fragte Christy. »Was ist es?«

»Eine Ratte!«, schrie Emily.

Die Katze, die von dem ganzen Aufruhr wach geworden war, stakste zu der Ratte hin und hob sie hoch, um zu zeigen, dass sie tot war. Dann ließ sie sie wieder in die Ecke fallen.

»Die Katze hat sie totgemacht. Sie ist tot«, sagte Christy erleichtert.

»Ich will nicht mehr hingucken«, sagte Emily schwach. Sie leuchtete ihre Hände an. Auch ihre waren geschwollen und schmutzig und nässten. »Mir tun die Hände weh.«

»Mir auch.«

»Sind sie entzündet? Mama sagt, wenn man eine Wunde nicht sauber macht, entzündet sie sich.«

»Ich glaube ja«, sagte Christy.

»Und was passiert dann?«

»Keine Ahnung«, meinte Christy. »Ich weiß bloß, dass es wehtut. Ich will hier raus. Ich will nach Hause.«

Sie begannen zu weinen. Schließlich fragte Emily: »Was meinst du, wann Vati kommt? Er hat gesagt, diese Nacht. Er hat's versprochen.«

»Vielleicht konnte er sein Versprechen nicht halten.«

»Aber Mr Chamberlain hat gesagt, er bringt uns um, wenn Papa nicht tut, was er will. Glaubst du, er bringt uns heute Nacht um?«

Christy dachte einen Augenblick lang darüber nach. Im ersten Moment hätte sie Nein gesagt, doch dann machte sie sich klar, dass es durchaus möglich war, dass er sie töten würde. Er hatte ihnen den ganzen Tag weder zu essen noch zu trinken gebracht. Er hatte sie hier bei den Ratten gelassen. Warum sollte so jemand sie nicht auch töten?

»Wenn wir doch bloß ein Telefon hätten«, sagte Emily sachlich-nüchtern. »Dann würde ich jetzt die 911 anrufen.«

»Eine Leiter würde auch helfen«, meinte Christy. »Dann würde ich aus dem Fenster da oben klettern.«

Die Katze schnurrte und schmiegte sich an Christy. »Na, wir haben eine Katze. Und wir haben uns. Als er mich ganz allein in den Kofferraum gepackt hat, als du weggelaufen bist, hatte ich Angst, ich würde ganz allein sein.«

Emily wimmerte und legte ihren Kopf an Christys Schulter. »Meinst du, Mama und Papa wissen, dass wir nichts gegessen haben? Glaubst du, sie wissen, dass er uns vielleicht umbringt?«

»Das tun sie«, flüsterte Christy. »Sie können uns bloß nicht finden.«

Die Katze schnurrte und schmiegte sich an sie.

»Wenn ich mich doch bloß an diese Geschichte erinnern könnte«, sagte Emily leise.

»An was für eine Geschichte denn?«

»Die uns deine Mutter neulich erzählt hat. Über Beth.«

»Beth und ihr Baumhaus? Da gibt's nichts zu erinnern. Die muss man sich einfach nur ausdenken. Ich erzähl sie dir. Du kannst mir dabei helfen.«

»Okay.«

»Es war einmal vor langer Zeit, da kam ein böser Mann und entführte Beth aus ihrem Baumhaus.«

»Und er brachte sie an einen dunklen, unheimlichen Ort«, ergänzte Emily leise.

»Doch Beth war sehr tapfer. Und sie war clever.«

»Konnte sie mit vier schon lesen?«

»Ja. Und sie kannte das Lied mit sämtlichen Bundesstaaten.«

»Und was wurde aus ihr?«

»Nun, sie wartete und hielt die Augen offen, und schließlich fand sie einen Fluchtweg.«

»Und wie?«, fragte Emily ohne große Hoffnung.

»Der finstere Ort hatte eine Geheimtür. Eine Geheimtür, die nur nette Menschen erkennen konnten. Der böse Mann konnte sie gar nicht sehen. Genau wie Beth zu Anfang - weil sie viel zu durcheinander war.«

»Aber dann hat sie sie gesehen?«

»Ja. Und dann ist sie auf Zehenspitzen hingeschlichen. Aber um sie aufzumachen brauchte man einen Schlüssel. Und sie hatte keine Ahnung, wo der Schlüssel sein konnte.«

»Was hat sie dann gemacht?«

Christy wurde beim Sprechen schläfrig. Sie gähnte. »Keine Ahnung. Das muss ich mir erst noch überlegen.«

Emily schwieg und Christy sah, dass ihre Augen zugefallen waren. Christy lehnte den Kopf gegen die Wand und ließ sich in barmherzigen Schlaf sinken. Ihr letzter Gedanke, bevor sie wegtauchte, war: *Gott, bitte hilf Beth, den Schlüssel zu finden.*

## 58

Die Klemmleuchte am Armaturenbrett flackerte, als Tony den Wagen in halsbrecherischer Fahrt zum Flughafen steuerte. Da er Chamberlain nicht unterwegs überholen wollte, hatte er einen Umweg gewählt. Larry sprach über Funk mit den Beamten, die Chamberlain nachfuhren.

»Wo seid ihr jetzt?«

»Wir nähern uns der Flughafenausfahrt. Bis jetzt nichts. Sein Wagen hat keine Mobiltelefonantenne. Könnte er ein Handy oder so benutzt haben, um sich bei ihnen zu melden?«

»Nein«, sagte Larry. »Ich habe schon nachgefragt. Bis jetzt haben sie noch nichts von ihm gehört. Verliert ihn nicht aus den Augen und passt auf, dass er euch nicht sieht. Lasst ihn glauben, er wäre unbemerkt entkommen. Denkt dran: Von uns hängt das Leben zweier kleiner Mädchen ab.«

## 59

Nelson Chamberlain nahm die Autobahnausfahrt und hielt schnurstracks auf den Flughafen zu. Gleich war er da.

Er fuhr zur Rückgabestelle der Mietwagenfirma. Sein erster Gedanke, den Wagen einfach beim Abfertigungsgebäude der Delta Fluggesellschaft am Straßenrand stehen zu lassen, war unvernünftig gewesen. Soweit er wusste, hatte man dieses Verbrechen noch nicht mit ihm ihn Verbindung gebracht. Auch wenn er den Wagen auf den Namen John Lieber gemietet hatte, wollte er doch keinerlei Verdacht aufkommen lassen, dass Lieber eventuell nicht der war, der zu sein er vorgab.

Als er auf den Parkplatz einbog, kam ihm schon jemand vom Autoverleih entgegen. »Kann ich Ihnen vielleicht irgendwie behilflich sein?«

»Ja«, sagte Chamberlain, sprang aus dem Wagen und schnappte sich den Kleidersack. »Ich bin spät dran. Könnten Sie bitte den Rest für mich erledigen?«

»Tut mir Leid. Sie müssen schon selber rein.«

»Keine Zeit!« Er langte in seine Tasche und zückte einen Hundertdollarschein. »Das sollte wohl alles abdecken. Der Rest ist für Sie.«

Der Mann zögerte. »Na schön. Der Shuttlebus zum Abflug steht direkt da vorn. Der fährt jeden Moment los.«

Chamberlain sprang in den Bus. »Delta«, erklärte er dem Fahrer. »Und schnell bitte.«

Die beiden anderen Fahrgäste sahen ihn gleichgültig an und wandten dann den Blick aus dem Fenster. Der Shuttlebus fuhr an.

»Halt!« Draußen standen zwei Männer und riefen dem Bus hinterher. Der Fahrer hielt noch einmal an.

Außer Atem sprangen die beiden auf. »Beinahe hätten wir Sie verpasst. Vielen Dank, dass Sie gewartet haben.«

Als der Bus wieder losfuhr, ließ sich einer der beiden neben Chamberlain nieder und schob seinen Matchsack unter den Sitz; der andere setzte sich ihm gegenüber. Er hatte einen Kleidersack über die Schulter gehängt.

Chamberlain kramte das Flugticket aus seiner Jacketttasche, um sich zu versichern, dass die Zeit reichte, um sich mit Boudreaux zu treffen und anschließend noch rechtzeitig zum Flug zu kommen.

»Welchen Abflug?«, wollte der Fahrer wissen.

»Delta«, sagte Chamberlain.

»Wir auch«, nickte einer der beiden Männer.

## 60

»Wo ist er jetzt?«, erkundigte sich Larry über Funk, als er und Tony sich dem Flughafen näherten und die Zufahrt zu den Abfertigungsgebäuden hochfuhren.

»Im Shuttlebus der Mietwagenfirma«, sagte ein Beamter. »Nick und John sind bei ihm. Sie haben Gepäck dabei, damit er keinen Verdacht schöpft.«

»Gut gemacht«, sagte Larry. »Wir sind jetzt gleich bei den Abflügen. Habt ihr eine Ahnung, zu welchem er wollen könnte?«

»Noch nicht, aber wir haben überall Leute postiert. Im Augenblick gehen gerade ein paar Leute zur Leihwagenfirma rüber – vielleicht bringen wir da Näheres in Erfahrung.«

Tony fuhr rechts ran, um zu warten, dass der Shuttlebus auftauchte. Wenige Augenblicke später fuhr er an ihnen vorbei und hielt bei der American. Ein Fahrgast stieg aus. Dann fuhr der Bus ein paar Meter zur TWA weiter und der nächste stieg aus.

»Sie halten bei der Delta«, sagte Larry Sekunden später ins Funkgerät. »Jetzt steigen drei Männer aus. Ja! John und Nick sind zwei davon. Der dritte sieht nicht aus wie er, aber er muss es sein. Sonst ist niemand mehr im Bus. Er trägt einen schwarzen Oberlippen- und Kinnbart, einen Hut und eine getönte Brille. Hat einen Kleidersack über der Schulter. Gebt ihm Gelegenheit reinzugehen und anzurufen. Vielleicht macht er es noch.«

Sie ließen den Wagen stehen und gingen ebenfalls hinein. Chamberlain war schon ein Stück weiter vorne, dicht gefolgt von den beiden Polizisten.

»Na los«, sagte Tony leise. »Geh zum Telefon. Ruf an.«

Doch der Mann nahm stattdessen Kurs auf das Terminal, an dem gleich sein Flug aufgerufen werden würde. Er checkte am Schalter ein und sie warteten in einiger Entfernung ab, ob er nicht doch noch kehrtmachen und telefonieren würde. Doch stattdessen drehte er sich um, noch immer den Kleidersack über der Schulter, und betrat eine nur wenige Meter entfernte Bar. Er blieb kurz im Eingang stehen und sah sich suchend um, dann ging er auf einen gut gekleideten Mann zu, der allein an einem Tisch im rückwärtigen Teil der Bar saß.

Larry und Tony beobachteten, wie der andere aufstand und die beiden einander die Hand gaben. Chamberlain rutschte auf die Sitzbank und einen Moment lang konnten sie nur seinen Hinterkopf sehen.

»Bestens«, sagte Tony zu Larry. »Das muss der Abnehmer für das Bild sein. Gehen wir es langsam an und lassen uns noch ein bisschen Zeit. Wenn wir geschickt vorgehen, schlagen wir zwei Fliegen mit einer Klappe. Wir kriegen ihn *und* den Käufer.«

Sie warteten. Die Sekunden verrannen und der Zeitpunkt des Abflugs von Chamberlains Maschine rückte immer näher.

## 61

An dem Tisch im hinteren Teil der Bar, wo sie von zwei halbhohen Mauern mit Übertöpfen voller Grünpflanzen vor neugierigen Blicken geschützt waren, öffnete Chamberlain den Reißverschluss des Kleidersacks, holte die Röhre heraus und reichte Boudreaux das unhandliche Paket über den Tisch. Die Augen des Mannes waren vor Ehrfurcht weit aufgerissen, als er vorsichtig den Inhalt herausnahm. Die Leinwand war so breit wie der Tisch; ausgerollt ragte sie einen halben Meter über seine Kante hinaus. Chamberlain half Boudreaux beim Festhalten, als dieser die *Menschenmenge* in Augenschein nahm.

»Großartig«, sagte er. Es hatte ihm den Atem verschlagen. »Genau, wie ich es in Erinnerung habe.« Er zückte ein Taschentuch und wischte sich den Schweiß von der Stirn.

»Wo ist das Geld?«, wollte Chamberlain wissen.

»Fünfzehn Millionen«, erklärte Boudreaux. »Sicher verwahrt auf einem Schweizer Bankkonto. Das Konto wurde auf den Namen John Lieber eröffnet.« Er zog einen Umschlag aus seiner Brusttasche. »Sämtliche notwendigen Unterlagen sind hier drin. Wenn Sie die Bank anrufen möchten, um sich zu versichern, dass das Geld dort ist . . .« Er warf einen Blick auf seine Uhr. »Ich denke, Sie dürften keinerlei Schwierigkeiten haben.«

Chamberlain zog die Unterlagen aus dem Umschlag und studierte sie. »Ja, ich würde gern eben dort anrufen.«

»Gut«, sagte Boudreaux, sorgsam die zusammengerollte Leinwand festhaltend. »Da steht der Sicherheitscode für das Konto und auch die Kontonummer. Die Telefonnummer ist auf der Vorderseite des Blattes.«

»Warten Sie hier«, sagte Chamberlain. Er stand auf und fragte den Barkeeper, ob er sein Kreditkartentelefon benutzen könnte. Der Mann schob den Apparat über den Tresen.

## 62

Draußen vor dem Restaurant sah Tony zu, wie Chamberlain den Hörer abnahm. »Er ruft an!«

»Möglich«, räumte Larry ein. »Wir können aber erst zugreifen, wenn wir die Bestätigung haben. Ich rufe eben unsere Leute bei den Robinsons an, um sicherzugehen, dass sie es sind, die er anruft.«

»In Ordnung. In der Zwischenzeit gehe ich so nah ran, wie ich kann. Er kennt mich ja nicht. Sag mir Bescheid, sobald du die Bestätigung hast. Und sag den anderen, sie sollen sich bereithalten.«

☆

Tony kam nicht dicht genug heran, um das Telefonat mithören zu können, aber er fand einen freien Platz an einem Tisch, an dem Chamberlain beim Verlassen der Bar vorbei musste. Er setzte sich und spitzte die Ohren, doch die klassische Musik, die aus der Lautsprecheranlage kam, war zu laut, und außerdem stand Chamberlain mit dem Rücken zu ihm.

*Bitte mach, dass er es ihnen sagt*, betete er, ohne dass es ihm überhaupt bewusst war.

Chamberlain telefonierte länger, als Tony erwartet hatte, doch der Polizist blieb geduldig sitzen und wartete darauf, dass das Gespräch beendet wurde. Er sah, dass sich der Mann wieder dem Apparat zuwandte, so als ob er gleich auflegen wollte, und Tony ließ die Hand ins Sakko gleiten, bereit seine Pistole zu zücken.

Chamberlain legte auf und ging zum Tisch zurück. Der Andere erhob sich erneut, schüttelte ihm die Hand und steckte das Bild wieder in den Kleidersack.

Tony begann zu schwitzen. Wo blieb Larry nur? Ort und Zeitpunkt waren ideal, um beide Männer zu verhaften ohne unnötige Aufmerksamkeit zu erregen. Wenn sie die Bar verließen, würde alles viel komplizierter werden.

Chamberlain warf einen Blick auf die Uhr. Dann beglich er seine Rechnung mit der Kreditkarte, auf der vermutlich Ben Robinson oder John Lieber stand, um noch immer jeden Hinweis zu vermeiden, dass Chamberlain je aus London zurückgekommen war.

Tony stand auf und sah zum Gang, auf dem Leute vorbeieilten. An seinen Schläfen bildeten sich Schweißperlen.

Und dann sah er Larry auf den Eingang zugelaufen kommen, dabei den Kopf schüttelnd und mit den Lippen ein »Nein« formend.

Tony starrte ihn verblüfft an. »Nein?«, wiederholte er ebenso tonlos.

Chamberlain brach auf und Tony hatte keine andere Wahl, als ihm zu folgen. Chamberlain ging mit schnellen Schritten, rannte schon fast – und je schneller er lief, desto mehr Menschen schienen sich zwischen sie zu drängen. Tony verfiel in Laufschritt, stieß mit einem Mann zusammen, riss ihn beinahe um. Er machte nicht Halt, sondern lief schiebend und stoßend weiter, sich längst nicht mehr auf Larry, John, Nick oder all die anderen verlassend, die auf sein Zeichen warteten.

Als ahnte er, dass er verfolgt wurde, lief Chamberlain im Zickzack zwischen den Leuten hindurch, versuchte in der Menge unterzutauchen. Der Flug war bereits aufgerufen, als er am Flugsteig 16 ankam, und Chamberlain schnellte auf die Flugbegleiterin zu, die die Bordkarten einsammelte.

Tony stürzte nach vorn, packte den Mann und schleuderte ihn gegen die Wand. »Wo sind sie? Wo hast du sie gelassen?«

Chamberlain war sichtlich geschockt. Hatte dieser Kerl wirklich geglaubt, ungeschoren davonzukommen?, fragte sich Tony. »Wie?«, fragte Chamberlain.

»Wo sind sie?«, schrie Tony.

»Ich weiß nicht, wovon Sie reden«, blaffte Chamberlain.

»Wo sind die Mädchen, Chamberlain?« Tonys Augen bohrten sich in ihn, als er den Mann am Kragen packte und ihn erneut gegen die Wand stieß. »Die du gekidnappt hast.«

»Ich habe überhaupt niemanden gekidnappt.«

Tony rammte ihn erneut gegen die Mauer, mit dem Gesicht voran, dann riss er ihm den Kinnbart ab. Er packte ihn bei den Haaren. *»Wo sind die Kinder?«*

Chamberlain schloss die Augen. »Ich weiß es nicht. Ich habe nichts mit irgendwelchen Kindern zu tun gehabt.«

Tony rammte Chamberlains Gesicht erneut gegen die Mauer, dann zog Larry ihn weg. »Schluss, Tony! Krieg dich wieder ein.«

*»Wo sind sie?«*, brüllte dieser noch einmal. *»Was hast du mit ihnen gemacht, du Drecksack?«*

Doch es hatte keinen Zweck. Chamberlain redete nicht.

»Verlest ihm seine Rechte«, sagte Larry zu den anderen Polizisten und versuchte dabei Tony zu besänftigen. »Wir gehen ein bisschen an die frische Luft. Wir sehen uns nachher auf dem Revier.«

## 63

»Wo sind die Kinder?« Die Frage von Tony Danks klang jetzt sehr viel sachlicher, während er im Vernehmungszimmer des St. Clair Police Departments über den Tisch gebeugt stand, an dem Nelson Chamberlain saß. Sein Gesichtsausdruck strafte diesen ruhigen Ton allerdings Lügen. Er sah aus wie jemand, der Chamberlain den Kopf mit bloßen Händen hätte abreißen können.

Larry saß Chamberlain gegenüber, spielte wieder die Rolle des »guten Bullen«, als Gegenpart zu Tony, der wie immer den Bösen gab. Heute Nacht allerdings war Tonys Gebaren nicht gespielt.

»Beruhige dich, Tony«, beschwichtigte Larry. »Lass den Mann reden.«

Doch Chamberlain hatte keinerlei Interesse am Reden. Er betrachtete prüfend seine gepflegten Fingernägel, lehnte sich zurück, legte ein Fußgelenk aufs andere Knie und schwieg.

Larry versuchte es erneut. »Hören Sie, Sie haben nichts davon, wenn Sie die Kinder irgendwo sitzen lassen. Das Spiel ist aus, Chamberlain. Sie sind gefasst worden. Sagen Sie uns, wo wir die Kinder finden – vielleicht lässt die Staatsanwaltschaft dann bei Ihnen ein wenig Milde walten.«

Chamberlain stieß ein sarkastisches Lachen aus. »Man wirft mir Mord, Entführung und Diebstahl vor. Glauben Sie da allen Ernstes, die werden mich einfach laufen lassen, wenn ich rede? Meinen guten Ruf haben Sie bereits ruiniert. So, wie Sie Musterpolizisten mich in aller Öffentlichkeit am Flughafen verhaftet haben, werden die Nachrichten heute unter Garantie voll davon sein. Das könnte sogar Grundlage für einen Prozess werden, wenn meine Unschuld bewiesen ist. Wegen Rufmord.«

»Deinen Ruf kannst du dir sonst wohin stecken«, zischte Tony. »CNN hat sich der Entführung ausführlichst angenommen. Die stehen jetzt, in diesem Augenblick, vor der Tür dieses Büros und warten darauf, Bilder von dem Monster zu kriegen, über das sie die ganze Zeit nur spekulieren konnten.«

Larry bedeutete Tony mit einer Handbewegung, sich wieder zu beruhigen. »Wieso sagen Sie nichts?«, fragte er. »Diese Kinder sind unschuldig. Sie haben Ihnen doch nichts getan.«

»Wieso ich nichts sage?«, fragte Chamberlain mit gespieltem Erstaunen. »Weil ich nichts von einer Entführung weiß. Das ist alles ein äußerst betrüblicher Irrtum.«

Tony trat nach dem Stuhl, der neben Larry stand. Das Geräusch ließ Chamberlain zusammenfahren; als Tony ihn am Kragen packte, ihn hochzerrte und zwang, ihm ins Gesicht zu sehen, wich die Unschuldsmiene aus seinem Blick. »Sie hatten das Bild, Chamberlain. Das Bild, das Sie im Austausch für Informationen über die Kinder bekommen haben. Wir wissen, dass Sie wissen, wo sie sind.«

»Wie oft soll ich es denn noch sagen! Ich weiß nichts.«

Die Männer wurden langsam ungeduldig. Die Zeit wurde allmählich knapp für die Mädchen. Tony ließ den Mann los und dieser strich sein Hemd glatt, das von der Rolle hügelabwärts nach dem Sprung vom Zug noch dreckig war.

Larry beugte sich über den Tisch und sah Chamberlain fest an. »Leben sie noch, oder sind sie schon tot?«

»Ich sage kein Wort mehr, bis ich einen Anwalt neben mir sitzen habe.«

Tony riss der Geduldsfaden. Er packte Chamberlain mit einer raschen Bewegung und schleuderte ihn gegen die Wand, wobei der Stuhl zu Boden ging.

»Sie haben hier gar nichts zu verlangen, Chamberlain! Ist das klar? Das Sagen haben nicht *Sie* hier. Sie haben die Wahl: Entweder Sie reden, oder ich sorge eigenhändig dafür, dass Ihre gepflegte Visage eine drastische Veränderung erfährt. Sie lieben Kunst, Chamberlain? Wenn ich mit Ihnen fertig bin, werden Sie einen Künstler brauchen – damit er Ihnen Ihr Gesicht restauriert!«

»Wo sind die Kinder?«, fragte Larry abermals, diesmal lauter.

Chamberlain schloss die Augen und schwieg. Tony versetzte ihm erneut einen Stoß und Chamberlain ging zu Boden. »Ich bin durch mit dieser Kanaille. Der wird jetzt eingebuchtet, und zwar im alten Flügel. Da kann er ein Weilchen im Dunkeln und Feuchten sitzen und gucken, ob er sich nicht vielleicht doch erinnert, wo er die Kinder versteckt hat.«

Larry machte ein erschrecktes Gesicht. »Tony, der Flügel ist für unbrauchbar erklärt. Da ist alles von Ratten verseucht. Der Captain hat uns angewiesen, dort keine Häftlinge mehr unterzubringen.«

Chamberlain sah vom Boden zu ihnen hoch, die Augen weit aufgerissen. »Ich verlange einen Anwalt. Sofort.«

»Sie haben doch bereits mit einem telefoniert«, sagte Tony. »Es ist doch nicht meine Schuld, dass der einen Vorschuss in bar haben wollte. Ich fürchte, Ihr Glück lässt Sie einfach im Stich.« Er riss ihn vom Boden hoch und zerrte ihn zur Tür. »Ich werde Sie jetzt überstellen. Da müssen Sie sich zuerst mal ganz ausziehen, Chamberlain, mein Freund, und dann werden Sie gründlich durchsucht. Und dann kriegen Sie ein paar hübsche Gefängnisklamotten. Die werden Ihnen bestimmt gefallen. Die wirken auf die Ratten zwar anscheinend eher anziehend als abstoßend – aber damit haben Sie doch sicher keine Probleme, oder?«

Chamberlain hatte inzwischen zu schwitzen begonnen und wurde sichtlich immer nervöser.

Larry stand auf und versperrte ihnen den Weg. »Tony, lass mich noch mal kurz mit ihm reden. Unter vier Augen. Du gehst besser in der Zwischenzeit raus und regst dich ein wenig ab.«

Tony zögerte kurz und erklärte sich schließlich einverstanden. Er stieß Chamberlain wieder zurück und stürmte dann hinaus, die Tür mit einem lauten Knall hinter sich zuschlagend.

»Na?«, fragte der Captain, aus seinem Büro auf den Gang tretend.

»Bis jetzt nichts«, sagte Tony. Er eilte um die Ecke zur Spionglasscheibe und sah dabei zu, wie Larry Chamberlain höflich wieder zum Sitzen nötigte. Er fragte ihn, ob er Durst hätte, goss ihm dann ein Glas Wasser ein und wartete schweigend, bis Chamberlain es geleert hatte.

Der Captain gesellte sich zu Tony an die Scheibe. »Sie haben also den durchgeknallten Bullen gespielt, der kurz davor ist, durchzudrehen und über ihn herzufallen?«

Tony nickte, ohne den Blick von dem Verbrecher abzuwenden. »Nur, dass ich nicht spielen musste.«

Chamberlain hing über dem Tisch und fuhr sich durch das kurz geschnittene Haar. »Tony ist schnell ein bisschen unbeherrscht«, sagte Larry mit leiser, beruhigender Stimme. »Er kriegt bisweilen einen Rappel. Ich habe ihn schon Schlimmeres mit Verdächtigen anstellen sehen. Irgendwie geht's mit ihm durch und dann sind ihm die Vorschriften egal, und auch, ob er sich damit irgendwas einbrockt. Er ist da etwas verbohrt. Ich möchte mich für sein Benehmen entschuldigen.«

Tony musste unwillkürlich grinsen und auch der Captain lachte in sich hinein.

»Ich weiß allerdings nicht, ob ich ihn von dem, was er Ihnen angedroht hat, abhalten kann. Und ganz unter uns – er kann ziemlich grob sein. Einmal hat ein Beschuldigter ihn vom Krankenhaus aus angezeigt und das Innenministerium hat davon Wind gekriegt . . .«

»Aus dem Krankenhaus?«, hakte Chamberlain nach.

Larry hielt inne und nickte. »Ja. War ziemlich scheußlich. Jedenfalls – ich möchte nicht, dass Sie auch in der Statistik auftauchen, und dazu müssen Sie bloß den Mund aufmachen. Das Versteck der

Kinder geheim zu halten wird Ihnen nicht das Geringste nützen, im Gegenteil.«

»Ich werde nicht wegen Entführung ins Gefängnis gehen.«

»Selbst ohne die Entführung wäre da immer noch der Mord. Der Fall ist ganz klar, Chamberlain. Sie wissen, wie das Urteil dafür lauten kann. Wenn Sie allerdings mit uns zusammenarbeiten und uns wissen lassen, wo Christy und Emily sind, geht der Richter vielleicht ein bisschen schonender mit Ihnen um. Vielleicht lässt er Sie sogar auf Kaution raus.«

»Wo ist das Bild? Was haben Sie damit gemacht?«

»Das wird gerade als Beweismittel aufgenommen.«

»Das ist von unschätzbarem Wert, hören Sie. Und es gehört mir. Wenn sich meine Unschuld erweist, bekomme ich es doch zurück, oder?«

»Aber sicher. Sofern sich nicht herausstellt, dass es gestohlen war, und Sie tatsächlich nachweisen können, dass Sie der rechtmäßige Eigentümer sind.«

Chamberlain gab darauf keine Antwort.

»Also verraten Sie uns jetzt, wo sie sind, Chamberlain. Sagen Sie mir, was Sie mit den Kindern gemacht haben.«

»Ich weiß nicht, wo sie sind. Ich habe mit ihrer Entführung nichts zu tun.«

»Sie wollen es uns also nicht verraten. Sie wollen sie lassen, wo sie sind? Sie sterben lassen, bevor ihre Eltern sie finden können? Was für ein Mensch sind Sie bloß?«

Chamberlain schwieg.

»Haben Sie ihnen was zu essen gegeben? Haben Sie sie versorgt? Die beiden sind gerade mal fünf und sechs. Haben Sie ihnen irgendetwas angetan?«

Chamberlain starrte Larry an und schwieg.

Tony ächzte. Sie kamen bei diesem Kerl einfach nicht weiter. Die Nacht würde lang werden.

## 64

Es war fast schon Morgen, als Tony wieder zu Sharon zurückfuhr. Eigentlich gab es dort keinen rechten Grund mehr für seine Anwesenheit. Sie hatten den Entführer und weitere telefonische Forderungen waren folglich nicht mehr zu erwarten. Larry war nach Hause gefahren um zu duschen und gemeinsam mit seiner Frau zu frühstücken. Die Tatsache aber, dass die Kinder noch immer irgendwo gefangen waren, machte es Tony unmöglich auszuspannen.

Er klopfte leise an die Tür zur Küche und sie wurde rasch geöffnet. Vor ihm stand Lynda Barrett. Sie sah ebenso ausgelaugt aus wie er. »Tony. Irgendwas Neues?«

Er schüttelte den Kopf. »Es ist nichts aus ihm rauszubringen. Ich hab schon alles versucht. Boudreaux weiß anscheinend nichts von den Kindern. Mein Instinkt sagt mir, dass Chamberlain allein gehandelt hat, aber er will einfach nichts sagen.«

Lynda bedeutete ihm hereinzukommen. Jake stand neben Ben an die Anrichte gelehnt und Sharon saß teilnahmslos am Tisch, die Augen vom Weinen und vor Müdigkeit verquollen.

»Hat er *überhaupt* nichts gesagt?«, fragte Sharon und sah zu ihm hoch. »Sind sie am Leben? Sind sie bei jemand anders? Kümmert sich jemand um sie?«

»Sie haben gesagt, es gebe dort Ratten und sei dunkel!«, stieß Anne hervor, die soeben durch die Tür gekommen war. »Es hat sich nicht so angehört, als ob jemand bei ihnen wäre. Sie sind völlig allein und er wird sie dort umkommen lassen!«

Sharon stand auf und legte die Hände auf Tonys Schultern. »Tony, wir müssen sie finden«, sagte sie mit flehender Stimme. »Wir können sie unmöglich einfach dort lassen. Sie müssen uns helfen.«

Er nickte. »Ich habe schon überlegt. Vielleicht ist es Zeit, eine Pressekonferenz einzuberufen. Wir müssen die ganze Stadt einbeziehen. Vielleicht weiß irgendjemand was.«

»Gute Idee«, meinte Lynda. »Ich werde das sofort in die Wege leiten.«

Sharon machte ein hoffnungsvolles Gesicht. »Du kannst mein Büro nehmen. Das Telefonbuch liegt in der untersten Schublade.«

Lynda und Jake gingen ins Büro.

Tony sah Sharon an und wünschte sich magische Kräfte, mit denen er ihr ihr Kind zurückgeben könnte. »Sharon, Sie brauchen dringend ein bisschen Schlaf. Sie haben doch schon seit Tagen kein Auge mehr zubekommen.«

»Sie aber auch nicht.«

»Nein, das stimmt nicht. Ich habe auf Ihrem Sofa geschlafen, während ich hier war. Sie müssen sich unbedingt ausruhen. Im Augenblick können Sie sowieso nichts tun.«

»Sie glauben, dass sie nicht mehr am Leben sind, stimmt's?«, fragte Anne mit rauer, keuchender Stimme.

Er runzelte die Stirn und drehte sich um. »Nein. Das tu ich nicht.«

»Aber möglich ist es. Vielleicht ist das der Grund, warum er Ihnen nichts sagt. Es gibt keinen Grund zur Eile für ihn, weil sie tot sind, und ...«

»Sie sind *nicht* tot!«, rief Sharon aus. »Ich bin mir ganz sicher, dass sie leben. Wenn Christy tot wäre, dann wüsste ich es. Ich würde es irgendwie spüren. Sie ist irgendwo da draußen!«

Ben stieß sich von der Anrichte ab und sah Tony klar ins Auge. »Ich will mit ihm sprechen. Vielleicht hört er auf mich. Vielleicht sagt er's mir.«

»Glauben Sie mir, Ben: Ich habe ihn die ganze Nacht in die Mangel genommen. Ich habe alles getan, außer es aus ihm herauszuprügeln.«

»*Ich* kann es ja aus ihm herausprügeln!«, schrie Ben.

»Nein, das könnten Sie nicht. Der Mann ist stur. Aber das wird ihm morgen bei der Vernehmung zur Anklage nur schaden. Ich hoffe, der Richter macht ihm genug Angst, um ihn zum Reden zu bringen - aber so viel Zeit haben wir nicht. Ich hab ihn in die schlimmste Zelle gesteckt, die die Stadt hat«, erklärte er ihnen. »Kein schöner Ort. Andererseits ist sie bei weitem nicht so schlimm, wie ich es mir wünschen würde - aber es gibt Gesetze, die die grausame Behandlung von Untersuchungshäftlingen verbieten.«

»Am besten würde man ihn in einen Käfig stecken und an den Gitterstäben festketten«, knurrte Ben.

Sharon schüttelte den Kopf und ging zum Herd. »Ich habe uns allen Frühstück gemacht, Tony«, sagte sie niedergeschlagen. »Aber keiner hatte Hunger. Möchten Sie etwas essen? Noch ist es warm.«

Er musste zugeben, dass er hungrig war. »Ja, gerne, wenn's nicht zu viel Mühe macht.«

Sharon schien erleichtert zu sein, dass es etwas für sie zu tun gab. Sie lud Rührei und Speck auf einen Teller und holte ein paar Brötchen aus dem Ofen. Tony sah ihr zu, wie sie ihm Orangensaft eingoss und auf den Tisch stellte. »Das ist Christys Lieblingsfrühstück«, sagte sie leise. »Das gibt's jeden Sonntagmorgen bei uns. Ich habe es gemacht, weil ich gedacht . . . gehofft hatte, dass sie . . . vielleicht rechtzeitig hier wäre.«

Sie verstummte und drehte sich abrupt um.

»Ich hatte mir Folgendes überlegt«, sagte Tony mit ruhiger Stimme. »Vielleicht können wir bei der Pressekonferenz alle, die bereit sind bei der Suche nach den Kindern zu helfen, bitten sich um, sagen wir, zehn Uhr zu treffen. Und wenn wir das richtig koordinieren, könnten wir St. Clair sehr gründlich und genau durchkämmen. Jedes verlassene Haus in der Stadt durchsuchen. Jedes Hotelzimmer. An Türen klopfen, Fragen stellen . . .«

Sharon schien Hoffnung zu schöpfen. »Meinen Sie, es würde jemand kommen?«

»Ist das Ihr Ernst? Wenn ich daran denke, wie erpicht Ihre Freunde aus der Gemeinde darauf waren etwas zu unternehmen, fürchte ich, wir werden so viele Leute haben, dass wir nicht wissen, was wir mit ihnen machen sollen. Bisher konnten sie nur beten. Jetzt können sie anfangen etwas Nützliches zu tun.«

Sharon sah ihn lange an, doch ihr Gesichtsausdruck zeigte keinerlei Regung. »Beten ist durchaus etwas Nützliches, Tony«, sagte sie ruhig. »Es ist sogar das Nützlichste, was sie machen konnten.«

Er sah von seinem Teller auf. »Mag sein. Ich meine nur . . . sie glauben offensichtlich daran . . . aber . . .«

»Gott hört zu«, sagte Sharon. »Ob wir sehen können, was er unternimmt, oder nicht. Er hört zu.«

Anne und Ben blickten sie stumm an. Sie hätten gerne etwas von ihrer Gewissheit besessen, jenen Glauben, den sie noch immer hatte.

Tony aß eine Weile schweigend. Er hätte ohnehin nicht gewusst, was er sagen sollte. Dass Beten nützlicher sein sollte als Handeln, war ihm immer äußerst fragwürdig vorgekommen. Es war eine ihm fremde Denkweise, auch wenn Larry ihm schon zigmal erklärt hatte, wie Beten ihm geholfen hatte bei Dingen, die außerhalb seiner Macht lagen. Sharon und Larry schienen eigentlich zu intelligent, als dass Tonys Vorurteile über die Gebets-und-Bibelstunden-Fraktion auf sie hätten zutreffen können.

Bald darauf kamen Lynda und Jake wieder herein. »Okay,

Sharon«, sagte Lynda. »Die Pressekonferenz ist für 9.00 Uhr anberaumt, bei dir vorm Haus. Ich habe Paige, meine Sekretärin, angerufen und sie wird sich mit sämtlichen Fernsehsendern im Raum Tampa in Verbindung setzen und auch mit den Zeitungen und den Nachrichtenchefs der Radiosender. Für die ist das alles ein großes Thema und daher denke ich, wir werden ungeheuer viele Leute erreichen.«

Sharon warf einen Blick auf die Uhr und fuhr sich dann durchs Haar. »Wir werden die Leute bitten, sich um zehn zu treffen, um eine organisierte Suche zu starten.«

»Gute Idee«, sagte Jake. »Ich habe mir schon überlegt, mich wieder ins Flugzeug zu setzen. Ich könnte die Leute aus der Luft zu dünn besiedelten ländlichen Gegenden dirigieren. Das könnte vielleicht ganz nützlich sein.«

»Wir lassen jetzt erst mal neue Plakate machen«, sagte Lynda. »Diesmal mit den Mädchen und auch mit Chamberlain. Vielleicht hat ihn ja jemand gesehen und kann sich wieder daran erinnern. Die Medienleute, die kommen, brauchen auch ein Foto und außerdem müssen wir es an sämtliche Helfer verteilen. Und dann brauchen wir noch eine Nummer, wo die Leute sich melden können, wenn sie was wissen. Sind eure Apparate hier noch geschaltet, Tony?«

»Ja. Wir können jemand kommen lassen, der sie ständig besetzt hält.«

»In Ordnung. Dann sind wir im Geschäft.« Sie wandte sich zur Tür und Jake folgte ihr.

Sharon seufzte auf. »Vielen Dank, Lynda. Danke, Jake.«

»Wir werden eure Kinder finden«, versicherte Jake den drei verzweifelten Eltern. »Und ich hoffe, noch vor Sonnenuntergang.«

☆

Während die anderen die Handzettel fertig machten und überlegten, was sie der Presse sagen sollten, schloss Tony einen zweiten Videorekorder an den Fernseher an und sah sich ein Video von den Mädchen an, auf der Suche nach Dreißig-Sekunden-Passagen, die er zusammenschneiden und an die Fernsehsender verteilen konnte. Man hatte ihnen zwar bereits Fotos zukommen lassen, doch er hatte jetzt das Gefühl, dass die Zuschauer bewegte Bilder von den

Kindern bekommen mussten, sie lachen und spielen sehen sollten. Vielleicht würde ihnen das ebenso zu Herzen gehen wie ihm jetzt. Er saß auf einem Stuhl direkt vor dem Fernseher, die Ellbogen auf die Knie gestützt, das Kinn auf den geballten Fäusten, und sah sich an, wie die Kinder in einem Park eine Rutsche hinaufkletterten, dabei lachten und in die Kamera winkten.

Was ihn besonders erschreckte, war die Tatsache, wie klein und zerbrechlich sie wirkten. Vor der Entführung waren sie ihm gar nicht so winzig vorgekommen. Jetzt aber schwebten sie in so ungeheuer großer Gefahr. Er sah zu, wie Christy hinunterrutschte, kehrtmachte und wieder die Rutsche hinaufstieg, während sie die ganze Zeit sang: »Zachäus war ein kleiner Mann, ein kleiner Mann war er . . .« Sie stand oben auf der Rutsche, dann machte sie einen Satz und stürzte in den Sand. Sie schien sich wehgetan zu haben und stand hastig auf, wischte sich das Knie sauber und blickte dann in die Kamera, wobei ihr Gesicht zu sagen schien, dass es ihr lieber wäre, wenn ihr Vater das Gerät ausmachen würde.

»Ich hab keine Lust mehr«, sagte sie mit bebenden Lippen. »Mach aus.«

Ben hatte ihrem Wunsch entsprochen und in der nächsten Szene sah man sie und Emily. Die beiden hatten sich mit Sachen von Anne verkleidet, samt hochhackiger Schuhe und Schmuck, und sangen ein Lied, dass sie sich selbst ausgedacht hatten, zusammen mit einer ungelenken Choreographie.

Christy schien in jeder Einstellung zu singen, sich etwas auszudenken, zu lachen. Einen Moment lang saß Tony hilflos da und spürte, wie ihm die Tränen in die Augen stiegen. Sang oder lachte sie jetzt auch? Was musste in den Köpfen dieser kleinen Mädchen vor sich gehen?

Der Gedanke, dass sie bereits tot sein konnten, traf ihn wie ein Vorschlaghammer. Er schüttelte den Kopf und schluckte schwer. Unmöglich. Sie mussten am Leben sein. Wenn er als Polizist überhaupt etwas taugte, würde er sie finden.

Die nächsten Aufnahmen zeigten die beiden, wie sie auf dem Boden hockten und Weihnachtsgeschenke auspackten, wobei Jenny hinter ihnen stand. Es musste ein Weihnachten gewesen sein, das Sharon allein verbracht hatte. Er fragte sich, wie sie es wohl ausgefüllt haben mochte, und wünschte sich, er wäre dagewesen um ihr beizustehen. Auch er war letztes Weihnachten einsam gewesen.

Die passende Aufnahme kam, als die beiden am Weihnachtsmorgen draußen waren und ihre neuen Rollerblades ausprobierten. Sie versuchten aufrecht zu stehen und schlangen dabei die Arme umeinander und lächelten in die Kamera. Er drückte die Pausentaste und starrte einen Augenblick lang das Standbild der beiden fröhlichen, unschuldigen Gesichtchen an.

Es war beinahe mehr, als er auszuhalten vermochte, und er saß regungslos da und rang mit seinen Tränen, mit seinen Ängsten.

*Haltet noch ein bisschen aus, Mädchen,* bat er sie stumm. *Ich finde euch bald.*

Dann versuchte er sich zusammenzunehmen und schaltete schnell den zweiten Videorekorder ein und kopierte die Szene, die über sämtliche Bildschirme der regionalen wie bundesweiten Sender flimmern würde, bis man die Kinder fand.

## 65

Die Kinder wurden immer schwächer und Christy konnte spüren, dass die an ihr lehnende Emily Fieber hatte. Auch Christy selbst fröstelte immer wieder, selbst wenn ihr die Katze half dagegen anzukämpfen.

Ihre Lippen fühlten sich schorfig an und im schwachen Licht, das hoch über ihr durch das Fenster hereinfiel, sah sie, dass auch die von Emily aufgerissen waren. Die Fünfjährige sah leichenblass aus. Ihre Augen schienen eingesunken zu sein.

Was war bloß mit Vati passiert? Warum war der Mann nicht wiedergekommen?

Sie sah sich in der verdreckten Toilette um und entdeckte die tote Ratte, die die Katze nachts erlegt hatte. Sie wandte den Blick ab, mochte sie nicht länger ansehen. Die Katze schnurrte auf ihrem Schoß und sie streichelte sie. »Gut gemacht«, sagte sie schwach.

Sie sah zu dem kaputten Fenster hoch, durch das die Katze hereingekommen war, und wünschte sich, sie könnte dort hinaufklettern. Gut klettern konnte sie, dachte sie. Aber ihre Hände taten so weh und sie hatte kaum noch Kraft.

Die Katze miaute und sah zum Fenster hoch, als ob sie sich danach sehnte hinauszukommen.

»Zu hoch, mein Junge«, sagte Christy, obwohl sie gar nicht wusste, welches Geschlecht die Katze hatte. »Du kannst zwar von da oben runter, aber nicht wieder rauf.«

Doch die Katze glitt von ihrem Schoß und setzte sich auf ihre Hinterbeine, als wollte sie sich sprungbereit machen. Sie tat einen Satz auf die Waschkommode und heftete von dort ihren Blick auf die Pflanze, die am niedrigsten hing. Sie sprang ab, baumelte kurz zwischen vertrockneten Blättern in der Blumenampel, schüttelte ein paar Spinnweben ab und nahm dann Maß für den nächsten Satz.

Sie machte einen Sprung zur nächsten Blumenampel, versetzte sie in Schaukelbewegung, dann auf die nächsthöhere und die darüber. In Windeseile hatte sie das Fenster erreicht.

Christys Augen wurden immer größer. Sie setzte sich auf und rüttelte an Emily. »Emily, aufwachen!«

Emily bewegte sich schwach, war aber zu schläfrig. »Emily! Ich muss dir was zeigen!«

Emily öffnete die Augen. »Was?«

»Die Katze. Sie ist da raufgeklettert und durch das Fenster. Vielleicht können wir auch hochklettern.« Sie stand auf und lehnte sich, weil ihr schwindelig war, an die Kommode. Sie wartete kurz, bis sie ihr Gleichgewicht wiederhatte, dann machte sie einen Schritt auf die Mauer zu, wo die Katze ihren ersten Halt gefunden hatte. »Ich glaube, das schaff ich auch. Ich kann doch gut klettern. Und du auch, Emily.«

Emily musterte den großen Abstand zwischen den Pflanzen. »So gut klettern kann ich nicht. Das ist zu hoch für mich, Christy. Und außerdem sind wir zu schwer. Was ist, wenn sie nicht halten?«

»Sie müssen. Ich schaff das. Und wenn ich draußen bin, komm ich von draußen und hol dich raus. Oder ich geh Hilfe holen.«

»Nein«, bettelte Emily winselnd. »Lass mich nicht allein hier. Ich hab Angst.«

»Ich lass dich nicht im Stich. Versprochen!«

»Und was ist, wenn du die ganzen Sachen vor der Tür nicht wegkriegst?«

»Ich schaff das schon. Ich bin schließlich stark. Das sagt Papa doch immer.«

»Aber wenn du rauskommst und die Sachen nicht wegräumen kannst, dann kannst du auch nicht mehr wieder hier rein. Dann bin ich ganz allein.«

»Du bist das, was man einen Pestimisten nennt.«

»Bin ich nicht! Was ist das überhaupt?«

»Das ist jemand, der andere Leute ständig nervt wie die Pest, weil er alles schlecht findet.«

»Tu ich ja gar nicht! Ich hab bloß Angst!«

»Genau. Und ein Angsthase bist du auch.«

Emily begann zu weinen und Christy war augenblicklich von Reue erfüllt. Sie setzte sich wieder neben ihre Schwester und legte einen Arm um sie. Emily glühte vor Fieber. »Ich bin auch ein Angsthase«, gab sie zu. »Deshalb will ich ja auch hier raus. Aber keine Sorge. Ich bleib hier bei dir.«

Emily rieb sich die Tränen aus den Augen und sah zum Fenster hoch. »Die Katze müsste sprechen können, dann könnte sie irgendwem sagen, dass wir hier sind.«

»Oder wenn sie uns was zu essen und trinken bringen könnte.«

»Mir wäre lieber, wenn sie wiederkäme und mich wärmen würde. Mir ist kalt.«

»Oder wenn sie zurückkäme und bei dir bliebe, während ich rausklettere.«

»Vielleicht kommt sie ja noch mal«, flüsterte Emily schwach. »Vielleicht musste sie ja nur mal auf Toilette. Versprichst du mir, dass du mich nicht allein lässt?«

Das Gespräch zehrte an Christys Kräften. Sie sah zu dem Fenster hoch und fragte sich, ob sie es überhaupt dort hinauf schaffen würde, selbst wenn sie wollte. »Im Moment jedenfalls nicht. Versprochen.«

Das genügte Emily. Sie legte lediglich den Kopf an die Schulter ihrer Schwester und wartete . . .

# 66

Sharon konnte nicht fassen, wie viele Menschen sich in weniger als einer Stunde auf dem Rasen vor ihrem Haus eingefunden hatten. Durchs Wohnzimmerfenster sah sie Ü-Wagen, die lokale Live-Übertragungen einrichteten. Kabelbündel führten zu einem Mikrofonwald auf den Stufen vor ihrem Haus. Sie drehte sich zu Anne und Ben um.

»Es ist schon ziemlich nervig«, sagte sie leise. »Aber die Öffentlichkeit muss uns helfen.«

»Das wird sie«, versicherte Ben ihr. »Irgendwer hat bestimmt etwas mitbekommen. Wenn wir die Leute informieren können, werden wir die beiden finden. Da bin ich mir ganz sicher.«

»Wir können wohl alle ein paar Worte sagen. Wer von uns soll anfangen?«

»Du zuerst«, sagte Anne schnell. Tränen traten ihr in die Augen und sie rieb sich die Nasenwurzel. »Ich fürchte, ich kriege kein Wort raus. Du bist hier der Profi. Du kannst doch so prima mit Leuten reden ... du wirst schon das Richtige sagen.«

Sharon sah zu Ben. »Aber Ben, du sagst doch auch was, oder?«

Er nickte. »Klar. Aber fang du an.«

Lynda kam durch den Seiteneingang herein. »Seid ihr so weit?«

»Ja«, sagte Sharon. »Die da draußen auch?«

»Sieht so aus. Einer von den Sendern hat mir gesagt, dass CNN es auch von ihnen kriegt. Damit wird das in den ganzen Staaten gesendet.«

»Ehrlich?«, fragte Sharon. »Wieso?«

»Sieh's mal vom Standpunkt eines Nachrichtenchefs aus. Ein Entführer wird gefasst, bevor er verrät, wo die Kinder sind. Das wird jedes Herz in Amerika zerreißen und irgendwer wird uns etwas sagen können. Kommt, lasst uns anfangen!«

Sharon seufzte. Fast wünschte sie, sie hätte sich umgezogen und ein bisschen Make-up aufgelegt, aber andererseits stand ihr der Sinn überhaupt nicht danach. »Jenny? Bist du so weit?«, rief sie nach nebenan.

Jenny kam herein, Bobby auf dem Arm. »Müssen wir da raus, Mama? Da sind so viele Leute.«

»Ja. Die ganze Familie geht. Wir machen das alle zusammen.«

Sharon holte tief Luft, nahm all ihren Mut zusammen und öffnete dann die Vordertür. Sie ging auf die Mikrofone zu und die Menschenmenge verstummte allmählich. Zögernd traten auch Anne und Ben hinter ihr aus dem Haus, gefolgt von Jenny und Bobby und ganz zum Schluss Lynda.

Sharon trat an die Mikrofone und räusperte sich. »Wir haben Sie heute hierher gebeten, weil . . .« Sie hielt inne und räusperte sich erneut. »Weil unsere Kinder, Christy und Emily Robinson, entführt worden sind. Wie Sie bereits wissen, ist der Entführer heute früh festgenommen worden. Allerdings hat er uns bisher weder etwas über den Aufenthaltsort unserer Mädchen mitgeteilt noch über ihre Verfassung.«

Ihre Stimme drohte zu versagen, doch sie mühte sich weiter. »Wir haben allen Grund zu der Annahme, dass sie noch am Leben sind . . . und um sie zu finden, benötigen wir die Hilfe der Bürgerschaft. Wenn Sie etwas bemerkt haben sollten, dann melden Sie es bitte unter der Telefonnummer 555-3367. Wenn Sie irgendeine Stelle in Ihrer Gegend kennen, die ein gutes Versteck sein könnte, rufen Sie bitte an. Um unsere Kinder zurückzubekommen sind wir auf die Mithilfe der Menschen in dieser Stadt angewiesen. Die Mädchen sind jetzt schon seit Tagen weg und wir wissen nicht, ob sie zu essen bekommen haben oder ob sich irgendjemand um sie kümmert. Ganz sicher wissen wir aber, dass derjenige, von dem wir glauben, dass er der alleinige Entführer ist, sich nicht mehr um sie kümmert. Die Zeit könnte knapp werden . . .« Sie hielt inne und versuchte sich zu fassen, wurde aber so sehr von ihren Gefühlen überwältigt, dass sie nicht mehr weitersprechen konnte.

Sie wandte sich ab, woraufhin Ben an die Mikrofone trat und sanft eine Hand auf ihre Schulter legte. »Ich bin Ben Robinson, der Vater von Christy und Emily. Wir bitten alle, die sich heute freimachen können, sich heute Vormittag um zehn am Roosevelt Park zu versammeln. Wir werden eine stadtweite Suche nach den Mädchen starten. Und Mädels, wenn ihr mich hören könnt – lasst euch bitte sagen, dass Vati nach euch sucht. Wir werden euch finden . . .«

Seine Stimme versagte und er trat zurück und nahm Anne in die Arme, die bald am Ende ihrer Kräfte war.

Aus der Menge wurden Fragen laut. »Mr Robinson, steht diese

Entführung in irgendeinem Zusammenhang mit der Mordanklage, die gegen Sie erhoben wurde?«

»Die Frage möchte ich beantworten.« Tony löste sich aus der Menge und kam die Stufen hinaufgetrabt. »Ich bin Tony Danks von der hiesigen Polizei und ich kann Ihnen mitteilen, dass die Anklage gegen Mr Robinson heute Morgen offiziell fallen gelassen wurde. Unser Hauptverdächtiger in diesem Mordfall ist der Entführer. Wenn Sie die Erklärung durchlesen, die ich an Sie verteilt habe, dann werden Sie sehen, was die Forderungen des Entführers gewesen sind und wie sich diese in die Entführung hier fügen. Ich möchte noch einmal wiederholen, dass wir heute Morgen um 10.00 Uhr am Roosevelt Park eine stadtweite Suche nach den Kindern starten werden. Wir brauchen dabei jeden, der kommen kann.«

Er trat von den Mikrofonen zurück und wurde von Lynda Barrett abgelöst. »Ich darf noch im Namen der Familie hinzufügen, dass noch immer eine Belohnung von 25.000 Dollar ausgesetzt ist für denjenigen, der die Kinder findet und zurückbringt.«

»Versuchen Sie denn noch, den Aufenthalt der Kinder aus dem Entführer herauszubekommen?«, wollte jemand wissen.

»Selbstverständlich«, sagte Tony. »Er ist nur nicht sehr mitteilsam.«

»Mr Robinson, stimmt es, dass die Kinder Halbschwestern sind?«

Ben trat vor. »Ja. Christy ist meine gemeinsame Tochter mit Sharon. Emily die mit Anne. Aber sie sind altersmäßig nur ein Jahr auseinander. Sie stehen sich sehr nahe.«

Sharon schaute ihn an und sah in seinem Gesicht die Scham und die Gewissensbisse darüber, dass er eingestehen musste, was für ein Wirrwarr ihre Familie war. Auch ihr behagte es überhaupt nicht, wie das auf die Zuschauer wirken musste. Sie würden umgehend den Stempel »zerrüttete Verhältnisse« aufgedrückt bekommen – ein Begriff, den sie noch mehr hasste als das Wort »Scheidung«.

Sie blieben noch ein paar Augenblicke lang stehen und ließen die Fragen über sich ergehen, die aus der Menge abgefeuert wurden. Vergrößerte Bilder der Mädchen wurden an alle ausgeteilt; Videos wurden kopiert und an die Fernsehsender weitergegeben. Schließlich ging die Familie wieder ins Haus zurück und überließ es Lynda und Tony, auf die Fragen zu antworten.

☆

Zwei Stunden später, während Larry, Jenny und Lynda die Telefone besetzten, stieß Sharon mit Anne und Ben beim Roosevelt Park zu Tony und, wie es schien, der gesamten Bevölkerung von St. Clair. Hunderte von Menschen waren erschienen, um nach den Kindern zu suchen, und eine Meute von Reportern, mehr noch als vor ihrem Haus gestanden hatten, hielt das Ereignis fest.

Sharon war so gerührt, dass sie kein Wort herausbrachte, als sie ankamen. Tony sah die Bewegung in ihrem Gesicht und nahm ihre Hand. »Alles in Ordnung?«

»Ja«, sagte sie leise. »Ich bin nur völlig überwältigt.«

»Die Leute von St. Clair halten zusammen«, sagte er. »Ich wusste, dass sie kommen würden.«

Anne und Ben stiegen aus dem Wagen, doch Sharon zögerte.

»Sind Sie wirklich in Ordnung, Sharon?«, wollte Tony von ihr wissen.

Sie saß für einen Augenblick regungslos da und starrte auf die Menschenmenge, die darauf wartete, ihr Kind zu finden. »Ich glaube ... ich habe einfach Angst ... vor dem, was man finden könnte.« Sie wischte ihre Tränen fort.

Tony rutschte dichter an sie heran und strich ihr eine Haarsträhne aus dem Gesicht. »Sharon, Sie haben gesagt, die beiden seien nicht tot. Sie haben gesagt, Sie würden es wissen. Sie waren zuversichtlich. Jetzt nicht mehr?«

»Doch«, jammerte sie. »Aber vielleicht nur, weil ich es *will*. Was ist, wenn sie tot sind? Ich will's einfach nicht wissen.«

»Sie sind nicht tot«, sagte Tony leise. »Chamberlain ist ein intellektueller Kunsthändler. Es entspricht überhaupt nicht seiner Natur, zwei kleine Mädchen zu töten.«

»Es war nicht gegen seine Natur, Dubose umzubringen.«

»Aber hier liegt der Fall anders. Er hätte keinen Grund, sie zu töten.«

»Als er sie zurückgelassen hat, wusste er, dass sie ihn identifizieren können. Vielleicht wollte er sichergehen, dass sie nicht dazu kommen.«

Tony schwieg eine Weile. Daran hatte er selbst auch schon gedacht. »Sharon, die Kinder brauchen Sie jetzt, in diesem Moment.

Sie brauchen Ihr Gottvertrauen. Also, ich bin mir nicht mal sicher, ob ich an das Gleiche glaube wie Sie – aber ich muss Ihnen etwas sagen. Ihr Glaube ist während der ganzen Sache sehr tröstlich für mich gewesen. Ich glaube vielleicht nicht an Gott, aber ich glaube an Ihr Gottvertrauen. Was haben Sie erst gestern noch gesagt: Gott weiß, wo sie sind?«

Sie lehnte den Kopf zurück und schloss die Augen. »Sie sind in seiner Hand.«

»Vielleicht führt er uns ja zu ihnen«, sagte Tony leise. »Kommen Sie, lassen Sie uns gehen.«

Sie stiegen aus und bahnten sich durch die Menge einen Weg zu der erhöhten Plattform, auf der bereits Anne und Ben standen.

Jake Stevens befand sich in der Menge und verteilte Handzettel und Bilder von den Mädchen. Seine Mutter Doris Stevens, die sich in der Stadt einen Ruf als Porsche fahrender Teenager im Körper einer Fünfundfünfzigjährigen erworben hatte, stand inmitten einer Gruppe von Leuten und gab Details zum Besten, die den anderen unbekannt waren.

»Mein Junge, Jake, ist gut mit den Eltern befreundet, wisst ihr, und er sagt, dass der Vater mit Frau und Kindern bei seiner ersten Frau eingezogen ist, wegen dieser faulen Mordanklage, die sie ihm angehängt haben, und deshalb waren die Mädchen bei ihrer älteren Schwester, als sie in den Supermarkt gefahren ist . . . Es ging um ein Bild, und dieser Mann, Sowieso Nelson, der Kidnapper, der hat diesen Dupuis, der diese Kunstgalerie hatte, umgebracht . . .«

Tony musste unwillkürlich grinsen, doch Sharon war zu sehr auf den Beginn der Suche konzentriert, um es zu merken.

Sie stieg auf das Podest und sah Ben an. »Wer redet?«

»Ich mach das schon«, sagte Ben.

Er trat an das Mikrofon und klopfte mit dem Finger dagegen. Augenblicklich ertönte das Pfeifen einer Rückkopplung und während jemand das Mikro neu einstellte, wurde die Menge allmählich leise.

»Ich bin Ihnen sehr dankbar dafür, dass Sie alle heute hierher gekommen sind«, sagte er mit unsicherer Stimme. »Im Moment werden gerade ein paar Bilder von meinen Mädchen, Christy und Emily, verteilt, zusammen mit der Telefonnummer, die Sie anrufen können, wenn Sie irgendwas bemerken oder Ihnen etwas einfällt, das uns helfen könnte. Äh ...« Er hielt inne, räusperte sich. »Christy ist sechs und sie ist ziemlich intelligent und kräftig. Und Emily ist fünf ... nicht ganz so sportlich wie Christy und auch nicht so wagemutig. Aber beide sind zäh. Wir ... äh ... wissen nicht, wann sie zum letzten Mal etwas zu essen bekommen haben. Und es ist kälter geworden ... sie haben keine Jacken dabeigehabt ...« Er verstummte und trat vom Mikrofon zurück, nicht im Stande weiterzusprechen.

Tony gab ihnen noch ein paar weitere Anweisungen und verteilte die Gruppen auf einzelne Stadtbezirke. Anschließend begleitete er sie alle zum Wagen zurück.

»Ihr drei fahrt am besten nach Hause«, sagte er. »Lasst die Leute hier nach ihnen suchen.«

»Nein«, sagte Sharon. »Ich suche mit. Ich kann nicht länger tatenlos zu Hause rumsitzen.«

»Und was ist, wenn jemand sie findet? Dann müssen Sie zu Hause sein.«

»Ich kann mein Handy mitnehmen. Ich suche mit, Tony. Versuchen Sie gar nicht erst, es mir auszureden.«

»Bringen Sie uns nach Hause«, sagte Ben. »Wir suchen auch mit, aber wir nehmen unseren eigenen Wagen.«

»Na schön«, sagte Tony und fuhr zu Sharon zurück.

## 67

Sie durchkämmten die Stadt von vorn bis hinten, suchten in leer stehenden Häusern und in Hotels. Tony verwendete fünf Stunden auf den erneuten Versuch, Chamberlain den Aufenthaltsort der Kinder abzuringen, doch ohne Ergebnis. Selbst bei der Vernehmung zur Anklage, als der Richter ihm befahl damit herauszurücken oder er würde bis zur Verhandlung vor der Anklagejury in genau jener Zelle bleiben, in der er die Nacht verbracht hatte, blieb Chamberlain dabei, dass er nichts von den Kindern wüsste.

Sharon suchte im ärmsten Stadtviertel, wo Crackdealer, Süchtige und Prostituierte auf den Straßen herumlungerten. Sie durchsuchte wie besessen die Häuser dort, rief aus Leibeskräften die Namen der Mädchen, bis sie zu heiser war um noch länger gehört zu werden.

Sie hatte kein Glück und auch ihr Handy läutete nicht. Sie erkundigte sich stündlich zu Hause, ob ihnen überhaupt jemand irgendwelche Hinweise gegeben hatte, doch alle, die hereingekommen waren, waren bereits überprüft worden.

Schließlich fuhr sie zum Strand, zu ihrer Lieblingsstelle, wo sie oft mit den Mädchen hingefahren war. Sie blieb im Wagen sitzen und starrte auf den Sand und das blaue Wasser hinaus.

*Warum erhörst du uns nicht, Gott? Warum hast du dich abgewandt?*

Doch ihr antwortete nur das Dröhnen der Wellen, und jeder Brecher, der auf sie zurollte, klang wie eine Anklage. Lange saß sie regungslos da und starrte auf die wütenden Wogen, während sie ihr Inneres nach den Antworten erforschte, die sie brauchte.

Einmal war sie kurz davor gewesen, Ben gegenüber das Problem einzugestehen – als sie gemeinsam auf der Veranda gestanden hatten und sie ihm von ihren Hintergedanken erzählt hatte, warum sie ihn bei sich aufgenommen hatte. Sie hatte ihm teilweise gebeichtet, obwohl es keine Beichte gewesen war, die Vergebung zum Ziel hatte. Es war lediglich eine Erklärung gewesen, ohne Gefühl und auch ohne viel Reue. Sie war sogar in Verärgerung hingeworfen worden.

Inzwischen fragte sie sich, ob das gereicht hatte. Gott versuchte ihr etwas zu sagen, überlegte sie, über ihre eigenen Fehler, ihre eigenen Unzulänglichkeiten, ihre eigenen Sünden.

»O Gott, hilf mir zu sehen, was du siehst«, flüsterte sie. »Ich will, dass du deine Freude an mir hast.«

Und dann begriff sie.

Sie ließ den Wagen an und machte sich auf den Heimweg. Vielleicht könnte sie wirksam beten, wenn sie ein für alle Mal ihr Herz in Ordnung gebracht hatte, sagte sie sich. Vielleicht würde sie dann nicht mehr diese Mauer zwischen sich und ihrem Gott spüren.

Es war spätnachmittags, als sie schließlich wieder nach Hause kam. Noch war sie nicht so weit, dass sie aufgegeben hätte, aber sie musste dringend etwas ins Reine bringen.

Im Haus war es still – die Telefone schwiegen. Jenny saß mit verweinten Augen vor den Apparaten und wartete, dass irgendetwas passierte. Lynda studierte einen Stadtplan und versuchte die Stellen zu finden, wo noch gesucht werden musste.

»Haben Larry und Tony sich gemeldet?«, fragte Sharon.

»Nein«, entgegnete Lynda. »Sie haben augenscheinlich kein Glück bei Chamberlain.«

Ihre Augen füllten sich mit Tränen. »Ich wünschte, sie würden mich mal an ihn ranlassen. Ich würde es schon aus ihm herausbekommen!«

Leise schluchzend vergrub Jenny den Kopf in ihren Armen. Der Anblick rührte Sharons Herz und sie ging zu ihr hin und nahm sie in den Arm. »Hast du was gegessen, Schatz?«

»Nein. Genauso wenig wie du . . . zumindest nicht mehr, seit Chamberlain verhaftet worden ist.« Sie sah zu ihrer Mutter hoch. »Warum hat er mich nicht auch entführt, Mama? Wieso hat er mich nicht einfach mitgenommen? Dann könnte ich mich jetzt um sie kümmern und dafür sorgen, dass ihnen nichts zustößt.«

»Du kümmerst dich doch um sie. Du bist hier und tust alles, was in deiner Macht steht.«

»Ich habe so schreckliche Angst, dass sie tot sind, Mama!«, sagte sie mit hoher Stimme. Ihre Mutter nahm sie wortlos in die Arme und sie hielten einander einen Moment lang fest.

Das Telefon läutete und Jenny sprang auf.

»Ich geh schon ran«, sagte Lynda, doch Jenny kam ihr zuvor. »Hallo?«

Sie sackte zusammen, während der Anrufer sprach, dann sagte sie: »Okay. Ich sag's ihnen.«

Sie legte auf. »Das war Tony. Er wollte nur nachhören, ob ihr da seid. Er hat gesagt, er sei auf dem Weg hierher.«

Sharon erstarrte. »Weiß er was Neues?«

»Nein. Sie suchen noch immer.«

Sharon ließ sich mit dem Rücken gegen die Wand sinken. »Wo sind dein Vater und Anne?«

»Die beiden sind seit ungefähr einer halben Stunde zurück. Anne versorgt Bobby und Vati ist draußen auf der Veranda.«

Sie ließ die beiden allein zurück, durchquerte das Haus und ging auf die Veranda hinaus, wo Ben an einem Pfosten der Fliegengitterverkleidung lehnte und zum Baumhaus hochstarrte, in dem er erst vor wenigen Tagen mit seinen Mädchen gesessen hatte.

Er hörte sie aus dem Haus kommen und drehte den Kopf nach ihr um. Sie trat zu ihm hin und blickte ebenfalls hinauf. »Wir wollten das Baumhaus anstreichen«, sagte er leise. »Da ich nicht hier war, als es gebaut wurde, dachte ich, dass ich wenigstens das machen könnte. Sie wollten ein Wandbild malen.«

Sharon schluckte. »So Gott will, wirst du noch immer Gelegenheit dazu haben.«

»Genau das ist der springende Punkt. Ich bin mir nicht sicher, ob Gott es will. Ich habe nicht gerade viel für ihn getan.«

Sie senkte den Kopf und starrte auf die Bodenfliesen.

»Ganz im Gegensatz zu dir«, sagte er leise. »Ich verlasse mich wohl drauf, dass er dich hört. Du hast schon immer für uns beide gebetet.«

Sharon schüttelte den Kopf. »Mir ist der Gedanke gekommen, dass meine Gebete vielleicht wertlos sind«, flüsterte sie, den Tränen nah.

Er sah sie erstaunt an. »Wertlos? Wieso das?«

»Weil ich dir noch immer so viele Vorhaltungen mache.«

Er stieß ein freudloses Lachen aus. »Tja, ich fürchte, mit gutem Recht.« Er drehte sich um, ging zu einem der gepolsterten Balkonsessel und setzte sich. »Wenn ich so im Nachhinein daran denke, was ich dir damals eigentlich angetan habe . . . Seinerzeit kam mir das gar nicht so schlimm vor.«

Sharon vermochte ihn nicht anzusehen. Sie hielt den Blick fest auf den Fußboden gerichtet.

»Du wurdest immer erfolgreicher in deinem Beruf, während ich zu kämpfen hatte. Du warst nicht mehr das naive Frauchen, das immer zu mir aufgesehen hat, weil du glaubtest, ich würde dir die Sterne vom Himmel holen.«

»Ich hatte herausgefunden, dass dem nicht so war.«

»Mir hat es gefehlt, dass niemand mehr zu mir aufsah. Und als ich dann Anne kennen lernte . . .«

Sharon schüttelte den Kopf, nicht im Stande, seine Erklärung noch mal zu ertragen. »Hör auf, Ben. Das ist nicht nötig.«

»Doch.«

»Wieso? Ich habe das Thema nicht aufgebracht, damit wir Salz in alte Wunden streuen können. Ich bin gekommen, um dir zu verzeihen.«

»Ist das wirklich Verzeihen, Sharon, wenn du nicht einmal in der Lage bist, darüber zu sprechen?« Er fuhr sich mit der Hand übers Gesicht. »Ich *muss* dir diese Dinge sagen.«

Sie warf kurz einen Blick in Richtung Verandatür und fragte sich, ob sie sich irgendwie würdevoll aus der Affäre ziehen könnte. Aber er hatte Recht. Richtiges Verzeihen war das wirklich nicht.

»Meine Kinder leben in zwei verschiedenen Familien, wegen dem, was ich getan habe, Sharon. Zwei davon bekomme ich nur am Wochenende zu sehen. Hier einzuziehen und zu erkennen, wie unnatürlich das alles ist . . . nun ja, dabei ist mir langsam erst klar geworden, *wie* sehr ich unser aller Leben verändert habe.« Er blickte zu ihr hoch, suchte nach Worten. »Sharon, es war nie meine Absicht, dir wehzutun. Und was noch schlimmer ist, ich hatte auch nie vor, Jenny wehzutun. Oder Christy. Wenn ich daran denke, dass ich dich verlassen habe, als sie noch ein Baby war . . . dass ich damit auch die tägliche Erfahrung aufgegeben habe, zu sehen, wie sie groß wird . . .«

»Dir selbst hast du wehgetan«, sagte sie leise.

Er nickte, als wüsste er, dass es stimmte. »Ich habe mir eingeredet, dass du stark seist. Und du warst die ganzen Jahre von Erfolg begleitet. Sieh dir nur mal das Haus hier an. Das alles hast du ganz allein geschafft.«

»Das stimmt nicht«, sagte sie leise. »Ich habe mich auf Gott verlassen und er hat sich um mich gekümmert. Das ist seine Art. Er sorgt vor.«

»Es hat im Laufe der Jahre Momente gegeben, da habe ich auf meine Affäre mit Anne zurückgeblickt und erkannt, wie ich mich selbst betrogen habe – und sie und dich. Gewonnen hat eigentlich niemand dabei. Es gab nur Verlierer.«

»So ist das nun mal, wenn man sich scheiden lässt.«

Eine lange Stille machte sich zwischen ihnen breit und sie betrachtete ihren früheren Ehemann, der zusammengesunken im Sessel hockte, in innerem Aufruhr über die Gegenwart und nicht minder über die Vergangenheit.

»Ich will dir etwas sagen, das mir nicht leicht fällt.« Sie setzte sich ihm gegenüber, stützte die Ellbogen auf ihre Knie und faltete die Hände.

»Was denn?«

»Du warst es nicht allein. Ich habe auch am Ende unserer Ehe Schuld gehabt.«

Ein Luftzug fuhr unter das Dach und zerzauste sein langes Haar. »Wie meinst du das? *Du* bist doch nicht fremdgegangen.«

»Das stimmt. Betrogen habe ich dich nie. Nicht mit einem Menschen. Aber mit meiner Arbeit. Und mit meinen Gefühlen. Vielleicht wäre es meine Aufgabe gewesen, dich auch weiterhin so zu sehen wie zu Anfang. Vielleicht habe ich es mir selbst zuzuschreiben, dass eine Anne auf der Bildfläche erschien.« Sie schluckte und zwang sich, ihn anzusehen. »Du hast von mir Liebe und Zuneigung erwartet und ich war kühl und abweisend . . . Ich habe mir gesagt, dass du bloß ein leidenschaftlicher Maler seist und dass deine Gefühle nicht ernst genommen werden müssten.«

Er blickte sie an und seine Miene hellte sich leicht auf. »Ich hätte nie im Leben gedacht, dass ich das tatsächlich mal aus deinem Munde hören würde.«

»Ich hätte es schon vor langer Zeit sagen sollen, Ben. Ja, du hast unserer Familie wehgetan, als du weggelaufen bist. Ich aber auch. Vielleicht habe ich mich schon lange vor dir aus unserer Ehe zurückgezogen.«

Seinem Gesicht war anzusehen, wie er innerlich mit seinen Gefühlen rang.

»Ich verzeihe dir, Ben«, flüsterte sie. »Ich hoffe, du kannst mir auch verzeihen.«

»Ja«, sagte er und musste dabei daran denken, wie er dieses Wort seinerzeit vor dem Altar gesprochen hatte, und dass es jetzt erneut gesprochen wurde, um die Wunden zu heilen, die sie sich durch den Bruch des mit jenem Ja-Wort gegebenen Versprechens zugefügt hatten. Er stand auf, drückte sie fest, verzweifelt an sich und ließ sie dann rasch wieder los.

»Vielleicht wird Gott mich jetzt erhören«, sagte sie leise. »Vielleicht musste er uns das durchmachen lassen, um uns an diesen Punkt zu bringen. Komm mit hinein. Wir holen Anne und Jenny und fangen noch mal zu beten an.«

Er rieb sich die geröteten Augen und ging mit ihr ins Haus.

# 68

Tony bog in Sharons Einfahrt ein und blieb einen Augenblick in seinem Wagen sitzen, während er sich von ganzem Herzen wünschte, er könnte ihr gute Neuigkeiten bringen. Es war ihm unerträglich, abermals mit leeren Händen erscheinen zu müssen, doch er verspürte den Zwang, hier bei ihr zu sein. Es war, als hätte er Anteil an ihrem Verlust.

Er stieg aus und ging zur Tür, doch noch bevor er geklopft hatte, beschloss er zum Tor zurückzugehen, das in den Garten hinterm Haus führte. Er öffnete es, ging hindurch und blickte sich im Garten um. Überall waren die Spuren des Mädchens, das hier lebte, zu sehen. Auf der Veranda stand neben einem Puppenwagen ihr Kinderrad, an dessen Lenker glitzernde bunte Bänder flatterten. Am anderen Ende des Gartens hing bewegungslos und leer ihr Schaukelreifen. Er ging über den Rasen zum Baumhaus und hob den Kopf. Irgendetwas zog ihn dort hinauf, und so streifte er sein Sportsakko ab, ließ es auf den Boden fallen und begann die Leiter hochzusteigen.

Er öffnete die Luke und kletterte in den kleinen Raum, in dem Christy ihre Schätze aufbewahrte. Milchtüten und Schuhkartons, Kordeln und Kleber . . .

Er konnte sich genau vorstellen, wie die kleinen Frechdachse hier oben nach Herzenslust spielten, ohne jemals Angst zu haben, dass irgendein Fremder daherkommen und ihre Welt ins Wanken bringen könnte.

Außer Stande, mit den Emotionen fertig zu werden, die ihn plötzlich durchströmten, glitt er durch die Luke zurück und kletterte wieder nach unten. Er schnappte sich seine Jacke und eilte über den Hof.

Lynda öffnete ihm auf sein Klopfen und ließ ihn herein. »Irgendwas Neues?«, fragte sie erwartungsvoll.

Tony schüttelte den Kopf und seufzte. »Nein. Chamberlain sagt keinen Ton. Und jetzt hat er diesen Staranwalt bei sich, der einen Deal zu machen versucht.«

»Was für einen Deal denn?«

»Tja, das ist ziemlich nebulös, da der Typ schwört, dass er nichts mit der Entführung zu tun hat. Aber so wie ich das verstehe, sollen wir ihm Haftverschonung gewähren und dann würde er uns eventuell verraten, wo sie sind. Aber wohlgemerkt alles nur per Andeutung. Er behauptet immer noch unschuldig zu sein. Der Staatsanwalt sagt, dass er die Todesstrafe beantragen wird, und das Einzige, was der Richter ausgelassen hat, um ihn zum Reden zu bringen, ist Folter. Aber es hat alles nichts geholfen.«

Lynda stöhnte resigniert.

»Wo ist Sharon denn?«, erkundigte er sich.

»Oben, in Christys Zimmer. Sie ist völlig fertig mit den Nerven. Und die anderen auch.«

»Ich geh und spreche mit ihr, bevor ich mich wieder auf die Suche mache.«

Er erklomm die Treppe auf leisen Sohlen, denn das Haus wirkte so still. Ein komisches Gefühl, diese Stille zu stören. Er sah die rosafarbenen Wände im Zimmer am Ende des Korridors und folgerte daraus, dass es sich um Christys Zimmer handeln musste. Leise trat er an die Tür.

Sharon, Jenny, Anne und Ben kauerten, die Köpfe gesenkt und einander im Arm haltend, auf dem Bett und beteten laut um Gottes Hilfe beim Auffinden der Kinder.

Etwas an diesem Bild berührte ihn tief. Sie waren Feinde, Gegner . . . ihre Vergangenheit hatte ihre Zukunft zerstört. Und dennoch saßen sie jetzt hier, durch die Liebe zu ihren Kindern verbunden, und handelten unter den Augen Gottes als Familie.

Er fühlte, wie ihm die Tränen kamen, und wich leise zurück. Er wollte nicht, dass sie ihn hörten. Was war, wenn sie hochsahen und ihn aufforderten mitzubeten? Richtig gebetet hatte er nicht mehr seit seinen »Ich-bin-klein-mein-Herz-ist-rein«-Zeiten . . . und auch jetzt verspürte er noch nicht die rechte Neigung dazu.

Eilig lief er wieder nach unten. Er kam sich dabei wie ein Feigling vor – der große, böse Polizist, der sich vor nichts fürchtete und jedem Angst einflößen konnte, bis auf Nelson Chamberlain, und der jetzt vor der Vorstellung davonrannte, dass man ihn beim Beten erwischen könnte.

Er drückte sich zur Tür hinaus, bevor Lynda ihn sehen konnte, und stieg eilig in seinen Wagen. Er ließ den Motor an und verließ die Einfahrt, bevor die ersten Tränen ihm in den Augen brannten.

Nie in seinem Leben war er sich hilfloser vorgekommen. Da waren irgendwo zwei Kinder, denen er nicht helfen konnte, und im Gefängnis saß ein Mann, der nicht genug Angst vor ihm hatte um zu reden. Bis jetzt hatte es noch immer einen Lösungsweg gegeben. Diesmal aber schien alles außerhalb seiner Macht zu liegen.

Hatte Sharon Recht? Lag wirklich alles in Gottes Hand? Gab es eigentlich überhaupt einen Gott?

Er fuhr, bis es allmählich dunkel wurde. Die Sterne begannen am Himmel aufzuleuchten und zeigten die Herrlichkeit des Schöpfers, der Künstler, Astronom und Physiker zugleich schien. Für Sharon war er ein Tröster. Er hatte alles im Griff. Er wusste, wo die Kinder waren.

Tony fuhr rechts ran, sah zum dunklen Himmel hoch und fragte sich zum ersten Mal seit langer, langer Zeit, ob er wirklich glaubte. Er wusste es nicht genau. Aber Sharons Glaube und ihre Güte gegenüber ihrem Ex-Mann und seiner Frau schienen auf jeden Fall echt zu sein. Und sie war eine intelligente Frau – und nicht irgendeine abergläubische Seele, die auf alles hereinfiel. Sie hatte die schlimmsten Dinge durchgemacht und am Ende immer noch geglaubt.

Er hatte Tränen in den Augen, als er durch seine verdreckte Windschutzscheibe hochsah. »Wenn du da oben sein solltest, Gott, dann weiß ich nicht, warum du Zeit auf mich verschwenden solltest«, sagte er leise. »Ich bin nicht gerade das, was man einen Musterknaben nennt. Und ich habe in den letzten zehn Jahren kaum einen Gedanken an dich verschwendet. Höchstens wenn Larry mir mit dir in den Ohren gelegen hat. Das ist so mit Larry – aber was red ich da . . . das weißt du ja selbst am besten.«

Er wusste nicht, warum er eigentlich weinte. Es war verrückt. Nichts von all dem ergab irgendeinen Sinn, doch während er sprach, überkam ihn das Gefühl eines gewaltigen Verlustes, von unermesslicher Vergeudung. »Ich glaube ja nicht, dass du mich überhaupt hören kannst, falls du dort sein solltest, aber es ist wohl trotzdem einen Versuch wert. Es gibt wahrscheinlich nichts, weswegen ich zu dir gekommen wäre, Gott, außer vielleicht zwei kleinen Mädchen, die irgendwo allein eingesperrt sind . . . und ihrer sich vor Angst verzehrenden Mutter, die an dich glaubt.«

Er rieb sich die Augen, wütend auf sich selbst, weil er so die Selbstbeherrschung verloren hatte. »Gott, du musst uns helfen. Du musst *ihnen* helfen. Tu's nicht für mich . . . nicht für irgendwas, das ich getan habe . . . sondern für sie. Die hilflosen kleinen . . .«

Er wischte die Tränen ab, die unaufhörlich über seine Wangen liefen, und versuchte dann, sich wieder zusammenzunehmen. »Ich schlage dir einen Handel vor, Gott. Wenn du sie wohlbehalten zu ihren Eltern zurückbringst . . . dann bin ich dein Mann. Ich werde der frommste Mensch sein, den du je zu Gesicht bekommen hast. Ich werde alles tun, was du sagst . . . Ich werde sogar beten und die Bibel lesen, auch wenn ich bisher nie begriffen habe, was da drin steht. Ich werde Kurse belegen und lernen. Ich werde alles tun, was Larry auch tut, und noch mehr. Ich werde sogar anfangen, einer von diesen Leuten zu sein, die für die Armen spenden und Häftlinge besuchen – und Gott, das ist ein großes Versprechen, denn ich habe für die Leute, die ich hinter Gitter bringe, wahrlich nicht viel Mitgefühl . . .«

Er seufzte und wischte sich über das Gesicht. »Wenn du sogar das Wunder fertig bringst, dass Sharon, Anne und Ben gemeinsam beten, dann kannst du mir wohl auch dieses Mitgefühl beibringen. Und uns helfen, die Kinder zu finden.«

Er wusste nicht so recht, wie er schließen sollte. »Amen« schien so abgegriffen, aber »Tschüss« klang zu albern. Also ließ er es dabei bewenden . . . und fragte sich, ob ihm jemand zugehört hatte.

Als er auf die Straße zurückfuhr und sich wieder auf die Suche nach den Kindern machte, erfüllte ihn langsam aber sicher eine ganz unerwartete innere Ruhe.

## 69

Mit Emily stimmte etwas nicht. Seit nachmittags wollte sie nur noch schlafen. Ihre Lippen waren vom Durst aufgesprungen und blutig. Ihre Augen waren tief eingesunken und hatten dunkle Ränder. Christy hatte versucht sie wach zu bekommen, in erster Linie aus Angst vor der allmählich wieder hereinbrechenden Dunkelheit, doch sie hatte sich kaum gerührt.

Sie musste unbedingt Hilfe holen, dachte Christy und sah wieder einmal zu dem Fenster hoch. Sie musste hier heraus.

Sie erhob sich und stützte sich auf, da eine Woge von Schwindel über sie hereinbrach. Nach einem Augenblick hatte sie ihr Gleichgewicht wieder und sie stieg auf den Rand der Kommode und kletterte auf den kaputten Deckel. Sie schaute nach oben und fand die Pflanze, zu der die Katze zuerst hochgesprungen war. Die Spinne hatte ihr Netz wieder geflickt, doch sie verdrängte den Gedanken daran.

»Hilf mir, wie eine Katze zu klettern, Gott«, flüsterte sie. »Hilf mir, wie eine Katze zu klettern.«

Sie war eine gute Kletterin, ermahnte sie sich. Klettern war ihre Lieblingsbeschäftigung. Sie konnte es schaffen, auch wenn es schwierig war.

Sie schätzte die Entfernung zwischen ihrem Standort und der Pflanze ab und streckte das Bein aus. Sie konnte mit dem Fuß bis zu ihr hinlangen, wenn auch nur so gerade, und dann stemmte sie eine Hand gegen die Wand und griff mit der anderen nach dem verdreckten Makramee. Sie probierte, ob es ihr Gewicht trug und spürte dabei, wie der Haken in der Mauer leicht nachgab. Doch davon ließ sie sich nicht abhalten. Schnell setzte sie den anderen Fuß hinüber. Die Blumenampel begann zu schaukeln und knarzte unter ihrem Gewicht, deswegen stieg sie eilig auf die nächste. Ihre Hände pochten und bluteten, als sie an der Mauer nach einem Halt suchte und für ihren nächsten Schritt Maß nahm. Als sie beide Füße auf der nächsten Blumenampel hatte, wurde ihr wieder schwindelig.

*Langsam*, dachte sie. *Lass dir Zeit.*

Sie wartete, leicht hin- und herschaukelnd, bis der Schwindelanfall wieder vorbei war, und sah dann an der Wand hoch und suchte einen nächsten Tritt.

Sie zog sich hoch und sah wieder zum Fenster hinauf. Es war noch immer weit weg, doch sie konnte es schaffen, dachte sie. Sie musste nur langsam machen und vorsichtig sein.

Allmählich wurden ihr die Arme schwer – etwas, das bisher noch nie vorgekommen war – und sie sagte sich, dass es daran lag, dass sie nichts gegessen hatte. Sie würde nur noch schwächer werden, wenn sie keine Hilfe holte. Sie musste hier raus, egal wie.

Sie krallte sich bei jedem Tritt an die Mauer, die aus Backsteinen bestand, und zuckte dabei vor Schmerz zusammen.

Ihr war heiß, doch sie schwitzte nicht, und ihre Kehle brannte.

Wenn sie doch nur etwas Wasser hätte, dachte sie. Nur einen Tropfen . . .

Sie blickte nach unten und sah den schlaffen Körper ihrer Schwester auf dem Boden. Sie glühte vom Fieber und sah so entkräftet aus. Was war, wenn sie starb?

Sie konnte jetzt unmöglich aufgeben. Sie musste es bis nach oben schaffen.

Die nächste Pflanze hing zu hoch, und so packte sie den Topf von unten und versuchte die Ziegel hochzuklettern, die Fußspitzen in den Mörtel bohrend, ein Stein nach dem anderen, bis sie auf die nächste Pflanze steigen konnte. Sie krallte sich mit einer schmerzenden, entzündeten Hand an die Ziegel und hielt sich mit der anderen an dem Makramee fest, als ob es um ihr Leben ginge.

Direkt über ihr war ein hölzerner Übertopf an der Wand festgedübelt und sie langte hinauf und packte ihn. Sie schob sich hoch, schaffte es schließlich, ihr Gewicht hinaufzubringen. Als sie auch die Füße darauf hatte, legte sie erst einmal eine Pause ein und hob wieder den Kopf. Das Fenster war nur noch wenige Armlängen entfernt. Sie konnte es schaffen.

Sie holte tief Luft und rechnete sich aus, dass sie noch drei Pflanzen bräuchte, um ans Fenster zu gelangen. Sie streckte das Bein so weit aus, wie sie konnte, stieg auf die nächste Pflanze und die übernächste, bis sie schließlich die Fensterbank mit den Händen erreichen konnte.

Sie nahm all ihre Kräfte zusammen und zog sich hinauf, doch das Fenster war geschlossen. Die Katze war durch ein Loch in der Scheibe hereingekommen. Für sie war es aber zu klein.

Sie versuchte ihren Fuß auf die Fensterbank zu setzen und hielt sich dabei mit einer Hand an der oberen Einfassung fest, während sie sich mühte, mit der anderen das Fenster hochzubekommen. Es klemmte.

Sie sah zu ihrer Schwester hinunter, die noch immer am Boden lag. Das Zimmer, in dem sie sich befanden, war schon fast dunkel, doch draußen war noch ein wenig Licht. Sie konnte den großen Baum sehen, der neben dem Fenster stand, der Baum, den die Katze hochgeklettert sein musste, um hereinzukommen. Die Äste, die an das Fenster heranreichten, waren dünn, aber sie konnte es schaffen, sagte sie sich – wenn sie nur das Fenster aufbekam.

Sie klammerte sich mit ihren Händen, so fest sie konnte, an die Fenstereinfassung und trat nach der Scheibe. Scherben fielen hinaus und zerschellten draußen auf dem Boden. Sie warf einen Blick nach unten, um zu sehen, ob der Lärm Emily geweckt hätte, doch ihre Schwester lag noch immer dort, fest schlafend.

Das Loch sah jetzt groß genug aus um hindurchzugelangen. Sie duckte sich hindurch, kickte die Scherben von der Brüstung und setzte sich vorsichtig hin, um sich zu orientieren. Die kühle Luft in ihrem Gesicht gab ihr wieder Kraft. Sie suchte nach einem Ast, der sie tragen konnte. Sie fand keinen, der kräftig genug aussah, und packte daher den nächstbesten, legte sich mit ausgestreckten Armen und Beinen darauf und ließ sich zur Baummitte gleiten.

Der Ast sackte nach unten weg, als wollte er unter ihrem Gewicht brechen, doch sie griff schnell nach dem größeren Ast unter sich und kletterte hinunter. Er war dicker und sie schob sich zum Stamm, fand dann einen weiteren, noch festeren Ast, dann noch einen, bis sie sicheren Halt spürte.

Der Baum war gewaltig, ein idealer Kletterbaum, doch er bereitete ihr nicht das Vergnügen, das sie normalerweise beim Klettern empfand. Ihre Hände bluteten und waren entzündet und sie zitterte. Ast für Ast stieg sie weiter hinab.

Als sie auf dem untersten Ast angelangt war, warf sie einen Blick nach unten. Es war ein Satz von fast zwei Metern von hier oben und sie war nicht sicher, ob sie das schaffen würde. Doch sie hatte keine andere Wahl. Emily war noch da drinnen, ganz allein, und sie musste sich beeilen.

Sie schätzte die Entfernung ab, wie die Katze es heute Morgen getan hatte, hielt die Luft an und sprang. Es war eine perfekte Landung.

Und jetzt?, fragte sie sich und blickte sich suchend um. Es war kein einziges Haus zu sehen. Nur diese verlassene Straße, mit einem Graben links und rechts, und dichter Wald.

Sie ging zur Straße und sah sich nach allen Seiten um, ohne Ergebnis. Keine Autos, keine Menschen, keine Häuser.

Sie musste Emily herausholen, dachte sie, und dann konnten sie loslaufen und Hilfe auftreiben. Und sie musste sich beeilen, für den Fall, dass der Mann wiederkam.

Sie rannte zur Vordertür des baufälligen Hauses und stieß sie auf.

Das Haus war schon dunkel, voller grässlicher Schatten, raschelnder Laute und knarrender Geräusche, die ihr Angst machten. Sie musste tapfer sein, sagte sie sich. Emily brauchte sie.

Sie lief die Treppe hinauf, sorgsam die Löcher in den Stufen meidend, und fand die Toilette. Der Mann hatte eine riesige Bank vor die Tür geschoben und sie mit einem Stahlfass und anderen rostigen Maschinenteilen beschwert. Sie versuchte die Bank wegzurücken, doch sie ließ sich nicht bewegen.

Christy kletterte hinauf, drehte sich mit dem Rücken zur Wand und stemmte die Beine gegen die Bank - aber sie war einfach nicht kräftig genug. Die Tür war zugestellt und sie würde sie niemals aufbekommen.

Sie überlegte, ob sie nach Emily rufen sollte um sie wach zu bekommen, doch dann wurde ihr bewusst, dass der Schlaf für ihre Schwester wahrscheinlich eine Wohltat war. Wenn sie aufwachte und feststellte, dass sie allein war, würde sie wahrscheinlich durchdrehen. Christy beschloss, sie erst zu wecken, wenn sie Hilfe geholt hatte.

Sie zitterte inzwischen am ganzen Körper, sowohl vor Angst als auch vor Entschlossenheit, vor Verzweiflung ebenso wie vor Hoffnung.

»Du kannst uns noch mal helfen, Gott«, flüsterte sie. »Du hast mir auch geholfen, wie eine Katze zu klettern. Bitte schick uns jetzt jemanden.«

## 70

Als sie sich an jenem Morgen auf die Suche nach den Kindern begeben hatte, war Doris Stevens felsenfest entschlossen gewesen, sich die 25.000 Dollar Belohnung unter den Nagel zu reißen - doch nachdem sie nun den ganzen Tag lang erfolglos gesucht hatte, machte sich allmählich Mutlosigkeit bei ihr breit. St. Clair war zwar keine Metropole von Stadt, aber allemal größer als Slapout, Texas. Hätte sie in Slapout nach zwei verschwundenen Kindern gesucht, sie hätte die ganze Stadt in exakt zwei Stunden umgekrempelt und die Gesuchten gefunden.

Jetzt aber blieb ihr nicht mal eine Stunde, um sich zu duschen und umzuziehen, dann musste sie ihre Schicht im Schnellimbiss, in dem sie arbeitete, antreten. Sie kurvte mit ihrem Porsche durch die Nebenstraßen an der Peripherie St. Clairs, zurück zu ihrem Wohnwagen, der auf dem einzigen Stück Land stand, das sie sich bei ihrem Gehalt hatte leisten können. Es war weit ab vom Schuss, zugegeben, aber es gehörte ihr. Man hatte sie gedrängt, den Porsche zu verkaufen und von dem Geld ein Haus oder eine Eigentumswohnung anzuschaffen, aber sie konnte sich einfach nicht dazu überwinden. Sie liebte diesen Wagen. Er war das einzig wirklich Wertvolle, das sie je besessen hatte.

Da es allmählich dunkel wurde, machte sie das Licht an. Sie nahm die Kurven unter Missachtung sämtlicher Geschwindigkeitsbegrenzungen, doch hier draußen kam ihr sowieso nur ganz selten ein anderes Fahrzeug entgegen. Vielleicht – wenn sie Glück hatte – wurden die Kinder heute noch nicht gefunden und sie konnte morgen einen neuen Anlauf unternehmen.

Sie stellte ihr Radio lauter, denn dort lief gerade ihr Lieblings-Selbstmitleids-Country-Song. Der Text drehte sich ums Betrogenwerden und sie konnte das Gesungene aus eigener Erfahrung bestens nachfühlen. Lauthals begann sie in ihrem näselnden, breiten Tonfall mitzusingen. Sie hatte immer geglaubt, dass sie es als Country-Sängerin durchaus zu etwas hätte bringen können.

Vor ihr schoss eine Katze über die Straße und sie konnte ihr gerade noch mit einem leichten Schlenker ausweichen. Plötzlich wieder hellwach stieß sie einen Fluch aus und griff nach ihrer Zigarettenschachtel. Sie schüttelte eine heraus, drückte den Anzünder und steckte sich die Zigarette zwischen die Lippen. Sie wartete, bis der Anzünder wieder heraussprang, dann zog sie ihn heraus und zündete ihre Zigarette an.

Aus dem Augenwinkel sah sie etwas vor sich. Vor Schreck ließ sie den Anzünder auf den Boden fallen und blickte hoch.

Ein Kind stand mitten auf der Straße und gab ihr ein Zeichen anzuhalten.

Sie riss das Steuer herum, stieg auf die Bremse und verlor die Kontrolle über das Fahrzeug. Der Wagen brach aus, ging nach rechts in den Straßengraben, rutschte noch fünfzig Meter und prallte dann mit voller Wucht vor einen Baum.

Sie blieb einen Moment lang regungslos sitzen und versuchte

herauszufinden, ob irgendwas kaputtgegangen war. Bloß der Wagen, dachte sie betrübt. Dann stieß sie lautstark einen Fluch aus und hieb mit der Faust auf das Lenkrad.

Sie sah, wie sich an ihrem Fenster etwas bewegte. Sie hob den Kopf. Wieder das Kind! Wütend stieß sie die Tür auf. »Wegen dir hätte ich mich beinahe totgefahren Was in aller Welt hast du da mitten auf der Straße zu suchen gehabt? Wo ist denn deine Mutter? Ich marschier jetzt mit dir augenblicklich zu euch nach Hause und erzähl ihr, was du gemacht hast!« Sie stieg aus, besah sich ihren zerknautschten Porsche und stampfte wütend mit einem hohen Absatz auf den Boden. »Jetzt sieh dir mal an, was du angerichtet hast! Der ist hinüber! Das einzig Gescheite, was ich je besessen habe, und du hast es kaputtgekriegt!«

Das kleine Mädchen sah so aus, als ob es gerade bei einer Schlägerei den Kürzeren gezogen hätte. Sie zitterte am ganzen Leib. »Tut mir Leid«, sagte sie mit heiserer, rauer Stimme. »Aber ich . . . ich brauche Hilfe. Meine Schwester ist in dem alten Haus da hinten an der Straße eingesperrt und ich muss sie da rausholen, weil sie krank ist. Bitte helfen Sie uns.«

Doris sah sich das Kind genauer an und musste feststellen, dass es auch nicht gerade besonders gut aussah. Die Kleine hatte eine böse Stirnverletzung und ihre Ponyfransen waren mit Blut verklebt. Das Kind kam ihr irgendwie bekannt vor – von den dunklen Ringen unter ihren Augen, der gespensterhaften Blässe und den kaputten Lippen einmal abgesehen. »Wie heißt du denn, Liebes?«

»Christy Robinson«, sagte das Kind.

Doris stockte der Atem. »Achdujemine! Du bist eins von den entführten Mädchen! Nach dir haben wir gesucht!«

»Habt ihr?«, fragte Christy.

»Ja!«, rief Doris. »Und ich habe dich gefunden! Die fünfundzwanzig Mille sind mein! Ich fahr davon nach Atlantic City! Ich kauf mir ein tolles Kleid und nehm mir ein schickes Zimmer mit Whirlpool . . .«

Das Kind schien so schwach auf den Beinen zu sein, dass es sich an ihren Wagen lehnen musste. Doris hielt augenblicklich die Klappe. »Okay, Kleines. Eins nach dem anderen. Wenn ich bloß ein Telefon im Wagen hätte. Das heißt, drin ist schon eines, aber das war mir zu teuer, deshalb habe ich's abgemeldet. Dumm, was? Aber ich kann mir ja das Benzin für den Schlitten kaum leisten. Na, das macht jetzt auch keinen Unterschied mehr, oder? Weg ist weg. Wenigstens ist er versichert. Das ist doch auch schon mal was.« Sie sah die halb volle Cola-Flasche im Flaschenhalter stehen. Sie war heil geblieben, und das, obwohl sogar die Windschutzscheibe des Wagens zu Bruch gegangen war. »Du siehst so aus, als ob du Durst hättest, Liebes. Möchtest du 'nen Schluck davon?«

Christys Augen weiteten sich. Sie nahm die Cola und trank sie mit einem Zug fast leer. Sie hatte wahrscheinlich schon eine ganze Weile nichts mehr zu trinken bekommen, nahm Doris an.

Als nur noch zwei Finger breit in der Flasche waren, setzte Christy sie unvermittelt ab. »Den Rest braucht meine Schwester«, sagte sie. »Wir müssen uns beeilen. Der Mann kommt vielleicht wieder, und wenn er merkt, dass ich weg bin, tut er Emily vielleicht weh.«

»Der Mann? Dieser Chamberlain? Keine Bange, der kommt nicht mehr wieder. Der sitzt im Gefängnis.«

Christy sah mit stumpfem Blick zu ihr hoch. »Sicher?«

»Absolut. Aber deine Eltern machen sich fürchterliche Sorgen um dich, Liebes. Sie haben schon überall nach dir gesucht. Komm, wir gehen jetzt deine Schwester holen.«

»Haben Sie eine Taschenlampe?«, fragte Christy. »Die brauchen wir vielleicht. Emily hat zwar eine, aber sie schläft. Und sie ist in einer Toilette eingesperrt und da stehen die ganzen Sachen vor, aber die sind so schwer, dass ich sie nicht wegkriege. Ich bin aus dem Fenster geklettert, aber Emily kann nicht so gut klettern wie ich und sie wird einfach nicht wach.«

»Scheibenkleister«, sagte Doris, die plötzlich die Dringlichkeit der Lage erkannte. Sie ging an den Kofferraum, machte ihn auf und suchte die Taschenlampe und den Wagenheber, die Jake dort hineingepackt hatte. Sie nahm beides heraus, mit der Überlegung, dass sie den Wagenheber vielleicht brauchen könnte, wenn die Tür tatsächlich so gründlich verbarrikadiert war, wie Christy gesagt hatte.

Christy führte sie die Straße entlang zu dem Haus zurück, das inzwischen völlig in Dunkelheit gehüllt war. Es war der alte Laden, an dem sie Tag für Tag vorbeikam. Warum ihr nicht schon früher eingefallen war, dort zu suchen, wusste sie auch nicht. Aber die Vordertür stand immer offen und sie hatte einfach angenommen, dass die Tür zu wäre, wenn sich dort jemand versteckt hielte.

Bei dem Gedanken, dort hineingehen zu müssen, schauderte ihr. Sie knipste die Taschenlampe an und leuchtete damit im unteren Stockwerk umher. »Eins sag ich dir gleich, Kleines: Der Mutigsten eine bin ich nicht. Das ist nicht gerade die Sorte Ort, wo ich mich gern aufhalte.«

»Ich auch nicht«, sagte Christy. »Aber es passiert schon nichts. Kommen Sie. Wir müssen Emily holen.«

Jede Faser ihres Körpers war vor Nervosität angespannt, als Doris die knarrenden Stufen hinaufstieg und die Tür sah, die mit der großen Bank, einem Stahlfass und anderen Gerätschaften zugestellt war.

Sie setzte den Wagenheber ab und versuchte die Bank wegzurücken, doch sie hatte nicht genügend Kraft. »Na schön«, sagte sie und schnappte sich den Wagenheber. »Nur nicht verzweifeln. Hiermit krieg ich das schon weg.« Sie verkeilte ihn, so gut sie konnte, zwischen der Wand und einem der Maschinenteile und begann dann zu pumpen. Augenblicklich begann die Spannvorrichtung sich auseinander zu schieben und drückte dabei die Bank zentimeterweise von der Tür weg.

»Das reicht! Jetzt kann ich sie aufmachen«, sagte Christy. Sie glitt zwischen Bank und Tür und öffnete sie.

Emily lag noch immer fest schlafend auf dem Boden. »Da ist sie!«, sagte Christy. »Ich glaube, sie ist krank.«

Doris zwängte sich in den verdreckten Raum, kniete sich neben das winzige Kind und befühlte ihre Stirn. »Sie glüht vor Fieber«, sagte sie. »Die Ärmste.« Sie reichte Christy die Lampe und hob dann das Mädchen vorsichtig hoch. »Ich trag sie und du leuchtest uns wieder nach draußen.«

Emily schlief auch weiter, als sie hastig das Haus verließen.

»Und wohin jetzt?«, wollte Christy wissen.

»Zu mir«, sagte Doris. »Ich wohne nur anderthalb Kilometer von hier. Von mir zu Hause aus kann ich dann deine Mama und deinen Papa anrufen und euch was zu essen besorgen. Gib mir bitte mal die Cola.«

Christy reichte sie ihr und sah ihr dabei zu, wie sie ein paar Tropfen auf Emilys Lippen träufelte, und dann noch ein paar. Sie sah Emily schlucken. »Komm, mein Schatz«, sagte Doris. »Trink was davon, für Doris. Danach geht's dir besser.«

Emily öffnete langsam die Augen und hob den Kopf weit genug, um trinken zu können. Als die Flasche leer war, sagte Doris. »Okay. Gehen wir.«

Sie liefen, wie es ihr vorkam, eine halbe Ewigkeit. Ihre hochhackigen Schuhe begannen zu drücken, sie bekam Blasen und ihre Knöchel schmerzten. Aber sie hatte die Kinder, dachte sie. Das war die Hauptsache. Das und das Geld.

»Hat der Mann euch irgendwas angetan, Liebes?«, fragte sie, während sie sich dahinschleppten.

Christy zuckte die Achseln. »Er hat uns eingesperrt.«

»Aber hat er . . . irgendwas *gemacht*? Habt ihr irgendwas?«

»Ich hab Hunger«, sagte Christy leise. »Und meine Hände tun mir weh. Und mir ist kalt.«

Emily bewegte sich in Doris' Armen. »Christy?«, flüsterte sie.

Christy wandte ihr den Kopf zu. »Ja.«

»Hat Gott sie geschickt – wie wir gebetet haben?«, flüsterte sie schwach.

Christy lächelte. »Ja.«

Doris wusste nicht so recht, was sie sagen sollte. Es war schließlich auch das erste Mal, dass Gott sie geschickt hatte.

»Kommt Vati uns abholen?«, fragte Emily.

»Darauf kannst du dich verlassen, mein Schatz. Sobald wir bei einem Telefon sind. Da! Seht ihr, da vorn? Das ist mein Wohnwagen.«

Christy sah so erleichtert aus, dass sie einen Moment stehen blieb und nur diesen Anblick in sich aufsog, bevor sie sich zwang weiterzugehen.

## 71

Tony fuhr wieder zu Sharon zurück. Bis er die Kinder gefunden hatte, war er sowieso nicht im Stande nach Hause zu fahren und sich auszuruhen. Lynda war bereits gegangen. Die anderen saßen um den Küchentisch und versuchten die unerträgliche, beinahe sinnlos wirkende Wartezeit totzuschlagen.

Er setzte sich zu ihnen und kam sich dabei so hilflos vor – so ineffektiv als Polizeibeamter, so unfähig als Mensch.

Und dann läutete das Telefon. Mit einem Satz war Jenny am Apparat. »Hallo?«

»Ja . . . äh . . . bin ich bei den Robinsons?«, wollte eine Frau mit starkem Südstaatenakzent wissen.

»Ja.«

»Also, hier ist Doris Stevens . . . die Mutter von Jake Stevens. Sie kennen doch meinen Jungen, oder?«

»Ja«, sagte Jenny.

»Ich hab eine gute Nachricht für euch, Liebes.«

»Was denn?«, fragte Jenny skeptisch.

»Ich hab eure Kinder gefunden.«

Jenny sprang vom Stuhl hoch und packte den Arm ihres Vaters. »Sind Sie . . . Sind Sie sich ganz sicher? Christy und Emily? Sie haben die beiden?«

Alles sprang vom Tisch auf und Ben riss ihr den Hörer aus der Hand. »Hier ist Ben Robinson. Sie haben meine Mädchen gefunden?«

»Und ob«, sagte Doris. »Ich geb Ihnen mal Christy. Sie kann es Ihnen selbst erzählen.«

Er wartete und dann hörte er Christys heisere, schwache Stimme. »Vati?«

»Schatz!« Er brach in Tränen aus. »Wo bist du?«

»Bei Miss Doris. Kommst du uns jetzt holen, Papa? Ich will nach Hause.«

»Aber sicher!«, rief er. »Geht es dir gut?«

»Nicht so besonders«, sagte Christy. »Und Emily ist richtig krank. Sie hat Fieber.«

»Gib mir mal die Frau wieder.«

Doris nahm den Hörer zurück. »Hallo? Wenn Sie Papier und Bleistift haben, gebe ich Ihnen die Wegbeschreibung. Ich würde Ihnen die beiden auch bringen, aber ich hab leider meinen Wagen zu Schrott gefahren, weil ich sonst Ihre Tochter überfahren hätte.«

Er notierte sich die Wegbeschreibung und kurz darauf liefen alle zum Auto.

# 72

Christy aß ein Stück kaltes Huhn und hielt am Fenster Ausschau nach ihrem Vater. Allerdings war es erst wenige Minuten her, dass sie mit ihm gesprochen hatte. Doris meinte, bis sie hier wären, würde es mindestens fünfzehn dauern.

Doris hielt Emily wie ein Baby auf dem Schoß und flößte ihr etwas zu trinken ein. Das Fieber der Kleinen war zu hoch und sie hoffte aus ganzem Herzen, dass sie es rechtzeitig würden senken können. »Na komm, Liebes. Noch 'nen Schluck für Doris. Du willst doch nicht, dass dein Papa sich deinetwegen Sorgen macht, oder? Er ist schon unterwegs, weißt du?«

Emily blinzelte und trank noch ein bisschen.

»Meine Güte, nun sieh sich einer die Hände an«, sagte Doris. »Liebes, du musst weiter deine Hände in der Schüssel einweichen«, befahl sie Christy. »Ein bisschen was von dem Dreck abkriegen. Die sind ja ganz entzündet. Und bei ihr hier sind die Hände dick geschwollen. Die muss der Arzt sauber machen. Das halt ich nicht aus, ihr wehzutun, wenn es ihr so elend geht. Du bist ein Held, weißt du das?«

»Ich?« Christy drehte sich um. »Was hab ich denn gemacht?«

»Du hast deiner kleinen Schwester vielleicht das Leben gerettet.«

»Das waren Sie«, sagte Christy. »Ich habe gebetet, dass Gott Hilfe schickt. Er hat Sie geschickt.«

»Also, ob das alles so stimmt mit diesem abergläubischen Zeugs, weiß ich nicht. Wahrscheinlich hätte ich dich eh gesehen.«

Christy lächelte wissend und schüttelte den Kopf. »Nö. Er hat Sie geschickt.«

»Würde ich das nicht wissen, wenn Gott mich geschickt hätte?«

»Das muss nicht sein«, meinte Christy. »Aber er hat Sie geschickt, genau wie die Katze.«

»Was für eine Katze denn?«

»Die Katze, die uns vor den Ratten beschützt hat.«

Doris lief ein Schauer über den Rücken. Was hatten die armen Kinder während der letzten Tage nur alles aushalten müssen? Der Anblick des blassen, schwachen Mädchens in ihren Armen tat ihr in der Seele weh. Kein Kind sollte Derartiges durchmachen müssen.

»Ich hoffe, sie hängen diesen Mann an den Füßen auf und lassen ihn Dreck fressen«, knurrte sie. »Zwei kleine Mädchen so zu behandeln. Es bricht mir einfach das Herz.« Sie tupfte sich die Tränen ab.

Christy sah Autoscheinwerfer und begann aufgeregt zu hüpfen. »Sie sind da! Sie sind da!«

Doris spähte aus dem Fenster und erblickte den Kombi. Ihm folgten zwei oder drei weitere Wagen, darunter ein Streifenwagen und das Fahrzeug eines Fernsehsenders. »Mist«, brummte sie. »Ich hab nicht mal Zeit gehabt, mir die Haare zu waschen. Geh und mach deinem Vati die Tür auf, Liebes.«

Christy lief zur Tür, die Stufen hinunter und flog ihrem Vater direkt in die Arme, als dieser aus dem Wagen sprang. Dann nahm Sharon sie ihm ab und das Kind klammerte sich an seine Mutter.

Anne rannte an ihnen vorbei in den Wohnwagen und fand Emily entkräftet und fiebernd in Doris' Armen liegen. Schluchzend nahm Anne sie ihr eilig ab, küsste das Gesicht des Kindes und begann leise auf sie einzusprechen.

Tony blinzelte vor Rührung, als er gefolgt von Ben, Christy und Sharon in den Wohnwagen trat. Doris standen bei dem Anblick von Eltern und Kindern, die sich endlich wiederhatten, die Tränen in den Augen, während die Mütter vor Mitleid und Glück zugleich weinten.

»Sie glüht«, rief Anne zu Ben hoch.

»Ihre Hände sind auch entzündet«, erklärte Doris. »Und sie hat keinen Bissen gegessen. Ich hab versucht sie zu füttern, aber sie hat nur ein bisschen getrunken.«

»Christy hat auch Fieber«, sagte Sharon. »Wir müssen sie ins Krankenhaus bringen.«

»Der Streifenwagen begleitet euch«, sagte Tony. »Nehmt sie und fahrt.«

Fotografen versammelten sich und Kameras liefen, als die Kinder eilig zum Wagen gebracht wurden und in Begleitung von Blaulicht davonfuhren. Doris lief hinaus und schnappte sich Tony, der gerade in seinen Wagen steigen wollte, ohne sich dabei um die Reporter zu scheren, die sich ihr in den Weg zu stellen versuchten, um sie zu interviewen, wie sie die Kinder gefunden hätte. »Können Sie mich zum Krankenhaus fahren?«, fragte sie. »Ich möchte unbedingt wissen, wie es den Zwergen geht.«

Tony schien überrascht. »Sicher doch. Sie müssen uns sowieso noch ein paar Angaben machen. Wie haben Sie sie eigentlich gefunden?«

Doris wollte schon sagen, dass es bloß Dusel gewesen war – dass das Kind einfach vor ihr im Scheinwerferlicht aufgetaucht war. Doch dann besann sie sich eines Besseren. »Also, laut Christy hat Gott mich zu ihnen geführt. Sie schwört Stein und Bein, dass ich ein erhörtes Gebet bin.«

Tonys Augen füllten sich mit Tränen und er lächelte. »Wissen Sie was, Doris? Christy hat vollkommen Recht.«

## 73

Man behielt die Kinder über Nacht im Krankenhaus. Sie wurden über einen Tropf mit Nährflüssigkeit versorgt und mit Antibiotika behandelt, um die Infektionen in den Wunden zu bekämpfen. Beiden Mädchen waren die Hände verbunden worden und Christy hatte zusätzlich noch einen Verband an der Stirn.

Anne und Sharon baten darum, dass die beiden ein gemeinsames Zimmer bekämen, damit Ben beide Kinder zugleich besuchen konnte. Jenny kam, sobald jemand aus der Gemeinde sie als Babysitter für Bobby abgelöst hatte, und beim Anblick ihrer beiden schlafenden Schwestern füllten sich ihre Augen mit Tränen. »Oh, Mama . . . Anne . . . es tut mir so schrecklich Leid, dass ich das zugelassen habe.«

Sharon nahm ihre älteste Tochter in den Arm. »Es ist nicht deine Schuld, Schatz. Und sie werden auch wieder gesund werden.«

»Ehrlich? Ganz sicher?«

»Ja.«

»Hat er . . . ihnen irgendwie Gewalt angetan? Sie missbraucht, meine ich?«

»Nein«, versicherte Sharon ihr. Es war das Erste gewesen, worauf der Arzt sie untersucht hatte.

Sie ging mit Jenny hinaus, in der Gewissheit, dass Anne schon ein Auge auf Christy behalten würde, wenn sie wach wurde.

»Schatz, ich weiß, dass du dir immer noch die Schuld für das alles gibst, aber du sollst wissen, dass es am Ende auch sein Gutes gehabt hat.«

»Was denn? Wie?«

»Gott hat mir in dieser Zeit klar gemacht, dass ich deinem Vater nie wirklich verziehen habe. Und Anne ebenso wenig. Tief in meinem Innersten habe ich sie wohl gehasst.«

»Du kannst sie überhaupt nicht gehasst haben, Mama. Du hast sie bei uns einziehen lassen.«

»Nun ja, dafür hatte ich etliche Motive. Eines davon war, dass ich gut vor dir dastehe. Je großzügiger ich aussah, desto schäbiger wirkten sie. Ganz sicher hat es jedenfalls nichts mit Liebe zu tun gehabt.«

»Und jetzt?«

Sie warf einen Blick zurück in das Krankenzimmer. »Anne ist Mutter, genau wie ich. Sie liebt ihre Kinder genauso sehr wie ich. Und sie ist dir und Christy eine gute Stiefmutter gewesen. Ich habe es ihr nicht leicht gemacht. Und dein Vater . . . er ist kein schlechter Mensch. Er hat Fehler gemacht und seine Fehler haben mir wehgetan und dir auch. Aber ich selbst war auch alles andere als vollkommen, Jenny.«

Jenny wischte sich die Augen. »Ich auch.«

»Gott verzeiht unsere Fehler«, sagte Sharon.

»Er ist phantastisch«, sagte Jenny leise. »Einfach phantastisch.«

Sharon umarmte ihre Tochter erneut und sah dann Tony im Flur stehen. Er hatte alles mitbekommen. »Weißt du was?«, sagte sie zu Jenny. »Was hältst du davon, wenn du noch ein bisschen zu Christy gehst? Ich hol uns in der Zeit was zu essen. Ich habe in den letzten Tagen selbst fast nichts gegessen und allmählich bekomme ich Hunger.«

»Okay«, sagte Jenny leise und ging wieder zurück.

Sharon ging zu Tony und sah ihn an – er wirkte genauso erschöpft und erleichtert wie sie. »Du warst großartig, Tony. Wirklich.«

Tony war augenscheinlich gerührt und betrachtete verlegen seine Schuhspitzen. Außer Stande zu sagen, was in ihm vorging, deutete er mit einer Kopfbewegung zum Wartezimmer. »Die wahre Heldin ist Doris. Sie sitzt im Wartezimmer.«

Sharon nahm seine Hand und ging mit ihm zum Wartezimmer.

Doris saß dort mit Lynda und Jake zusammen und erzählte ihnen gerade haarklein, wie sie die Kinder gefunden hatte. Als sie Sharon erblickte, sprang sie auf. »Wie geht's ihnen, Liebes?«, fragte sie.

»Bestens«, sagte Sharon und umarmte die Frau, die ihre Tochter gerettet hatte. »Sie können beide morgen nach Hause. Ich weiß einfach nicht, wie ich Ihnen danken kann. Die Belohnung reicht nicht im Mindesten.« Sie wischte sich die Augen. »Ich schreibe Ihnen noch heute Abend, bevor Sie losfahren, einen Scheck.«

Doris sah sich kurz nach Lynda und Jake um und stieß dann einen schweren Seufzer aus. »Ach, verflixt, ich kann das Geld nicht annehmen. Anfangs, als ich nach ihnen gesucht habe, dachte ich, ich könnte es. Ich meine, sie waren bloß Fotos auf einem Flugblatt, wissen Sie? Aber jetzt, wo ich sie kenne und gesehen hab, was sie durchgemacht haben . . . also, ich kann da kein Geld für nehmen. Kommt mir einfach nicht richtig vor. Nicht, wo Christy sich so sicher ist, dass Gott mich sozusagen benutzt hat, damit sie gefunden werden. Ich kann mir nicht denken, wieso. So was hat er noch nie mit mir gemacht! Na, Kindermund tut Wahrheit kund. Wer bin ich, dass ich das bezweifeln könnte? Aber kein Geld.«

»Aber Ihr Wagen«, sagte Sharon. »Der ist doch Schrott. Lassen Sie mich zumindest helfen, Ihnen . . .«

Doris hob abwehrend die Hand. »Den Wagen bezahlt die Versicherung. War 'ne schöne Zeit, auf jeden Fall. Aber ich denke, ich werd das Geld von der Versicherung nehmen und mir irgend 'nen schönen kleinen Gebrauchtwagen holen und den Rest als Anzahlung für 'ne gescheite Wohnung nehmen. Der Wohnwagen steht einfach zu weit ab vom Schuss. Es war sowieso langsam Zeit dafür.«

Jake umarmte seine Mutter. »Mama hat vor ein paar Minuten einen Anruf von Oprah Winfrey bekommen«, grinste er. »Sie tritt nächste Woche in ihrer Talkshow auf.«

Sharon lachte. »Im Ernst?«

»Ja«, sagte Doris und winkte dabei ab, als würde es ihr nichts bedeuten. »Irgendwas von wegen Helden von heute. Man glaubt's nicht.«

In der Tür zum Wartezimmer tauchte ein Schwarm von Reportern auf und wollte sich auf Sharon stürzen, doch sie verwies sie an Doris. »Sie ist diejenige, die die Kinder gefunden hat«, sagte sie. »Und sie hat dafür ihren Porsche geopfert.«

Die Reporter umringten sie und Sharon und Tony schlüpften ganz schnell aus dem Zimmer.

☆

Sharon und Tony saßen vor leeren Tellern und nippten am Kaffee. Weder sie noch er waren sich bewusst gewesen, wie ausgehungert sie eigentlich waren, nachdem sie tagelang kaum etwas zu sich genommen hatten. Ein Gefühl von vollkommenem inneren Frieden erfüllte Tony auf eine Weise, wie er es noch nie zuvor erlebt hatte.

»Mir ist heute was Komisches passiert«, sagte er, ohne Sharon dabei anzusehen.

»Was denn?«

Er zuckte die Achseln. »Ich weiß nicht. Ich war . . . irgendwie . . . unter dem Feigenbaum.«

Ihre Augenbrauen schossen in die Höhe. »Du hast gebetet?«

Er mied ihren Blick. »Ich habe so was wie einen Deal mit Gott gemacht.«

»O-oh«, sagte Sharon. »Das tut man aber nicht, mit Gott feilschen.«

Er lächelte. »Er hat sich aber drauf eingelassen. Ich habe ihm gesagt, ich würde an ihn glauben, wenn er die Mädchen heil nach Hause brächte, und dass ich der beste Christ sein würde, der ihm je unter die Augen gekommen ist.«

Sharon traute ihren Ohren nicht. »Und?«

»Ich werde meinen Teil des Deals einhalten. Er hat seinen ja auch eingehalten, oder? Er hat mein Gebet erhört.« Er schluckte und sah zu ihr hoch. »Ich hab mich damit ziemlich schwer getan. Irgendeine innere Stimme sagt mir immer wieder: Ja, er hat dich erhört, aber warum hat er das alles eigentlich überhaupt zugelassen? Und dann habe ich gehört, wie du mit Jenny gesprochen hast, und mir ist klar geworden, dass er vielleicht tatsächlich etwas Gutes daraus gemacht hat. In mehrerer Hinsicht. Zum einen hätte ich mir nie träumen lassen, dass Doris Stevens das Geld ablehnen würde. Das allein ist schon ein Wunder. Und heute Nachmittag . . .« Er schluckte. »Ich habe dich, Ben und Anne gemeinsam beten sehen . . . ihr habt einfach eure Probleme, eure Differenzen, den ganzen Ballast beiseite geschoben . . . und seid zu Gott gegangen. Das war gut, oder?«

Sie lächelte. »Ja. Das war es.«

»Und es hat funktioniert.« Er stützte das Kinn auf die Hand und sah sie forschend an. »Gott hat die Entführung vielleicht nicht veranlasst - ich weiß es nicht. Ich weiß aber, dass er sie benutzt hat, um alles, was ich bisher geglaubt habe, über den Haufen zu werfen. Er hat es für vieles benutzt.«

Sie lächelte und Tränen standen in ihren Augen. »Dann war es das wert.«

Behutsam nahm er ihre Hand. »Sharon, würdest du mit mir ausgehen, wenn das alles vorbei ist? Wir waren irgendwann mal zum Abendessen verabredet. Wir sind nie dazu gekommen.«

Ihr Lächeln war umwerfend. »Eine richtige Verabredung?«

Er nickte und kam sich dabei wieder wie der ungeschickte Schuljunge vor. »Es wäre mir eine Ehre, so viel Zeit mit dir zu verbringen, wie du mit mir verbringen willst.«

»Gern«, sagte sie und drückte seine Hand. »Wie wär's zum Beispiel, wenn du Sonntag mit mir in die Kirche gehen würdest?«

Er nickte. »Ich wüsste diesmal nichts, was ich lieber täte.«

*Von der gleichen Autorin:*

# Auf Gnade und Ungnade

336 Seiten, ABCteam-Paperback, Bestell-Nr. 111 102

Als Lynda Barrett den arroganten Typen im lässigen Designeranzug aus seinem Porsche steigen sieht, ist ihr sofort klar, dass sie ihn nicht leiden kann. Dem soll sie ihr geliebtes Flugzeug *Solitude* verkaufen? Zähneknirschend denkt sie daran, daß sie das Geld dringend braucht und startet mit Jake zum Probeflug. Doch zu dem Handel kommt es nicht, denn die Landung endet in einer Katastrophe. Als klar wird, daß sich jemand an dem Flugzeug zu schaffen gemacht hat, bekommt Lynda es mit der Angst zu tun. Probleme hat die Rechtsanwältin außerdem mit dem Fall einer Mandantin, die gegen ihren gewalttätigen Mann um das Sorgerecht für die gemeinsame Tochter kämpft. Und dann ist da noch Jake, der bei dem Unglück schwer verletzt wurde . . .

Ein fesselnder Roman über Schuld, Liebe und die Suche nach Gott.

Ebenfalls von *Terri Blackstock:*

## Wer Unrecht sät

312 Seiten, ABCteam-Paperback, Bestell-Nr. 111 125

Es ist offensichtlich: Die zierliche junge Frau, die zitternd in einer Ecke ihrer Wohnung kauert, ist verletzt und gedemütigt - wie viele Vergewaltigungsopfer vor ihr. Doch Melissa kennt den Täter und ist wild entschlossen gegen ihn auszusagen. Der Polizist Larry Millsaps setzt alles daran den Verbrecher hinter Gitter zu bringen, und schon bald fördern erste Ermittlungen die dunkle Vergangenheit des Mannes zu Tage. Aber er ist nicht der Einzige, der etwas zu verbergen hat . . .

Nach »Auf Gnade und Ungnade« garantiert auch dieser zweite Roman von Terri Blackstock packende Krimispannung und bewegende Einblicke in das menschliche Herz.